봄은 오지 않을 것이다

봄은 오지 않을 것이다 2

김성종

차 례

빈 라덴……………7
대통령의 사랑…………23
백악관 비밀회의…………40
제거 명령…………89
맨해튼의 밤…………111
비밀 작전…………136
타크피르…………176
보진카…………205
제3의 여인…………224
공격목표…………256
초승달 작전…………280
도쿄 살인…………297
국제 수사회의…………325

빈 라덴

1998년 4월 15일 인터폴(국제형사기구)은 다음과 같은 체포영장을 전 세계에 배포했다.

Ref: RED NOTICE A268/5—1998
....

BIN LADEN USAMAOIPCICPO
A—268/5—1998 INTERPOL

성: 빈 라덴
이름: 오사마
성별: 남자
생년월일 및 출생지: 1957년 사우디아라비아 제다

아버지 이름: 모하마드 빈 라덴

확인된 신원: 국적 사우디아라비아

사용언어: 아랍어

*공범

1. 알 알완 파라즈: 1969년 생. 적색파일 대상 No.1998/20220. 관리 No.A—270/5—1998

2. 알 와르팔리 파에즈: 1968년 생. 적색파일 대상 No.1998/20223. 관리 No.A—271/5—1998

3. 알 샤라비 파라즈: 1966년 생. 적색파일 대상 No.1998/20230. 관리 No.A—296/5—1998

*사건 개요
1994년 3월 10일 리비아 시드라 부근에서 알 알완 파라즈, 알 와르팔리 파에즈, 알 샤라비 파라즈 및 빈 라덴 등 4명 공모 하에 독일인 2명 살해.

*영장발부 근거
1998년 3월 16일 리비아 트리폴리 사법당국이 살인 및 불법화기 소지 혐의로 발부한 영장 No.1.27.288/1998에 의해 지명수배됨.

1. 이스라엘을 제외한 모든 국가에 대해 범죄인 인도 요망.
2. 인도가 요망되는 국가에서 범인이 발견될 경우 일시 구류 요망.

3. 그 외 모든 국가에서 발견될 경우 이동경로 및 활동에 대한 감시 요망.
4. 어떤 경우를 막론하고 트리폴리 인터폴 및 인터폴 총사무국으로 통지 요망.

서류 No.1998/20232 관리 No.A—268/5—1998
....
비밀문건: 경찰 및 사법당국 전용

 이 영장이 발부된 것은 1998년 3월 16일이었고, 빈 라덴을 살인 및 불법화기 소지혐의로 고소한 주체는 리비아 사법 당국이었다. 그리고 리비아 사법당국으로부터 동 영장을 접수한 프랑스 리옹의 국제형사기구 본부는 그 내용을 검토, 한 달 후인 4월 15일 인터폴 명의로 빈 라덴에 대한 체포영장을 배포했다.
 오사마 빈 라덴이 주요 테러범으로 국제수사망에 정식으로 등장한 것은 이때가 처음이었다. 그 전의 그는 겉으로 보기에 돈 많은 사업가 정도로만 알려져 있었다. 하지만 한 꺼풀만 벗기고 들어가 보면 그가 보통 사업가가 아닌, 매우 복잡 미묘한 그물망 속에서 보호를 받으며 테러활동을 지원하고 있는 베일 속의 인물임을 알 수가 있다.
 사실 미국을 비롯한 이스라엘, 영국, 프랑스, 독일 등 서방 선진국 정보기관들은 그보다 훨씬 전부터 빈 라덴의 테러지원 혐의를 포착하고 그의 움직임을 예의 주시하고 있었다. 특히 미국은 직접적인 피해를 입은 바 있었기 때문에 다른 나라들보다도 더 예민하게 그를 감시하고 있었다.

그런데 미국이 빈 라덴으로부터 입은 직접적인 피해란 다음과 같은 것들이었다.

1993년 2월 26일 정오가 조금 지난 12시 18분, 폭약을 가득 실은 트럭이 뉴욕 세계무역센터 건물 지하 주차장으로 돌진하여 폭발, 6명이 사망하고 1천여 명이 부상했다. 8년 후인 2001년 9월 11일에 같은 건물에 가해진 미증유의 대형 테러사건의 전주곡이었지만, 당시 그것을 예견한 사람은 아무도 없었다. 단지 빈 라덴이 연루되어 있다고 결론을 내렸을 뿐이었다.

1993년 10월 3일과 4일 이틀간에 소말리아의 모가디슈에서 미군 18명이 살해당했다. 미 정보당국은 의견이 분분했지만 결국 오사마 빈 라덴의 테러로 의견이 집약되었다.

1996년 6월 25일, 사우디아라비아 다란의 미군기지에 폭발물을 실은 트럭이 돌진, 19명의 미군이 사망했다. 수사 결과 오사마 빈 라덴의 연루 가능성이 제기됐다.

1996년 8월 23일, 오사마 빈 라덴은 미국에 대해 선전포고를 한다. 미국의 아라비아 반도 철수와 이슬람 성지 해방 및 사우디아라비아의 왕정 체제 전복을 요구하면서 자신의 투쟁에 이슬람 원리주의자들의 동참을 요청했다.

이처럼 빈 라덴이 미국에 직접적인 위해를 가하고 있음이 확인되었음에도 불구하고 미국은 1998년 이전까지도 그를 공식적으로 체포하기 위한 어떠한 조처도 취하지 않았다. 미국을 향해 선전포고까지 했는데도 말이다. 도대체 왜 그랬을까?

거기에는 그럴 만한 이유가 있다. 하지만 그 이유란 것이 아주 복잡 미묘해서 한마디로 설명하기가 어렵다. 거기에는 돈과 석유와 미국의 세계 지배라는 거대한 음모가 마구 뒤엉킨 더러운 거래가 있었기 때문이다.

1998년 3월 당시 공식적으로 오사마 빈 라덴을 체포하려고 했던 나라는 오직 리비아 한 나라밖에 없었다. 카다피 자신이 국제테러리즘을 지지하고 있는 입장에서 왜 빈 라덴이라는 테러리스트를 체포하려고 했던 것일까? 영장에는 두 명의 독일인을 살해하고 불법화기를 소지한 혐의 때문이라고 되어 있지만 그것은 그저 형식적인 이유에 지나지 않는다. 빈 라덴 일당이 살해한 독일인 부부 실반 베커와 그 부인은 사실 평범한 일반 사람들은 아니었다. 그들은 아프리카 지역의 반테러 임무를 담당하는 정보요원들로서, 독일의 3개 정보기관 가운데 하나인 헌법수호국 소속 요원들이었다. 하지만 리비아 정부가 빈 라덴을 체포하려고 한 데에는 보다 깊은 이유가 도사리고 있었다.

1967년 10월 어느 날 영국에 유학중이던 리비아의 젊은 장교 무아마르 알 카다피는 동료 장교들과 함께 견문삼아 런던의 카지노 클럽인 앰배서더 호텔에 들른다. 거기서 그는 리비아의 석유상인 파드 가 바즈이가 그리스의 선박왕 오나시스와 도박에 빠져 있는 것을 목격한다. 그는 바즈이를 노려보면서 이렇게 쏘아붙인다.

"백성들은 가난에 허덕이고 있는데 우리들 돈을 훔쳐서 한다는 짓이 기껏 이 짓이오?!"

그는 진보적인 의식으로 단단히 무장되어 있었고, 같은 의식을 가진 장교들과 자유 장교단이라는 단체를 조직, 그 리더로 활약하고 있었다.

그로부터 2년 후인 1969년 9월 1일, 그는 자유 장교단을 지휘하여 부패의 늪에 빠져 있는 이드리스 세누시 왕정을 뒤엎고 정권을 장악한다. 그 때 그의 나이 27세였다.

당시 리비아는 독립국이라고는 하지만 2차 대전 후 한동안 영국의 통치를 받았던 만큼 여전히 그 비호를 받고 있었다. 영국은 리비아의 가장 큰 수입원인 석유사업까지 독점, 경제적으로 리비아를 식민지화하고 있었다. 카다피는 집권하자마자 부의 재분배를 비롯 경제적 탈 식민지화를 위해 리비아 유전을 대부분 소유하고 있던 영국의 브리티시 페트롤리움으로부터 석유사업권을 모두 몰수하여 국유화해 버렸다. 당황한 영국은 외교라인을 모두 동원하고 비밀정보국까지 총동원하여 석유사업권을 되찾으려고 했지만 실패로 끝나고 말았다. 궁지에 몰린 영국은 마침내 비장의 카드를 꺼냈는데, 그것은 카다피 암살이라는 더러운 음모였다.

쿠데타로 집권한 만큼 카다피에게는 정적들이 많았다. 부패한 왕정 하에서 영화를 누리던 자들은 기득권을 빼앗기자 모두 카다피의 정적이 되었고, 그들은 카다피를 축출해야 하는 명분으로 이슬람 원리주의를 들고 나왔다. 그들이 볼 때 카다피는 사회주의자로 이슬람 원리주의를 훼손하고 있다는 것이었다. 이와 같은 주장은 이슬람 급진주의자들에게 잘 먹혀들 수밖에 없었다. 그들이 볼 때 카다피는 너무 온건하고 비투쟁적인 이슬람 지도자였던 것이다. 여기서 정적들의 자금이 동원되고 투쟁적인 급진주의자들이 선발되어 만들어진 대표적인 조직이 '리비아 이슬람 투쟁단체'(LIFG)였다.

아랍어 약자로 알 무카틸라로 불리는 이들은 1979년 소련의 아프간 침공 당시 아프간에 파병하기 위해 모집된 무슬림 전사들로 그 주축을 이루고 있었다. 이들은 아프간에서 사우디아라비아의 달러와 미국의 스팅거 미사일의 지원을 받으며 소련과 싸웠었다. 계속되는 치열한 전투를 통해 단련될 대로 단련된 이들은 과격하기 이를 데 없는 급진단체로 성장했고, 자신들의 급진적 성향을 본국 리비아에 뿌리내리려는 강한 의지를 가지고 있었다. 그리고 그를 위해서는 카다피 정권을 탈취하지 않으면 안 된다고 인식하고 있었다. 그런데 바로 이와 같은 조직의 배후에 오사마 빈 라덴이 있었다. 막대한 재력을 가진 그는 이들 리비아 출신 무슬림들에게 아낌없이 돈을 쏟아 부었고, 거기에 감복한 그들은 그에게 충성을 맹세하기까지 했다. 그리고 그 일부는 아나스(Anas)라는 별동대를 조직, 빈 라덴의 경호대 역할을 맡았다.

영국 비밀정보국 MI6이 반 카다피 투쟁단체인 알 무카틸라에 손을 뻗은 것은 아주 자연스러운 일이었다. 알 무카틸라 역시 고도의 정보력과 세련된 암살기술을 가진 MI6의 도움이 필요했다. 서로 노리는 바가 같았던 그들은 1996년 11월 어느 날 카다피를 제거하기로 구체적인 계획까지 마련했다. 영국측은 세부적인 계획을 짰고, 알 무카틸라는 전사들을 동원키로 했다.

그 해 11월 18일 오후 1시 25분, 카다피를 태운 차량 행렬이 공항을 향해 트리폴리 시내를 빠져나가고 있을 때 갑자기 골목에서 트럭 한 대가 튀어나와 길을 막았다. 트럭에서 검은 색 두

건으로 얼굴을 가린 사내들이 뛰어내리더니 카다피가 타고 있는 차량을 향해 총기를 난사했다. 골목에서도 사내들이 뛰쳐나와 수류탄을 던지고 무차별적으로 총을 쏴 댔다.

카다피 경호원들도 차에서 내려 응사했지만 많은 수의 무슬림 전사들에게 포위당한 상태였기 때문에 총격전은 그렇게 오래 가지 않았다. 카다피 쪽 사람들은 대부분 사살되고 겨우 세 명만이 살아남아 손을 들고 투항했다. 그러나 무슬림 전사들은 그들마저 잔인하게 사살하고 말았다. 더 이상 저항이 없자 그들은 만신창이가 된 차량들 쪽으로 달려가 차 안을 들여다보았다. 그런데 있어야 할 카다피는 보이지 않았다. 땅바닥에 나뒹굴고 있는 시신들 가운데에도 카다피의 모습은 없었다.

"속았다! 함정이야!"

그 시간에 카다피는 트리폴리 공항에서 이집트의 무바라크 대통령을 영접하고 있었다.

무슬림 전사들이 정신을 차렸을 때는 이미 대규모의 군 병력이 포위망을 압축해 오고 있었다. 장갑차를 앞세우고 다가오는 리비아 군인들을 향해 그들은 안간힘을 다해 저항하면서 포위망을 뚫으려고 했지만 겹겹이 에워싼 군 병력을 무너뜨리는 것은 도저히 불가능했다. 리비아군은 모두 사살하지 않고 몇 명은 생포한 뒤 비밀정보기관에 넘겼다. 정보기관은 그들의 자백을 받아내기 위해 혹독한 고문을 가했고, 다음 날부터 일대 검거선풍이 불었다. 카다피 암살 음모 혐의로 체포된 사람들은 백 명이 넘었고, 정보기관은 그들의 입을 통해 암살 음모의 전모를 어느 정도 파악해낼 수가 있었다. 그 음모의 배후에 영국 비밀 정보기관이 있었고, 행동에 나선 알 무카틸라의 중심에 오사마 빈 라덴이 있었던 것이다. 그를 음모의 중심인물로 파악하기까지는 1년여의 시간이 흘렀고, 1998년 3월 마침내 리비아 사법당국은 그에 대해 공식적으로 체포영장을 발부했다. 카다피 암살음모 혐의는 숨긴 채 두 명의 독일인 살해와 불법화기 소지혐의로.

그렇다면 도대체 오사마 빈 라덴은 어떤 인물인가? 어떤 인물이기에 미국은 그가 일찍부터 각종 테러에 관련되어 있고, 그것도 피라미 정도가 아닌 대단한 영향력을 지닌 거물급 테러리스트라는 것을 알고 있었으면서도 왜 그를 공식적으로 체포하거나 제거하려고 하지 않았을까? 여기에 분명히 흑막이 존재하고 있음은 수많은 정보자료들이 잘 말해 주고 있다.

오사마 빈 라덴은 1957년 사우디아라비아의 제다에서 태어났다. 아버지는 예멘 출신의 사업가로, 사우디아라비아로 이주하여 54명의 자식들을 낳았는데 빈 라덴은 그중 17번째 아들이다. 그는 제다의 킹 압둘 아지즈 대학에서 경영학과 경제학을 전공했다. 그러나 그는 전공을 살려 사회에 진출하기 보다는 이슬람 원리주의에 심취했고, 일찍부터 급진적인 의식으로 무장되어 아랍의 대의를 위해 헌신해야 한다는 순교자적 생각을 가지고 있었다.

그가 대학을 졸업하던 해인 1979년 12월 26일 소련군은 아프가니스탄을 침공한다. 22세의 빈 라덴은 아랍의 대의가 무참히 짓밟히는 것을 보고 참을 수가 없어 사우디아라비아를 떠나 아프간의 이슬람 저항단체에 동참한다. 여기서 만 6년 동안 그는 총을 들고 싸우면서 이슬람 전사로 단련되었는데, 이때 배후에서 그를 지원한 것은 미국의 CIA였다. CIA가 대주는 현대식 무기로 무장한 그와 아프간 저항군은 막강한 소련군과 맞서 장기간 싸울 수가 있었다. 이때까지만 해도 CIA는 빈 라덴이 미제 무기와 물자로 중무장한 말 잘 듣는 꼭두각시 정도로만 알았지 훗날 자신들에게 총부리를 겨눌 것이라고는 짐작조차 못했을 것이다.

오늘날 오사마 빈 라덴은 테러리즘의 세계를 넘어 이미 세계를 뒤흔든 전설적인 인물이 되었다. 여기서 그의 이 같은 이미지가 미국의 CIA에 의해 철저히 만들어진 위장의 결과였다면 아무도 믿으려 들지 않을 것이다.

오사마 빈 라덴은 2001년 9월 이전까지만 해도 미국의 적이 아니라 미국 CIA의 공작원이었다. 그 자신이 그 사실을 부인한다 해도 CIA는 그를 철저히 이용했고, 결과적으로 그는 미국을 위해 일해 온 거물급 공작원인 셈이었다. 그 후유증이 걷잡을 수 없이 커지자 미국은 마침내 그를 제물로 내놓은 것이다. 반면 미국을 위해, 아랍의 대의를 위해 아프가니스탄에서 수 년 동안 목숨을 걸고 소련군과 싸웠던 빈 라덴은 그 동안 미국에 이용당했다는 사실과 함께 미국의 배신에 크게 분노하면서 미국에 대한 적대감을 쌓아 갔다.

오사마 빈 라덴의 아버지인 모하메드 빈 라덴은 족장으로서 일찍이 1931년에 사우디 빈 라덴 그룹(SBG)을 창설, 사우디 아라비아에서 가장 중요한 투자회사로 키웠다. 그는 총매출 이익의 절반을 건축업과 공공근로사업에, 나머지 절반은 토목공사, 유통업, 정보통신과 출판업 등에 투자했다. SBG는 하루가 다르게 고속 성장을 했는데, 그렇게 될 수 있었던 데에는 오랜 기간에 걸친 사우디아라비아 왕가와의 돈독한 관계가 결정적인 역할을 했다. 사우디 왕가는 엄청난 이권이 걸린 국책 사업도 공개입찰 같은 절차 없이 빈 라덴 그룹에게 넘겼고, 그와 같은 비호 속에서 SBG는 세계적인 기업으로 눈부신 성장을 계속할 수가 있었다.

빈 라덴 그룹은 자산이 눈덩이처럼 불어나면서 영국, 프랑스, 독일, 벨기에, 스위스, 미국 등 세계 도처에 자회사를 설립했는데, 그 사업계획은 대부분 회사의 고문이자 나치 선전상이었던 괴벨스의 유언 집행자였으며 테러리스트 카를로스의 후원자였던 나치 은행가 프랑수와 주누에 의해 만들어졌다. 주누는 주로 스위스 로잔에 있는 사무실에 앉아 그와 같은 계획들을 입안했는데, 거기에 따라 빈 라덴 그룹은 사우디아라비아에 거대한 미군 기지를 건설했고, 걸프전 이후에는 쿠웨이트 재건을 위한 각종 공사들을 대부분 따낼 수가 있었다.

오사마 빈 라덴은 1979년 그의 후견인인 사우디아라비아의 비밀정보부 책임자인 알 사우드 왕자로부터 아프가니스탄에서 CIA의 비밀작전을 재정적으로 관리해 줄 것을 부탁받는다. 10년 동안 CIA는 소련을 궁지에 빠뜨리기 위해, 자신들은 직접 전쟁에 참가하지 않은 채 아프가니스탄에 20억 달러를 쏟아 부었다. 아랍 세계 도처에서 모집된 무슬림 전사들은 미국 돈으로 훈련받고 월급을 받으면서 미제 무기로 무장된 채 CIA가 시키는 대로 꼭두각시처럼 조종당하면서 소련군과 맞서 싸웠다.

어떻든 CIA의 조종을 받고 있었지만 오사마 빈 라덴은 아프간 저항운동의 중심에 있었다. 그는 아프간 저항운동의 인력 조달과 자금 지원을 효과적으로 관리하기 위해 비밀리에 조직을 하나 만들었는데 그것이 훗날 테러조직으로 둔갑해 버린 유명한 알 카에다였다.

빈 라덴이 아프가니스탄에서 이렇게 미국을 위해, 그리고 개인적으로는 아랍의 대의를 위해 싸우고 있을 때, 빈 라덴 그룹은 미국의 기업들과 사업 파트너 관계를 유지하면서 계속 영업을 확장하고 있었다. 1991년 빈 라덴 그룹의 총매출은 360억 달러로 추산되었는데, 그 정도면 세계 100대 기업에 속한다고 볼 수 있었다.

빈 라덴 그룹의 막강한 영향력 때문에 중동 진출을 노리는 많은 다국적 기업들은 빈 라덴 그룹과 여러 가지 형태의 제휴관계를 맺지 않을 수 없었다. 이와 같은 관계에서 가장 두드러진 다국적 기업이 미국의 칼라일 그룹이었다. 칼라일은 빈 라덴 그룹의 막대한 금융자산을 관리해 주었는데, 바로 그와 같은 관계를 통해 빈 라덴 그룹은 미국의 경제계와 정치계에 폭넓은 지지기반을 구축할 수가 있었다.

1987년에 창설된 칼라일 그룹은 오늘날 120억 달러의 주식을 관리하고 있는데, 미국의 록히드 마틴과 제너럴 다이내믹 같은 몇몇 거대 무기 및 항공기 회사의 주주로서, 미국의 무기회사들 가운데 11위의 순위를 차지하고 있다. 놀라운 것은 칼라일 그룹에 부시 전 대통령이 깊숙이 관련되어 있고, 그 간부들 역시 부시의 대통령 재임 시 함께 일했던 각료 출신들이 대부분이라는 사실이다. 칼라일 그룹은 영향력 확대를 위해 부시 전 대통령은 물론 영국 전 수상이었던 존 메이저까지 끌어들였다.

　아버지 부시는 과거에 CIA국장이었고, 후에 대통령까지 지낸 인물이다. 그리고 아들 부시는 현직 대통령이다. 아들 부시는 대통령이 되기 전 아버지를 도와 석유 사업에 손을 대기도 했다. 텍사스의 작은 석유회사들은 이들 부시 부자의 중개를 통해 중동에 진출할 수가 있었다. 이와 같은 여러 가지 형태의 거래를 통해 부시 일가는 막대한 이익을 챙길 수가 있었고, 그 이익의 배후에는 빈 라덴 가의 도움이 있었다. 부시 일가의 주변에는 항상 정치적 채무자들과 경제적 파트너들이 진을 치고 있었고, 그 뒤에는 어김없이 CIA의 검은 그림자가 따르고 있었다. 여기서 빈 라덴 가와 부시 일가, 그리고 CIA의 삼각관계는 필연적이었고, 그것도 오랫동안 아주 끈끈한 밀월관계를 유지했던 것이다.

　오사마 빈 라덴은 아버지가 세상을 떠나자 약 3억 달러로 추산되는 유산을 물려받았는데, 그 돈을 은행, 농업식품 회사, 유통업체, 건설 등에 투자하여 자산을 키워 나갔다. 물론 싸움터에서 시간의 대부분을 보내는 그가 사업에 직접 나서는 일은 거의 없었고, 항상 대리인들이 그의 사업을 대신 경영해 주었던 것이다.

　시간이 흐르면서 그는 자신의 적이 누구이며 결국 누구와 싸워야 하는지를 분명히 자각하게 되었다. 자신을 향해 조여져 오는 포위망을 보면서 자신의 입지가 갑자기 좁아진 것을 느꼈을 때는 어느새 주위가 온통 적들로 둘러싸여 있었다. 그는 마침내 CIA를 위해서 일하던 것을 그만두고 아랍권에서 자신에게 충성하는 전사들을 최대한 불러모았다.

이제 그가 싸워야 할 분명한 상대는 사우디아라비아와 미국이었다. 여기저기서 크고 작은 테러사건이 일어났고, 그 때마다 항상 오사마 빈 라덴의 이름이 오르내렸다. 거기에는 뚜렷한 증거 같은 것도 없었다. 오사마 빈 라덴의 짓일 거라는 막연한 추정만이 존재했고, 시간이 지나면서 그런 것들은 사실처럼 굳어졌다. 그러나 미국은 빈 라덴을 궁지로 몰아가기만 할 뿐 얼른 그를 제거하려고 하지 않았다. 그 동안의 끈끈했던 삼각관계를 하루아침에 단절하는 것이 쉽지가 않았던 것이다. 결국 미국은 명분 쌓기를 위해 시간을 끌고 있었던 것이다.

사우디아라비아는 사막국가로서 석유가 나기 전까지만 해도 국민들 대부분은 사막을 떠돌면서 생활해 온 유목민들이었다. 그들의 교통수단은 낙타였고, 현대문명을 외면한 채 시간은 과거에 머물러 있었다.

사막에 정지되어 있던 시간은 영원히 움직일 것 같지 않았다. 그러나 어느 날 갑자기 변화의 바람이 폭풍처럼 밀어닥쳤다. 사막 한 가운데서 석유가 쏟아져 나오기 시작한 것이다. 족장들이 타고 다니던 낙타는 벤츠600으로 바뀌었고, 그 과정에서 사우디아라비아의 경제는 외국의 거대 다국적 기업들의 자본에 잠식당한다. 석유를 헐값에 퍼 가게 해 주는 대신 왕족들을 비롯한 소수의 지배계층들은 백성들에게 돌아가야 할 수익을 모두 독차지, 자신들의 배만 불린다. 국가 기관들 역시 왕실의 호사와 쾌락을 충족시키는데 동원되었고, 그러다 보니 부정부패가 만연했다. 사우디아라비아의 민족주의자들은 이와 같은 왕정의 부패에 반발해서 반정부 투쟁을 전개했다. 그러나 미국의 지원을 받은 사우디아라비아 정부는 반체제 운동을 가혹하게 탄압했다.

여기서 오사마 빈 라덴은 두 가지 가운데 하나를 선택해야 하는 어려운 기로에 서게 된다. 하나는 사우디아라비아의 왕정체제를 지지하고 또한 사우디와 미국의 동맹을 인정하는 것이었다. 다른 하나는 두 가지 모두를 부인하는 것이었다. 사우디 왕가와 빈 라덴 가의 오랜 밀월 관계를 생각할 때 왕정에 반기를 든다는 것은 결코 쉬운 일이 아니었다. 그러나 결국 그는 이슬람 혁명을 통해 아랍의 대의를 세워야 한다는 쪽에 자신을 던지기로 결심한다.

젊은 그는 얼마든지 부유한 삶을 누릴 수가 있었다. 이미 확보하고 있는 막대한 재력과 권세는 호사스러운 삶을 보장하고 있었다. 그러나 그는 그 모든 것을 버리고 고난과 위험이 기다리고 있는 이슬람 전사의 길을 기꺼이 택했던 것이다. 2미터 가까운 장신에 더부룩한 긴 수염, 그리고 잘 생긴 얼굴을 가지고 사막의 모래먼지 속으로 사라진 그의 모습은 마치 옛날 예언자의 풍모를 보여주고 있었다. 다른 것이 있다면 손에 총을 들고 있다는 점이었다.

부패한 사우디 왕정에 대한 반체제운동과 미국에 대한 테러가 본격화되자 사우디 정부는 마침내 오사마 빈 라덴의 국적을 박탈하고 그의 재산을 압류하기로 결정한다. 사우디에서 쫓겨난 그는 수단으로 건너가 훈련캠프를 설치했다. 그러나 미국의 압력으로 수단에서 오래 있지 못하고 추방된다. 할 수 없이 그는 아프가니스탄으로 잠입했다. 계속되는 테러에 미국의 클린턴 대통령은 알 카에다 조직망을 분쇄하기 위해 CIA가 필요한 모든 수단을 사용할 수 있도록 승인하는 극비문서에 서명했다. 이를 계기로 마침내 오사마 빈 라덴과 미국은 서로의 눈치를 볼 필요도 없이, 복잡하게 얽힌 과거의 밀월관계를 깡그리 묵살한 채 세계를 전율케 하는 전쟁에 돌입했다.

이때만 해도 전 세계에 걸쳐 거대한 정보망과 수사망을 구축하고 있고, 세계 정치와 경제를 마음대로 주무르고 있으며, 세계 최강의 군사력을 보유하고 있는 미국의 입장에서는 오사마 빈 라덴이라는 인물이 하루살이 날벌레쯤으로 생각되었을 것이다. 그것은 처음부터 싸움이 안 되는 싸움으로 보였고, 그래서 모두가 미국이 빈 라덴을 제거하는 것은 시간문제로 생각하고 있었다.

1998년 8월 7일 케냐의 나이로비와 탄자니아의 다르에스살람에 있는 미국 대사관에서 동시다발로 폭탄테러가 발생했다. 이 사건으로 미국인 수십 명이 사망하고 2백여 명이 부상을 입었는데, 미 법무부는 오사마 빈 라덴을 다른 공범들과 함께 미 대사관 테러혐의로 고발했다. 그리고 2001년 5월 29일 빈 라덴이 궐석한 가운데 배심원단은 그에게 테러혐의에 대해 유죄를 인정했다.

대통령의 사랑

백악관, 1997년 5월 9일 오후 9시 10분.

봄비가 백악관 잔디밭을 포근히 적시고 있었다. 가로등 불빛에 드러난 잔디밭은 너무도 싱싱해서 손으로 한 번 쓰다듬어 주고 싶을 정도였다. 그러나 대통령 개인비서인 베티 커리는 조금 걱정스러운 눈으로 창문을 통해 잔디밭을 바라보고 있었다. 조금 전에 그녀가 대통령 집무실로 들여보낸 살찐 통돼지가 아무래도 마음에 걸렸던 것이다. 그 통돼지 때문에 퇴근시간까지 늦어져 주말 스케줄이 엉망이 됐지만 그런 것은 별 문제가 아니었다. 문제는 대통령과 살찐 통돼지 사이가 너무 깊은 관계로 발전한 것 같아 그것이 걱정스러울 뿐이었다. 만일 힐러리 여사가 이 사실을 알게 된다면 어떻게 될까. 그 결과는 생각만 해도 끔찍했다. 벌써 백악관 직원들 사이에서는 이상한 소문이 나돌고 있었고, 살찐 통돼지를 곱지 않은 눈으로 보는 사람들도 많았다. 하지만 그녀는 대통령의 개인비서로서 어디까지나 대통령을 위해 입을 굳게 다물고 있었다.

　흑인 여성으로 미국 대통령의 개인비서직을 맡고 있다는 것은 그야말로 가문의 영광이자 명예스러운 일이었다. 예일 대학에서 미국사를 공부한 그녀는 미국 역대 대통령 연구논문으로 박사학위까지 받은 명석한 여자였다. 마흔이 넘은 그녀는 아직 미혼이었고, 앞으로도 결혼할 계획 같은 것은 없었다. 그보다는 그녀의 가슴 속에는 언제부터인가 클린턴 대통령이 자리하고 있었다. 백악관에 들어와 그의 개인비서로 일하면서부터 그녀의 눈에는 다른 남자들은 보이지 않고 오로지 클린턴만 보일뿐이었다. 그녀가 보기에 클린턴은 이 지구상에서 가장 멋진 최고의 남성이었다. 그는 탁월한 지성과 넘치는 정력, 대중을 휘어잡는 카리스마, 세계 최고의 권력과 재력 등 그 모든 것을 갖추고 있는 남자였다. 세상에 어떻게 이보다 더 멋진 남자가 있을 수 있겠는가.

　그런데 그렇게 멋진 남자가 살찐 통돼지 같이 생긴 여자애를 좋아하고 있다니, 그녀는 도무지 그 마음을 이해할 수가 없었다. 그 역시 욕망에 굶주린 한 마리의 수컷에 지나지 않은 걸까. 자신도 모르는 사이에 두 눈에 눈물이 어리는 바람에 그녀는 얼른 돌아서서 손수건을 찾았다.

　살찐 통돼지라는 말은 커리가 모니카 르윈스키를 보고 혼자 속으로 지어낸 별명이다. 사실 르윈스키는 살이 너무 쪄서 비만 직전까지 와 있었다. 살이 찌다 보니 젖가슴도 어마어마하게 커져 있었다. 그녀는 인턴사원으로 백악관에서 한때 근무하다가 쫓겨나서 지금은 국방부에서 근무하고 있었다. 그런데도 클린턴을 어떻게 구슬렸는지 지금까지도 여전히 대통령 집무실을 제 집처럼 드나들고 있었다.

하지만 누가 그녀를 통돼지로 보든 어떻게 보든 클린턴은 르윈스키의 그 어마어마한 젖가슴을 좋아했다. 밤 9시가 넘은 지금 그는 대통령 집무실에서 그녀의 젖가슴을 주물러 대고 있었다. 젖가슴을 주물대면서 젖꼭지를 빨아 주자 그녀의 저 깊은 곳에서 신음소리가 터져 나왔다. 대통령의 큼직한 손이 밑으로 내려가 스커트를 걷어 올리자 그녀는 그가 쉽게 만질 수 있게 다리를 벌려 주었다. 손바닥에 무성한 음모가 그대로 만져졌다. 그녀는 팬티도 입지 않고 있었다. 팬티도 입지 않은 채 백악관에 들어와 대통령 집무실에서 정사를 벌이는 그녀의 대담한 행동은 상상을 초월한 것이었고, 대통령의 행동 또한 상식적으로는 도저히 이해할 수 없는 음란하고 변태적인 짓임이 분명했다.

백악관의 정중앙은 앞에서 보면 둥그렇게 보인다. 그 둥그런 부분 1층에 미국 대통령의 집무실이 있다. 그 곳을 중심으로 왼쪽으로 뻗어 나간 부분을 웨스트 윙이라고 하는데, 대통령의 서재는 집무실 바로 옆 웨스트 윙 첫 머리에 붙어 있었다. 집무실 앞문과 마주보는 곳에 뒷문이 있는데, 그 뒷문을 나가면 바로 왼쪽에 서재가 있다. 그리고 복도를 사이에 두고 맞은편에는 화장실이 있고, 그 복도 끝에는 개인 식당과 보좌관 사무실이 잇대어 있다. 집무실 앞문으로 들어가면 둥근 방 오른쪽에 문이 하나 있는데, 그 문 저쪽에 대통령 개인비서 베티 커리의 사무실이 있다. 대통령 집무실에 들어가려면 특별한 경우를 제외하고는 앞문이 아닌, 커리의 사무실을 거쳐야만 들어갈 수가 있다.

커리가 혹시 집무실을 들여다볼지도 모르고 신음소리가 새 나갈지도 모르기 때문에 클린턴은 르윈스키를 데리고 집무실을 나와 서재로 갔다. 서재로 걸어가는 동안에도 그들은 계속 입을 맞추고 있었다.

"왜 저에 대해서 알려고 하지 않으세요? 당신은 오로지 섹스에만 관심이 있는 거 같아요. 그렇죠?"

서재로 들어서자 그의 목을 끌어안으며 그녀가 물었다.

"오, 베이비, 그렇지 않아. 너하고 함께 있는 시간을 나는 무엇보다도 소중하게 생각하고 있어."

대통령은 그녀의 가슴에다 얼굴을 비벼댔다. 그녀는 목에서 밑에까지 단추가 달려 있는 검정색 롱드레스를 입고 있었다. 위쪽의 단추들과 브래지어는 이미 풀어헤쳐져 있었고, 드레스 윗부분은 브래지어와 함께 어깨 밑으로 흘러 내려와 있었기 때문에 풍만한 젖가슴이 고스란히 노출되어 있었다. 그녀는 스스로 아래쪽에 끼워져 있는 단추들을 모두 풀어낸 다음 드레스를 양쪽으로 활짝 열어젖혔다. 은은한 불빛에 그녀의 벌거벗은 몸이 드러났다. 젖가슴 밑에 걸려 있는 브래지어가 기묘한 분위기를 연출하고 있었다. 그녀는 대통령을 만나러 올 때마다 항상 앞부분을 쉽게 개방할 수 있는 옷을 입고 있었다. 대통령이 젖가슴을 애무하는 것을 유난히 좋아하기 때문이었다. 그가 젖가슴을 애무하는 것을 보고 있노라면 문득 아기 같다는 생각이 들 때가 있었다. 유복자로 태어나 불우한 어린 시절을 보낸 그는 모성에 목

말라 했는지도 모른다. 르윈스키는 언젠가 이런 질문을 한 적이 있었다.

"힐러리 여사는 가슴이 크나요?"

그는 미소를 지은 채 말없이 가만히 있다가 천천히 고개를 가로저었다.

"가슴이 작군요. 그렇죠?"

"이렇게 풍만하지는 않지. 이건 백만 불짜리 가슴이야."

대통령은 눈부신 듯 그녀의 벌거벗은 몸을 바라보다가 무릎을 꿇고 그녀의 음부에다 입을 맞추었다. 그녀는 다리를 벌리고 하체를 앞으로 내밀었다. 오늘은 작정하고 관계를 맺을 생각이었다. 그녀는 책상 위로 엉덩이를 올린 다음 뒤로 드러누웠다. 그리고 두 다리를 넓게 벌리면서 다급한 목소리로 속삭였다.

"빨리 들어오세요! 오늘은 꼭 해야 해요! 빨리요!"

그러나 클린턴은 그녀의 그곳을 애무하기만 할 뿐 그 곳으로 들어가려고 하지를 않았다.

"아아, 제발…… 어떻게 좀 해 줘요! 부탁해요!"

그녀의 신음소리가 달아오르자 그는 손을 뻗어 그녀의 입을 틀어막았다.

"쉿! 조용히 해! 밖에 경호원이 있어!"

그는 르윈스키를 일으켜 세운 다음 그녀의 입에 키스했다. 그녀는 키스하면서 한 손으로 클린턴의 바지 사이로 손을 집어넣어 그것을 움켜잡았다. 그것은 잔뜩 성이 나 있었고, 그의 큰 키에 어울리게 크고 단단했다. 그것으로 그는 결혼 후에도 수백 명의 여자들을 미치게 했는데, 르윈스키도 이를테면 그런 여자들 가운데 한 명일 뿐이었다.
 이번에는 대통령이 책상을 등지고 섰다. 한쪽 벽 서가에는 책들이 가득 꽂혀 있었다. 그는 독서광이었다. 엄청난 독서를 통해 길러진 상상력이 여자들에 대한 갖가지 환상으로 도색되고 있는지도 몰랐다. 그녀는 그 앞에 무릎을 꿇은 다음 그의 바지를 아예 팬티와 함께 끌어내렸다.
 "언제까지 저는 이렇게 자원봉사를 해야 하죠?"
 그녀는 사실 조금 억울한 생각이 들었다. 대통령은 지금까지 그녀를 만족시켜 준 적이 한 번도 없었다. 대신 그는 항상 그녀의 애무를 통해 자기만족만 꾀하고 있었다. 그녀는 단지 그의 성욕을 채워 주는 도구일 뿐이었다. 그런 것을 알면서도, 조금 억울한 생각이 들기도 했지만, 그래도 그녀는 대통령과 이와 같은 비정상적인 관계를 가질 수 있다는 그 사실 자체가 자랑스러웠다. 감히 어떤 여자가 미국의 대통령을, 그것도 그의 서재에서 이렇게 애무해 줄 수 있단 말인가.
 그녀는 언제나 그랬듯이 클린턴의 큼직한 심벌을 입 속에 밀어 넣었다. 그녀의 입은 큰 편인데도 그것은 안에 다 들어가기도 전에 입 속을 꽉 채우는 것 같았다. 그녀는 천천히 머리를 아래위로 움직이기 시작했다. 대통령은 신음소리를 내면서 하체를 최대한 앞으로 내밀었다. 대통령은 그녀를 만날 때마다 오럴섹스를 즐겼고, 그 이상의 짓은 하지 않으려고 했다. 나중에 말썽이 나더라도 육체적 접촉은 했지만 관계는 맺지 않았다고 말할 수 있는, 그러니까 혹시라도 그럴듯한 변명의 여지를 남겨 두려는 교활한 속셈이었지만 멍청한 르윈스키가 그것까지 눈치챘을

리는 없었다.

　그녀가 정성스럽게 입으로 그것을 애무하고 있을 때 갑자기 전화벨이 울렸다. 두 사람은 깜짝 놀라 서로를 쳐다보다가 대통령이 수화기를 집어 들면서 다른 손으로 그녀의 머리를 앞으로 당기자 그녀는 다시 애무를 계속했다.

　"CIA국장 전화입니다. 받으시겠습니까?"

　커리가 물었다. 그 시간까지 퇴근하지 않고 있는 그녀에게 대통령은 조금 미안한 생각이 들었다.

　"아, 바꿔 줘요."

　쾌감이 급속도로 전신에 퍼지고 있었다. 그는 감정을 조절하려고 애쓰면서 수화기를 손바닥으로 틀어막고 르윈스키에게 재빨리 속삭였다.

　"좀 천천히 해. 멈추지 말고 천천히 해 줘."

　전화를 받는 동안 그것이 터져 버릴까 봐 그는 속도를 조금 늦추려고 했다. 그녀는 대통령을 흘겨보면서 요염하게 웃었다. 두 사람 다 이와 같은 스릴을 즐기고 싶어 하는 악마적인 근성이 적나라하게 드러나고 있었다.

　그녀가 천천히 피스톤 작업을 계속하자 대통령은 비로소 수화기를 가리고 있던 손을 떼고 상대방을 불렀다.

　"여보세요."

　"각하, 블랙입니다."

　CIA국장은 대통령에게 자신을 지칭할 때 항상 암호명을 댄다. 이 시간에 블랙이 전화를 걸어온 것을 보면 아주 긴급한 사안인 것 같다.

"무슨 일입니까?"
"다름이 아니라 빈 라덴에 관한 겁니다."
"아, 빈 라덴 말이군요. 이야기하십시오."
르윈스키는 대통령의 심벌을 입 속 깊이 넣었다가 얼른 빼내면서 캑캑거렸다.
"누가 함께 있습니까? 나중에 말씀드릴까요?"
"아니, 괜찮아요. 이야기하세요."
클린턴은 자신의 성기를 가리키면서 르윈스키에게 다시 계속하라고 손짓을 했다. 그녀는 손등으로 입을 훔친 다음 다시 그것을 빨기 시작했다.
"빈 라덴 부대가 그자의 소재를 알아냈습니다. 그래서 그자를 체포해 오기 위한 작전을 짰는데 각하의 동의가 필요합니다. 작전계획을 들으시고 동의 여부를 결정해 주시면 고맙겠습니다. 시간을 다투는 일이라 그자가 그 곳에 있을 때 기습하지 않으면 놓치고 맙니다."
빈 라덴 부대는 점증하는 오사마 빈 라덴의 테러에 대비해서 그에 관한 정보를 수집 분석하고 작전을 세우기 위해 CIA가 특별히 만든 특수팀이었다. 12명으로 구성된 요원들은 빈 라덴에 관한 한 전문가들이라고 할 수 있었다.
"잠깐!"
대통령은 르윈스키의 이마를 밀었다. 그 말이 그녀에게 한 것인지 블랙에게 한 것인지 자신도 얼른 판단이 서지 않았다. 르윈스키는 움직임을 멈추고 그것을 입에 문 채 그를 올려다보았다.
"네? 뭐라고 하셨습니까?"

"아, 좋아요."

그는 얼른 벽시계를 쳐다보고 나서 다시 말했다.

"11시에 만나기로 합시다. 관계자들한테는 연락이 갔나요?"

"물론입니다. 모두들 기다리고 있습니다. 그럼 11시에 뵙겠습니다."

수화기를 내려놓자마자 르윈스키는 빠른 속도로 움직이기 시작했고, 1분도 안 돼 대통령은 신음소리와 함께 뜨거운 것을 분사했다. 그녀는 피하지 않고 그것을 한 방울도 남기지 않고 고스란히 목구멍으로 삼켰다. 그런 다음 보드라운 휴지로 대통령의 중요 부위를 정성스럽게 닦아주면서 대통령을 애정어린 눈으로 쳐다보았다.

"좋았어요?"

클린턴은 엄지손가락을 세워 보이면서

"최고였어."

하고 말했다.

"저도…… 스릴만점이었어요."

그녀는 대통령에게 몸을 안기면서 말했다. 그는 르윈스키를 껴안고 가볍게 키스했다.

"다른 대통령들도 섹스하면서 국정을 처리했나요?"

맹랑한 질문이다 싶었는지 대통령은 지그시 그녀를 내려다보기만 했다.

"잘 모르겠지만…… 못할 거야 없지. 아마 케네디 같으면 가능했을 거야."

"케네디 대통령은 여자관계가 어느 정도였죠?"

"굉장했지."

"그 사람도 당신처럼 백악관에서 정사를 벌였나요?"

"물론 그랬지. 케네디는 소녀 취향이었어. 십대 소녀들이 백악관을 마음대로 누비고 다닐 정도였으니까. 그는 지칠 줄 모르는 정력가였어."

그녀는 와이셔츠 속으로 손을 밀어 넣고 그의 가슴에 덮여 있는 털을 쓰다듬었다.

"각하는 여기서 저 말고 몇 명의 여자와 사랑을 나누셨죠?"

"네가 처음이고 마지막이야."

"피이, 믿을 수가 없어요."

"정말이야."

그의 말은 정말이었다. 그는 첫 번째 임기를 성공적으로 마치고 그 여세를 몰아 대통령에 재선되었지만, 그 동안 백악관 내에서 아내가 아닌 다른 여자와 불륜행각을 벌인 것은 르윈스키가 처음이었다. 차마 백악관 안에서 그런 짓을 저지를 수가 없었고, 또 그럴 기회도 없었던 것이다. 르윈스키의 경우는 그녀가 적극적으로 그를 유혹했기 때문에 그렇게 된 것이지만, 결국은 그것이 빌미가 되어 그렇지 않아도 섹스 중독상태에 있던 그는 백악관 안에서 아슬아슬하게 변태적인 섹스에 탐닉하게 되었던 것이다.

"백악관 말고 다른데서는 지금까지 몇 명의 여자들하고 연애하셨죠?"

그녀는 점점 더 노골적으로 물었다. 지금 그녀에게 있어서 클린턴은 미국의 대통령이기 전에 여느 남성들과 조금도 다름이 없는, 성적 쾌락을 위해서는 자존심도 수치심도 모두 벗어던지는 한 마리의 수컷일 뿐이었다.

"난 백악관에 들어온 뒤로는 별로 여자들하고 사랑을 못해 봤어. 잘못하다가는 소문이 나니까 말이야. 그런 점에서 백악관은 나한테 절해고도와 같이 외로운 곳이었어. 네가 나타나기 전까지는 말이야."

그는 미소를 지으면서 그녀의 머리를 쓰다듬었다.

"제가 나타난 뒤로는 외롭지 않으세요?"

"어느 정도는……. 하지만 네가 가고나면 난 다시 외로움을 느껴. 외로움을 느끼는 건 어쩔 수 없는 일인 것 같아. 인간의 한계야."

"당신은 대통령이 되기 전에 소문난 플레이보이였다고 들었어요. 그렇죠?"

그는 르윈스키가 자기를 각하라고 부르는 것을 싫어했다. 그래서 그녀는 부담 없이 당신이라고 부르고 있었다.

"여자를 좋아하는 건 사실이야. 지나칠 정도로 좋아하거든."

"지금까지 관계한 여자들이 몇 명이나 되죠?"

"글쎄…… 거긴 몇 명이나 돼지?"

"전 별로 많지 않아요. 당신까지 59명. 당신이 쉰아홉 번째 남자에요."

"어떻게 그렇게 정확하게 숫자를 기억하지?"

"섹스 노트에다 메모를 해 놓거든요. 한 사람 한 사람 다 메모해 놔요. 특징 사이즈 테크닉 등 아주 자세히 적어 둬요. 뉴욕에 갔을 때 섹스 노트를 한 권 샀는데 자세한 부분까지 다 적을 수 있도록 돼 있어서 정리하기가 아주 좋아요. 자위행위한 것까지 적는 칸이 있어요. 당신은 지금까지 몇 명이나 되죠?"

그녀는 잔뜩 호기심어린 눈으로 그를 쳐다보았다.

"난 몇 명이나 되는지 정확히 몰라."

"백 명은 넘을 거 아니에요?"

"그보다야 많지. 한 3백 명은 될 거야."

"와아, 그렇게 많아요? 소문대로 플레이보이시군요. 난 언제 3백 명을 채우죠?"

클린턴은 그녀의 뺨을 토닥거려 주었다.

"넌 아직 젊잖아. 젊으니까 3백 명 채우는 건 어렵지 않을 거야. 그건 그렇고……"

대통령은 그녀를 살며시 떼어놓으면서 정색을 하고 그녀를 쳐다보았다.

"아까 말한 그 섹스 노트 말인데…… 거기에다 나에 대해서도 적어 놨나?"

"물론이죠. 당신 성적은 베스트 원이에요."

대통령의 표정이 흐려졌다.

"집에 돌아가면 나에 대한 메모는 즉시 지워. 하나도 남김없이 지워. 알았어?"

그녀는 의아한 눈으로 그를 쳐다보다가 그의 표정이 심각한 것을 보고는 고개를 끄덕였다.

"네, 알았어요. 지우겠어요."

"나와 관련된 것은 아무리 사소한 거라도 남겨 둬서는 안 돼. 절대 안 돼. 나중에 말썽이 날 소지가 있어. 알았지?"

"네, 알겠습니다."
"우리 관계를 누구한테 말하지 않았나?"
"아뇨. 그런 짓은 절대 안 해요."
"절대 말해서는 안 돼. 이건 우리들만 아는 비밀이야. 누구한테도 이야기해서는 안 돼."

　대통령은 신신당부했고, 그녀는 걱정하지 말라고 자신있게 말했다. 이런 말은 대통령이 한두 번 한 것이 아니었고, 그때마다 그녀는 그를 안심시키곤 했다. 그러나 르윈스키의 자신만만한 대답은 실은 새빨간 거짓말이었다. 입이 가벼운 그녀는 친한 친구들에게 대통령과의 관계를 자랑스럽게 떠벌려 댔고, 그것은 나중에 소문이 되어 돌고 돌다가 마침내 기자들의 취재망에 포착되고, 결국 클린턴은 궁지에 몰려 절체절명의 위기에 봉착하게 된다. 다른 것도 아닌 추잡한 섹스 스캔들로 중도에 대통령직을 박탈당할지도 모르는 탄핵사태까지 몰고 오는데, 이렇게 된 것은 순전히 르윈스키의 가벼운 입 때문이었다. 동서양을 막론하고 남녀 사이의 스캔들이 세상에 알려지는 것은 주로 여자들의 나불대는 입 때문인데, 그런 점에서는 르윈스키도 예외가 아니었다.

　클린턴은 극과 극을 동시에 가지고 있는 인물이었다. 공인으로서의 그는 흠잡을 데 없는 대통령으로서 현재 최고의 인기를 누리고 있었다. 30세에 아칸소 주 검찰총장으로 고위공직자가 된 그는 32세에 아칸소주 주지사에 당선되고, 46세에 마침내 대통령 자리에 올랐다. 그리고 다음 선거에서도 당선되어 다시 또 대통령이 되었다. 공인으로서의 그는 힐러리의 표현을 빌린다면 자랑스러움 그 자체였다. 미국 국민들은 그에게서 미국의 힘을 느끼고 있었다. 어려운 사회보장제도와 교육문제에 대해 탁월한 해법을 제시하여 그 문제를 해결하는 것을 보고 미국인들은 그만한 대통령감이 없다고 보았고, 중국의 장쩌민 주석과 전략적 동반자 관계를 논의하고, 러시아의 옐친 대통령을 만나 경제 지원을 다짐하는 것을 보고는, 그 화려한 외교술에 찬사를 보내지 않을 수 없었다. 그의 임기내내 미국 경제는 최고의 호황을 누리고 있었다. 이런저런 이유로 그는 대통령 직무수행에 대해 60%의 지지율을 계속 유지하고 있었는데, 금세기 들어 이만한 지지율을 얻는 대통령은 그가 유일했다.

그런 그가 그 뛰어난 능력과 권력, 그리고 모든 영광을 조롱하듯, 그것도 다른 곳이 아닌 대통령 집무실에서 인턴사원과 음탕하기 짝이 없는 섹스행각을 벌였다는 것은 도무지 이해할 수 없는 일이었다.

그 날 밤 대통령 서재에서 이루 말할 수 없을 정도로 음란한 섹스를 즐기고 난 르윈스키는 집에 돌아가기 위해 서재를 나와 집무실 쪽으로 걸음을 옮겼다. 식당 쪽으로 갈 수도 있었지만 그 쪽은 경호원들이나 보좌관실 직원들과 마주칠 가능성이 많기 때문에 여비서 혼자 있는 비서실 쪽을 택한 것이다. 집무실은 텅 비어 있었다. 그 때 그녀는 문득 재미난 생각이 떠올랐다. 주위를 조심스럽게 살피고 난 그녀는 대통령 전용 책상 앞으로 다가가 의자 위에 가만히 앉아 보았다.

고급 물소가죽으로 된 의자는 클린턴의 몸집에 맞게 무척 커 보였고, 더없이 편안한 느낌을 주고 있었다. 대담해진 그녀는 상체를 뒤로 젖히면서 대통령이 된 자신의 모습을 상상해 보았다. 여자 대통령 모니카 르윈스키. 얼마나 근사한가. 그녀가 즐거워서 상체를 흔들어 대자 의자가 삐걱거렸다. 대통령은 몰라도 퍼스트레이디가 되는 것은 가능하지 않을까. 환상에 빠져든 그녀는 제멋대로 생각하기 시작했다. 그녀는 클린턴이 자기를 사랑하고 있다는 착각에 빠져 있었다. 그와 함께 그가 힐러리와 이혼하게 되면 그와 결합하는 것은 어렵지 않을 거라고 생각했다. 그녀가 그렇게 생각한 것은 클린턴과 힐러리가 서로 진정으로 사랑하는 부부 사이가 아니라는 확신이 섰기 때문이었다. 언젠가 그녀는 클린턴에게 이렇게 물은 적이 있었다. '당신이 백악관을 물러나면 우린 함께 할 시간이 지금보다 더 많을까요?' 이에 대해 클린턴은 '어쩌면 3년 뒤에는 아내와 헤어져 혼자 살지도 모르겠다.'고 대꾸했다. 이 말에 그녀가 자신감을 느꼈고, 클린턴이 자기를 사랑하고 있다고 착각했을지도 모른다. 그렇다해도 그녀는 자신이 힐러리의 자리를 차지할 수도 있다는 환상을 품을 정도로 현실감이 부족한 여자였다.

  그녀가 앉은 채로 회전의자를 한 바퀴 돌렸을 때 비서실 쪽에서 인기척이 났다. 그녀는 얼른 의자를 바로 하고 비서실 쪽을 바라보았다. 여비서 커리가 토끼눈을 하고 문 앞에 서 있었다.

  "무슨 짓이에요?"

  고함소리에 르윈스키는 소스라치게 놀랐지만 일부러 천천히 몸을 일으켰다.

  "아직 계셨군요."

  "무슨 짓이냐고 물었어요. 그 자리는 각하 외에는 누구도 앉아서는 안 되는 존엄한 자리에요. 당신 같은 여자가 무엄하게 그 자리에 앉다니, 그냥 넘어갈 수 없어요. 조처를 취할 테니 빨리 나가요!"

분노에 차서 쏘아붙이는 커리를 보고 르윈스키는 생글생글 웃었다.

"뭔가 오해 하신 것 같은데, 제가 한 번 앉아보고 싶다고 하니까 각하께서 그렇게 해도 좋다고 말씀하시고 나가셨어요. 뭐가 잘못 됐나요?"

커리가 당혹스러워 하며 머뭇거리고 있는 사이 르윈스키는 집무실을 벗어나 비서실로 들어갔다. 그리고 뒤따라온 커리에게 이렇게 말했다.

"이상한 눈으로 보지 마세요. 각하와 제가 함께 있는 것을 본 사람은 아무도 없어요. 그러니까 그건 우리 사이에 아무 일도 없었다는 것이나 마찬가지에요. 누가 물으면 그렇게 대답하세요. 아무 일도 없었다고 말이에요."

커리는 어리벙벙했다. 그러나 곧 정신을 차리고 쌀쌀하게 맞받아쳤다.

"그런 말은 듣고 싶지 않으니까 더 이상 말하지 말아요."

"잘 부탁해요. 각하의 명예에 관련된 일이니까요. 혹시 모르잖아요. 제가 백악관에……."

그녀는 말끝을 흐리면서 밖으로 사라졌다. 커리는 문을 쾅하고 닫고 나서 숨을 몰아쉬었다. 모욕감으로 그녀는 몸이 바들바들 떨리기까지 했다. 참으로 알다가도 모를 것이 대통령의 의중이라는 생각이 들었다. 멋진 각하가 저렇게 천박스러운 계집애와 밤 시간을 보내는 것이 아무리 생각해도 이해가 되지 않았다. 대통령 주위에는 얼마나 아름답고 지적인 여자들이 많이 있는가. 그 귀족적이고 아름다운 여자들 그 누구도 대통령이 손을 내밀면 거절하지 않을 것이다. 대통령을 바라보는 그녀들의 눈을 보면 알 수가 있다. 모두가 목마른 모습으로 대통령의 손길을 갈망하고 있지 않은가!

백악관 비밀회의

기밀관계 브리핑 실은 백악관 지하에 있었다. 그 방은 작고, 방음장치와 도청장치가 완벽하게 되어 있었다.
　클린턴 대통령이 11시 5분에 방 안으로 들어서자 이미 와서 대기하고 있던 사람들이 일제히 잡담을 중지하고 몸가짐을 바로 했다. 그들은 출입구 쪽에 한 줄로 서 있었다. 대통령은 그들과 일일이 악수를 나눈 다음 타원형의 길쭉한 탁자 맨 가운데 좌석에 자리를 잡았다. 다른 사람들도 조용히 자리에 앉았다. 대통령이 앉은 의자라고 해서 다른 의자들과 특별히 다른 점은 없었다. 모두가 가죽으로 된 동일한 회전의자였다.
　탁자 양쪽에는 대통령을 제외하고 모두 여덟 명이 앉아 있었는데, 그들 가운데에는 나이 든 여성도 한 명 끼어 있었다. 대통령이 뭐라고 입을 열기 전에 모두가 먼저 말을 꺼내는 것을 삼가

하고 있었기 때문에 실내에는 잠시 동안 무거운 침묵이 흘렀다.

　대통령은 그들 가운데서 단연 돋보였다. 오만하거나 위엄을 부리는 것도 아닌데 함부로 범접할 수 없는 권위와 높은 품격이 잿빛의 머리와 함께 빛을 발하고 있었다. 조금 전까지 르윈스키와 난잡한 섹스를 벌였던 섹스 중독자라고는 도저히 믿어지지 않는 전혀 다른 모습이었다.

　"수고들 많습니다. 밤늦게 모이라고 해서 미안합니다. 너무 늦었으니까 빨리 끝내도록 합시다."

　대통령이 운을 뗀 다음 맞은편에 앉아 있는 CIA국장을 향해 고개를 끄덕이자 블랙이 자료철을 펼치면서 입을 열었다.

　"이제부터 보고드릴 사항은 오사마 빈 라덴에 관한 것입니다. 먼저 빈 라덴이 얼마나 미국에 위협적인 존재인지 그것부터 말씀드리겠습니다. 지금까지 그에 대한 정보는 불확실한 것이 많았고, 너무 복잡해서 가닥을 잡기가 어려웠던 게 사실입니다. 또한 빈 라덴 가와 관계를 맺어 온 유력 인사들의 입김 때문에 그에 대한 수사가 제대로 이루지지 못하고 왜곡되어 온 것도 사실입니다. 거기에 대해서는 FBI가 많은 증거자료들을 가지고 있는 것으로 알고 있습니다."

　블랙은 출입구 쪽에 앉아 있는 화이트를 힐끗 쳐다보았다. 화이트는 FBI국장의 암호명이었다. 그는 날카로운 코끝을 만지작거리고 있다가 얼른 손을 내리면서 불쾌한 표정을 지었다. 그 표정은 왜 하필 나를 끌어들이느냐고 묻고 있었다. 블랙의 안경이 번득이더니 그의 입에서 다시 쇳소리가 흘러나왔다.

　"우리는 빈 라덴에 관한 새로운 정보들을 입수하는데 온힘을 기울였는데, 그 결과 지금까지와는 다른 새롭고 보다 확실한 자료들을 확보하게 됐습니다. 한 달 전에 나이로비에 있는 우리 대사관에 자말이라는 자가 스스로 걸어 들어와 자기는 알 카에다의 간부라고 하면서 빈 라덴과 알 카에다에 관해 자기가 알고 있는 모든 것들을 털어놓았습니다. 확인해 본 결과 그는 알 카에다 간부가 틀림없었습니다. 그가 진술한 내용 가운데 가장 주목할 만한 것은 알 카에다 내에 군사위원회가 있는데, 그 위원회는 핵 자료를 모으려고 혈안이 되어 있다고 했습니다. 그리고 조만간 WMD(대량살상무기)를 사용해 미국을 공격할 거라고 했습니다. 정말 소름끼치는 이야기였습니다."

사람들의 반응을 알고 싶은 듯 블랙은 말을 끊고 잠시 기다렸다. 무표정하게 앉아 있는 사람도 있었고, 심각한 표정으로 고개를 끄덕이는 사람도 있었다.

"그게 사실이라면 미국의 안보에 큰 위협이라고 생각합니다. 미국의 군사력에 맞설 수 있는 다른 군사력은 더 이상 지구상에 존재하지 않지만 핵이나 WMD를 이용한 테러는 아무리 막강한 미국의 군사력으로도 막기 힘든 파괴력을 가지고 있습니다. 신속하게 발본색원해서 박멸하지 않으면 엄청난 피해를 입을 수가 있습니다."

이렇게 말한 사람은 특전부대인 델타포스의 사령관인 슈메이커 중장이었다. 블랙은 대통령이 고개를 끄덕이는 것을 보고 힘주어 말했다.

"문제는 빈 라덴입니다. 그자만 제거하면 알 카에다 조직은 와해되고, 미국에 대한 테러 위협은 많이 줄어들 거라고 생각합니다. 그 동안 그자에 대한 소재를 몰라 아무 작전도 세울 수가 없었는데, 다행히 3주 전에 소재를 파악했습니다. 우리 빈 라덴 부대는 수차례에 걸쳐 빈 라덴이 그 곳에 있는 것을 확인했고, 비디오 촬영도 할 수가 있었습니다. 먼저 화면을 보여드리도록 하겠습니다."

실내에 긴장이 흘렀다. 출입구 맞은편의 나무로 된 벽면이 양쪽으로 열리자 흰 색의 스크린이 나타났다. 곧 전등이 꺼졌고, 이어서 프로젝터가 작동하는 소리가 들려왔다. 잠시 후 흔들리는 화면 위에 황량한 사막이 나타났는데, 사막의 저쪽 끝에 건물들이 서 있는 것이 아슴푸레 보였다. 그 건물들이 점점 크게 다가오자 스크린 앞에 서 있던 빈 라덴 부대장인 제임스 파비트가 레이저빔으로 화면을 가리키면서 설명을 시작했다.

"여기는 아프가니스탄 칸다하르 공항에서 가까운 곳으로 타르나크 팜즈라는 곳입니다. 보시다시피 주위에는 아무 것도 없는 고립된 사막인데, 여기에 콘크리트와 진흙 벽돌로 지어진 80여개의 건물들이 밀집해 있습니다. 그리고 이 주위에는 두께가 10피트나 되는 성벽 같은 두꺼운 벽이 견고하게 둘러쳐져 있습니다. 이 건물들은 일부는 주택으로 사용되고 있고, 나머지는 상가와 관공서 건물들입니다. 현재 빈 라덴은 이 건물 안에 은신해 있습니다."

화면이 바뀌더니 다른 건물들보다 조금 더 커 보이는 건물이 나타났다. 그것은 2층 건물로, 2층 창에는 유난히 흰 커튼이 쳐져 있었고, 창 앞에는 큼직한 발코니까지 있었다. 그리고 옥상에는 터번을 머리에 쓴 한 사내가 총을 들고 서 있었다.

"이 옥상에는 24시간 경비병이 서 있습니다. 그리고 옥상에는 기관총도 설치되어 있습니다. 경비병은 1층 출입구에도 두 명이나 있습니다."

건물 1층 출입문 앞에는 역시 터번을 쓴 경비병 두 명이 서 있었다. 출입문은 견고한 철책으로 만들어져 있었다.

"이 건물 안쪽에는 마당이 있는데, 빈 라덴은 날씨가 좋을 때에는 그 마당에서 식사를 하고, 손님들을 맞이하기도 하고, 또 거기서 중요한 회의를 하기도 한답니다. 이 건물 안에는 방이 열다섯 개가 있는데, 빈 라덴의 부인들과 아이들도 함께 살고 있습니다. 그 외에 그의 심복들이 함께 있는 것으로 추정되고 있습니다. 2층은 빈 라덴이 모두 사용하고 있습니다. 때때로 그가 2층 창가에 앉아 책을 보고 있는 모습이 보인다고 합니다."

갑자기 화면에 수염이 더부룩하게 자란 한 사내가 책을 읽고 있는 모습이 보였다. 열린 창문 사이로 보이는 그 사내는 안경을 끼고 있었는데 옆모습만으로는 빈 라덴인지 아닌지 알 수가 없었다.

실내에는 팽팽한 긴장과 함께 무거운 침묵이 흐르고 있었다. 그 침묵을 깨고 누군가가 말했다.

"저 사람이 빈 라덴 맞아요?"

"네, 맞습니다. 다음을 보시면 알 수 있습니다."

빈 라덴이 문득 이쪽으로 얼굴을 돌렸다. 마치 비디오카메라를 의식하기라도 하는 듯.

"빈 라덴이 틀림없군. 눈이 나쁜가 보지?"

대통령이 물었다.

"네, 책을 읽거나 할 때에는 안경을 낀답니다."

책을 읽고 있는 빈 라덴의 모습은 더없이 여유있고 평화로워 보였다. 마치 고매한 예언자 같은 모습이었다. 무자비한 테러리스트의 모습은 손톱만큼도 보이지 않았다. 전 세계의 수사기관으로부터 쫓기고 있는 인물치고는 너무도 태평스러워 보였다. 화면이 바뀌더니 더욱 놀라운 장면이 나타났다.

빈 라덴이 아이들과 함께 어디론가 걸어가고 있었는데, 길 가던 사람들이 모두 그에게 공손히 인사를 하고 있었다.

"저 아이들은 모두 빈 라덴의 자식들입니다. 모두 여덟 명인데 다 모인 것은 아닙니다. 외국에서 공부하고 있는 자식들까지 합치면 스무 명이 넘습니다."

여덟 명 가운데 계집아이는 세 명이었다. 제일 커 보이는 아이가 열 두세 살 정도, 빈 라덴이 손을 잡고 가는 아이는 네댓 살 정도로 제일 어려 보였다. 빈 라덴의 아이들은 길가에서 놀고 있는 남루한 차림의 아이들과 특별히 차림새가 다르거나 하지 않았다. 똑같이 남루해 보였는데, 대통령이 그 점을 지적했다.

"빈 라덴은 대단한 부자로 알고 있는데 아이들 옷차림이 저렇게 남루한 것은 일부러 저렇게 입힌 건가요?"

"그런 것 같습니다. 다른 아이들이 이질감을 느낄까 봐 배려를 한 것 같습니다. 그는 호화 생활을 버리고 일부러 고난을 자청한 사람이기 때문에 자식들이 호의호식하는 것을 용납하지 않았을 겁니다. 다른 아이들과 똑같이 생활하도록 교육을 시킨다고 합니다."

"도덕적으로는 본받을 데가 있는 사람이군."

대통령의 중얼거리는 소리에 모두가 깜짝 놀라 그를 쳐다보았다. 그러나 아무도 거기에 대해 참견하거나 하지는 않았다.

빈 라덴과 아이들 모습이 사라지고 이번에는 높은 망루가 나타났다. 망루에는 총을 든 경비병의 모습이 보였다. 파비트가 화면을 가리키면서 다시 입을 열었다.

"이 망루는 담 안쪽에 설치되어 있습니다. 이와 같은 감시망이 타르나크 팜즈에는 여덟 군데나 있습니다. 감시는 삼엄한 편입니다. 담 안에도 곳곳에 감시 병력이 상주하고 있습니다."

실내에 다시 불이 켜지고 화면에는 지도가 나타났다. 칸다하르와 그 주변을 확대한 지도였다.

"그럼 지금부터 작전에 대해 설명하겠습니다."

"잠깐. 방금 보여준 필름은 어떻게 입수한 거요?"

국방장관 윌리엄 코헨이 물었다.

"그 곳에 심어놓은 우리측 첩자가 목숨을 걸고 찍은 겁니다. 물론 공짜는 아니고 아주 돈이 비싸게 먹힌 필름입니다."

"계속하시오."

"이 작전의 암호명은 초승달입니다. 이 작전에 미군 특수부대가 동원되는 것은 아닙니다. 아프가니스탄 소수민족인 파슈툰족을 동원하기로 했습니다. 족장과 이미 합의를 봤습니다."

"그건 좋은 생각입니다."

하고 델타포스 사령관이 말했다.

"우리는 계획을 세우기 전에 네 가지 가능성을 놓고 검토해 봤습니다. 첫 번째는 토마호크 미사일로 빈 라덴의 숙소를 폭파하는 것입니다. 하지만 이 경우는 정확도에 있어서 오차가 생길 수 있고, 목표지점을 정확하게 명중한다해도 피해구역이 커서 민간인 희생자가 많이 발생할 가능성이 큽니다. 두 번째는 빈 라덴이 통과하는 지점에 매복해 있다가 그를 제거하는 것인데, 이 경우는 성공 가능성이 너무 낮습니다. 통과 시간과 지점을 예측하기 어려운 것이 단점입니다. 세 번째는 헬기를 동원해서 숙소를 공격하는 방법인데, 이 경우 저항이 상당히 클 것으로 예상됩니다. 그렇게 되면 민간인들을 비롯해서 많은 희생자가 나게 되고, 작전이 성공한다는 보장도 없습니다."

"헬기 작전은 정확도가 상당히 높아요. 헬기에 대해서 전문가의 의견을 들어봤나요?"

중앙사령부 사령관인 안토니 지니 대장이 끼어들었다. 파비트의 얼굴에 당황하는 기색이 나타났다.

"헬기 전문가의 의견까지는 들어보지 못했습니다."

"그런데 사용하기에는 AC—130 무장 헬기가 가장 적합하다고 생각합니다. 특별 군사용으로 제작된 AC—130은 높은 고도에서도 빠른 속도로 하강할 수 있고, 반대로 급상승할 때에도 빠른 속도를 낼 수가 있습니다. 그러나 무엇보다도 장점인 것은 레이더에 잡히지 않는다는 점입니다. 그래서 스푸키(유령)라고 부르고 있는데, 레이더에 잡히지 않을 뿐 아니라 정밀 전자장치로 인해 거의 제로점 가까이 접근할 수가 있고, 정밀 유도된 25, 40, 105밀리 유도탄을 발사할 수가 있습니다. 만일 AC—130 헬기를 이용한다면 정확도가 뛰어나기 때문에 목표물 파괴가 용이하고 민간인 피해도 최소한으로 줄일 수가 있을 겁니다."

"문제는 그게 아닙니다."

델타포스 사령관인 슈메이커가 참견하고 나섰다.

"헬기 작전을 감행할 경우 공군 특수부대를 중동이나 남아시아에 장기간 이동 배치해야 하는 문제가 생깁니다. 또한 AC—130은 한 번 급유로 2천 마일 이상을 비행할 수가 없기 때문에 중간에 기지들을 설치해야 합니다. 이들 기지들은 만일의 경우에 대비해서 수색과 구조에 필요한 지원을 해야 하고, 그러려면 항속거리가 짧은 곳에 설치해야 합니다. 그리고 이를 위해서는 파키스탄을 비롯한 이웃 여러 나라들의 협조가 있어야 합니다. 기지를 설치하고 국경을 수시로 통과하기 위해서는 여러 나라들과 군사적 정치적 협의를 거쳐야만 하는데 그게 그렇게 쉬운 문제가 아닙니다."

지니 대장은 얼굴이 붉어지면서 대통령을 힐끗 쳐다보았다. 대통령은 공감한다는 듯 고개를 끄덕이고 있었다. 할 말이 없어진 지니 대장은 얼른 이렇게 얼버무렸다.

"그런 문제는 당연히 고려가 돼야겠지요. 작전의 기본적인 문제니까요."

"아프가니스탄을 둘러싸고 있는 나라들과 그런 문제로 협상을 하는 것은 쉬운 문제가 아닙니다."

참석자중 유일한 여자인 매들린 올브라이트 국무장관이 말했다. 그녀는 최근 들어 흰 머리가 부쩍 더 는 것 같았고, 몹시 피로해 보였다.

"그 나라들은 모두 회교국이기 때문에 아프가니스탄과 관계가 나빠지는 것을 원치 않습니다. 미국을 지원하는 것을 곧 이슬람에 대한 적대행위로 보기 때문에 이슬람 세계에서 외톨이가 되는 짓은 하지 않으려고 합니다."

남자들에 비해 울브라이트의 목소리는 작고 나지막했다. 그래서 모두가 그녀의 말을 놓칠까 봐 잔뜩 귀를 기울였다.

"그들의 협조를 끌어내려면 고도의 협상력이 필요하고 또 그들에게 무언가를 내놓아야 할 거예요. 그리고 협조를 이끌어내기까지는 상당한 시일이 소요될 거예요. 협상이 성공한다는 보장도 없구요."

"파키스탄은 어떻습니까?"

국방장관 코헨이 물었다.

"파키스탄은 우리한테 가장 협조적인 나라입니다. 그리고 아프가니스탄과 가장 긴 국경선을 접하고 있기 때문에 위치상 기지를 설치하기에 가장 적당한 곳입니다. 하지만 현재 카쉬미르 문제를 놓고 인도와 분쟁 중이기 때문에 협조를 구하기가 쉽지가 않습니다. 인도와 파키스탄은 우리 미국에게 모두 중요한 우방이기 때문에 어느 한쪽도 소홀히 할 수 없습니다. 때문에 카쉬미르 문제는 우리한테는 매우 처리하기 힘든 예민한 문제입니다. 어느 한쪽을 편들 수가 없기 때문입니다. 만일 우리가 파키스탄에 기지 설치와 국경 통과를 요구하면 파키스탄은 분명히 거기에 상응하는 대가를 요구할 겁니다. 틀림없이 카쉬미르 문제를 들고 나와 파키스탄을 지지해 달라고 할 겁니다. 그건 정말 들어주기 어려운 난처한 문제라는 걸 모두가 잘 아실 거예요."

"헬기를 이용하는 것은 현실적으로 어렵겠군요. 다음 계획을 이야기해 보시오."

대통령이 정리를 하고나서 다음 설명을 재촉했다. 빈 라덴 부대장으로서 직접 계획을 짜고 이미 예행연습까지 마친 파비트가 다시 스크린 앞으로 다가섰다.

"네 번째 계획으로서 우리는 빈 라덴의 숙소가 있는 타르나크 팜즈를 야간 기습하는 문제를 생각해 보았습니다. 기습은 전적으로 파슈툰족이 맡기로 하고, 첫 번째 그룹이 보초를 제거하고 타르나크 팜즈로 들어가 빈 라덴의 집을 급습합니다. 빈 라덴을 체포하여 밖으로 데리고 나와 약속 장소로 가면 두 번째 그룹이 그를 인계받아 사막의 착륙지점으로 호송합니다. 그 지점은 이미 1997년에 한 번 사용한 적이 있습니다. 그 곳에 도착하면 CIA 비행기가 대기하고 있다가 빈 라덴을 미국이나 아랍의 한 도시로 데리고 갑니다. 그를 기소해서 재판에 넘길 수 있는 도시가 아니면 안 될 것입니다. 이 계획이 가장 피해가 낮고 성공률이 높다고 보고 우리는 파슈툰족과 접촉하여 협상을 벌였습니다. 파슈툰족은 적극적으로 돕겠다고 나섰습니다."

"파슈툰족은 믿을 만하나요?"

FBI 국장인 화이트가 물었다.

"네, 믿어도 좋은 사람들입니다. 사실상 아프가니스탄에 관한 정보는 그들을 통해서 나오고 있습니다. 그들은 카불에서 칸다하르에 이르기까지, 그리고 아프가니스탄 오지까지 깊숙이 퍼져 있기 때문에 정보사냥이 광범위합니다. CIA하고는 오래 전부터 협조관계에 있기 때문에 믿어도 좋은 상대입니다. 지난 93년 CIA 요원 두 명을 살해했던 파키스탄 살인 청부업자 아말칸시를 추적하여 체포할 수 있었던 것도 파슈툰족의 도움이 결정적이었습니다."

"그들이 빈 라덴 체포에 적극적인 이유는 뭡니까? 돈 때문인 가요, 아니면……?"

대통령이 하품을 참으면서 물었다.

"그들은 물론 돈이 필요합니다. 그들은 상당한 액수의 돈을 요구합니다. 하지만 그게 전부가 아닙니다. 그들은 자신들의 행동에 대해서 그 이상의 의미를 부여하고 있습니다."

"그게 뭐죠?"

하고 국방장관이 물었다.

"이슬람의 대의를 위해서 빈 라덴 같은 인물은 제거되어야 한다는 것이 그들의 생각입니다. 빈 라덴의 테러행위는 이슬람의 정신에 위배되고 평화를 해치는 짓이라고 보고 있습니다. 파슈툰족은 오랜 역사를 지닌 민족으로 이슬람 교리에 충실하고 매우 온순한 사람들입니다. 하지만 단결력이 강하고, 필요할 때는 용맹성을 발휘할 줄 아는 민족입니다."

"그들이 요구하는 액수는 얼마나 됩니까?"

지니 대장이 물었다. 파비트는 블랙을 힐끗 쳐다보았다.

"3백만 달러입니다."

하고 블랙이 대답했다.

"큰 액수군요."

화이트가 중얼거렸다.

"결코 큰 액수가 아닙니다. 놈이 앞으로 저지를 테러를 생각하면 그 피해가 어느 정도가 될지 상상할 수도 없습니다."

"파비트 대장의 이야기를 좀 더 들어봅시다."

대통령이 파비트를 보고 고개를 끄덕이자 그는 중단되었던 보고를 다시 계속했다.

"우리는 예행연습을 두 번에 걸쳐서 이미 실시했습니다. 결과는 아주 완벽했습니다. 만일 작전명령이 떨어지면 세 번 정도 더 연습을 해 볼 생각입니다."

"예행연습은 어디서 실시했나요? 거기에 작전에 참가할 파슈툰족도 참가했나요?"

지니 대장이 물었다.

"연습은 사우디아라비아의 미군기지에서 실시했고, 두 번 다 파슈툰족이 참가했습니다."

"파슈툰족은 모두 몇 명이 동원되나요?"

"50명이 동원됐습니다. 빈 라덴의 숙소를 기습할 첫 번째 그룹은 30명이고, 그를 인계받아서 사막의 착륙지점으로 데리고 갈 두 번째 그룹은 20명입니다."

"그들은 오합지졸에 지나지 않고, 따라서 작전능력도 형편없을 겁니다. 그런 자들을 훈련시키려면 실전경험이 풍부한 훈련교관들이 맡아서 해야 하는데, 예행연습 때 그 점을 간과하지는 않았나요?"

지니 대장이 의심스러운 눈초리로 파비트를 바라보면서 또 물었다. 그러자 슈메이커 중장이 나섰다.

"델타포스가 그들을 맡아서 훈련을 실시했는데, 생각보다는 아주 뛰어난 전사들이었습니다. 훈련을 소화해내는 능력이 탁월했고, 인내심과 민첩함이 델타포스 대원들보다 나으면 나았지 결코 뒤떨어지지 않았습니다. 그리고 사막에서 나고 자란 그곳 토박이들이라 현지의 지형지물을 이용하는 능력이 뛰어나고, 소리 없이 잽싸게 움직이는 것이 마치 고양이 같았습니다. 그들이라면 타르나크 팜즈에 충분히 잠입해 들어갈 수 있을 거라고 봅니다."

"델타포스가 훈련을 시켰다면 안심해도 되겠군요. 착륙지점에서는 델타포스가 그자를 인계받나요?"

국방장관이 질문을 던지자 슈메이커는 고개를 흔들었다.

"아닙니다. 우리 부대는 이 작전에 관여하지 않습니다. 이 작전은 어디까지나 CIA 소관입니다."

"착륙지점에서는 우리 빈 라덴 부대가 대기하고 있다가 그자를 넘겨받기로 되어 있습니다. 일단 헬기로 수송하기로 되어 있습니다."

블랙이 파비트를 대신해서 말했다.

그는 대통령의 눈치를 한 번 살피고 나서 다시 말을 이었다.

"그자를 어디로 데려가야 할지 그 문제가 아직 해결되지 않았습니다. 몇 군데 있긴 하지만 아주 중요한 문제라서 CIA 단독으로 결정을 내릴 수가 없었습니다. 장소에 따라서 수송 문제도 다시 검토되어야 합니다."

대통령이 잔기침을 했다. 그는 유리잔에 담겨 있는 냉수를 한 모금 마시고나서 입을 열었다.

"어디로 호송할 것인가를 결정하기 전에 먼저 중요한 문제가 있는 것 같은데, 그 문제는 검토해 보지 않았나요?"

CIA국장은 눈치가 빠른 사람이었다. 다른 사람들이 대통령의 말뜻을 미처 못 알아듣고 의아해 하고 있는 가운데 블랙이 얼른 대답했다.

"네, 빈 라덴을 생포해서 데리고 올 것인가, 아니면 현장에서 사살할 것인가 하는 문제가 남아 있습니다. 그를 현장에서 사살하면 문제는 간단해집니다. 호송 문제랄지 중간 착륙지점 확보 문제랄지 이런 문제들은 필요가 없어집니다."

"빈 라덴은 반드시 생포해서 법정에 세워야 합니다. 사살해서는 안 됩니다."

대통령이 못을 박았다.

"당연히 그래야 합니다. 그를 사살하게 되면 문제가 복잡해집니다. 국제사회의 여론이 나빠질 수도 있고 또 이슬람 극단주의자들이 복수를 명분으로 더 악랄한 테러공격을 해 올 것이 뻔합니다. 그것을 피하려면 그를 생포해서 법정에 세워야 합니다. 재판기간 동안 그의 죄과를 낱낱이 밝혀서 국제사회에 널리 알려야 합니다. 그렇게 되면 국제사회의 여론도 좋아지고 이슬람 극단주의자들도 기세가 한 풀 꺾이게 될 겁니다."

국무장관이 논리정연하게 말하자 모두가 고개를 끄덕였다. 국방장관 코헨이 뒤를 이어 입을 열었다.

"초승달 작전은 빈 라덴을 생포해 오는 것을 전제로 계획된 게 아닙니까?"

"물론 그렇습니다. 하지만 그를 생포할 수 있을지는 백퍼센트 장담할 수가 없습니다. 작전도중 어떤 변수가 발생할지 알 수가 없기 때문입니다. 만일 생포가 불가능하면 그를 사살할 수밖에 없습니다."

블랙이 사살이라는 말에 힘을 주며 말했다.

"생포와 사살을 모두 포함해서 이번 작전의 성공 가능성은 어느 정도입니까?"

코헨이 다시 물었다. 블랙의 미간에 주름이 잡혔다.

"약 60퍼센트 정도입니다."

실내에 웅성거리는 소리가 일었다.

"성공률이 겨우 60퍼센트 정도라면 상당히 위험한 작전이 아닌가요?"

"네, 그렇습니다. 희생자가 많이 발생할 수도 있습니다."

블랙은 굳이 숨기려고 하지 않았다.

"그렇게 위험한 작전을 꼭 감행해야 할 이유가 뭡니까?"

화이트가 차가운 어조로 물었다. 블랙은 당황하지 않고 대답했다.

"그 이유는 빈 라덴의 소재를 알고 있기 때문입니다. 그가 지금 어디 있는지 뻔히 알고 있으면서도 아무 일도 하지 않는다는 것은 말이 안 됩니다. 그의 소재를 알아내기까지는 상당한 노력이 필요했습니다. 그가 타르나크 팜즈에 언제까지 있을 거라는 보장도 없습니다. 지금이라도 보따리를 싸가지고 그 곳을 떠나버리면 초승달 작전은 취소될 수밖에 없습니다."

"그건 그렇지만 많은 위험을 감수하면서까지 굳이 이번 작전을 감행해야 하는지 의문이 듭니다. 만일 작전이 실패해서 많은 희생자가 생긴다면 그 책임은 누가 지는 겁니까? 거액의 비용을 마련하는 것도 쉽지가 않습니다. 국회 동의를 얻어야 하는데 그게 쉽지 않을 겁니다."

국방장관은 CIA의 비밀작전에 항상 불만이 많았다. 아무리 독립된 정보기관이라고 하지만 하는 일을 보고 있으면 마치 국방성 위에 군림하는 기관처럼 행동할 때가 많았다.

"비밀작전을 수행하는데 위험이 안 따를 수는 없습니다. 위험 부담이 없는 비밀작전은 작전이라고도 할 수 없습니다. 만일 이번 기회를 놓치면 빈 라덴을 잡을 기회는 영영 없을지도 모릅니다. 그는 갈수록 경계를 강화하고 있고, 결국은 꼬리를 감춰 버릴 거라고 생각합니다. 매일 숙소를 바꿔 가면서 두더지 생활을 하게 되면 그를 잡는 것은 영원히 불가능해지고 맙니다. 지금은 그래도 60퍼센트라는 가능성이 있습니다. 이 가능성은 아주 큰 겁니다. 만일 그가 깊이 숨어 버리면 1퍼센트의 가능성만으로도 그를 찾아다녀야 합니다. 그 때 가서는 지금하고는 비교가 안 될 정도로 희생이 클 겁니다. 비용 문제는 여기서 거론할 필요가 없다고 생각합니다."

찬 물을 끼얹은 듯 무거운 침묵이 흘렀다. 클린턴은 미소를 지으면서 주위를 둘러보았다. 울브라이트는 노트에다 뭔가를 열심히 적고 있었다.

"작전이 계획대로 성공했을 때 빈 라덴의 생존 가능성은 어느 정도입니까?"

대통령이 물었다.

"40퍼센트 정도입니다."

블랙은 흘러내린 안경을 밀어 올렸다.

"사살될 확률이 더 크군요?"

"그렇습니다. 하지만 생포하는 것에 대비해서 작전을 준비했습니다."

"사살해서는 안 됩니다. 어떻게든 생포해야 합니다."

울브라이트가 고개를 쳐들고 말했다.

"물론 그자를 생포해야 한다는 건 알고 있습니다. 하지만 상황이 불리해지거나 여의치 못할 경우에는 차선책으로 그를 사살할 수밖에 없습니다. 살려두고 나올 수는 없으니까요."

"빈 라덴 같은 인물이라면 목숨을 지키기 위해 잡히기보다는 자폭하려 들 겁니다."

하고 화이트가 말했다. 그 말에 거의가 고개를 끄덕였다.

"자, 그러면 다음 문제를 검토해 봅시다. 만일 그를 생포했을 경우 어디로 호송해서 재판을 받게 하는 게 좋을까요?"

대통령이 부드러운 어조로 물었다.

"그자는 이미 법원에 기소 중이니까 미국으로 데려와야 하지 않을까요?"

국방장관이 대통령을 쳐다보면서 말했다. 그러자 국무장관이 만년필을 들고 있는 손을 흔들었다.

"그건 곤란합니다. 그를 미국 법정에 세운다는 건 매우 위험한 생각입니다. 그렇게 될 경우 세계 뉴스의 초점은 미국으로 쏠릴 것이고, 그는 미국 법정에서 이슬람을 대표하는 순교자처럼 행세하려 들 겁니다. 그렇지 않아도 그는 이미 전설적인 인물이 되어 가고 있습니다. 그의 쇼에 모든 아랍인들이 단결해서 들고 일어날 것이고, 그렇게 되면 국제 여론이 우리한테 불리하게 돌아갈 가능성이 큽니다. 더 큰 문제는 미국이 아랍 테러리스트들의 집중 공격을 받을 거라는 점입니다. 미국 혼자서 그 공격을 감당해야 하는데, 걷잡을 수 없는 피해를 당하면서까지 그를 미국 법정에 세울 필요가 과연 있을까요?"

잠시 침묵이 흘렀다. 모두가 부지런히 머리를 굴리고 있었다.

"국무장관 말씀대로 그자를 미국 법정에 세우는 것은 바람직한 일이 아니라고 생각합니다. 그건 화를 자초하는 짓입니다."

FBI국장이 울브라이트의 말을 거들었다. 그녀의 말에 더 이상 이견이 없자 대통령은 미국 이외 장소에 대해서 물었다.

"그렇다면 어느 나라 법정에 세우는 게 좋을까요? 골칫덩이를 자진해서 처리해 줄만한 나라가 과연 있을까요? 난 확신이 서지 않는데, CIA 생각을 말해 보십시오."

블랙은 조심스럽게 입을 열었다.

"빈 라덴을 가장 환영할 나라는 리비아입니다. 리비아는 카다피 암살 음모의 배후 인물로 이미 빈 라덴을 점찍고 있습니다. 그래서 그자를 넘겨주면 아주 큰 선물로 생각할 겁니다. 그리고 법정 최고형을 선고할 것이 확실합니다."

"아무리 그렇더라도 우리가 리비아에 넘겨줄 수는 없는 거 아닙니까?"

코헨이 고개를 내저으면서 말했다. 미국과 리비아는 현재 최악의 적대관계에 놓여 있었다. 그리고 리비아는 미국의 경제 제재로 오랫동안 곤경에 처해 있었다.

"네, 바로 그 점이 아쉽습니다. 리비아에 빈 라덴을 넘겨준다는 것은 현실적으로 말이 안 되는 이야기입니다. 하지만 언제까지 리비아를 적대관계로 외면하고 있을 수는 없습니다. 미국의 국가 이익을 위해서는 언젠가는 리비아를 친미국가로 끌어들여야 합니다. 그런 점에서 제가 보기에는…… 빈 라덴을 잘만 활용하면 이 기회에 리비아를 대화상대로 끌어들일 수 있지 않을까…… 그리고 한 발 더 나아가 적대관계까지 해소할 수도 있겠다는 생각이 들었습니다. 어려운 과제이긴 하지만 반드시 풀어야 할 과제이기도 하기 때문에 한 번 생각해 본 겁니다."

울브라이트가 맨 먼저 손을 휘젓고 나왔다.

"그건 너무 복잡하고 힘든 문제에요. 빈 라덴을 잡으면 당장 호송해서 법정에 세워야 하는데 카다피가 그렇게 움직여 줄 리가 없어요. 그는 결코 만만한 인물이 아니에요. 리비아와 제대로 회담을 갖는 데만도 몇 달은 걸릴 겁니다. 그리고 회담 자체는 그렇다치고 카다피가 우리가 요구한대로 호락호락 들어줄 거라는 보장도 없어요. 아무튼 현재로서는 리비아 쪽에 사인을 보낸다는 것은 시기상조라고 생각합니다. 그쪽은 기대하지 않는 게 좋을 것 같군요."

"잘 알겠습니다. 리비아 쪽이 현실적으로 어렵다면 다음으로 생각해 볼 수 있는 곳이 사우디아라비아입니다. 하지만 그쪽도 낙관은 할 수 없습니다."

"사우디는 믿을 수가 없습니다."

하고 코헨이 말했다.

"잠시 쉬었다가 합시다."

대통령이 벽에 걸려 있는 시계를 힐끗 쳐다보고 나서 몸을 일으켰다.

시간은 이미 자정을 넘기고 있었다.

참석자들이 자리에서 일어났을 때 키가 훌쩍 크고 매끈하게 생긴 사내가 뒤늦게 나타났다. 대통령 안보보좌관인 샌디 버거였다. 그는 참석한 사람과 악수를 나눈 다음 묵직한 가방을 탁자 위에 올려놓고 나서 한숨을 푹 내쉬었다.
"지금 도착하신 겁니까?"
코헨이 화장실 쪽으로 가려다 말고 그에게 물었다.
"공항에서 바로 오는 길입니다."
"잘 됐습니까?"
샌디 버거는 고개를 절레절레 흔들었다.
"아, 힘들어요."
그는 전면전으로 번질지도 모르는 카쉬미르 분쟁을 해결하기 위해 인도와 파키스탄을 다녀오는 길이었다. 긴 여행에서 막 돌아왔기 때문에 그대로 집으로 직행해서 휴식을 취해도 누가 뭐라고 할 사람이 없었다. 그러나 백악관에서 대통령 주재 하에 밤늦게까지 긴급회의가 열리고 있다는 전갈을 받고 도저히 집으로 바로 갈 수가 없었다. 정확히 무슨 회의인지는 모르지만 백악관에서 대통령이 참석하는 회의에 자신이 빠질 경우 그것은 마치 이빨이 하나 빠진 것처럼 불완전한 회의가 될 것이 뻔 하다는 생각이 들었다. 그는 안보관계 백악관 회의에서 항상 주도적으로 발언했고, 자신의 주장이 먹혀들지 않을 경우 과민반응을 보이곤 했다.
그가 코헨으로부터 회의 내용을 듣고 있을 때 화장실에 갔던 대통령이 회의실로 들어왔다. 대통령은 버거 보좌관을 발견하고는 그쪽으로 다가와 손을 내밀었다.
"안녕하셨습니까, 각하?"
"늦었군요."
"네, 조금 전에 공항에 도착했습니다."

"파키스탄에서 오시는 길입니까?"

"네, 그렇습니다."

"수고 많았습니다. 먼 길에 피로하실 텐데 댁에 가서 쉬도록 하십시오."

"아닙니다. 비행기 안에서 충분히 휴식을 취했기 때문에 괜찮습니다."

"강철 같은 체력의 소유자이기 때문에 이 정도는 아무 것도 아닙니다."

옆에서 국방장관이 가벼운 농담을 하자 두 사람은 웃었다.

"일은 잘 될 것 같습니까?"

대통령이 물었다.

"전망은 상당히 밝습니다. 양쪽 모두 휴전을 바라고 있지만 서로 요구하고 있는 것들이 많아 아직 교착상태에 있습니다. 하지만 조만간 타협이 이뤄질 거로 봅니다. 아침에 보고서를 올리겠습니다."

"양국간 미사일 발사로 인명 피해가 상당히 크게 났더군요."

"네, 일부 강경파 군 수뇌들이 사태를 악화시키려고 한 짓입니다. 그들은 지금 단계에서 휴전하는 것을 원하지 않고 오히려 확전을 바라고 있습니다."

"양쪽 모두 감정이 격앙되어 있는 상황에서 쉽게 타협이 될 것 같습니까?"

"하지만 전망은 밝습니다."

대통령은 고개를 끄덕이면서 자기 자리로 돌아가 앉았다.

각자의 자리 앞에는 홍차와 피자 한 조각이 놓여 있었다. 대통령이 뭐라고 한마디 조크를 던지자 모두가 큰 소리로 웃었다. 그는 유머가 풍부했고, 지루한 회의 분위기를 한 순간에 바꿔 놓는 능력이 있었다.

"빈 라덴은 외국으로 도망 다닐 때도 항상 가족들을 데리고 다니나요? 가족개념이 우리하고는 완전히 달라 일개 소대의 군인부대 같던데……?"

모두가 열심히 피자 조각을 먹어 치우고 있을 때 클린턴이 느닷없는 질문을 던졌다. 처음에는 모두가 어리둥절해 있는 가운데 잠시 후 서서히 웃음이 일었다.

"그렇지는 않습니다. 가족들을 데리고 다니는 경우는 극히 드뭅니다. 이번 경우는 아주 보기 드문 예외에 속합니다."

빈 라덴 부대장이 말했다.

"아이들을 아주 좋아하는 것 같던데. 꼬마 손을 잡고 가는 장면이 아주 인상적이었어요.

"기습작전 중 전투가 벌어지면 그 아이들 때문에도 마음대로 공격을 못하겠는데요."

슈메이커 중장이 말했다.

"아이들이 방패막이로 이용될 수도 있겠는데요."

화이트가 걱정스럽다는 듯이 말했다.

"그럴지도 모르겠군요. 그렇다면 그 아이들이 빈 라덴의 진짜 자식들인지, 아니면 방패막이로 이용되고 있는 아이들인지 알아볼 필요가 있을 것 같은데요."

국방장관도 덩달아 말했다.

"그렇지 않아도 확인해 봤습니다. 그 아이들은 틀림없는 빈 라덴의 자식들입니다."

빈 라덴 부대장이 재빨리 말했다.

"비록 그의 자식들이 틀림없다해도 일단 전투가 벌어지면 그 아이들은 자의든 타의든 방패막이가 될 수밖에 없습니다. 우리 쪽은 공격에 신중을 기할 수밖에 없게 됩니다."

코헨의 말이 끝나자 대통령이 나섰다.

"인간방패와 같은 문제들을 고려한 세부적인 작전계획은 작전 팀에게 맡기고 아까 중단되었던 이야기를 계속합시다. 빈 라덴을 생포했을 경우 어디로 데리고 가서 재판을 할 것인가 하는 문제는 상당히 중요한 문제라고 생각합니다. 리비아는 검토대상에서 지우기로 합시다. 아까 사우디 쪽에 대해서 말씀하셨는데 그쪽은 어떤지 좀 더 이야기해 보기로 하죠."

"아까 제가 사우디는 믿을 수 없다고 했는데, 잘 아시겠지만 결코 과장해서 한 말이 아닙니다. 사우디는 중동국가들 가운데 우리 미국과 가장 가까운 우방입니다. 미국의 군사기지까지 있는 동맹국입니다. 이렇게 보면 사우디는 정말 친미국가로서 미국의 요청을 잘 받아 줄 것 같고, 미국에 반하는 행동을 결코 하지 않을 것처럼 생각됩니다. 하지만 실상은 절대로 그렇지가 않습니다. 사우디는 겉으로는 우방인척하면서 뒤로는 반미적인 책략을 서슴없이 꾸미고 있는 나라입니다. 사우디는 이슬람 극단주의자들의 비위를 거스르지 않으려고 그들에게 은밀히 자금을 대주고 있습니다. 그리고 그 자금은 고스란히 테러분자들의 손으로 들어가 미국을 공격하는데 사용되고 있습니다. 알 카에다의 자금줄이 빈 라덴과 사우디에 있는 그 가문에서 흘러나오고 있다는 것은 이제 새삼스러울 것도 없는 공공연한 비밀이 되어 있습니다."

코헨이 약간 상기된 표정으로 말했다.

"빈 라덴 가는 지금도 여전히 사우디에서 막강한 영향력을 발휘하고 있습니다. 빈 라덴은 추방되었지만 말입니다."

FBI국장이 코헨을 거들고 나왔다.

"사우디는 지금까지 빈 라덴에 대해 국적을 박탈하고 추방조치만 했을 뿐 체포영장도 발부하지 않았습니다. 빈 라덴에 대해 형식적이고 미온적인 태도로 일관하고 있습니다. 사우디뿐만 아니라 다른 아랍 국가들도 마찬가지일 겁니다. 리비아를 제외하고는 말입니다."

"사우디에 빈 라덴을 넘겨서 재판을 받게 한다는 것은 그를 놓아주는 것이나 마찬가지입니다. 이슬람 극단주의자들과 빈 라덴 가가 압력을 가할 것이고, 테러분자들 또한 가만 있지 않을 겁니다. 한마디로 빈 라덴은 휘발유통이나 마찬가지입니다. 그를 인계받는 나라는 휘발유통을 안고 자는 것이나 다름없기 때문에 불안한 나머지 극형에 처하지도 못한 채 형식적인 재판 절차만 마치고 그를 도로 놓아줄 것입니다."

코헨의 말은 아주 단정적이었다. 그러자 블랙이 나섰다.

"지금의 사우디는 그 전과 많이 다릅니다. 사우디는 근거 없는 소문 때문에 많이 손해를 보고 있습니다."

블랙은 감정을 자제하려고 애를 썼다. 그는 전 세계에서 들어오고 있는 귀중한 정보들을 한 손에 틀어쥐고 있는 만큼 지구상에서 일어나고 있는 정세변화를 누구보다도 정확히, 그리고 재빨리 파악하고 있었다. 그런 그의 눈에는 고위직에 있는 자들 가운데 특히 엉터리들이 많이 눈에 띄었다. 그렇다고 상대방 앞에서 면박을 줄 수도 없어 감정을 다스리느라고 꽤나 애를 먹어야 했다. 엉터리들은 주위에서 주워들은 이야기나 신문기사 같은 것들을 무슨 정보나 되는 양 부풀려서 이야기하곤 했다. 그러나 그런 정보는 그가 보기에는 쓰레기에 지나지 않았다.

"제가 알아본 바로는 사우디 정부는 빈 라덴에 대해 배신감을 느끼고 있습니다. 그의 자산을 이미 동결했고, 빈 라덴 가와도 예전 같지 않고 냉랭한 상태에 있습니다. 빈 라덴 가에 대한 지원은 벌써 중단됐고, 이중삼중으로 압박을 가하고 있어서, 빈 라덴 가의 사업체는 현재 큰 타격을 입고 있습니다. 일부는 이미 사우디를 떠났고, 여차하면 나머지도 떠날 채비들을 하고 있습니다. 사우디에 있는 막대한 자산들은 자칫하면 동결될지도 모르기 때문에 은밀히 외국으로 빼돌리고 있는 것으로 파악되고 있습니다. 한편으로는 사우디 정부와의 관계를 과거 수준으로 돌려놓기 위해 빈 라덴 가는 여러 가지 눈에 띄는 노력들을 하고 있습니다. 이를테면 오사마 빈 라덴이 가문의 명예를 실추시켰다고 맹비난하고 그와의 관계를 완전히 단절한다고 공식적으로 발표한다든지 그런 것입니다. 어떻든 사우디가 빈 라덴을 비호할 가능성은 조금도 없다는 것이 CIA의 분석결과입니다."

블랙이 매우 민감한 문제를 심각한 표정으로 말하는 바람에 실내에는 잠시 침묵이 흘렀다. 맨 먼저 침묵을 깬 사람은 대통령이었다.

"사우디 정부가 그 사람을 공개적으로 재판에 회부할 가능성은 있나요?"

"그 문제로 사우디 정보국장 알 사우드 왕자를 만나 봤습니다. 그는 검토해 보겠지만, 그자를 공개재판에 회부하는 것은 그렇게 어려운 문제는 아니라고 했습니다. 충분히 가능성이 있는 것처럼 이야기했습니다. 우리 정부가 나서서 손을 쓰면 사우디 정부는 빈 라덴을 법정에 세울 거라고 봅니다. 물론 협상을 해 봐야겠지만……."

블랙은 국무장관 쪽을 슬쩍 쳐다보았다. 그러나 그녀는 아직 판단이 안 서는지 잠자코 있었다.

"알 사우드 왕자가 빈 라덴과 상당히 가까운 사이란 건 알고 계십니까?"

뒤늦게 참석한 대통령 특별안보보좌관 샌디 버거가 연필을 손가락 사이에서 굴리며 물었다.

"알고 있습니다. 하지만 그건 과거의 이야기입니다. 지금은 배신감으로 가득 차 있습니다. 알 사우드 왕자는 어떻게든지 복수를 하려고 벼르고 있습니다."

"글쎄, 그걸 확신할 수 있을까요? 그건 미국에게 잘 보이려는 일종의 제스처일 수도 있지 않을까요?"

"제스처가 아닙니다. 그는 분명히 빈 라덴을 매우 증오하고 있습니다."

"그에게 초승달 작전을 이야기했습니까?"

블랙은 모욕을 당한 듯 얼굴이 벌겋게 달아올랐다.

"아뇨. 이야기하지 않았습니다. 정보가 샐지도 모르는데 그런 걸 어떻게 이야기합니까? 다만 다른 식으로는 이야기해 봤습니다. 만일 사우디 정보당국이 그자를 체포하면 재판에 회부해서 처벌할 거냐는 식으로 말입니다."
"처벌할 거라고 했습니까?"
샌디 버거가 추궁하듯 물었다.
"그렇게 단정적으로 말하지는 않았습니다. 자기 혼자서 결정할 일이 아니기 때문에 뭐라고 말할 수는 없지만, 그자를 법정에 세우는 일은 그렇게 어렵지 않을 거라고 했습니다. 사우디 정부 내에는 아직도 빈 라덴 가의 입김이 서려 있어 지지 세력이 없는 것은 아니지만 그렇게 걱정할 정도로 대단한 것은 아니라고 했습니다."
"이집트 쪽은 고려해 보았습니까?"
"그쪽보다는 사우디 쪽이 낫습니다."
"제가 보기에는 이집트 쪽이 더 나을 것 같다는 생각이 듭니다. 1995년 6월 빈 라덴은 에티오피아의 아디스아바바에서 그곳을 방문 중인 무바라크 대통령을 암살하려고 했습니다. 미수에 그치긴 했지만 그 사건으로 빈 라덴은 이집트 수사기관에 쫓기는 신세가 됐습니다. 비록 공개적으로 수배한 것은 아니지만 은밀하게 그자를 추적하고 있는 것은 사실입니다. 제거 대상 1호라고 해도 과언이 아닙니다. 따라서 빈 라덴을 이집트 쪽에 넘기면 그들한테는 좋은 선물이 될 거라고 생각합니다."
CIA국장은 말도 안 되는 소리하지도 말라는 듯 고개를 설레설레 흔들었다. 이제 회의는 안보보좌관과 CIA국장간의 입씨름처럼 변했고, 다른 사람들은 잠자코 듣기만 하고 있었다. 대통령부터 두 사람의 입씨름을 호기심어린 눈으로 보고 있었기 때문에 굳이 누가 나서서 끼어들려고 하지 않았다.

"무바라크는 그런 어리석은 짓은 하지 않을 겁니다. 무바라크는 장기집권으로 국민들의 원성을 사고 있고, 빈 라덴이 아니더라도 항상 암살위협에 시달리고 있습니다. 아디스아바바에서의 암살미수는 그 동안 일어났던 많은 암살미수 사건들 가운데 하나에 지나지 않습니다. 산전수전 다 겪은 무바라크는 그런 걸 별로 대수롭지 않게 생각하고 있고, 그래서 전력을 기울여 집요하게 빈 라덴을 추적하지 않은 겁니다. 무바라크가 현재 제일 두려워하고 있는 것은 이슬람 극단주의자들의 테러입니다. 이집트 내의 테러분자들은 얼마 전까지만 해도 외국 관광객들을 상대로 무차별 테러를 자행했습니다. 계속되는 테러에 외국 관광객들이 많이 희생됐고, 그 결과 외국 관광객 수가 급감했습니다. 이집트는 잘 아시겠지만 관광 수입이 국가 경제를 좌우할 정도로 큽니다. 지금은 잠시 소강상태에 들어갔지만 언제 또 다시 무차별 테러가 일어날지 모릅니다. 한마디로 무바라크는 또 테러가 발생할까 봐 전전긍긍하고 있는 형편입니다. 그런 판에 빈 라덴을 법정에 세우는 어리석은 짓을 자청해서 할 리가 없습니다. 만일 이집트가 그를 재판에 회부하면 다시 또 테러가 발생할 겁니다. 전보다 규모가 더 크고 잔혹한 테러가 말입니다. 분명히 말씀드리지만 이집트가 빈 라덴을 받아들일 가능성은 조금치도 없습니다."

이번에는 샌디 버거의 얼굴이 벌게졌다. 언변이 뛰어난 그가 아무리 궁지에 몰렸다해도 가만 당하고 있을 리 없었다.

"아랍국가들치고 이슬람 극단주의에 떨고 있지 않은 나라는 없습니다. 이집트가 그렇다면 사우디 역시 떨고 있기는 마찬가지입니다. 문제는 그와 같은 딜레마를 안고 있으면서도 미국의 요구를 들어줄 수밖에 없는 나라가 과연 어떤 나라인가 하는 겁니다. 제가 보기에는 그래도 이집트가 가장 잘 우리의 요구를 들어줄 것이라고 생각합니다. 이집트는 아랍국가들 가운데 가장 친미적이고, 오랫동안 미국의 경제적 지원을 많이 받아왔습니다. 이집트는 결코 미국을 실망시키지 않을 겁니다."

클린턴은 마지막 피자 조각을 삼키고 나서 물로 입 속을 헹궜다. 이제 빈 라덴의 운명을 결정지을 이 회의의 마무리를 지어야 할 때라고 그는 생각했다.

"자, 이렇게 합시다. 빈 라덴을 생포할 경우 그를 넘겨받아 법적 절차를 밟아 처벌해 줄 수 있는 나라로 사우디와 이집트를 우선 고려의 대상으로 해 둡시다. 이 작전이 결정되는 대로 사우디와 이집트에 전문가를 보내 의견을 타진해 보도록 하겠습니다. 이제 남은 것은 초승달 작전을 결행할 것인가, 아니면 포기할 것인가 하는 문제를 결정하는 문제만 남았습니다. 지금까지 여러분이 이 작전의 문제점에 대해 다각도로 말씀하셨기 때문에 충분히 검토가 되었다고 생각합니다."

대통령이 좌중을 둘러보자 모두가 긴장하는 표정이 되었다. 그 때 누군가가 조심스럽게 입을 열었다. 모두가 그쪽을 쳐다보았는데, 그 때까지 단 한마디도 하지 않은 채 침묵만 지키고 있던 자넷 레노 검찰총장이었다.

"또 하나 문제점이 있어서 말씀드리겠습니다. 저는 빈 라덴을 미국으로 데려와서 기소할 경우에 대비해서 어떤 문제점이 있는가를 말씀드리기 위해 이 자리에 참석했습니다. 저는 여기 오기 전에 빈 라덴의 혐의점들을 검토해 봤습니다. 검토해 본 결과는 아주 실망스러웠습니다. 유죄판결을 받아 내려면 확실한 증거가 있어야 하는데 그 증거라는 것들이 너무 빈약했습니다. 만일 이런 상태라면 그를 애써 미국 내로 붙잡아 오더라도 석방될 가능성이 큽니다. 따라서 빈 라덴이 처벌되는 것을 꼭 바란다면 미국보다는 사우디나 이집트에 넘겨서 재판을 받게 하는 것이 더 나을 거라고 생각합니다. 왜냐하면 이들 나라는 비민주적이기 때문에 증거 같은 것에 구애받지 않고 얼마든지 빈 라덴한테 중형을 선고할 수가 있습니다. 그런데 문제는 또 있습니다. 빈 라덴을 생포하면 그를 재판에 회부하기까지 상당한 기간을 기다려야 한다는 점입니다. 먼저 사우디 혹은 이집트와 협상을 벌여야 합니다. 아까 말씀하신 것을 들어보니까 협상이 순조롭지만은 않을 것 같다는 생각이 들었습니다. 최소한 한 달 이상은 걸리지 않을까 생각합니다만……."

검찰총장은 도움을 바라는 듯 국무장관 쪽을 쳐다보았다. 올브라이트는 턱을 받치고 있던 손을 내리고 고개를 끄덕였다.

"아무리 빨라도 한 달은 걸릴 거예요."

"사우디나 이집트 쪽에서 빈 라덴을 받아들이기로 결정하면 그제야 재판준비에 들어가게 되는데 준비가 끝나고 재판이 시작되려면 또 한참을 기다려야 합니다. 하지만 그 때는 빈 라덴이 사우디나 혹은 이집트 구치소에 갇혀 있을 테니까 재판을 기다리는데 별문제는 없을 겁니다. 문제는 협상기간 동안 빈 라덴을 어디에 붙잡아 둘 것인가 하는 점입니다. 초승달 작전은 말씀을 들어보니까 시간을 다투는 매우 급박한 기습작전입니다. 빈 라덴의 소재가 파악된 이상 그가 사라지기 전에 기습해서 체포하지 않으면 안 됩니다. 그리고 생포하자마자 곧 목적지까지 데리고 가야만 합니다. 그런데 아직 목적지도 결정되지 않았기 때문에 비록 빈 라덴을 생포했다 하더라도 그를 당장 데리고 갈 곳이 없습니다. 협상이 끝날 때까지는 최소한 한 달 이상이 걸리는데 그 동안 빈 라덴을 어디에 안전하게 숨겨 둘 것인지 전 그것이 몹시 궁금합니다."

실내는 순식간에 찬물을 끼얹은 듯 조용해졌다. 아무도 그와 같은 문제점을 지적해내지 못했기 때문에 모두가 당황하는 기색이 역력했다.

"아주 좋은 지적을 해 주셨어요."

이렇게 말한 사람은 국무장관이었다. 대통령도 인정한다는 듯 고개를 끄덕였다.

"아주 중요한 문제군요. 그 점에 대해서는 검토해 보셨나요?"

대통령이 똑바로 쳐다보며 묻자 CIA국장은 얼굴이 납덩이처럼 굳어졌다. 그는 주위의 싸늘한 눈길에 몹시 당황해 하다가 주눅이 든 목소리로 입을 열었다.

"솔직히 말씀드리면…… 이 작전은 빈 라덴을 생포했을 경우 미국으로 데리고 가는 것을 전제로 해서 짠 것입니다. 체포 즉시 미국으로 호송한다는 계획입니다. 일단 미국으로 데려다 놓으면 그 후에는 안심하고 시간에 구애받지 않고 법적 처리에 들어갈 수가 있기 때문입니다."

"제3국으로 데리고 갈 경우에 대비한 문제점이 검토가 안 됐군요."

국무장관이 힐책하듯 말했다.

"그렇다면 이 작전은 실행 불가능합니다. 포기하는 게 좋겠습니다."

샌디 버거가 단정을 내리듯 쌀쌀한 어조로 말하자 실내에 웅성거림이 일었다. 그는 덧붙여 말했다.

"그자를 미국으로 데리고 오는 것은 안 됩니다. 문제가 크기 때문에 데려와서는 안 됩니다. 이미 미국으로 데려와서는 안 된다는데 의견이 일치된 걸로 알고 있습니다. 결국 아랍권의 어느 나라로 데려가서 처벌받게 해야 하는데 거기에 대비한 준비가 하나도 되어 있지 않습니다. 우리가 요구한다고 해서 사전 준비도 없이 빈 라덴을 덜컥 받아 줄 나라는 이 지구상에 하나도 없습니다. 결국 해당 국가와 협상을 해야 하는데, 그 과정이란 게 쉬운 일이 아닙니다. 협상 전문가인 제가 보기에도 협상과정이 최소한 1개월 이상은 걸릴 거로 생각됩니다. 레노 총장 말씀대로 그 1개월 동안 빈 라덴은 어디에 숨겨 둘 겁니까? 지하 동굴 속에 숨겨 둘 겁니까, 아니면 공중에 매달아 둘 겁니까? 현실적으로 이번 작전은 불가능하다고 생각합니다."

블랙이 듣기에는 기분 나쁜 웃음소리가 잔잔한 파문을 일으키며 들려왔다. 블랙은 대통령은 힐끗 쳐다보았다. 그는 웃지 않고 있었다. 대통령은 궁지에 몰린 사람의 심정이 어떤 것인지 이해하고 있었다.

"빈 라덴을 받아 줄 나라를 알아보고 나서 작전을 감행하면 너무 늦나요? 그러니까 한 달 후쯤에 말입니다."

울브라이트가 가만히 물었다.

"그러면 너무 늦습니다. 빈 라덴은 그 사이에 종적을 감춰 버릴 겁니다."

블랙은 절망적인 표정으로 고개를 흔들면서 말했다.

"파슈툰족한테 부탁해서 한 달 동안만 그자를 붙잡아 두라고 하면 어떨까요?"

슈메이커 중장이 주위를 둘러보면서 조심스럽게 물었다. 모두가 놀라는 표정으로 그를 쳐다보다가 다시 블랙 쪽으로 시선을 옮겼다.

"사막에서 한 달 동안 그자를 붙잡아 두라는 말입니까? 그건 현실적으로 불가능한 일입니다."

샌디 버거가 손사래를 쳤다. 그러자 대통령이 손으로 블랙을 가리켰다.

"그게 가능합니까?"

"불가능한 일은 아닙니다."

빈 라덴 부대장인 파비트가 블랙을 대신해서 초조한 표정으로 말했다.

"그게 가능하다는 겁니까? 파슈툰족이 입을 피해는 생각해 봤나요?"

샌디 버거가 힐난하듯 추궁하고 나왔다.

파비트는 정말 마음에 들지 않는다는 표정으로 대통령 특별안보보좌관을 쳐다보았다. 생각 같아서는 면박을 주고 싶었지만 상대는 권력의 핵심에 있는 사람이었다. 그가 머뭇거리고 있는데 샌디 버거가 다시 따지고 들어왔다.

"파슈툰족이 빈 라덴을 납치해서 데리고 있는 것을 알면 알 카에다는 물론 전 아랍권의 이슬람 극단주의자들이 그를 구하기 위해 구름처럼 몰려들 겁니다. 아프가니스탄 정부군도 가만 있지 않을 거고. 그 포위망 속에서 불과 수십 명에 지나지 않는 파슈툰족 병사들이 한 달 동안 버틸 수 있을 것 같습니까? 버틴다 한들 누가 그들을 구조하러 갑니까? 미군은 드러내 놓고 구조작전을 펼 수가 없다는 거 잘 알지 않습니까? 결국 그들은 모조리 섬멸당하고 말 겁니다. 불가능한 작전을 꼭 수행하려는 어리석음을 범하지 말기를 바랍니다."

파비트는 직속상관인 블랙을 쳐다보았다. 블랙이 눈짓을 보내자 파비트는 결심한 듯 말을 꺼냈다.

"저는 이번 작전을 실제로 기획하고 예행연습까지 마친 빈 라덴 부대의 책임자로서 이처럼 탁상에서 하는 이야기와 실제 현장 상황 사이에는 많은 거리감이 있음을 느꼈습니다. 여기 계신 분들 가운데 아프가니스탄 사막에 실제로 가 보신 분들은 거의 없을 겁니다. 그 곳은 일반인들이 생각하고 있는 것과는 달리 은폐된 공간들이 많이 있습니다. 아프가니스탄 탈레반들이 러시아군을 상대로 끝까지 싸울 수 있었던 것도 지형지물을 잘 이용할 수가 있었기 때문입니다. 사막에는 의외로 바위와 동굴이 많이 있습니다. 수 킬로에 달하는 골짜기도 있고 곳곳에 부락들도 많이 있습니다. 파슈툰족은 그와 같은 자연환경을 잘 이용해서 생존해 온 부족입니다. 그들은 사막의 늑대처럼 발소리도 내지 않고 민첩하게 움직입니다. 이번 훈련과정에서 우리는 그들을 가르치는 것보다 오히려 그들한테서 배울 점들이 더 많다는 것을 알았습니다. 그들이라면 빈 라덴을 한 달 정도 숨겨 두는 것은 별로 어려운 일이 아닐 거라고 생각합니다. 그들은 절대 발각되지 않고 그 일을 수행할 수 있을 겁니다. 저는 그들의 우수함과 신뢰를 믿습니다."

"당신 생각은 매우 위험한 발상이고, 당신의 발언은 무책임하기 짝이 없습니다. 빈 라덴을 한 달 정도 숨겨 줄 수 있는지 그들과 이야기를 해 보지도 않고 어떻게 그렇게 말할 수 있습니까? 그들이 거절하면 어떻게 할 겁니까? 그리고 한 달 동안 발각되지 않을 거라고 어떻게 장담할 수 있습니까? 모두가 불확실한 것들을 당신은 확실한 것처럼 이야기하고 있어요."

샌디 버거가 노골적으로 힐난하자 파비트는 두 눈을 껌벅거리다가 말했다.

"확신이 가기 때문에 드린 말씀입니다. 그들은 우리의 요구를 거절하지 않을 겁니다."

"현지사정에 밝기 때문에 할 수 있는 말입니다. 밝지 않으면 이런 말을 할 수 없을 겁니다."

블랙이 부하를 두둔하고 나왔다.

대통령이 연필로 탁자를 두드렸다. 순간 모두가 조용해졌다.

"자, 그러면 결론을 내리기로 하죠. 지금까지 문제점들을 충분히 검토했으니까 초승달 작전을 계획대로 수행할 것인지, 아니면 포기할 것인지 어느 정도 판단이 섰을 거라고 봅니다. 국무장관부터 말씀해 보십시오."

"저는 반대합니다. 3백만 달러라는 거금을 마련하는 것도 쉽지 않을 뿐 아니라 실패할 가능성이 너무 큽니다."

국무장관 울브라이트는 흘러내리는 머리칼을 쓸어 올리면서 말을 이었다.

"성공할 확률이 60%라고 했지만, 그건 빈 라덴을 한 달간 숨겨 두는 것을 고려하지 않았을 때의 확률입니다. 그 사람을 한 달간 사막에 묶어 둔다고 할 때 위험 부담은 가중될 거라고 봅니다. 매우 위험한 작전임에 틀림없습니다. 또 문제가 되는 것은 미국이 아닌 제3국에 그를 넘기는 일이 간단하지가 않다는 겁니다. 사우디나 이집트가 거론됐지만 그들이 빈 라덴을 받아 줄 거라는 보장이 없습니다. 따라서 협상이 한 달이 걸릴지 두 달이 걸릴지, 막상 부딪쳐 보기 전에는 알 수가 없습니다. 만일 두 달이 걸릴 경우 파슈툰족이 과연 두 달 동안 그를 붙잡아 둘 수 있을까요? 제가 보기에는 그와 같은 장기간 억류는 어려울 거라고 봅니다. 또 하나는 사우디나 이집트 법정에서 과연 우리가 바라는 대로 빈 라덴에게 중형을 선고할 것인지, 그 점도 확신할 수 없다는 겁니다. 바람직한 것은 그에게 종신형 내지 사형 언도를 내려 주는 겁니다. 아니면 적어도 20년 이상은 선고해 줘야 합니다. 하지만 만일 5년 정도 선고하고 끝낸다면 그건 생색내기에 지나지 않습니다. 그렇게 되면 우리는 헛수고만 하게 되는 것이고, 국제적으로 웃음거리가 되고 말 겁니다. 심사숙고하지 않으면 안 되리라고 봅니다."

"국무장관 말씀에 전적으로 동의합니다. 결국 파슈툰족 병사는 우리가 3백만 달러라는 거금을 주고 고용하는 용병인 셈인데, 그들이 과연 기습작전 후 한 달간이라는 기간 동안 목숨을 걸고 빈 라덴을 지켜 줄지 의문입니다. 저는 그들을 신뢰할 수 없습니다."
 국방장관도 반대의견을 피력했다. 그 뒤를 이어 샌디 버거가 나섰다.
 "이번 작전은 첫 번째 단추부터 잘못 끼워졌습니다. 빈 라덴의 소재를 파악했다는 한 가지 사실에 너무 흥분한 나머지 앞뒤 가리지 않고 성급하게 작전계획을 수립했다는 사실이 곳곳에서 드러나고 있습니다. 결국 실패하기 마련인 작전을 더 이상 논의할 필요가 없다고 봅니다. CIA는 그 동안 비밀작전을 많이 수행했습니다. 결과는 참담했습니다. 국제적으로 미국의 명예를 실추시킨 경우가 허다했습니다. 앞으로는 비밀작전에 더욱 신중을 기해야 한다고 봅니다."
 "버거 보좌관, 이 자리는 CIA를 성토하기 위해 모인 자리가 아닙니다! 왜 불필요한 이야기를 하는 겁니까?"
 블랙이 마침내 참지 못하고 날카롭게 쏘아붙였다.
 "초승달 작전은 CIA가 마련한 작전이 아닌가요?"
 샌디 버거는 이죽거리는 투로 물었다.
 "CIA가 아니면 누가 이런 작전을 마련할 수 있나요? 당신이 한 번 마련해 보겠소?"
 블랙의 얼굴은 험악하게 일그러져 있었다. 대통령이 동석하고 있지 않다면 한바탕 싸움이 벌어질 것만 같은 험한 분위기였다. 대통령은 미소를 지으면서 두 팔을 벌려 보였다.
 "반대쪽 의견은 이 정도로 충분하다고 생각합니다. 작전을 찬성하는 분의 이야기를 들어보고 싶습니다."
 대통령은 중앙사령관인 지니 대장에게 부드러운 눈길을 던졌다. 그러나 그는 무언으로 반대의사를 표시했다. 그러자 맞은편에 앉아 있는 델타포스의 슈메이커 사령관이 입을 열었다.

"저는 빈 라덴을 생포할 것인가, 또는 사살해도 좋은가 하는 문제를 먼저 결정하는 것이 중요하다고 봅니다."

그는 부리부리한 눈으로 자기보다 높은 직위에 있는 사람들을 바라보았다. 강직한 성품의 그는 옳다고 생각되는 일에 대해서는 누가 뭐라고 해도 결코 물러서는 법이 없었다. 그가 보기에 두서너 명을 제외하고는 참석자들 대부분이 빈 라덴을 살려 주려고 작당을 한 것 같았다. 일부러 그런 것은 아니겠지만 그들의 주장대로라면 결과적으로 빈 라덴을 살려 주는 것밖에 되지 않는다고 생각했다.

"지금까지는 빈 라덴을 생포할 경우에 대비해서 여러 가지 문제점들을 지적해 주셨는데, 그의 제거 문제에 대해서도 논의가 있어야 한다고 생각합니다. 이번 작전에서 그를 제거하는 것이 허락된다면 다른 문제들은 자연스럽게 해소된다고 생각합니다. 그를 착륙지점까지 데리고 가지 않아도 되고 한 달 동안 억류하고 있을 필요도 없습니다. 모든 것이 아주 간단해집니다."

"죽이는 것은 간단할지 몰라도 그 뒤에 파생될 문제가 복잡해진다는 것은 생각해 보지 않았습니까?"

샌디 버거가 곁눈질로 째려보면서 물었다.

"물론 생각해 보았습니다만……."

"만일 빈 라덴이 이번 작전에서 살해되는 일이 발생하면 CIA 짓이라는 게 금방 전 세계에 알려지게 됩니다. 아무리 비밀작전이라고 해도 비밀은 존재하지 않아요. 파슈툰 병사 한 명만 붙잡아서 족치면 CIA 돈 받고 한 거라고 금방 불고말 거예요. 그렇게 되면 미국의 체면이 뭐가 됩니까? CIA가 암살 작전을 지휘하는, 그런 더러운 짓은 이제 더 이상 하지 말았으면 좋겠어요. 제발 부탁합니다."

샌디 버거가 내뱉듯이 말하고 나자 CIA국장은 무서운 눈으로 그를 노려보았다.

"보좌관, 당신은 CIA 전체를 모독했소. CIA가 더러운 일만 하는 야만적인 집단으로 생각하는 모양인데 당신 발언에 대해 책임을 지시오. 나중에 책임을 물을 테니까 더 이상 여기서 CIA를 모독하는 말은 삼가해 주시오. 초승달 작전에 대해서만 이야기하세요."

"CIA 전체를 모독한 게 아니고 암살 작전 같은 것으로 국가의 명예를 실추시키지 말아 달라는 뜻으로 말한 겁니다."

"제 이야기 아직 끝나지 않았습니다."

슈메이커 중장이 불만에 찬 표정으로 말하자 대통령이 머리를 끄덕였다.

"말씀하십시오."

"빈 라덴을 생포해서 제3국에서 처벌하는 것이 어렵다고 해서 초승달 작전을 포기하는 것은 안 된다고 생각합니다. 생포하는 것이 어렵다고 하면 사살이라도 해야 합니다. 그가 도망가도록 내버려둬서는 안 됩니다."

"그건 곤란합니다. 사살은 안 됩니다."

국무장관이 무겁게 고개를 가로저었고, 그러자 블랙이 단번에 승부를 보겠다는 듯 나섰다.

"생포가 어렵다면 제거하는 것이 옳다고 생각합니다. 왜냐하면 이번 기회를 놓치면 두 번 다시 그를 볼 수 있는 기회가 찾아오지 않을 것 같기에 드리는 말씀입니다. 이번에 그를 놓치면 언젠가 반드시 후회할 날이 있을 겁니다. 그는 핵폭탄이나 같은 인물입니다. 앞으로 미국에 크나큰 재앙을 몰고 올 인물입니다. 국제사회의 비난 때문에, 또는 이슬람 극단주의자들의 테러위협 때문에 그를 살려 둔다는 것은 말이 안 됩니다. 어떤 희생이 있더라도 이번 기회에 그를 제거해야만 합니다."

"환상을 쫓아서는 안 된다고 생각합니다."

샌디 버거가 또 끼어들었다.

"환상이라니요? 무슨 환상 말입니까? 지금 우리는 엄연히 존재하는 테러리스트의 위험에 대해 이야기하고 있는 겁니다."

블랙은 눈을 치뜨고 말했다.

"제가 말하는 환상은 빈 라덴에 대해 우리가 품고 있는 환상을 말하는 겁니다. 제가 보기에 그는 실세보다 니무 과장되게 포장되어 있습니다. 아까 레노 총장께서 말씀하셨지만 유죄를 입증할 만한 명확한 증거가 없는데도 모두가 그를 대단한 테러리스트처럼 생각하고 있는 겁니다. 이와 같은 생각은 일종의 환상처럼 부풀려져 나중에는 그를 신비스러운 인물로까지 착각하게 될 겁니다. 이미 그와 같은 징후는 여기저기서 나타나고 있습니다. 지금 빈 라덴에 대한 정확한 판단 기준도 서 있지 않는 상태이기 때문에 모두가 그자에 대해 혼란을 느끼고 있습니다. 명확하지도 않은 막연한 불안감 때문에 별로 대단치도 않은 인물 하나를 제거하기 위해 막대한 비용을 써 가면서 CIA가 비밀작전을 수행한다는 것은 너무 지나친 과잉반응이고, 잘못하다가는 웃음거리밖에 되지 않습니다. 환상을 쫓지 말라는 말은 바로 그런 뜻이었습니다."

"CIA는 알 카에다와 연계된 테러에 대해 오래 전부터 조사해 왔습니다. FBL(빈 라덴 부대)만 해도 알 카에다와 빈 라덴에 대해 집중적으로 연구한 전문가 그룹입니다. 그들은 빈 라덴의 위험성을 이구동성으로 경고하고 있습니다. 명확한 증거가 있느냐 없느냐 하는 것은 쓸데없는 논란거리입니다. 빈 라덴은 그런 수준에서 다루어질 인물이 아닙니다. 예를 들어보겠습니다. 중국은 미국의 장래에 아주 위협적인 존재입니다. 여기에 이의를 다는 사람은 아무도 없을 겁니다. 그래서 우리는 중국의 도전에 맞서 단단히 대비하지 않으면 안 됩니다. 하지만 중국이 현재 우리에게 해를 끼치는 범법행위를 하고 있느냐 하면 전혀 그렇지 않습니다. 그들은 오히려 합법적으로 우리의 목을 조여 오고 있습니다. 그런 중국을 보고 그들이 아무런 범법행위를 한 것도 없는데 우리가 왜 불안해 하느냐고 묻는다면 그건 아주 어리석은 질문입니다. 중국의 위협을 이야기하려면 그런 차원에서 이야기하면 안 되죠."

블랙이 결국 샌디 버거에게 펀치를 하나 날린 셈이었다.

"빈 라덴은 전 세계에 걸쳐 광범위한 연계망을 구축하고 있습니다. 일일이 지적하기 어려울 정도로 복잡한 연계망을 구축해 놓고 테러를 지원하고 있습니다. 자료만 해도 책 한 권 정도는 됩니다."

파비트가 블랙을 거들었다. 샌디 버거는 아니꼽다는 듯이 눈을 치뜨고 파비트를 바라보았다.

"책 한 권 정도나 되는 그 자료가 도대체 뭔지 한 번 보고 싶군요. 지금 볼 수 있습니까?"

"지금은 안 됩니다. 여기 없습니다."

"언제 보여줄 수 있습니까?"

파비트는 난처한 얼굴로 블랙을 쳐다보았다. 그러자 블랙이 나섰다.

"그 자료는 보여줄 수 없습니다."

"왜 안 된다는 겁니까?"

"극비 자료이기 때문에 안 됩니다. 각하 외에는 누구한테도 보여줄 수 없습니다."

갑자기 실내에 무거운 침묵이 깔렸다. 샌디 버거는 대통령을 한 번 쳐다보고 나서 따지고 들었다.

"수사 자료에 지나지 않을 텐데 그게 그렇게 중요한 겁니까?"

"네, 아주 중요한 겁니다. 그 자료에는 미국 정치인들과 정부 고위직 인사들의 이름도 들어 있습니다."

"그게 무슨 말입니까? 빈 라덴 수사 자료에 우리 정치인들과 고위 관료들의 이름이 들어 있다니, 지금 무슨 말씀을 하고 있는 겁니까?"

모두가 어리둥절한 눈으로 블랙을 쳐다본다.

"과거부터 빈 라덴 그룹과 관계가 있던 사람들의 명단입니다. 그들은 빈 라덴 그룹이 미국 내에서 사업을 하는데 많은 도움을 주었고, 그 대가로 적지 않은 이익을 챙겼습니다. 물론 합법적으로 했겠지요. 하지만 그것이 결과적으로 알 카에다의 활동에 도움이 됐다면 입이 두 개라도 할 말이 없을 겁니다. 빈 라덴 그룹이 알 카에다의 자금줄이었다는 것은 알 만한 사람들은 다 알고 있는 사실입니다. 지금은 사정이 많이 달라졌지만 빈 라덴 그룹은 더 이상 미국에서 활동할 수 없게 됐고, 빈 라덴은 닥치는 대로 미국인을 죽이겠다고 선언했습니다. 미국에 선전포고를 한 겁니다. 하지만 빈 라덴 그룹의 영향력이 미국 내에서 모두 사라진 것은 아닙니다. 현재도 위장된 자금으로 운영되는 기업들이 있고, 일부는 지하로 흘러들어가 돌아다니고 있습니다. CIA는 미국의 고위직 인사들이 지금도 빈 라덴 그룹과 관계하고 있는지, 그것을 알아보고 있습니다. 그리고 그것이 사실로 드러날 경우 적절한 조치를 취하기 위해 그들의 행적을 예의주시하고 있습니다."

어느새 실내에는 냉기가 흐르고 있었다. 서로 눈치를 살피는 그들의 표정에는 불안한 기미마저 엿보이고 있었다.

"이건 대단히 심각한 문제라고 봅니다. 그대로 덮어둘 사안이 아니라고 생각합니다. 그런 사람들이 있다면 즉시 공개해서 응분의 조처를 취해야 하지 않습니까? 그대로 숨겨 둔다는 것은 마치 암이 퍼지기를 기다리는 것이나 마찬가지라는 생각이 드는데……."

샌디 버거의 말은 거품이 빠진 맥주처럼 생기가 없었다. 그냥 체면치레로 하는 말처럼 공허하게 들렸다.

"아직 조사가 끝나지 않았습니다. 조사가 끝나면 공개하든가, 아니면 다른 방법으로 처리할 생각입니다."

블랙의 말은 왠지 위협적으로 들렸다. 화이트가 몸을 들썩거리더니 입을 열었다.
"FBI가 모른 체할 수는 없을 것 같은데요?"
"필요하면 도움을 청하겠습니다."
블랙은 딱 잘라 말했다. 그러고 나서 이렇게 덧붙여 말했다.
"빈 라덴 그룹은 다국적 기업이기 때문에 전 세계 여러 나라들과 복잡하게 얽혀 있습니다. 따라서 CIA가 아니고는 수사할 수가 없습니다."
FBI는 국내 범죄수사나 할 것이지 남의 일에 상관하지 말라는 뜻이었다. 화이트는 금방 표정이 굳어지면서 무슨 말인가 할 듯하다가 대통령이 먼저 입을 여는 바람에 침묵을 지켰다.
"빈 라덴이 위험 인물이라는 것은 의심의 여지가 없는 것 같습니다. 나는 CIA의 의견을 존중합니다. 그를 지금 제거하지 않으면 나중에 우리 미국이 큰 화를 입을 것이라는 경고도 결코 무시해서는 안 된다고 생각합니다. 이제 우리가 결정해야 할 것은 아주 분명해졌습니다. 빈 라덴을 생포하는 대신 현장에서 그를 사살할 것인가, 아니면 이번 작전을 포기할 것인가 하는 문제입니다."
"사살해서는 안 됩니다."
"저도 같은 생각입니다."
국무장관과 국방장관이 서로 약속이나 한 듯 반대의사를 분명히 했다.
"CIA가 암살에 관계하는 것은 옳지 않습니다."
샌디 버거가 말했다.
"국제사회에서 CIA를 보는 눈이 곱지 않다는 것은 어제 오늘의 일이 아닙니다. 특히 국제 지식인 사회에서는 CIA를 암살이나 일삼고, 쿠데타를 부추겨 마음에 안 드는 후진국 정치체제나 뒤엎는 아주 부도덕한 집단으로 보고 있습니다. 이와 같은 인식을 불식시키기 위해서 CIA는 각고의 노력을 하지 않으면 안 된다고 봅니다. 만일 초승달 같은 작전으로 또 한 사람을 암살한다면 미국의 명예는 돌이킬 수 없을 정도로 추락할 것이고, 반면 빈 라덴은 순교자로 추앙을 받게 될 것입니다."

FBI국장이 조리 있게 반대의견을 말했다. 블랙은 한심하다는 표정으로 그를 쳐다보다가 한숨을 내쉬면서 고개를 돌렸다. 대통령의 시선이 지니 대장 앞에 머물렀다. 그는 깍지 끼고 있던 두 손을 내렸다.

"CIA가 빈 라덴에게 너무 과민반응을 보이고 있다는 버거 보좌관의 말씀에 저도 동의합니다. 테러 문제에 대해서는 좀 더 큰 관점에서 밑그림을 그릴 필요가 있다고 봅니다. 한 인물한테 너무 병적으로 집착하기 보다는 근본적인 대책을 세워서 대처해 나가야 한다고 봅니다. 현재 테러분자들을 숨겨 주고 그들에게 훈련캠프를 제공해 주고 있는 나라는 몇 개 안 됩니다. 그런 나라들을 강력하게 응징하고 돈줄을 끊는다면 테러조직은 머지않아 자연 소멸될 것입니다."

지니 대장의 말이 끝나기 무섭게 블랙이 더 이상 참지 못하고 반박했다.

"과민반응이라는 말은 빈 라덴의 실체를 정확히 모르니까 하시는 말씀입니다. 우리는 오랫동안 조사하고 분석한 끝에 빈 라덴을 지금 제거하지 않으면 안 된다는 결론에 도달한 겁니다. 따라서 그에게 CIA가 병적으로 집착한다는 말씀은 말이 안 됩니다. 그리고 테러분자들을 지원하고 있는 나라들을 강력하게 응징하라는 것은 그들과 전쟁을 하라는 말이나 마찬가지입니다. 미국은 여러 군데서 동시에 전쟁을 수행할 능력이 없을 뿐 아니라 또 그럴 필요도 없습니다. 전쟁이란 항상 마지막 수단이어야 하고, 어쩔 수 없을 때 마지막 카드로 그것을 꺼내야 합니다. CIA 작전 중에는 전쟁을 예방하는 차원의 작전들이 많이 있습니다. 다시 말해 전쟁을 벌여 해결할 문제를 CIA가 소규모 작전으로 미리 선수를 쳐서 해결해 버리는 그런 작전 말입니다. 그런 것들을 일일이 여기서 말할 수는 없지만, 그와 같은 과정에서 CIA가 그 동안 욕을 먹어 온 것은 사실입니다. 이해력이 부족하고 굳이 이해하려고 하지 않는 사람들이 우리 CIA를 욕하고 있다는 것을 우리는 잘 알고 있습니다. 하지만 우리는 음지에서 일하고 있기 때문에 드러내 놓고 해명할 수 없다는 것이 안타까울 뿐입니다."

블랙은 안타까운 나머지 울고 싶었다. 그러나 눈물을 보이기 싫어 어금니를 지그시 깨물었다.

"검찰 입장에서 뭐라고 말씀드린다는 것이 적절치 않다는 것을 알고 있지만 검찰은 항상 법을 지켜야 한다고 말할 수밖에 없습니다. 따라서 한 인간에 대한 암살행위에 동의할 수는 없습니다. 비록 그것이 국가적 차원의 행위라 하더라도 말입니다. 이것이 우리 검찰의 한계라는 것을 이해해 주시기 바랍니다."

레노 검찰총장이 미안한 표정으로 말했다. 슈메이커 중장이 기침을 하고나서 오른손을 흔들었다.

"테러에 대해서는 그때그때 단호하고 강력한 대처가 필요합니다. 제때 대처하지 않으면 테러는 갈수록 기승을 부릴 것이고, 결국은 걷잡을 수없는 사태에 직면하게 될 것입니다. 발본색원해서 제거하지 않으면 머지않은 장래에 엄청난 재앙에 직면하게 될 것입니다. 그들은 언젠가는 핵이나 생화학 무기를 손에 넣게 될 것입니다. 지금 막지 않을 경우 말입니다. 그렇게 되면 그 결과는 너무도 참혹할 것입니다."

"테러를 그냥 내버려두자는 게 아닙니다. 테러에 대처하는 방법도 여러 가지가 있습니다. 여기에 테러의 심각성을 우려하지 않는 사람은 아무도 없습니다."

샌디 버거가 재빨리 쏘아붙였다. 슈메이커 중장이 다시 나서려고 하자 블랙이 대신 입을 열었다.

"빈 라덴은 전 세계 테러의 중심에 있는 인물입니다. 테러리스트 가운데 그만큼 돈이 많고 영향력이 큰 인물은 없습니다. 이슬람 극단주의자들은 다투어 그의 휘하에 들어가 충성을 맹세하고 있습니다. 그의 세력은 갈수록 커지고 있고, 그것은 곧 파괴력을 의미합니다. 지금 그를 제거하지 않으면 그 파괴력은 가공할 정도로 커질 것입니다."

"우리는 지금 보다 크고 심각한 문제에 직면해 있습니다. 바로 카쉬미르 문제입니다. 그 문제 때문에 저는 대통령 특사 자격으로 며칠 동안 파키스탄과 인도를 방문해 양국 지도자들을 만났습니다. 두 나라는 자칫 잘못하다가는 전면전에 돌입할지도 모릅니다. 전군이 전시비상사태에 들어가 있고, 명령이 떨어지기만을 기다리고 있습니다. 만일 전면전이 벌어지면 그것은 바로 핵전쟁으로 확대될 가능성이 있습니다. 그것을 막기 위해 미국 정부는 온힘을 기울이고 있습니다. 때문에 빈 라덴 같은 한 인물한테 에너지를 낭비할 여유가 없습니다. 먼저 인도―파키스탄간 전쟁을 막아야 합니다."

샌디 버거의 말이 끝나자 대통령이 입을 열었다.

"유감스럽지만 초승달 작전은 일단 보류하는 게 좋겠습니다. 그 동안 먼저 빈 라덴을 언제라도 인계받아 법적으로 처리해 줄 수 있는 나라를 알아보기 바랍니다. 그런 다음에 체포 작전에 들어가는 게 좋겠습니다. 그 사이에 빈 라덴이 종적을 감춘다면 계속 추적해서 소재를 파악하도록 하십시오. 만일 부득이 해서 체포가 어렵다면 그 때 가서 제거해도 늦지 않을 겁니다. 장시간 수고가 많았습니다."

말을 마친 대통령은 자리에서 일어나 참석자들과 일일이 악수를 나누었다. 더 이상의 말문을 막아 버린 대통령의 태도에 가장 당혹해한 사람은 블랙이었다. 그는 크게 낙담한 표정으로 대통령과 악수를 했다. 대통령은 의미있게 웃으면서 그의 어깨를 두드려 주었다.

"빈 라덴이 운이 좋은 모양입니다."

대통령의 농담에 블랙도 웃으려고 했지만 오히려 얼굴이 일그러지고 말았다.

제거 명령

시간은 벌써 5월 10일 새벽 2시가 지나고 있었다.
 촉촉이 대지를 적시고 있던 봄비는 어느새 굵은 빗줄기로 변해 있었다.
 "바보 같은 자식들!"
 백악관을 빠져나온 차가 포토맥 강 쪽으로 속력을 내어 달리기 시작하자 블랙이 참았던 화를 터뜨렸다. 파비트는 굳은 표정으로 정면만 바라보고 있었다. 그는 블랙의 심복으로, 초승달 작전이 보류된데 대해 몹시 실망하고 있었다.
 블랙 역시 실망이 이만저만 큰 것이 아니었지만 파비트에 비하면 자신이 느끼는 실망감은 아무 것도 아니라는 생각이 들었다. 그래서 그는 심복 부하의 마음을 위로해 주고 싶었다. 굳게 닫혀 있는 입과 그 주위의 강인한 턱이 그의 실망감과 분노가 어느 정도인가를 말해 주고 있었다. 그는 이런 경우 입을 꾹 다물고 거의 말을 하지 않는 버릇이 있었다. 블랙은 팔걸이 뚜껑을 열고 버튼을 눌렀다. 그러자 앞뒤 좌석 사이에 설치되어 있는 유리벽이 소리도 없이 스르르 올라갔다. 유리 차단벽이 천장까지 올라가면 뒤에서 무슨 말을 해도 앞에서는 절대 들을 수가 없다.

앞에는 운전요원과 경호원이 앉아 있었다. 세계 최고 최대의 정보기관 책임자인 그는 대통령과 맞먹는 수준의 경호를 받고 있었다. 대통령처럼 요란스럽지는 않았지만 그가 타고 있는 차는 방탄설계가 되어 있는 검은 색의 리무진이었고, 앞에서는 똑같이 생긴 또 한 대의 리무진이 경계태세를 갖춘 채 그의 차를 선도하고 있었다. 경호는 거기서 끝나지 않고 장갑차처럼 생긴 시커먼 험비가 흡사 괴물 같은 모습으로 뒤를 따르고 있었다. 험비는 원래 야전용으로 만들어진 군용차량으로, 미군이 쿠웨이트를 침공한 이라크군과 사막에서 전투를 벌일 때 위력을 발휘한 뒤부터 유명해진 차였다. 그것을 나중에 민간용으로 만들어 판매하자 그 독특한 외관과 야성미 때문에 선풍적인 인기를 끌고 있었다. 험비 안에는 다섯 명의 경호원들이 타고 있었고, 최첨단의 통신설비와 함께 각종 무기들까지 실려 있었다.

"정말 마음에 안 드는 인간들이야. 그 가운데에는 과거 빈 라덴 가의 돈을 먹은 자도 있어. 내가 자료를 갖고 있다고 하자 가슴이 뜨끔했을 거야. 정부 안에는 빈 라덴 가의 조종을 받고 있는 자들이 적지 않아. 특히 공화당 쪽에 많이 있어."

파비트의 두 눈이 어둠 속에서 빛났다.

"이 참에 확 터뜨리는 게 어떻습니까?"

"그럴 수는 없어. 만일 그걸 터뜨릴 경우 만만찮은 저항에 부딪치게 될 거야. 이 나라는 변호를 어떻게 하느냐에 따라 살인범을 피해자로 둔갑시킬 수가 있는 나라야. 그자들은 이 나라를 쥐고 흔들 수 있는 위치에 있는 자들이야. 그들이 힘을 합쳐 도전해 오면 나와 CIA는 꼼짝없이 당할 수밖에 없어. 빈 라덴에 대해서는 다음 기회를 노리자구. 놈을 제거할 수 있는 기회가 틀림없이 올 거야. 머리도 식힐 겸 며칠 휴가나 다녀오지 그래. 일등석을 끊어줄 테니까."

"싫습니다."

파비트는 딱 잘라 말했다. 그는 사나운 눈길로 차창 밖을 바라보았다. 거리에는 사람의 그림자가 거의 보이지 않았다. 드문드문 오가는 차량들의 불빛이 쏟아지는 빗줄기에 부딪쳐 어지러울 정도로 착시현상을 불러일으키고 있었다.

"파슈툰 족장에게 뭐라고 설명해야 할지 모르겠습니다. 그들은 앞으로는 미국인의 말을 믿지 않을 겁니다. 그들을 우리 쪽에 끌어들이느라고 그 동안 공들인 것을 생각하면 정말이지 억울합니다."

"잘 알고 있어. 그 동안 고생한 거 누구보다도 잘 알고 있으니까 너무 그렇게 상심하지 마. 사람들은 CIA를 항상 긍정적이기보다 부정적으로 보는 경향이 있기 때문에 무슨 일을 하나 진행시키려면 주위에 방해하는 자들이 많이 나타나서 훼방을 놓는 바람에 자네도 알다시피 일하기가 여간 어렵지가 않아."

"그런 자들은 그렇다치고 대통령은 왜 그렇게 애매한 태도를 취하는 겁니까? 보류가 뭡니까 보류가? 차라리 작전을 취소하라고 하면 깨끗이 잊어버리고 다른 일을 하겠습니다. 그것도 저것도 아닌 보류라니, 그런 애매한 말이 어디 있습니까? 보류하고 있는 동안 빈 라덴이 사라지면 계속 추적해서 소재를 파악하라니, 그것도 명령이라고 한 겁니까? 그 사람 소재를 알아내는 것이 얼마나 어려운 일인지 대통령은 짐작도 못할 겁니다. 빈 라덴의 소재를 알아내기 위해 저는 아프가니스탄 사막에서 부족들과 함께 생활하면서 6개월을 보냈습니다. 갔다 왔더니 아내는 달랑 편지 한 장 써 놓고 사라져 버리고 없었습니다. 편지에는 혼자서 집을 지키는 여자의 무의미함이 간단명료하게 적혀 있었습니다."

"저런, 그랬었나. 난 그것도 모르고 있었지. 왜 이제야 그런 말을 하나?"

"무슨 자랑거리라고 그런 걸 이야기합니까. 전 앞으로 절대 결혼하지 않고 혼자 살 겁니다."

그가 세 번째 부인을 맞은 것은 2년쯤 전이었다. 첫 번째 부인과의 사이에 딸을 하나 두었을 뿐 그 뒤에 만난 부인들하고는 자식 만드는 일을 피했기 때문에 더 이상의 자식은 없었다. 그래서인지 세 번째 부인이 떠나고 난 지금 그는 홀가분한 기분이었다. 처음 아프가니스탄에서 시커멓게 그을린 모습으로 6개월 만에 집에 돌아와 아내가 떠난 것을 알았을 때는 배신과 상실감으로 잠을 이룰 수가 없었다. 그는 모든 것을 잊기 위해 아프가니스탄 사막으로 다시 돌아가고 싶었다. 거기에 묻혀, 사람들로부터 잊혀진 채 그 곳 부족들처럼 살고 싶었다. 그런 그에게 초승달 작전이야말로 더 할 수 없이 좋은 기회였다.

6개월 동안 아프간 사막에서 부족들 틈에 섞여 그들이 주는 음식을 먹고, 동굴에서 잠을 자고, 한밤중에 별을 보면서 배설하는 동안 그는 자신이 어느 새 부족들의 일원이 된 것처럼 생각되었고, 할 수만 있다면 그곳에 주저앉아 오랫동안 살고 싶은 마음이 들 때가 한두 번이 아니었다. 태어나면서부터 현대문명의 이기에 길들여진 그에게는 사막생활이 육체적으로 여간 불편한 것이 아니었다. 그것은 고통스럽기까지 했고, 처음 몇 번은 포기하고 돌아갈까 하고 생각하기도 했었다. 그러나 시간이 흐르면서 육체적인 고통까지 오히려 편안하게 느껴졌고, 그 어느 때보다도 마음에 여유를 찾을 수가 있었다.

사막에는 경쟁도 갈등도 아귀다툼도 없었고, 오로지 자연에 순응하며 살아가는 원초적인 생존만이 존재하고 있었다. 거기에는 시간의 흐름마저 정지해 있는 듯이 보였다. 그곳에서 몇 달을 함께 뒹굴면서 보내자 그제야 파슈툰족들은 마음을 열었고, 마침내 빈 라덴에 대한 정보들을 하나둘씩 알려주기 시작했다. 빈 라덴의 소재를 알게 되기까지는 적지 않은 돈이 들어갔지만, 어떻든 그와 같은 극비 정보는 돈만 가지고는 살 수 없는 것이었다. 부족들과 마음을 열어 놓고 지내면서 몇 달 동안 고통을 감내했기 때문에 얻어낼 수가 있었던 것이다. 그런데 그렇게 힘들게 얻어낸 정보와 그것을 바탕으로 해서 기획한 비밀작전이 아프간 사막에 한 번도 가 보지 않고 책상 앞에 앉아서 떠들어대는 자들 때문에 수포로 돌아가 버린 것이다. 그들은 자신들의 주장이 관철된데 대해 몹시 만족해 하며 잠자리에 들 것이다. 도대체 이런 비생산적인 짓이 언제까지 계속될 것인가?

"CIA의 비밀작전 같은 것은 백악관 안보회의 같은데서 검토하지 않고 바로 대통령이 결정을 내리면 안 되나요?"

파비트가 불만에 가득 찬 얼굴로 문자 블랙이 말했다.

"할 수 있지. 하지만 대통령이 보다 자세한 정보를 알고 싶고 참모들의 의견을 듣고 싶어 하면 회의를 열 수밖에 없어. 회의에서 검토와 토론이 끝나면 대통령은 그것들을 종합해서 빠른 결정을 내려야 해. 사실 클린턴 대통령한테는 이번 작전은 혼자 다루기 어려운 좀 생소한 것이었어. 그래서 참모들과 전문가의 의견이 필요했던 거야. 그리고 또 하나 중요한 것은 예산 확보야. 거액이 드는 비밀작전의 경우 예산확보를 위해 참모들의 의견 통일이 필요해. 그래야만 의회의원들을 전 방위에서 설득시킬 수가 있거든. 오늘밤 비록 결정은 보류하는 것으로 됐지만…… 대통령한테서 뭔가 아쉬워하는 표정을 읽을 수가 있었어. 그의 속마음은 빈 라덴을 당장 제거하라고 말하고 싶은 것이었는지도 모르지."

"정말 그런 마음이 있었을까요?"

"대통령은 빈 라덴 가와 커넥션을 가지고 있는 미국인들을 몹시 혐오하고 있어. 더구나 그 미국인들이 미국 정치와 재계의 거물들이라는 사실 때문에 더 혐오감을 품고 있는 것 같아. 돈을 위해서는 무슨 짓이나 하는 그들에게 본때를 보여주기 위해서도 빈 라덴의 목을 잘라 국회의사당 앞에 전시해 놓고 싶을 거야. 그건 대통령이 아니면 할 수 없는 일이야."

블랙이 말을 마치자 전화벨이 울렸다. 그것은 백악관과 직접 연결되어 있는 전화였다. 블랙은 당황해 하면서 수화기를 집어

들었다. 그리고 손으로 송화구를 막으면서 말했다.
"대통령이 우리 이야기를 엿들은 것 같아."
그는 파비트에게 윙크를 보내고 나서 송화구에서 손을 뗐다.
"네, 블랙입니다."
"각하께서 부르십니다. 잠깐 기다려 주십시오."
여비서의 목소리가 사라지자 그는 얼른 버튼을 눌렀다. 그러자 차가 스르르 멈춰 섰다. 10초쯤 지나자 이윽고 대통령의 목소리가 들려왔다.
"아, 블랙!"
"각하, 웬 일이십니까?"
"지금 어디 계십니까?"
"집에 가는 중입니다."
"다시 만나서 그 문제를 좀 더 이야기하고 싶은데 너무 늦은 것 같군요."
"괜찮습니다. 지금 백악관으로 가겠습니다."
"아니, 괜찮아요. 그냥 전화로 이야기하겠습니다."
대통령은 청소부나 경비원한테도 존대어를 쓴다. 그래서인지 그는 특히 하위직에 있는 사람들한테 인기가 매우 좋았다.
"생각해 봤는데…… 초승달 작전을 계획대로 수행하는 게 좋겠습니다."
"보류하지 말고 말입니까?"
"네, 빠른 시간 내에 수행해 주십시오."
블랙은 자기 귀를 믿을 수가 없었다.
"생포하라는 겁니까?"

"아닙니다. 꼭 그럴 필요는 없고…… 제거해도 좋습니다. 모든 결정은 CIA가 알아서 하십시오. 그 대신 반드시 성공해야 합니다. 예산이랄지 지원문제는 내가 알아서 하겠습니다. 이건 비밀입니다."

"감사합니다. 정말……."

"빈 라덴이 도망가 버리기 전에 서둘러야 할 걸요. 그 사람 신출귀몰하다면서요?"

"절대 놓치지 않을 겁니다."

블랙의 목소리가 떨렸다.

"좋은 소식 기다리겠습니다. 좋은 밤 되십시오."

"감사합니다."

'당신은 정말이지 멋진 대통령이십니다.'

블랙은 하마터면 이런 말을 할 뻔했다. 하지만 전화는 이미 끊어져 있었다.

블랙은 수화기를 내려놓자마자 파비트의 손을 덥석 움켜잡고 마구 흔들었다.

"어떻게 된 겁니까?"

파비트가 흥분해서 물었다.

"각하가 허락했어. 작전을 즉시 수행하라고."

"빈 라덴을 사살해도 좋다고 하셨나요?"

"물론이지. 죽여도 좋다고 했어. 그 말은 바로 사살하라는 거야. 대통령 입으로 한 인간을 사살하라는 말은 차마 할 수 없는 거야."

"멋지군요."

파비트의 얼굴에 비로소 환한 웃음이 번졌다. 블랙은 시가를 꺼내 부하에게 내밀었다.
"정말 멋진 친구야."
블랙은 두 개의 시가에 불을 붙인 다음 차창을 내렸다. 창문을 통해 시원한 비바람이 몰려들어 왔다. 멀리 밤하늘 위로 조명을 받고 있는 워싱턴 기념 오벨리스크의 긴 장대 같은 모습이 아슴푸레하게 보였다.
블랙은 기분 좋은 일이 있을 때면 가끔씩 감춰 둔 시가를 꺼내 피우곤 했다. 담배를 끊은 지 1년이 넘었지만 그는 지금도 흡연의 유혹을 이기지 못해 마치 향수에 젖은 것 같은 모습으로 몰래 시가를 피우곤 했다. 그와는 달리 파비트는 담배 골초였다.
"각하가 나한테 개인적으로 이런 결정을 통보해 주기는 처음이야. 이런 결정은 하기 힘든 거야. 만일 실패하면 자기가 모두 책임을 뒤집어쓰게 되거든."
좁은 공간은 금방 향긋한 냄새로 가득 찼다. 떡갈나무 가로수 잎들이 미풍에 흔들리고 있었다.
"실패해서는 안 되죠. 어떻게 해서든 놈을 사살하겠습니다."
"각하는 빈 라덴 제거 후까지 생각했을 거야. 제거 후에 불어닥칠 여러 가지 문제점들을 몸소 막아내겠다는 각오 없이는 이런 결정을 내릴 수 없었을 거야. 이 작전은 성공해도 문제가 많고 실패해도 문제가 발생하게 돼 있어."
"그렇다면 안 하는 게 좋겠군요."
블랙은 그를 흘기면서 팔꿈치로 그의 팔을 툭 쳤다.
"그런 문제점들은 빈 라덴을 살려 뒀을 때 발생하게 될 파괴력과 비교하면 아무 것도 아니야. 구데기들이 한동안 그냥 우굴 거린다고 생각하면 돼."

"저도 그렇게 생각합니다. 12일쯤 출발하겠습니다."

"그렇게 빨리?"

"시간이 없습니다."

"알았어."

블랙은 진지한 표정으로 돌아가면서 고개를 끄덕였다.

"당장 돈이 필요한데…… 예산 문제는 어떻게 할 겁니까?"

"각하가 책임진다고 했으니까 우선 급한 대로 본부 예산을 당겨쓰면 돼."

"당장 급한 것이 150만 달러입니다. 그들에게 선불을 약속했습니다. 나머지 150만 달러는 작전이 끝난 후에 지불하기로 했습니다."

"실패하면 잔금은 없어."

"그들도 그렇게 알고 있습니다."

"빳빳한 달러가 아니면 받지 않겠지?"

"네, 그들은 달러가 아니면 받지 않습니다. 모두 백 달러짜리 현찰로 줘야 합니다."

"이슬라마바드로 송금해 줄까?"

"네, 그게 좋겠습니다."

아프가니스탄에 있는 은행들치고 제 구실을 하고 있는 것은 하나도 없다. 그래서 파키스탄의 수도에 있는 외국계 은행에 송금할 수밖에 없다.

"전 여기서 먼저 내리겠습니다. 좀 걷고 싶습니다."

"혼자서?"

"이런 밤에는 혼자 걷는 게 좋습니다. 아침에 연락드리거나 찾아뵙겠습니다. 수고 많으셨습니다."

"오늘 밤은 푹 쉬라구."

차에서 내린 제임스 파비트는 우산도 없이 밤거리를 터벅터벅 걸어갔다.

그는 럭비 선수처럼 건장한 체격에 가늘게 찢어진 눈을 가지고 있었다. 머리까지 짧게 깎아 나이만 좀 젊다면 현역에서 뛰고 있는 프로선수 같았다. 실제로 그는 학창시절에는 미식 축구선수로 뛴 경력이 있었다. 그가 성난 눈으로 노려보거나 하면 모두가 슬슬 피할 정도로 그는 사나운 인상을 가지고 있었다.

얼마 가지 않아 그의 몸은 비로 흠뻑 젖어 들었다. 조금 떨어진 곳에 공중전화 부스가 보였다. 그는 빠른 걸음으로 걸어가 부스 안으로 들어갔다. 주머니를 뒤져 동전을 꺼낸 다음 전화통 안에다 그것들을 밀어 넣었다. 그는 기억을 되살려 어떤 번호 하나를 찾기 시작했다. 오랫동안 사용하지 않은 번호였기 때문에 얼른 떠오르지가 않았다. 수첩을 가져오지 않은 것이 후회스러웠다. 제기랄. 그는 머리를 굴리다가 다른 번호 하나를 찾아냈다. 하지만 얼른 전화를 걸지 않고 잠시 망설였다. 괜찮을까? 괜찮겠지. 그는 마침내 뉴욕에 있는 그 전화번호로 전화를 걸었다. 한참 동안 신호를 보냈지만 상대방은 전화를 받지 않았다. 할 수 없이 막 끊으려고 하는데 찰칵하고 신호가 떨어지면서 잠에 잔뜩 취한 것 같은 여자 목소리가 들려왔다.

"여보세요."

"매리……."

그는 조심스럽게 상대방을 불렀다.

"누구세요?"

"나 스티브야. 잘 있었어?"

"스티브?"

"그래. 스티브야. 오랜만이야. 잘 있었어?"

여자는 아무런 반응을 보이지 않고 있다가 잠시 후 전화를 끊어 버렸다.

"매리!"

그는 송화구에다 대고 그녀를 부르다가 맥없이 수화기를 내려놓았다. 빌어먹을. 단단히 화가 난 모양이지. 하지만 옛정을 살려 한 번 꼭 안아주면 금방 화가 풀릴 것이다. 그는 망설이다가 다시 동전을 집어넣고 다이얼을 돌렸다. 그녀는 이번에는 아까보다 더 오래 있다가 전화를 받았다.

"도대체 지금 몇 신 줄이나 아세요?"

그녀는 단단히 화가 난 목소리로 물었다.

"3시쯤 됐나. 잠을 깨워서 미안해."

"왜 전화한 거죠? 전화 한 통 없이 사라지더니 무슨 미련이 남아서 전화를 다 걸었죠?"

"미안해. 설명하자면 좀 길어. 아무튼 미안하게 됐어."

"얼마만 인줄 아세요? 너무 오래 돼서 기억도 안 나겠죠. 죽은 줄 알았어요."

그녀의 목소리는 원망으로 바뀌고 있었다.

"여러 번 죽을 뻔 했지만 이렇게 살아남아 전화를 걸고 있는 거야. 이해해 줘."

"용건이 뭐예요?"

"두 가지 용건이야. 하나는 매리를 보고 싶은 거고…… 다른 하나는 야잠의 전화번호 좀 가르쳐 줘."

"저를 보고 싶다는 말은 거짓말일 거고…… 그런데 야잠은 왜 찾는 거죠?"

"그럴 일이 있어. 당신을 정말 보고 싶어."

그녀를 보고 싶기도 하고 또는 그렇지 않은 것 같기도 해서 그는 약간 혼란스러움을 느꼈다.

"지금 어디서 전화하는 거예요?"

"워싱턴이야."

"돌아왔군요. 사막에서 아랍 여자들하고 뒹굴고 있는 줄 알았는데……"

그 말에 그는 깜짝 놀랐다. 그가 아프가니스탄에 가 있었다는 걸 어떻게 알았을까?

"아랍 여자들은 얼굴도 못 봤어. 자나 깨나 이상한 것을 뒤집어쓰고 있어서 말이야. 그런데 내가 거기에 있었다는 걸 어떻게 알았지?"

"다 아는 수가 있어요. 당신이 지구 어디를 가든 내 촉수는 당신의 뒤통수를 따라다니고 있다는 걸 아셔야 해요. 내 가슴에 못을 박은 남자를 나는 절대 가만 두지 않아요. 반드시 복수하고 말 거예요."

더 이상 취한 목소리가 아니었다. 마치 암캐가 성이 나서 낮게 으르렁거리고 있는 것 같았다.

"야, 이거 무서운데……. 그렇게 말하면 당신을 두 번 다시 볼 수 없잖아."

"두 번 다시 볼 필요가 없죠. 뭐 하러 또 만나요?"

"우린 서로 붙잡지 않기로 하고 만났잖아. 자유롭게 왔다 갔다 하기로 하고 말이야."

"그런 말에 그토록 애착이 가나요? 당신 너무 비겁해요. 당신같이 비정하고 교활한 남자는 처음 봐요. 당신, 여자를 사귈 때 그렇게 항상 배수진을 치고 만나죠? 빠져나갈 구멍을 만들어 놓고 말이죠? 제 말 잘 들으세요. 한마디 지나가는 말보다도 중요한 건 우리가 한때 열정적으로 만났었다는 사실이에요. 그리고…… 또 하나의 새로운 사실이…… 현실로 나타났다는 거에요. 그건 절대 부인할 수 없어요. 당신이 아무리 몸부림치면서 부인해도 말이에요."

"새로운 사실이라니? 그게 무슨 말이야?"

"말 안 하려고 했어요. 죽을 때까지……."

"뭔데 그래? 뭘 가지고 그러는 거야?"

그는 바짝 긴장했다. 불길한 예감이 온몸을 엄습했다.

"당신 제 아랫배를 쓰다듬으면서 뭐라고 말했죠? 거기다 수도 없이 키스하면서 뭐라고 말했는지 아세요?"

이 년이 미쳤나? 지금 무슨 말을 하고 있는 거지? 그런 걸 내가 어떻게 기억하고 있느냐 말이야.

"뭐라고 말했는지 기억에 없어. 술김에 많은 말들을 했겠지."

그러고 보니, 그녀의 아랫배에 대한 기억이 되살아났다. 그녀의 하체는 늘씬하면서도 엉덩이 부분이 크고 탱탱했다. 그 때문에 가는 허리에서 엉덩이 쪽으로 흘러내리는 선이 완만한 곡선을 이루면서 아랫배 부분에 기름지고 드넓은 평원을 만들어 주고 있었다. 그리고 그 아래로는 검은 숲이 무성하게 자라고 있었다. 그는 배꼽 주위의 야트막한 둔덕을 쓰다듬어 주기를 좋아했고, 그러다가 숲 속으로 손을 뻗어 계곡물이 흘러나올 때까지 동굴 속을 깊숙이 헤쳐 들어가곤 했다. 그녀는 그가 그렇게 해 주는 것을 제일 좋아했는데, 그는 그 때마다 자신이 무슨 말을 했는지 기억에 없었다.

"정말 기억나지 않아요?"
"응, 기억나지 않아."
"당신이 그만큼 무책임하다는 거예요."

삑삑거리는 소리가 나더니 전화가 끊어졌다. 동전이 모두 떨어진 것이다. 그는 주머니를 뒤져보았지만 1센트짜리 두 개만 손에 잡힐 뿐이었다.

"빌어먹을!"

공중전화 부스에서 나온 그는 비를 고스란히 맞으면서 불빛이 모여 있는 쪽으로 걸어갔다.

"망할 년 같으니! 뭐가 무책임하다는 거야?"

마침 두어 군데 바들이 그 시간에도 불을 밝히고 있는 것이 보였다. 그는 입구에 'Niagara' 라고 쓰인 바로 들어갔다.

별로 크지 않은 실내에 취객들 몇 명이 무대 앞에 달라붙어 앉아 있는 것이 보였다. 무대 위에서는 전라의 쇼걸이 시끄러운 음악에 맞춰 열정적으로 하체를 흔들어 대고 있었다. 그는 홀 중앙에 잠시 서서 손수건으로 젖은 머리를 훔치면서 그녀의 도발적인 움직임을 바라보았다. 그녀는 하체를 뒤틀다가 왼손으로 자신의 젖가슴을 주물러 대면서 오른손으로는 검은 털로 뒤덮여 있는 음부를 쓰다듬기 시작했다. 그는 가만히 한숨을 내쉬고 나서 스탠드로 다가갔다.

"커피 한 잔 주시오. 블랙으로……."

"지금 커피는 안 됩니다."

목이 자라처럼 들어간 뚱보 바텐더가 퉁명스럽게 말했다.

"그럼 얼리 타임스 스트레이트와 물 한 잔을 주시오. 그리고 동전 좀 바꿔 주시오."

그는 5달러짜리 지폐를 꺼내 바텐더 앞으로 밀었다. 뚱보는 한참 동안 미적거린 다음에야 주문한 것을 내놓았다. 그는 술잔에 물을 반쯤 붓고 나서 잔을 서너 번 흔들었다. 희석된 술은 맛이 없었다. 그는 동전을 움켜쥔 다음 공중전화가 어디 있느냐고 물었다. 바텐더는 구석 쪽을 턱으로 가리켰다. 파비트는 그쪽으로 가면서 전화를 걸지 말까하고 생각했다. 하지만 결국 그는 매리에게 다시 전화를 걸었다. 매리는 처음과는 달리 금방 전화를 받았다.

"동전이 떨어졌어. 할 수 없이 바에 와서 동전을 바꿨어. 덕분에 맛없는 술까지 시켰지. 야잠 전화번호 좀 가르쳐 줘."

"제 이야기 아직 끝나지 않았어요."

그녀가 볼멘 목소리로 말했다.

"무슨 이야기인데 그러는 거야?"

"당신이 나한테 해 준 말 기억해 봐요."

"아랫배 쓰다듬으면서 했다는 말 말인가?"

"그래요."

"젠장, 내가 그걸 모두 어떻게 기억해? 백만 불짜리 배라고 했겠지."

"그 말도 하긴 했어요. 하지만 또 있어요."

그는 짜증이 났다. 전화를 끊어 버릴까 하고 망설이고 있는데 그녀가 말했다.

"배를 쓰다듬으면서…… 이 속에다 내 정액을 가득 쏟아 부어서 아기를 하나 만들고 싶다고 말했어요. 그러면서 근사한 놈 하나 만들어 달라고 했어요."

"그래? 내가 그런 말을 했단 말이지?"

"제가 거짓말을 한다고 생각하세요?"

"아니, 그건 아니고…… 기억이 안 나서 그래."

그러고 보니 그런 말을 한 것 같기도 했다. 그런데 그게 어떻단 말인가?

"전 당신 말대로 아기를 가졌어요. 당신 아기를……."

그는 심장이 멎는 것 같았다. 바로 이거였구나. 제기랄, 어떻게 이럴 수가. 그는 혹시 잘못 들은 게 아닌가 하고 생각했다.

"지금 무슨 말하고 있는 거야?"

"당신이 그렇게 바라던 아기를 가졌다구요. 당신은 기쁘지 않으세요?"

시끄러운 음악소리 때문에 잘 들리지가 않았다. 하지만 그는 분명히 알아들을 수가 있었다. 그런데도 그는 또 물었다.

"음악 때문에 잘 들리지가 않아. 뭐라고 그랬어?"

"당신 아기를 가졌다구요! 틀림없는 당신 아기에요!"

그녀가 큰 소리로 말했다.

"이 봐, 매리, 나 지금 바쁘니까 사람 놀리지 말고 야잠 전화번호나 가르쳐 줘."

"놀리다니요? 제가 지금 당신 놀리는 줄 아세요? 전 지금 사실을 말하고 있는 거예요."

그는 목이 바짝바짝 타들어 갔다. 등에서는 식은땀이 흐르고 있었다.

"그, 그럼…… 지금 한 말이 사실이란 말이야?"

"정말이에요! 당신 아기를 가졌다구요!"

"허, 기가 막혀서……."

"뭐라고 그랬어요?"

"기가 막힌다고 그랬어."

"기가 막히다니요. 어떻게 그런 말을……. 기쁘지 않으세요? 아기를 갖고 싶다고 했잖아요."

"누가 멋대로 아기를 가지라고 했어? 나한테 물어보지도 않고 아기를 가지면 어떡해?"

"뭐라구요? 날 임신시킨 건 당신이에요! 당신이 날 임신시켰다구요! 아기를 가지고 싶어 날 임신시켜 놓고 이제 와서 어떻게 그런 말을 할 수가 있어요?! 야비해요!"

"그래. 난 본래 야비해. 난 아기는 질색이니까 병원에 가서 당장 지워! 난 아기 기를 능력도 없어. 사생아 만들지 말고 당장 지워! 그리고 우리가 못 만난 지 2년이나 됐는데 어떻게 내 애를 가졌다는 거야?"

"미안하지만 난 이미 아기를 낳았어요. 당신을 쏙 빼닮은 사내 아이를 낳았어요. 벌써 한 살이 지난 걸요."
 "뭐라구?!"
 그는 펄쩍 뛰었다. 기가 막힌 나머지 아무 말도 할 수가 없었다. 그가 가까스로 정신을 차려 한 말은 겨우 이런 말이었다.
 "그 말 정말이야?"
 "네, 정말이에요. 부탁이 있어요. 아직 아기 이름이 없어요. 당신을 만나면 지으려고 지금까지 이름을 짓지 않았어요. 성은 스티브 아닌 파비트라고 해야겠죠. 그게 진짜 성이니까요."
 마치 해머로 뒤통수를 한 대 얻어맞은 기분이었다. 완전히 무장해제를 당한 그는 한동안 멍하니 서 있다가 물었다.
 "어떻게 알았지?"
 "당신이 자신의 이름까지 속인 것을 알았을 때는 견딜 수가 없었어요. 하지만 당신의 직업을 알고 나서는 그럴 수도 있겠다고 이해하게 됐어요. 지금은 스티브나 파비트나 나한테는 다 마찬가지에요."
 "내 직업까지 알아냈다 이건가?"
 "CIA 비밀요원이란 것 정도밖에 몰라요. 그 이상은 알고 싶지도 않아요."
 맙소사. 그는 벌거벗은 몸으로 거리에 서 있는 것 같은 기분이었다.
 "어떻게 그걸 알았지?"
 "나도 다 아는 수가 있어요. 앞으로 절 속일 생각 같은 건 하지 마세요."
 "대단하군."

"임신한 것을 알았을 때 당신을 만나 상의해야겠다고 생각했어요. 정말 아기를 갖고 싶은지 확인하고 싶었어요. 하지만 연락이 되지 않았어요. 차일피일 미루다가 수술시기를 놓쳤어요. 일부러 그랬는지도 몰라요. 저 역시 사랑하는 사람의 아기를 가지고 싶었으니까요."

파비트는 한숨을 내쉬고 나서 말했다.

"이 봐, 매리, 아기를 낳아서 어떡하겠다는 거야? 난 이미 딸이 하나 있어. 내가 기르고 있는 건 아니지만 난 그 애만으로도 벅차."

"난 이미 당신 아들을 낳아서 기르고 있단 말이에요. 한 번 와서 보세요. 당신을 쏙 빼닮아서 금방 알아볼 수 있을 거예요."

그는 전율이 스쳐가는 것을 느꼈다. 자신을 쏙 빼닮은 아들이 이 세상에 존재한다는 사실에 기쁨보다는 오히려 공포감이 느껴졌다.

"내 말은 앞으로 그 애를 어떻게 할 거냐 그 말이야?"

"제가 기를 거예요. 당신한테 부담 줄 생각은 조금도 없어요."

"큰 소리 치는군. 벌써 나한테 부담을 주고 있다는 걸 몰라? 숨쉬기가 어려울 지경이야."

"부담 느끼지 마세요. 마음 편하게 가지세요. 하지만 아기 이름 정도는 지어 주셔야 하잖아요."

"알아서 지으라구. 마음대로 애를 낳았으니까 이름도 마음대로 지으라구. 난 그런 일에 관계하고 싶지 않아."

"CIA 비밀요원이라 역시 냉혹하군요. 자기 아들 이름 하나 지어 주는 게 그렇게 부담이 되나요?"

"그 애는 내 아들이 아니야! 난 당신한테 그런 아들을 낳으라고 한 적 없어!"

그는 거칠게 숨을 몰아쉬면서 그녀의 반응을 기다렸다. 잠시 침묵이 흐른 뒤 그녀가 말했다.

"나쁜 자식!"

욕설을 내뱉고 나서 그녀는 전화를 끊었다.

이런 망할 년. 그는 화가 나서 어쩔 줄 모르다가 스탠드로 돌아와 단숨에 술잔을 비웠다.

"한 잔 더 줘요."

무대 위에서 춤추고 있던 쇼걸은 보이지 않았다. 시끄러운 음악도 사라지고, 실내에는 취객들의 횡설수설하는 소리만이 남아 있었다. 그는 바텐더가 새로 따라 준 얼리 타임스 스트레이트를 얼음과 함께 반쯤 마시고나서 다시 공중전화기 쪽으로 걸어갔다.

매리는 얼른 전화를 받지 않았다. 그는 전화를 끊고 나서 잠시 기다렸다가 다시 전화를 걸어 보았다. 이번에는 금방 전화를 받았다.

"미안해."

그는 사과부터 했다.

"내가 너무 당황했던 것 같아. 내 마음 이해하겠지?"

"충분히 이해해요. 하지만 내 아들이 아니라고 한 건 너무 지나쳤어요. 그 동안 제가 얼마나 외롭고 고통스러웠는지 당신은 이해 못할 거예요."

흐느끼는 소리가 들려왔다. 그는 얼굴을 찌푸렸다. 여자가 우는 것은 질색이다.
"미안해."
"야잠의 전화번호 알려드릴 게요. 받아 적을 수 있어요?"
그녀는 다소곳해져 있었다. 그는 볼펜을 꺼내 들었다. 그런 다음 수화기를 왼쪽 어깨로 받치고 나서 왼손 바닥을 폈다.
"불러 봐."
"그 대신 하나 약속해 줘요. 아기를 만나 본 다음 이름을 지어 줘요."
그는 잠시 생각해 보고 나서
"알았어."
하고 말했다.
"약속하는 거예요?"
"알았다니까."
그는 그녀가 불러 주는 전화번호를 손바닥에다 적었다.

맨해튼의 밤

뉴욕, 1997년 5월 10일 밤 9시 27분.

파비트는 뉴욕 시립도서관 뒤쪽에 있는 브라이언 파크로 가기 위해 길을 건넜다. 그 공원은 뉴욕에 올 때마다 그가 즐겨 찾는 곳이었다. 센트랄 파크에 비하면 아주 작은 공원이지만 5번 아베뉴와 42번가가 만나는 미드타운의 중심가에 자리잡고 있기 때문에 하루 종일 많은 사람들로 붐비고 있었다. 넓은 잔디밭 주위로는 키가 큰 프라타나스 나무들이 그늘을 만들어 주고 있었고, 나무 밑에는 탁자와 의자들이 놓여 있어 지친 몸을 풀어놓기에는 안성맞춤이었다.

오래 전 뉴욕 지부에서 일할 때 그는 시립도서관에 거의 매일 출근하다시피 했고, 작업을 끝내고 도서관을 나서면 뒤에 있는 브라이언 파크에 들러 맥주 한 잔으로 피로를 풀곤 했었다. 그는 맥주를 마시던 노천카페 쪽으로 걸어갔다. 노천카페에는 빈자리가 없을 정도로 사람들이 많았다. 자리를 잡지 못한 사람들은 한 손에 술잔을 들고 서서 잡담을 나누고 있었다. 그가 스탠드로 다가서자 반백의 바텐더가 그를 알아보고 반색을 하면서 손을 내밀었다.
"오, 스티브!"
"잘 계셨습니까? 건강해 보이는군요."
멕시코 출신의 그 나이 많은 바텐더는 그를 광고업자 정도로 알고 있었다.
"작년 여름에 오시고 처음 오시는 거죠?"
"네, 일 년쯤 됐습니다. 기네스 한 잔 주십시오."
"여전하시군요."
바텐더가 생맥주를 뽑으러 가자 그는 주위를 둘러보았다. 아는 얼굴들이 거의 보이지 않았다. 전에는 그래도 이곳에 오면 안면이 있는 얼굴들이 더러 눈에 띄곤 했는데 지금은 거의가 생소한 얼굴들 뿐이었다. 이곳의 손님들은 새로운 얼굴들로 빠르게 대체되고 있는 것 같았다.
"그 동안 뉴욕에 안 계셨습니까?"
바텐더가 맥주잔을 내밀면서 물었다.
"도쿄에 있었어요."
"아, 그랬군요. 도쿄에 한 번 가 보는 게 꿈인데……."
"한 번 가 보세요. 볼거리가 참 많은 도시예요."
"여편네 때문에 꼼짝할 수가 없어요. 벌써 몇 년째 병원 신세를 지고 있는데, 내가 번 돈은 모두 집사람 뒤치다꺼리에 들어가고 있어요. 나을 가망이 없으면 빨리 죽기나 했으면 좋겠는데 죽지도 않아요."

바텐더는 일 년 전에 비해 부쩍 늙어 보였다.

파비트는 차가운 흑맥주를 기분 좋게 들이켜고 나서 몸을 돌려 공원을 한 번 둘러보았다.

여름이 되려면 아직 한 달도 더 남았는데도 뉴욕 맨해튼의 거리는 벌써 후덥지근한 열기에 휩싸여 있었다. 하늘을 찌르는 고층 빌딩들 사이로 홍수처럼 오가는 차량들과 인파가 만들어 내는 시끄러운 소음은 빌딩 벽에 부딪쳐 그대로 귀 속을 파고들고 있었다. 그는 조금 떨어진 곳으로 걸어가 비어 있는 철제의자에 앉았다. 후덥지근한 밤이었지만 그는 더없이 쾌적한 기분을 느끼고 있었다.

뉴욕에서도 특히 맨해튼은 세계 인종 전시장이나 다름없었다. 세계 각지에서 무수한 사람들이 끊임없이 맨해튼으로 몰려들고 있었다. 세계에서 가장 물가가 비싸고, 살인과 폭력, 마약과 매음 같은 범죄가 다반사로 일어나고 있는데도 불구하고 사람들은 꾸역꾸역 맨해튼으로 몰려들고 있었다. 강자만이 살아남을 수 있는 정글의 법칙이 가장 철저하게 지켜지고 있는 맨해튼에서 약자가 기생할 수 있는 곳은 어디에도 없었다. 이 거리에서 자비를 기대한다는 것은 가장 어리석은 짓이었다.

자비를 기대하고 이 정글 속을 찾아왔던 사람들은 맹수들에게 갈가리 물어뜯긴 채 뼈만 남은 앙상한 모습으로 자기 나라로 돌아가곤 했다. 그런데도 사람들은 환상을 품고 이 거리로 끊임없이 찾아들고 있었다.

"혹시 약 필요하지 않아요?"
어느 새 다가왔는지 펑크머리에 헐렁한 청바지를 입은 흑인 청년이 껌을 잘강잘강 씹으며 그를 내려다보고 있었다. 그는 무서운 눈으로 청년을 째려보면서 고개를 조금 흔들었다.
"멋진 아가씨가 기다리고 있는데 좋으시다면 소개해 줄 수 있어요."
"나를 방해하지 마."
그의 험한 인상에 흑인은 찔끔해서 가 버렸다.
공원에 앉아 있는 사람들은 끼리끼리 어울려서 온 사람들이거나 연인들로 보이는 커플도 있었지만 거의가 혼자 앉아 있는 경우가 많았다. 그들의 모습에는 군중 속의 고독이라는 말이 썩 어울리는 고독한 분위기가 하나같이 짙게 배어 있었다. 대부분이 뉴욕에 환상을 품고 찾아온 이방인들인 그들은 눈에 보이지 않는 높은 벽에 부딪쳐 하루 종일 쓰디쓴 좌절감만 맛보다가 지친 몸을 이끌고 공원을 찾아든다. 그리고 서로가 이방인들이기 때문에 마음의 문을 굳게 닫은 채 서로를 경계하면서 혼자 의자에 앉아 있는 동안 단절감과 함께 자기도 모르는 사이에 고독한 분위기에 빠져드는 것이다. 무리 속에 섞여 있으면서도 소통이 단절된 채 모두가 고독을 느끼고 있는 이 이상한 광경을 파비트는 한동안 멍하니 바라보고 있었다.
그에게서 조금 아래쪽에 혼자 앉아 있는 여자도 고독한 모습을 보여주고 있었다. 그녀가 앉아 있는 탁자 밑에는 낡은 배낭이 하나 아무렇게나 놓여 있었다. 탁자 위에는 콜라 캔이 하나 놓여 있었고, 그녀는 그것으로 가끔씩 목을 축이면서 엽서에다 부지런히 글을 쓰고 있었다. 얼른 보기에도 여행 중인 배낭족 같았다. 짧은 금발에 위에는 어깨가 드러난 오렌지색 셔츠를 걸치고 있었고, 아랫도리는 누더기 같은 청바지 차림이었다. 검은 테의 동그란 안경을 끼고 있는 옆모습이 싱그럽고 아름다워 보였다. 그녀는 가끔씩 손으로 턱을 받친 채 무언가 골똘히 생각하는 듯하다가 다시 엽서 위로 고개를 숙이곤 했다. 파비트는 지나가는 웨이트리스를 불러 세운 다음 10달러를 내밀었다.

"저기 앉아 있는 아가씨한테 기네스 한 잔 갖다 줘요. 그리고 사진 찍어도 되느냐고 물어봐 줘요. 잔돈은 가져요."

웨이트리스는 살짝 미소를 지어보이고 나서 스탠드 쪽으로 걸어갔다.

잠시 후 그녀는 흑맥주 한 잔을 배낭족에게 갖다 주었다. 배낭족은 조금 놀라는 표정이었으나 설명을 듣고 나서는 파비트 쪽을 바라보았다. 시선이 마주치자 그녀는 미소를 지었고, 그는 오른손을 조금 쳐들어 보였다.

"사진 찍어도 괜찮답니다."

웨이트리스가 다가와 말했다.

그는 주머니에서 조그만 카메라를 꺼냈다. 그것은 줌렌즈와 야광용 투시기까지 달린 특수 카메라였다. 배낭족은 그가 사진을 찍을 때 맥주잔을 만지작거리며 딴 곳을 쳐다보고 있었다.

그녀는 여러 장의 엽서를 쓰고 있었다. 파비트는 맥주를 모두 비우고 나서 자리에서 일어나 배낭족 쪽으로 다가갔다.

"여기 앉으면 방해가 될까요?"

"아뇨. 얼마든지 앉으세요."

그녀는 약간 서툰 영어로 말했다.
"감사합니다. 스티브라고 합니다."
그가 악수를 청하자 그녀는 조금은 수줍은 모습으로 손을 내밀었다. 보드랍고 따뜻한 손이었다.
"올가라고 해요."
속삭이는 듯 한 목소리로 그녀가 말했다.
"맥주 고맙습니다."
그녀가 미소를 지을 때마다 볼우물이 살짝 패였다.
"사진 찍게 해 줘서 고맙습니다. 맥주 한 잔은 모델료치고는 너무 싼 거죠. 더 내라고 하면 내겠습니다."
"아뇨. 됐어요. 나체 모델을 원하셨다면 모델료를 더 받았을 거예요."
"나체 모델도 가능합니까?"
"상대가 얼마나 진지하게 원하느냐에 따라서 제 마음이 동할 수도 있어요."
그는 속으로 조금 놀라면서 그녀의 몸을 얼른 훔쳐보았다. 조그만 얼굴과 길고 갸름한 목으로 봐서는 몸이 빈약할 것 같았다. 그러나 셔츠에 가려져 있는 젖가슴은 엄청난 볼륨을 보여주고 있었다. 그녀가 상체를 앞으로 숙이고 엽서를 쓰고 있을 때 두 개의 젖가슴 사이로 난 골은 아주 깊어 보였고, 크고 탄력 있는 젖가슴은 조금만 더 상체를 숙이기만 하면 금방이라도 앞으로 밀려나올 것만 같았다. 그가 그녀에게 수작을 건 것도 사실은 그 젖가슴에 매료됐기 때문이었다. 남자는 여자가 모르는 사이에 본능적으로 그녀의 몸뚱이를 꿰뚫어 보는 능력을 가지고 있는데, 파비트는 그녀를 처음 발견한 순간 그와 같은 본능이 발동했던 것이다. 그는 이미 그녀의 하체까지도 대충 머릿속에 그려 놓고 있었다. 다리를 꼬고 앉아 있는 그녀의 하체 가운데 허벅지에서 엉덩이로 이어지는 선은 앳된 얼굴과는 달리 풍만하고 탄력이 있어 보였다. 거기에다 너무 팽팽해서 금방이라도 찢어질 것만 같은 해진 청바지가 성적 매력을 더 해 주고 있었다.

"실례지만 지금 여행 중이십니까?"

그녀는 조금 망설이는 듯하다가 고개를 흔들었다.

"아뇨."

"미국인이 아니시죠?"

"네, 체코에서 왔어요."

"아, 그렇군요. 난 프라하에서 잠시 지낸 적이 있죠. 정말 아름다운 도시죠."

"어머, 그래요? 저희 집이 프라하에 있어요. 전 거기서 나고 자랐어요."

그녀는 프라하대학에서 영문학을 공부하고 있는 대학생인데 교환학생으로 뉴욕에 건너온 지 6개월이 조금 지났다고 했다.

"뉴요커세요?"

그녀가 호기심어린 눈으로 그를 쳐다보면서 물었다.

"아닙니다. 난 워싱턴에 살고 있는데 출장을 왔어요."

"무슨 일을 하세요?"

"보안회사에서 일하고 있어요."

"보안이면 도둑을 막아 주는 그런 일인가요?"

"그건 가장 기본적인 일이고, 요즘은 하는 일이 많아요. 도청

방지에서부터 요인 경호까지 하는 일이 아주 다양해졌어요. 올가 양은 어느 대학에서 공부하고 있죠?"

"뉴욕대학에서 공부하고 있어요."

그녀는 대학 기숙사에서 기거하고 있다고 했다. 학교 강의가 끝나면 대부분의 시간을 시립도서관에서 보내고 있고, 도서관이 문을 닫을 때쯤이면 뒤에 있는 브라이언 파크로 자리를 옮겨 시간을 보낸다고 했다.

"친구는 없나요?"

"친구는 많이 생겼어요. 하지만 시간을 낭비하고 싶지 않아서 혼자 지낼 때가 많아요."

"뉴욕은 마음에 드나요?"

"네, 흥미 있는 곳이에요."

"뉴욕은 프라하에 비하면 사람 살 데가 못되죠. 온갖 범죄가 날뛰고 있고, 소음과 공해 때문에 골치가 아파요. 물가는 또 얼마나 비쌉니까. 그런데도 뉴욕이 좋은가요? 왜 사람들이 뉴욕으로 몰려드는지 난 이해할 수가 없어요."

"하지만 그런 단점들을 커버하고도 남을 만큼 뉴욕은 매력이 많은 도시에요. 매일 매일이 새롭고 흥미가 있어요. 에너지가 넘쳐흐르고 있고, 예술과 문화가 풍성해요. 무엇보다도 돈이 몰려들고 있어요. 세계 경제를 움직이고 있으니까 그럴 수밖에 없겠지요. 돈이 몰려들고 있다는 건 뉴욕의 가장 큰 매력이에요. 그렇기 때문에 예술가들도 돈을 쫓아 뉴욕으로 몰려들고 있잖아요. 여기서 인정을 받아야 세계적으로 인정받을 수 있다는 걸 모두가 알고 있어요. 뉴욕에서도 특히 맨해튼은 드라마틱해요.

여기서 버텨낸다는 것이 어렵긴 하지만 그럴 만한 충분한 가치가 있는 곳이라고 생각해요."

"뉴욕에는 언제까지 머물 겁니까?"

"1년 기한이니까 앞으로 6개월 쯤 남았어요. 하지만 전 프라하로 돌아가고 싶지 않아요. 학교에는 휴학계를 제출하고 여기 그냥 눌러 앉아서 아르바이트라도 하면서 지낼 거예요. 월급 많이 주는 직장이라도 얻어걸리면 다행이지만, 그건 아마 어려울 거라는 거 알고 있어요."

"아마 어려울 거요. 하지만……."

"하지만 뭐예요?"

"있다가 시간 있어요? 올가 양하고 쇼를 보면서 술을 마시고 싶은데?"

그는 공원 한쪽에 세워져 있는 시계를 올려다보았다. 시계는 10시 15분을 가리키고 있었다.

"헤어졌다가 다시 만나자는 건가요?"

그는 그녀의 파란 눈을 들여다보면서 고개를 끄덕였다.

"누굴 잠깐 만나서 할 이야기가 있어요. 11시 반에 어때요?"

"우리가 또 만나야 할 이유가 있나요?"

"나체 모델을 진지하게 부탁할지도 모르잖아요. 물론 모델료는 충분히 내고 말이에요."

그 말에 그녀는 소리 내어 웃었다. 웃는 모습이 귀엽고 매력적이었다.

"일자리를 알아봐 줄 수도 있고……."

그는 그녀가 거절하지 못하게 낚싯밥을 던졌다.

"여자 낚는 기술이 프로급인 것 같아요. 약속은 할 수 없어요. 기다리지는 마시고…… 장소나 말해 주세요."

"웨스트 44번가에 매지스틱 극장이 있어요. 그 극장에서는 지금 오페라의 유령을 공연하고 있어요."

"가 봤어요."

"그 극장 오른쪽에 좁은 골목이 있는데, 골목 안으로 들어가면 암스테르담이라는 바가 있어요. 거기서 만나요."

"휴대폰 번호나 알려주세요. 못 가게 되면 연락할게요."

"휴대폰을 잃어버렸어요. 새로 하나 구입하려고 하는데 아직 못했어요. 올가 양은 휴대폰이 없나요?"

"저 같은 가난한 유학생이 무슨 휴대폰을 갖고 있겠어요."

브라이언 파크에서 암스테르담까지는 가까운 거리였다. 극장들이 몰려 있는 브로드웨이 웨스트 44번가와 45번가 사이 블록은 현란한 네온사인으로 번쩍이고 있었다. 그는 10시 32분에 암스테르담 출입구 앞에 도착했다.

바위처럼 단단해 보이는 우람한 체격의 흑인 두 명이 검은 양복 차림으로 출입구를 지키고 있다가 그에게 문을 열어 주었다.

넓은 홀은 밤늦은 시간인데도 많은 손님들로 가득 차 있었다. 시끄러운 음악과 함께 무대 위에서는 두 명의 쇼걸이 실오라기 하나 걸치지 않은 몸으로 몸을 흔들어 대고 있었다. 안에다 실리콘이라도 집어넣었는지 풍선처럼 부풀어 오른 탱탱한 젖가슴이 미친 듯 출렁이는 것을 멀거니 바라보다가 그는 주위를 둘러보았다. 어둠침침한 조명 아래 알몸으로 손님들 무릎 위에 올라앉아 교태를 부리고 있는 여자들이 여기저기 보였고, 손님들 가운데에는 더 이상 참지 못하고 여자 손을 이끌고 룸으로 들어가는 사람도 있었다. 돈만 지불하면 룸으로 들어가 즉석에서 욕구를 해결할 수 있는 서비스 체계가 오래 전부터 자리 잡아 왔기 때문에 참을성 없는 손님들은 스스럼없이 그 같은 서비스를 이용하고 있었다. 물론 이와 같은 매음은 불법이지만 뉴욕 경찰은 한 달에 한 번 정도 형식적으로 그것을 단속할 뿐이었다.

홀이 너무 넓은 데다 사람들이 많았기 때문에 그는 약속한 상대를 쉽게 찾을 수가 없었다. 할 수 없이 스탠드로 가서 의자에 걸터앉은 다음 보드카를 한 잔 주문했다. 그 스탠드는 다른 가게들의 스탠드보다 두 배 정도 길었고, 그래서 바텐더가 네 명이나 붙어서 손님들을 상대하고 있었다. 그가 잔을 반쯤 비웠을 때 누군가가 그의 어깨를 건드렸다. 고개를 돌리자 턱 주변이 온통 시커먼 털로 뒤덮인 건장한 사내가 그를 바라보고 있었다.

"오, 야잠!"

파비트는 웃으며 손을 내밀었지만 상대방은 전혀 웃지도 않고 그와 악수했다.

"내 자리는 저쪽 구석입니다."

파비트는 그를 따라 홀의 한쪽 구석으로 갔다. 그 자리에는 야잠의 여자 친구로 보이는 흑발의 미녀가 혼자 앉아 있었다. 야잠이 귀에다 대고 뭐라고 말하자 그녀는 자리를 떴다.

"우리 몇 년 만이지?"

"5년쯤 됐을 겁니다. 그 동안 몇 번 연락을 드렸는데 소식이 없더군요."

야잠은 불만스러운 표정이었다.

"그 동안 난 정신없이 보냈어. 자넨 어떻게 지냈지?"

"5년 전 카불에서 대령님을 만나고 나서 1년 정도 내전에 참가했다가 더 이상 희망이 없는 것 같아 아프간을 떠났습니다. 그리고 이곳저곳을 떠돌다가 2년 전에 뉴욕으로 돌아왔죠. 지금은 택시 운전을 하고 있습니다."

그는 파비트를 항상 대령님이라고 불렀다. 파비트가 언젠가 자기소개를 할 때 대령 출신이라고 그럴듯하게 둘러댔는데 그때부터 그렇게 부르고 있었다.

"왜 나를 찾았지?"

"대령님이 저를 만나자고 한 이유하고 비슷한 이유로 대령님을 찾은 겁니다."

침침한 불빛 아래서 야잠의 눈빛이 유난히 빛나고 있었다.

"내가 자네를 만나자고 한 이유를 알고 있단 말이지?"

파비트는 잔에 남아 있는 술을 쭉 들이켰다.

"대충 짐작이 갑니다. 아프간에서 무슨 일인가 꾸밀 계획 아닙니까?"

"눈치 하나 빠르군. 구체적으로 무슨 일이라고 생각하나?"

"거기까지는 알 수 없죠. 아무튼 무슨 중요한 작전 같은 것이겠죠."

파비트는 가만히 고개를 끄덕이다가 무대 쪽을 쳐다보았다. 한 쇼걸이 거대한 엉덩이를 홀 쪽으로 내민 채 그것을 흔들어 대고 있었다. 다른 한 명은 두 다리를 벌린 채 허리를 뒤틀면서 검은 털로 뒤덮인 사타구니를 쓰다듬고 있었다. 여기저기서 탄성과 휘파람소리가 터져 나오고 있었다.

"한 잔 더 하시겠습니까? 제가 사겠습니다."

"아니야. 뉴욕의 택시 기사보다는 내가 형편이 더 나으니까 내가 사지."

"모르시는 말씀."

"자넨 지금도 술을 안 마시나? 그건 뭐지?"

"다이어트 소다입니다. 알코올은 싫습니다."

파비트는 스탠드로 가서 다이어트 소다 한 잔과 보드카 더블을 주문했다.

이슬람 교도인 야잠은 술은 입에도 안 대지만 여자는 좋아하는 것 같았다.

그는 아프가니스탄의 칸다하르 인근에 있는 타르나크 팜즈라는 조그만 마을 출신으로 보스톤대학에서 화학을 전공한 인텔리였다. 아프간 출신으로 미국에 유학한다는 것은 거의 불가능에 가까운 일이었지만 그는 아프간 상류층 가정에서 자랐기 때문에 그것이 가능했던 것이다. 그의 부친은 일찍이 아프간 정부의 외교관으로 주미대사관에서 부대사로 근무했는데, 그 때 가족들을 모두 미국으로 데려왔고, 그 덕분에 야잠은 미국의 대학에 들어갈 수가 있었던 것이다.

야잠의 부친이 주미 아프간대사관에 부대사로 부임한 것은 77년 봄이었다. 2년 후인 79년 12월, 소련은 친소정권을 이끌던 타라키 대통령이 쿠데타 군에 의해 암살당하자 아프간을 반군으로부터 보호한다는 명목으로 아프간을 침공한다. 그해 야잠은 고등학교 졸업반으로 방학을 맞아 고향인 카불에 가 있었는데, 그 때 그는 두 눈으로 똑똑히 소련군의 무자비한 침공을 목격했었다.

앞서 아프간의 친소 좌익정권은 토지개혁 등 급진적인 정책들을 강행했는데, 이에 대해 이슬람 교도들과 반공주의자들은 거세게 반발하면서 끝내 쿠데타를 일으켜 타라키 정권을 몰아냈던 것이다. 하지만 아프간과 긴 국경을 맞대고 있는 소련이 이를 잠자코 보고만 있을 리 없었다. 옛부터 따뜻한 남쪽을 찾아 남진정책을 펴 온 소련은 사우디아라비아 반도와 인도 사이에 있는 아라비아 해의 항구를 확보하는 것을 꿈꾸고 있었다. 그 첫 번째 관문이 아프간이었다. 아프간만 수중에 넣으면 그 다음은 파키스탄이었다. 일단 아프간만 차지하면 그 여세를 몰아 파키스탄을 공략하는 것은 그다지 어려운 일이 아니었다. 파키스탄을 관통하면 그 남쪽 끝에는 아라비아 해의 넘실거리는 바다가 있고, 카라치 항이 그들을 기다리고 있었다. 이처럼 아프간은 소련에게 있어서 지정학적으로 매우 중요한 나라일 뿐 아니라 아프간에 매장되어 있는 엄청난 석유와 가스, 그리고 보석 등은 결코 물리칠 수 없는 유혹이었다.

소련의 아프간 침공에 놀란 것은 서방 세계였다. 특히 소련과 한 치의 양보도 없이 냉전의 막바지에서 신경이 곤두서 있던 미국은 대소 봉쇄정책이 무너질까 봐 급히 대책을 서둘렀다.

한 편 현대 첨단무기로 무장한 소련군의 공격으로 아프간이 초토화되고 무고한 국민들이 수없이 학살당하자 저항세력들은 일제히 봉기했다. 아프간 산악지대에서 오랜 세월 동안 혹독한 자연환경에 시달리며 여기저기서 크고 작은 전투로 세월을 보내온 각 정파의 이슬람 전사들은 성전의 기치 아래 아프간 회교반군, 즉 무자헤딘으로 일원화되면서 대소 항전에 돌입했다.

　대소 항전에는 무자헤딘만 참가한 것이 아니었다. 앞서 이란의 이슬람 혁명으로 잔뜩 고조되어 있던 아랍세계의 이슬람 근본주의자들은 마치 지난 1930년대 스페인 내전 당시 서방의 진보적 지식인들이 대거 스페인에 몰려들었던 것처럼 국경을 초월하여 아프간으로 집결했다. 가난한 그들이 가진 것이라고는 오로지 종교적 열정 하나뿐이었고, 목적은 아주 단순명료했다. 즉 성전을 위해 목숨을 바치겠다는 것이었다.

　이들의 이와 같은 종교적 열정을 최대한 이용하여 반소전략에 이용한 주역이 바로 미국이었다. 미국은 아프간을 침공한 소련군의 야욕을 뻔히 알고 있으면서도 거기에 맞서 미군을 직접 아프간 전선에 투입할 수가 없었다. 베트남전에서 쓰라린 패배를 경험한 미국은 전쟁의 상흔이 채 가시지도 않은 마당에 또다시 손에 피를 묻혀야 하는 상황이 벌어진데 대해 몹시 곤혹스러워하고 있었다. 그런저런 것을 무시하고 과감하게 아프간에 미군을 투입한다고 해서 문제가 해결되는 것은 결코 아니었다. 그것은 오히려 심각하고 치명적인 위험을 내포하고 있었다. 만일 미군을 투입할 경우 미소 강대국간의 전쟁으로 확대될 것이고, 그것은 곧 3차 대전으로 비화될 것이 뻔했다. 곤경에 처한 미국은 궁리 끝에 소련과의 직접적인 충돌은 피한 채 그들을 아프간에서 몰아내기 위해 대리전을 이용하기로 했다.

　미국이 일찍이 대리전으로 재미를 본 곳은 남아메리카였다. 이미 대리전의 속성을 잘 알고 있는 미국은 이슬람 성전을 후원

한다는 미명 하에 이슬람 전사들을 훈련시키고 그들에게 각종 무기를 지원해 주었지만, 성전이라는 말은 이슬람 전사들에게나 해당되는 말이었고, 미국한테는 이슬람 용병들을 내세운 음모에 가득 찬 전쟁이었다.

당시 아프간으로 몰려든 이슬람 전사들 가운데 가장 뛰어난 인물이 바로 오사마 빈 라덴이었다. 갑부인 그는 CIA와 손잡고 무자헤딘과 이슬람 세계에서 모여든 전사들을 재정적으로 지원했다. CIA는 영향력이 큰 그를 최대한 이용했고, 빈 라덴 역시 CIA의 후원을 업고 대소항전을 효과적으로 수행할 수가 있었다. 빈 라덴이 이처럼 미국과 밀월 관계를 유지한 것은 대소항전 기간인 10년 동안이었다. 당시 빈 라덴은 전쟁을 수행하면서도 한 편으로는 전쟁 과부들과 고아들을 돌보는 자선사업가로도 활동했기 때문에 아프간 인들의 그에 대한 신뢰와 존경심은 거의 절대적이었다.

겨울방학 때 고향집에 들렀다가 소련군의 침공을 직접 목격한 야잠도 빈 라덴을 직접 만나보고는 그의 매력에 깊이 빠져들었고 존경심을 품지 않을 수 없었다. 야잠이 빈 라덴을 처음 만난 것은 험준한 산악지대에 설치된 벙커 안에서였다. 그 때 그는 미국으로 돌아가지 않고 무자헤딘의 일원으로 전투에 참가했는데, 소련군 헬기의 공격을 피해 숨어든 벙커 안에서 기대하지도 않았던 빈 라덴을 만나게 되었던 것이다. 그리고 그 때부터 6개월 동안 그는 빈 라덴을 따라다니게 되었는데, 그것은 빈 라덴이 첫 눈에 그가 마음에 들었던지 그를 자기 가까이 있게 하라고 특별히 지목했기 때문이었다. 그것을 계기로 야잠은 자연스럽게 빈 라덴을 추종하는 알 카에다 조직의 일원이 되었다.

그가 만난 빈 라덴은 매우 조용한 사람이었다. 마치 예언자처럼 언제나 조용조용히 말했고, 화를 내거나 큰 소리로 말하는 법이 없었다. 그리고 포탄이 옆에 떨어져도 놀라거나 하지 않고 매우 침착했다.

그의 말은 논리 정연했고, 사고는 매우 합리적인 것 같았다. 야잠은 빈 라덴의 연락병으로 일하면서 때로는 파키스탄 국경을 넘어가 미국인들을 만나기도 했다. 그가 미국인들, 즉 CIA 요원들을 만난 것은 영어를 잘 했기 때문이었다. 그는 통역병으로, 혹은 단독으로 CIA요원들을 만나 중요한 일을 수행하기도 했다. 그가 그대로 아프간에 남아 있었다면 전장에서 죽었던가, 지금쯤 국제테러리스트가 되어 오사마 빈 라덴과 함께 쫓기는 신세가 되었을 것이다.

어느 날 빈 라덴은 그를 불러 아직 어리니 미국에 돌아가 학업을 계속하라고 말했다. 그가 공부보다도 성전이 더 중요하기 때문에 그럴 수 없다고 말하자 빈 라덴은 그가 학업 외에 미국에 가서 꼭 해야 할 아주 중요한 일들이 있다고 했다. 그 중 하나가 미국에서 이슬람 전사들을 모집하는 일이었다. 아프간 전장에서 수없이 죽어 가고 있는 전사들을 대신할 신병 보충이 무엇보다도 절박한 과제였다. 소련군은 날이 갈수록 대규모 병력을 투입하여 공세로 나오고 있는데 반해 여러 가지 면에서 뒤떨어지는 이슬람 전사들은 치고 빠지는 게릴라전으로 응수할 수밖에 없었다. 그러다 보니 희생이 컸고, 전쟁의 양상으로 보아 단기간에 끝나지 않고 장기전으로 갈 공산이 컸다. 장기전에 대비하기 위해서는 무엇보다도 전투 병력을 계속 충원하는 것이 중요했다.

또 하나 야잠이 미국에 돌아가 해야 할 중요한 일은 알 카에다 조직의 일원으로 미국에 거점을 마련하는 일이었다. 그것은 장래에 대비해서 반드시 필요한 일이었다. 지금은 이슬람 극단주의 세력과 미국이 서로의 필요에 의해서 손을 잡고 밀월관계에 있지만 그 관계가 깨지는 것은 시간문제라는 것을 빈 라덴은 이미 알고 있었다. 아랍 세계와 서방을 대표하는 미국은 숙명적으로 화해할 수 없다는 것을 그는 처음부터 알고 있었던 것이다. 그리고 언젠가 미국을 상대로 싸워야 할 경우 거기에 효과적으로 대응하기 위해서는 미국 내에 거점을 확보하고 암약할 수 있는 스파이가 반드시 필요한데 그 역할을 맡을 인물들 가운데 한 명으로 빈 라덴은 야잠을 찍었던 것이다.

오사마 빈 라덴이 꿈꾸는 것은 이슬람 혁명을 통해 전 아랍권을 통일, 이슬람 단일 국가를 세우는 것이었다. 그것이 실현되면 기독교 국가인 서방 세계를 상대로 투쟁을 벌여 전 세계를 이슬람 혁명화 한다는 원대한 계획이었다.

빈 라덴이 처음부터 이슬람 혁명에 뛰어든 것은 아니었다. 부호의 아들인 그는 한때 중동의 오렌지족으로 불릴 정도로 서구화를 쫓는 방탕한 청년이었다. 대학에 다니는 동안 그는 중동의 파리라고 할 수 있는 베이루트에서 술집과 나이트클럽을 전전하면서 술과 마약, 그리고 섹스에 탐닉했었다. 그런 그가 신앙심이 깊은 이슬람 원리주의자로 변하게 된 것은 그의 아버지와 스승들 덕분이었다. 건축업자로서 메카의 성지 보수작업과 이슬람 사원들을 신축하면서 보다 깊은 신앙심을 갖게 된 그의 아버지는 그것을 아들에게 전수시키는 한편 이슬람 원리주의자로서 높은 덕망을 지닌 유스푸 아잠을 스승으로 받들게 했다. 아잠을 비롯한 몇 명의 스승을 거치는 동안 마침내 빈 라덴은 의식이 완전히 바뀌었고, 정치와 종교에 관심을 가진 이슬람 원리주의자로 변신했다. 그는 더 이상 방탕한 오렌지족이 아니었고, 이슬람 혁명이라는 대의에 자신을 불사르기로 결심한 혁명가가 되어 있었다.

야잠이 워싱턴으로 돌아왔을 때 집안 형편은 아주 나빠져 있었다. 주미 아프간대사관은 폐쇄되어 있었고, 본국으로부터 외교관직을 박탈당한 그의 부친 아바스에게는 본국으로부터 소환명령이 날아와 있었다. 그러나 그의 부친은 귀국하는 대신 가족들을 데리고 미국에 망명신청을 했다. 만일 귀국할 경우 처형당할 것이 뻔했기 때문에 그의 망명신청은 충분한 이유가 있었다. 미국 정부는 주저하지 않고 그와 그의 가족들의 망명신청을 받아들였다. 하지만 CIA는 아바스를 가만 놔두지 않고 최대한 이용했다. 그는 아프간 정부의 요인 출신이었기 때문에 귀중한 정보를 많이 가지고 있었고, 누구보다도 아프간 지리와 지형에 대해 소상히 알고 있었다. 아프간에서 대리전 수행을 총괄하고 있는 CIA 입장에서는 아바스 같은 사람의 정보가 필요했고, 또한 아프간을 포기하지 않는 한 여러 가지 면에서 두고두고 그의 도움이 필요할 것이라는 것을 잘 알고 있었다.

아바스 입장에서도 미국을 도와 나쁠 것은 하나도 없다는 생각이었기 때문에 적극적으로 나서서 CIA의 자문에 응했다. 망명생활을 편하게 하기 위해서는 CIA에 협조하는 것이 좋을 것 같았고, 또한 조국을 침공한 소련군을 몰아내기 위해서도 힘닿는 데까지 미국을 도와야 한다고 생각했다. CIA는 그의 협조에 대해 응분의 대가를 지불했고, 그래서 일정한 직업이 없이도 그는 별 어려움 없이 가족들을 먹여 살릴 수가 있었다.

 미국으로 돌아온 이듬해 야잠은 보스톤대학에 화학과 학생으로 입학했다. 머리가 명석한데다 부지런한 그는 학비를 면제받을 정도로 성적이 우수했고, 교우관계도 원만했다. 하지만 그의 머릿속에서는 항상 조국의 비참한 현실이 떠나지 않고 살아 움직이고 있었다. 뉴스에 의하면 벌써 아프간 국민 수십만 명이 목숨을 잃었고, 무수한 난민들이 국경을 넘어 탈출하고 있는데 그 수가 4백만 명이 넘는다고 했다. 그와 같은 참담한 뉴스를 들을 때마다 그는 자신이 이역만리 멀리 떨어진 미국에서 속편하게 대학에 다니고 있다는 것이 한없이 부끄럽고 죄스럽기만 했다. 그와 함께 한편으로는 자본주의의 낙원인 미국사회의 흥청망청 넘쳐 나는 소비문화가 저주스럽기만 했다. 아프간의 비극에는 눈 하나 까닥하지 않는 미국사회의 극단적 이기주의에 그는 속으로 분노했고, 그렇지만 그들에게 협조하지 않을 수 없는 자신의 처지가 한없이 서글프기만 했다.

 뉴욕에 올 때마다 그는 하늘을 찌르는 마천루들을 보면서 부러움과 함께 질투를 느끼곤 했다. 아프간에는 하나도 없는 이와 같은 건물들이 도대체 어느 높이까지 올라갈 것이며, 하늘의 신은 이를 보고도 왜 노여워하지 않는가. 뉴욕 맨해튼에 올 때마다 그가 들르는 곳이 있었다. 맨해튼 남쪽 금융가에 자리 잡고 있는 거대한 빌딩, 바로 미국 자본주의의 상징이라고 할 수 있는 세계무역센터 빌딩이었다. 층수가 110층이나 되고 지상으로부터의 높이가 443미터나 되는 그 쌍둥이 빌딩을 처음 보았을 때 그는 놀라움과 함께 소름끼치는 전율을 느꼈었다. 저렇게 높게 짓다니! 저건 바벨탑이야! 언젠가 반드시 여호와의 노여움을 사서 무너져 내릴 것이다! 그것은 그 쌍둥이 건물들을 보는 순간 본능적으로 느낀 생각이었다. 전율과 함께 다음 순간 그가 들은 것은 수천수만 명이 일시에 쏟아내는 단말마의 비명소리였다.

상주인구가 5만여 명이나 되고 하루에 드나드는 방문자가 7만여 명이나 되는 세계 최고의 빌딩이 일시에 무너져 내리면서 그 안에 있던 사람들이 서로 뒤엉켜 질러대는 비명소리는 연옥의 아비규환 바로 그것이었다. 그는 그 때 자신이 왜 그와 같은 파괴적이고 참혹하기 짝이 없는 상상을 했는지 알 수가 없었다.

세계무역센터 빌딩은 이처럼 처음에는 두려움의 대상이었지만 자주 보게 되자 그는 두려움 대신 그 건물들의 내부를 보고 싶은 호기심이 강하게 일었다. 그래서 처음에는 관광객들 틈에 섞여 건물 안으로 들어간 다음 엘리베이터를 타고 전망대까지 올라가 보았다. 107층에 있는 전망대에서 내려다본 뉴욕은 끝없이 서 있는 건물들의 대 파노라마였다. 거기서 보이는 센트럴파크는 의외로 조그마해 보였다. 아래로 내려온 그는 쇼핑센터를 기웃거리기도 하고 식당에 가서 가장 싼 음식을 사 먹기도 했다. 호텔에 가서는 큰마음 먹고 커피를 시켜 마시기도 했다. 1층에 조성되어 있는 노천광장에서는 벤치에 앉아 햇빛을 즐기면서 신문을 보기도 했고, 수백 개의 입주회사들 직원들로 보이는 사람들이 점심시간에 맞춰 일시에 건물 밖으로 쏟아져 나오는 것을 신기한 눈으로 쳐다보기도 했다. 한 번은 센터 지하 2층에 멋모르고 내려갔다가 곤욕을 치르기도 했었다.

지하 2층에는 여느 주차장들과는 달리 번쩍거리는 차량들이 수십 대 세워져 있었는데 그 중에는 장갑차 같이 생긴 차도 있었다. 하나 같이 최고급의 으리으리한 차들이었기 때문에 그는 넋 빠진 모습으로 한동안 차량들 사이를 돌아다니면서 그것들을 구경하기도 하고 카메라로 찍기도 했다. 그런데 느닷없이 고함 소리와 함께 철컥철컥하는 금속성의 마찰음이 들려왔다. 꼼짝 마! 손들어! 그는 얼떨결에 두 손을 머리 위로 높이 쳐들면서 자기에게 겨누어져 있는 총구들을 쳐다보았다. 경찰관 두 명과 사복 차림의 사내 한 명이 권총을 들고 금방이라도 방아쇠를 당길 듯 그를 노려보고 있었다. 그들은 그의 팔을 뒤로 꺾어 손목에 수갑을 채운 다음 그를 지하실 한쪽에 있는 방으로 끌고 갔다. 거기서 그들은 네 시간 가까이 샅샅이 그의 소지품을 뒤지고 강도 높은 심문을 한 다음 그의 집에 연락해서 부친을 오게 했다. 결국 그는 부친의 설명과 서명이 있고나서야 그곳에서 풀려날 수가 있었다. 그 같은 곤욕을 치렀지만 그는 한동안 자신이 왜 그렇게 범죄자 취급을 당했는지 그 이유를 알 수가 없었다. 나중에 부친이 정보를 가지고와 그 이유를 설명해 주었을 때에야 비로소 납득이 갔다. 무역센터 지하 2층은 미국 대통령 경호를 위해 마련된 뉴욕 경호기지로서 대통령 전용 리무진을 포함해서 각종 경호용 차량 100여대가 상시 대기하고 있는 곳이었다.

세계무역센터와 길 하나를 사이에 두고 있는 맞은편에는 스타벅스 커피숍이 하나 있었다. 그는 그 커피숍 앞에 놓여 있는 의자에 앉아 커피를 마시면서 무역센터 빌딩을 올려다보는 것을 좋아하게 되었다. 더 이상 두려움 같은 것은 없었고, 여호와의 노여움 같은 것을 생각하지도 않았다. 그것은 바벨탑이 아니라 넘어야 할 고지처럼 보였다. 그는 여자 친구를 데리고 그 곳에 앉아 스타벅스 커피를 마시면서 장래의 꿈과 희망을 이야기하기도 했다.

한 편 CIA는 아프간에 파견할 아랍계 청년들을 다른 곳도 아닌 미국 내에서 거의 공공연하게 모집했다.

미국 내에는 아랍계 사람들이 8백만 명이나 살고 있었다. 그들은 아랍 여러 나라에 뿌리를 두고 있었지만 이슬람이라는 종교 밑에서는 언제라도 하나로 뭉칠 수 있는 종교적 열망을 지니고 있었다. 소련의 침공으로 고통 받고 있는 아랍의 형제국 아프가니스탄을 구하자는 절박한 호소가 미국 땅에서 먹혀들어 간 것은 바로 이 때문이었다. 그 분위기가 가라앉기 전에 CIA는 재빨리 아프간에 파견할 전사를 모집했고, 상당한 액수의 보수까지 약속하자 아랍계 청년들은 다투어 모여들었다.

이 용병 모집을 앞에 나서서 실질적으로 주도한 사람이 바로 야잠의 아버지인 아바스였다. CIA의 지원 하에 아바스는 뉴욕을 중심으로 전국적으로 모병소를 설치하고 아랍계 청년들을 불러모았다. 그는 미국 전역을 돌면서 아랍인들 앞에서 이슬람 청년들이 성전에 참가하는 것이야말로 가장 성스러운 순교의 길임을 역설했다. 그는 웅변가였고, 그의 설교를 들은 아랍계 청년들은 줄지어 아프간 행에 지원했다. 야잠 역시 아버지를 도와 용병 모집에 적극적으로 나섰다. 보스톤, 워싱턴, 뉴욕의 거리에는 아프간 성전에 참가할 이슬람 전사들을 모집한다는 포스터가 버젓이 나붙었는데, 그것들은 야잠과 그의 동지인 알 카에다 조직원들이 만들어 붙인 것이었다.

이와 같은 분위기를 부채질하듯 미국의 신문 방송 등 언론매체들은 연일 아프간의 참상을 다투어 보도했고, 그것을 볼 때마다 이슬람 청년들은 피가 끓어올랐다. 야잠은 성전에 참가할 전사들을 모집하는 한 편으로 알 카에다 조직원을 늘려 나갔는데 아랍인 사회의 분위기가 고조되어 있었기 때문에 그 작업은 별로 어렵지 않게 진행되었다. 하지만 전혀 문제가 없었던 것은 아니었다. 정체불명의 괴전화가 아바스와 야잠에게 두서너 번 걸려 왔는데, 내용인즉 아랍 청년들을 돈으로 사서 전장으로 보내는 짓을 당장 중지하지 않으면 가만두지 않겠다는 협박전화였다. 아프간을 미국한테 팔아먹을 셈이냐? 아프간을 구할 나라는 소련밖에 없어. 두 사람은 그 정도의 협박은 각오하고 있었기 때문에 그냥 묵살하고 말았다. 그러던 차 뜻하지 않은 사태가 발생했다. 그의 부친이 갑자기 암살당한 사건이 발생한 것이다.

그 해 겨울 몹시 추운 날 밤 아바스는 일을 끝내고 지하 주차장으로 내려갔다. 주차장에서 차문을 여는 순간 갑자기 뒤통수에 총구가 와 닿았다. 일당은 네 명으로, 그들은 아바스를 옆에 대 놓은 차에 태우고 주차장을 빠져나갔다. 아바스는 그들의 모습을 보고 그들이 아랍계 사람들임을 알 수가 있었다.

"이게 무슨 짓이오?"

그가 아랍말로 묻자 운전석 옆자리에 앉은 자가 말했다.

"미제 앞잡이를 처형하려는 거야."

"당신들은 누구요?"

"알 필요 없어. 아랍 청년들을 죽음으로 몰아넣는 짓을 그만 두라고 경고했었지? 아랍 청년들을 용병으로 팔아먹는 놈은 매국노야. 알라께서는 매국노를 용서하지 않아."

그를 납치한 차는 맨해튼 미드타운 동쪽 59번가를 지나 루즈벨트 섬과 퀸스를 연결하는 퀸스보드 브릿지를 건너갔다. 퀸스로 건너간 다음 바로 다리 밑으로 내려가자, 가로등 밑에서 아바스를 기다리고 있는 자가 있었다. 선글라스로 얼굴을 가린 그는 아랍인들과는 다른 금발의 백인이었다. 금발의 사내는 아바스를 얼어붙은 땅바닥에 꿇어앉힌 다음 입 속에다 총구를 밀어 넣고 방아쇠를 당겼다.

비밀 작전

파비트의 세 잔째 보드카는 야잠이 샀다. 야잠은 여전히 다이어트 소다만 마셨다.
"술이 세졌군요."
"느는 거라곤 그것밖에 없지. 자네 지금 몇 살이지?"
"왜 나이는 묻습니까?"
"위험한 비밀작전을 수행할 수 있을까 해서야. 너무 나이가 들었으면 곤란하잖아."
"제가 그렇게 늙어 보입니까? 아직 마흔도 안 됐습니다."
"정확히 몇 살이야?"
"서른여섯입니다."
"벌써 그렇게 됐나? 세월 빠르군. 우리가 처음 만났을 때가 몇 살이었지?"

"제가 대학에 입학한 해였으니까 스무 살 때였습니다. 81년도였죠."

"그 때 우리 호흡이 잘 맞았지. 자넨 물불을 안 가렸지. 결국 아프간 전쟁터로 떠나는 자넬 보고 운명이란 할 수 없다는 생각이 들었지."

야잠이 아버지를 도와 전사들을 모집하고 있을 때 뒤에서 그들을 지원하고 조종하던 인물이 바로 CIA의 파비트였다. 자연 야잠과 파비트는 가깝게 지낼 수밖에 없었다.

"결혼은 했나?"

"결혼한 지 2년 됐습니다. 딸도 하나 있습니다."

"아, 그래? 축하해야겠군. 부인은 뭘 하나?"

"유치원 교사입니다."

"아랍계인가?"

"아닙니다. 프랑스 출신입니다. 아주 재치 있고 부지런한 여자입니다. 미인은 아니고 아주 평범한 인물입니다."

"최고의 여자를 얻은 모양이군. 자네가 부러워."

파비트는 야잠의 어깨를 잡아 흔들었다.

"집에서는 이슬람 여자가 아니라고 반대가 심했습니다. 하지만 전 그와 같은 벽을 깨고 싶었습니다. 인간보다 신앙이 앞서야 한다는데 전 동의할 수가 없습니다. 전에는 이슬람 원리주의에 충실했지만 전쟁터에서 그것 때문에 사람들이 무수히 죽어 가는 것을 보고는 회의를 느꼈습니다. 앞으로 그것 때문에 또 얼마나 많은 사람들이 죽을 것인가를 생각하면 참담하기까지 합니다. 이제 저는 이슬람에 모든 것을 걸고 싶지 않습니다. 그것은 제 생활의 일부에 지나지 않지 모두가 아닙니다. 지금은 꼬박꼬박 사원에도 나가지 않고 하루 다섯 번의 기도도 하지 않습니다. 그냥 하고 싶을 때 할 뿐입니다."

"많이 변했군. 나도 성당에 안 나간 지 일 년이 넘었어."

"무슨 일입니까? 저를 찾은 이유가 뭡니까?"

"자네의 지혜를 빌리고 싶어서 찾았어."

"지혜로 말하면 대령님이 저보다 훨씬 뛰어난데요."

"그렇지 않아."

파비트는 남아 있는 술을 쭉 들이켰다.

"한잔 더 하시겠습니까?"

"자넨 그대로 앉아 있어. 내가 가져올 테니까. 자네도 한 잔 더 하지 그래."

"전 됐습니다."

파비트는 스탠드에 가서 보드카를 더블로 시켰다. 이런 식으로 마시다가는 밤새 마셔도 취할 것 같지 않았다.

쇼걸 한 명이 근육질의 건장한 흑인 남자와 함께 무대 위에서 각가지 섹스 포즈를 취하면서 뒹굴고 있었다. 쇼걸과 흑인은 손바닥만한 팬티 한 장으로 성기만 아슬아슬하게 가리고 있었다.

"지금의 아프간 상황을 어떻게 보고 있나?"

자리에 앉으면서 파비트가 물었다. 야잠은 진지한 눈길로 그를 쳐다보면서 한동안 생각에 잠겨 있다가 입을 열었다.

"탈레반은 아프간 역사에 돌이킬 수 없는 죄악을 저지르고 있습니다. 탈레반을 그대로 두면 아프간은 발전은커녕 한 세기 정도 후퇴할 것입니다. 세계 제일의 미개국으로 남을 겁니다. 고통 받고 있는 백성들을 생각하면 울고 싶습니다."

야잠의 두 눈에 얼핏 물기가 배는 것 같았다.

1979년 아프가니스탄을 침공한 소련은 일거에 아프간을 점령할 줄 알았지만 아프간 국민들을 비롯한 전 아랍권의 거센 저항에 부딪쳐 10년 동안 고전을 면치 못하다가 결국 89년 아프간에서 굴욕적인 철수를 하고 만다. 10년 동안의 전투에서 소련군의 전사자는 무려 5만 명이 넘었다.

아프간 국민들은 소련군이 철수하자 10년간의 고통도 잊고 거리로 쏟아져 나와 기쁨의 눈물을 흘리며 환호했다. 그러나 그것도 잠시였다. 아프간은 각 정파간 이익을 노리는 세력들이 첨예하게 대립하고 있었다. 그들은 소련군 점령 하에서는 성전의 동맹군으로서 함께 힘을 합쳐 소련군과 싸웠고, 마침내 소련군이 물러나자 다음에는 소련이 세워 놓은 나지불라 친소 괴뢰정권을 공격, 92년 완전히 축출한다. 그러나 그 순간부터 동맹체제는 와해되고, 각 세력들은 아프간을 차지하기 위해 다시 내전 상태로 돌입한다. 이 와중에 칸다하르를 중심으로 이슬람 신학생이라는 이름의 탈레반 조직이 새로 결성되었는데, 그들의 순수한 열정과 결연한 의지에 반한 국민들은 그들에게 전폭적인 지지를 보냈다. 이와 같은 국민들의 지지에 힘입어 탈레반은 단기간 내에 가장 강력한 세력으로 부상, 다른 세력들을 누르고 마침내 아프간을 손에 넣었다.

그런데 탈레반의 이 같은 성공의 배후에는 다름 아닌 미국의 지원이 있었다. 미국 CIA는 아프간의 여러 세력들과 접촉한 결과 그들에게는 더 이상 기대할 것이 없다고 보고 새로운 세력으로 이슬람 신학생들을 부추겨 탈레반이라는 이름의 조직을 결성, 그들에게 돈과 무기를 쏟아 부었다. 탈레반이 단기간 내에 강력한 세력으로 부상할 수 있었던 것은 이와 같이 CIA의 절대적인 지원 덕분이었던 것이다. 이때만 해도 미국은 미국의 돈과 무기로 무장한 탈레반이 미국의 지시에 고분고분 따르고, 결국은 탈레반이 주축이 된 친미정권이 탄생할 줄로 기대했었다. 미제 무기로 무장한 탈레반이 미국에 적대적인 세력으로 변질될 줄은 상상도 못했었다. 그러나 결과는 미국의 기대와는 정반대로 나타나고 말았다.

아프간을 지배하게 된 탈레반은 그 날부터 이슬람 극단주의를 국민들에게 강요하기 시작했다. 이슬람 극단주의와 관계없는 책들은 모두 불살라지고, 여자들은 머리에 쓰는 히잡 대신 머리에서부터 발끝까지 가려지는 차도르를 뒤집어쓰고 다녀야 했다. 또한 여자들은 직업을 가져서는 안 된다는 명령에 따라 모두 직장에서 쫓겨나게 되었고, 심지어 학교에 가는 것마저 금지되었다. 남자들은 턱수염을 길게 길러야 했고, 반드시 모자를 써야 했다. 외국인들은 모두 추방당했고, 이슬람 유일신 정책에 따라 세계 최대 석불까지 폭파해서 없애 버리는 만행을 서슴없이 저질렀다.

특히 이 불상 파괴는 전 세계에 큰 충격을 주었고, 모두가 나서서 인류문화에 대한 야만적인 범죄행위를 저지른 탈레반을 규탄했다.

아프가니스탄 중부 힌두쿠시 산맥 깊숙이 자리 잡고 있는 바미얀은 세계 최고의 불교유적지 가운데 하나이고, 그곳에는

1500년 전 만들어진 53미터 높이의 세계 최고 고대 석불이 거대한 사암절벽 안에 자리잡고 있었다. 그 외에도 그곳에는 암벽 불상과 동굴불화가 지천으로 널려 있었다. 그곳은 옛날 실크로드의 요충지로서, 현재 남아 있는 불교 유적들은 2~5세기 사이 쿠산왕국 때 만들어진 것들이었다. 유네스코는 그곳을 세계문화유산으로 지정하고 보호책을 강구하고 있었다. 그런데 느닷없이 탈레반 지도자 모하마드 오마르가 회교율법에 배치되는 거짓 우상숭배라고 하면서 당장 석불을 파괴하라고 명령했다. UN을 비롯해서 세계 각국이 강력하게 경고했지만 탈레반은 로켓과 다이너마이트, 탱크까지 동원해서 세계 최고의 석불을 끝내 파괴하고 말았다.

사실을 말하자면 탈레반이 회교율법에 배치되기 때문에 석불을 파괴한 것은 아니었다. 그것은 단지 이유에 지나지 않았다.

탈레반은 비록 다른 세력들을 누르고 아프가니스탄을 지배하게 되긴 했지만 얼마 가지 않아 곧 공황상태로 빠져들었다. 탈레반은 국민들에게 이슬람 극단주의를 강요하고, 그들의 기본권을 박탈하는 한편 아랍 각국에 이슬람 전사들을 보내 이슬람 혁명전선을 구축, 여기저기서 테러가 빈번하게 발생하게 되었다. 아프간은 금방 테러훈련의 본거지가 되었고, 국제수사기관의 추적을 피해 숨어들어 온 테러리스트들의 은거지가 되었다. 그 대표적인 인물이 오사마 빈 라덴이었다. 빈 라덴은 이미 각종 테러의 배후 인물로 지목되어 수배 인물 제1호로 국제수사망에 올라 있었다. 미국을 비롯한 서방 세계와 UN은 아프간의 민주화를 촉구하고 테러 근거지의 폐쇄 및 빈 라덴의 인도를 요구했다.

그러나 오마르는 어느 한 가지도 받아들이지 않았다. 결국 UN은 아프간에 경제제재 조치를 취하는 등 각종 봉쇄정책으로 아프간을 압박했다. 궁지에 몰린 아프간은 관광 수입이라도 올리기 위해 바미얀 유적지를 개방하고 외국 관광객들을 불러들이려고 했다. 그러나 그것마저도 UN이 아프간 상공의 비행을 금지시키는 바람에 단 한 명의 관광객도 불러들일 수가 없었다. 국민들의 생활이 말할 수 없이 핍박해지고 정치적 상황이 질식 상태로까지 몰리자 탈레반은 서방 세계에 대한 반발로 마침내 세계 최고의 석불을 파괴했던 것이다. 오기라면 오기일까. 그 전개 과정과 결말이 참으로 세계문화유산에 대한 단순한 범죄행위로 보기에는 너무도 복잡 미묘했다.

아무튼 아프간을 미국식으로 개조하려던 미국은 믿는 도끼에 발등이 찍힌 꼴이 되고 말았다.

"아프간을 이 지경으로 만든 것은 미국입니다. 저는 미국이 원망스럽습니다."

야잠은 원망스러운 눈으로 파비트를 바라보면서 고개를 절래절래 흔들었다. 파비트는 담배에 불을 붙인 다음 한 모금 깊이 빨고 나서 연기를 길게 내뿜었다.

"이해해. 나라도 미국을 원망하겠어. 하지만 그렇다고 해서 이 단계에서 미국이 아프간에서 손을 떼는 일은 없을 거야. 지금까지는 시행착오였고, 앞으로 미국은 표면에 나서서 더욱 공세적으로 나갈 거야. 탈레반과 몇 번 더 협상을 해 보고 그래도 안 되면 단호한 조치를 취할 거야."

"단호한 조치라면…… 미국이 직접 아프간을 공격하겠다는 겁니까?"

"그럴지도 모르지. 내가 결정할 일이 아니니까 잘 모르겠지만 지금 같은 분위기라면 미국이 전면에 나설 가능성이 커."

"그런 이야기라면 전 별로 기대를 걸고 싶지 않습니다. 미국한테 이만저만 실망한 게 아니니까요. 전 미국을 도와 미국에서 아랍계 청년들을 열심히 모집했습니다. 그들에게 달러를 주고, 그들을 훈련시키고, 그들을 미제 무기로 무장시켜 전사로 만든 다음 아프간 전선에 투입시켰습니다. 그들은 성전에 참가한다고 생각했지만 미국은 그들을 용병으로 생각했습니다. 미국뿐만 아니라 서방 세계가 모두 그렇게 생각했습니다. 10년 전투에서 많은 아랍 청년들이 죽어 갔습니다. 그들은 제대로 먹지도 입지도 못한 채 험난한 산 속에서 용감하게 싸우다가 죽어 갔습니다. 그리고 마침내 소련군을 물리치고 아프간을 해방시켰습니다. 하지만 이번에는 이슬람 전사들끼리 서로 싸워야 했습니다. 안타까운 일이었지만 그게 아프간의 운명이었습니다. 그 싸움에서 미국은 가만 있지 않고 탈레반을 조직했고, 그들을 적극적으로 지원했습니다. 결과는 탈레반의 승리였습니다. 그러나 그들은 승리와 동시에 미국을 배신했습니다. 미국은 뒤늦게 자신들의 어리석음을 깨달았지만 이미 엎질러진 물이었습니다. 저는 결국 이렇게 결론을 내렸습니다. 미국은 한치 앞도 못 내다보는 어리석은 나라라고 말입니다. 그런 미국을 위해 목숨을 바친 아버지가 불쌍하기만 합니다. 미국을 위해 시간과 정열을 바친 지난 날들이 후회스럽기만 합니다. 그런데 또 미국을 위해 무슨 일을 하라는 겁니까? 전 아무 일도 하고 싶지 않습니다."

파비트는 담배 한 대를 다 피우고 나서 빈 잔을 만지작거리고 있었다.

여기저기서 휘파람소리가 들려왔다. 새로 등장한 쇼걸이 의자 위에다 한쪽 발을 올려놓은 상태에서 가랑이를 넓게 벌린 채 음부를 쓰다듬고 있었다. 하체를 돌려 대면서 그 짓을 하는 바람에 흥분한 남자들이 참지 못하고 휘파람을 불어대고 있었다.

"강요할 생각은 없어. 강요한다고 해서 자네가 들어줄 리도 없고. 그리고 자네 부친의 죽음을 생각하면 정말 뭐라고 할 말이 없어. 하지만 아무리 미국이 어리석다해도 아프간 상황을 이대로 방치해 둘 수는 없어. 자네는 현실을 외면할 수는 없어. 지금 단계에서는 현명한 선택만이 아프간을 살릴 수 있는 길이야. 그냥 남의 집 불구경하듯 자기 조국의 운명을 팔짱을 낀 채 잠자코 지켜만 볼 것인가, 아니면 어느 쪽이라도 선택해서 그 길로 나갈 것인가. 내가 볼 때 자네는 결코 가만 있을 사람이 아니야. 아프간을 위해서 무슨 일인가 할 사람이야. 그런데 지금 선택을 못하고 있어."

두 사람의 시선이 뜨겁게 부딪쳤다. 야잠은 시선을 돌려 무대 쪽을 바라보았다.

"아프간이 스스로 민주국가로 태어날 수 있다고 생각하나?"

"지금 당장은 어렵겠죠."

야잠은 괴로운 듯 미간을 찌푸렸다.

"언젠가는 그렇게 될 거라는 거군. 그렇겠지. 언젠가는 그렇게 되겠지. 하지만 그게 5년이 될지 10년이 될지 아무도 장담할 수 없어. 그 동안 또 얼마나 많은 아프간 국민들이 비참하게 죽어 가겠어?"

"많이 죽겠죠. 아주 많이……. 아프간 국민 모두가 전멸할지도 모르죠."

야잠은 자조적인 어조로 말했다.

"자존심이 상하겠지만, 결국 빠른 시일 내에 아프간을 구할 수 있는 길은 외세에 의존하는 방법밖에 없다고 생각해."

"외세에 의존하다가 이 꼴이 됐잖습니까?"

"하지만 외세가 물러가니까 어떻게 됐지? 외세도 외세 나름이야. 만일 미국이 아프간을 포기한다면 아프간은 어느 쪽에 도움을 청할 건가? 다시 소련을 부를 건가? 지금은 소련이 아니라 러시아라고 불러야겠지. 러시아는 두 번 다시 부를 수 없겠지. 그렇다면 중국인가? 아니면 인도? 파키스탄?"

"그만 하십시오!"

야잠은 얼굴을 붉히면서 큰 소리로 말했다. 파비트는 그를 물끄러미 쳐다보다가 담배꽁초를 재떨이에 비벼 끄고 술잔을 집어 들었다. 그러나 술잔은 비어 있었다. 그가 일어서려고 하자 야잠이 그를 막았다.

"제가 가져오겠습니다. 더블로 하실 겁니까?"

파비트는 고개를 끄덕여 주었다.

"미국밖에 없다는 걸 저도 알고 있습니다."

재빨리 말하고 나서 야잠은 스탠드 쪽으로 걸어갔다. 파비트는 그의 뒷모습을 바라보다가 무대 쪽으로 시선을 돌렸다. 쇼걸은 의자에 두 손을 짚고 상체를 구부린 상태에서 관객 쪽을 향해 엉덩이를 흔들어 대고 있었다. 거대한 엉덩이가 이리저리 요동

칠 때마다 사내들의 입에서는 탄성이 흘러나오곤 했다.

"미국이 대리전으로 소련을 몰아낸 것은 성공작이었어요. 그 바람에 국력을 소진한 소련은 연방이 해체되는 계기가 됐구요. 미국은 일석이조를 얻었어요."

보드카가 담긴 술잔을 내려놓으며 야잠이 말했다. 파비트는 잔을 집어 들고 한 모금 마셨다.

"소연방의 해체는 필연적인 과정이었어. 소련은 연방을 유지시킬 힘이 더 이상 없었어. 아프간에서의 패배가 그 과정을 빨리 단축시켰을 뿐이야. 그리고 고르바초프라는 현명한 인물이 그 필요성을 절감하고 재빨리 실행에 옮긴 거야. 모든 것이 맞아떨어졌어."

"소련이 철수하고 나면 내전이 일어날 거라는 건 충분히 예상되었던 일인데 미국은 수수방관했고, 결국 문제가 커진 뒤에야 손을 썼어요. 그것도 탈레반을 지원하고 나왔어요."

"미국으로서도 어쩔 수가 없었어. 내전에 대한 대책을 세울 수가 없었어. 각 이익집단간에 자기 이익을 위해 너무 첨예하게 대립되어 있었기 때문에 어떻게 해 볼 도리가 없었어. 그럴 바에는 차라리 서로 끝장날 때까지 싸우게 내버려두는 편이 낫겠다는 생각도 들었지. 그러다 보면 결국 최강자가 나타날 거고, 그에 따른 질서가 재편될 거라고 생각했지. 하지만 그렇게 멋대로 굴러가게 내버려둘 수는 없었어. 그 동안 미국이 뿌린 돈을 생각하면 절대 그대로 방치해 둘 수가 없었지. 어느 한쪽을 선택해서 집중적으로 지원하고, 결국 그들이 아프간의 지배세력이 되어주기를 바랐던 거야. 그 결과 태어난 것이 탈레반이야."

"잘못 선택한 거죠."

"그래. 탈레반을 선택한 것은 실수였어. 그들이 그렇게 변할 줄은 정말 몰랐어."

"저는 처음부터 그들이 싫었습니다. 그래서 더 이상 상관하지 않고 아프간을 떠났던 겁니다."

"미국은 처음 그들의 순수한 열정과 의지에 반했던 거야. 다른 세력들한테는 그런 게 없었어."

"미국의 거대한 정보망과 판단력도 별 볼일 없군요. 그런 판단을 내리다니."

"미국이 판단을 잘못한 것이 어디 한 둘인줄 알아? 잘 한 것보다 잘못한 것이 더 많다구."

"아프간을 어떻게 할 겁니까? 탈레반을 저대로 둘 겁니까?"

야잠은 새로 가져온 다이어트 소다를 입으로 가져갔다. 파비트는 잔을 만지작거렸다.

"미국은 지금 딜레마에 빠져 있어. 이러지도 저러지도 못하고 말이야. 결국 미군이 직접 개입하지 않으면 탈레반을 아프간에서 몰아낼 수 없다는 결론이 설득력을 얻고 있고, 대세로 굳어가고 있는 것 같지만 그건 어디까지나 강경론자들의 의견이야. 미국 국민들은 미국이 또 전쟁을 벌이는 것을 원치 않아. 민주당이 집권하고 있는 이상 강경론자들의 주장이 현실화되기는 쉽지 않을 거야. 클린턴 대통령은 자기 임기 중에 전쟁을 벌이는 것을 원하지 않을 거야. 그는 여간 신중한 사람이 아니야. 하지만 2000년 대통령 선거에서 공화당이 집권하면 아프간을 공격할 가능성이 커. 부시는 단순하고 공격적인 인물이고, 그를 둘러싸고 있는 인물들도 매파 일색이야. 부시 같으면 틀림없이 아프간을 침공할 거야."

"그럼 그 때까지 기다려야 한다는 겁니까?"

"어쩔 수 없잖아."

파비트는 두 팔을 벌리면서 어깨를 으쓱했다.

"그렇다고 그 동안에 아프간이 지구상에서 사라지는 것도 아니잖아."

"국민들이 받을 고통이 너무 커서 그렇습니다."

"알고 있지만 어쩔 수 없잖나. 이 지구상에서 인간 이하의 취급을 받으면서 살아가는 사람들이 절반은 넘어."

"만일 아프간이 미국의 손에 넘어가면 아프간은 정말 민주국가로 성장할 수 있을까요?"

"러시아나 중국보다는 미국이 훨씬 아프간 재건에 도움이 될 거야. 러시아나 중국은 엄밀히 말해 민주국가라고 할 수 없어. 이들 두 나라와는 달리 미국은 기본적으로 후진국에 두 가지를 수출하려고 노력하고 있어. 하나는 민주화이고 다른 하나는 자본이야. 민주화를 촉진시키면서 시장경제를 활성화시키고, 거기서 이익을 챙기는 거야. 이 세상에 공짜는 없는 거니까 그 정도 봉사해 주고 이익 챙기는 건 당연하잖아. 아프간이 앞으로 살 길은 이 길밖에 없어. 다른 대안이 있으면 말해 봐."

"쉽게 말해서 영양실조에 걸린 돼지새끼를 길러서 어느 정도 크면 잡아먹는다는 거군요?"

"그건 아니지. 계속 크도록 내버려두고, 또 새끼를 낳아 번식하도록 도와주는 거지. 그렇게 해서 대가족이 되면 다른 사람보다 먼저 우선적으로 새끼 한 마리를 얻게 되는 거지. 그리고 그와 같은 관계가 보다 다양하게 발전하게 되면 비로소 동반자 관계로 발전하게 되는 거지. 미국은 절대 상대방을 통째로 잡아먹지 않아. 키워서 이익을 나누어 가질 뿐이야. 합리적이라고 생각지 않나?"

파비트는 새 담배에 불을 붙인 다음 야잠의 반응을 기다렸다. 야잠은 그의 말을 인정하고 싶지만 자존심이 허락지 않는 것 같았다. 그는 소다 잔을 만지작거리다가

"아까 말씀하신 위험한 작전이란 뭡니까?"
하고 물었다.

파비트는 주위를 조심스럽게 둘러보고 나서 그의 귀 가까이 상체를 기울였다.

"자넨 지금도 알 카에다 조직원으로 일하고 있나?"

"내가 알 카에다 조직원이라면 뉴욕에서 한가롭게 택시 운전을 하고 있겠습니까? 지금쯤 아마 유명한 테러리스트가 돼 있을 겁니다. 그리고 국제수사망에 걸려들지 않으려고 도망다니고 있겠죠."

"그럼 거기서 완전히 손을 털었다는 건가?"

"네, 그들과 절교한지 오래됐어요."

"왜 절교했지?"

"아버지의 죽음이 계기가 됐죠. 확실한 증거는 없지만…… 그들이 아버지를 암살한 것 같아요. 그래서 그들과 손을 끊었죠. 언젠가 복수하기 위해서 때를 기다렸지만 아직까지 아버지의 한을 풀어 드리지 못했어요."

파비트는 잔을 입으로 가져가다가 도로 내려놓으면서 놀란 눈으로 그를 쳐다보았다.

"아니, 그게 정말이야? 알 카에다가 아버지를 암살한 게 사실이야?"

"확실한 증거는 없지만 그동안 제가 알아본 바로는 거의 확실한 것 같아요."

"내가 생각한 것 하고는 정반대군."

"네, 처음에는 저도 친소 공산주의자들의 소행으로 봤었죠. 그런데 그게 아니었습니다."

아바스가 암살당했을 때 야잠과 파비트는 물론 다른 사람들도 모두 KGB의 사주를 받은 친소 아랍계 암살자들이 CIA를 위해 아프간 전사들을 모집하는 그를 암살했을 거라고 생각했었다. 아니면 KGB의 돈을 받고 마피아가 그를 제거했을지도 모른다고 상상했었다. 그런데 그게 아니라니, 파비트에게는 그것은 놀라운 사실이 아닐 수 없었다.

"알 카에다가 왜 아버지를 암살했다고 생각하나?"

"아버지는 이슬람 극단주의를 몹시 싫어했습니다. 그래서 알 카에다는 물론 빈 라덴도 멀리 했습니다. 빈 라덴의 지시는 아예 묵살해 버렸습니다. 저도 그런 아버지가 못마땅했습니다. 알 카에다는 모병 과정에 개입해서 아랍 청년들을 모두 알 카에다 소속 전사로 만들어 파병하려고 했습니다. 반면 아버지는 조국애에 불타는 순수한 아랍 청년들이 이슬람 극단주의자로 변질되는 것을 막으려고 했습니다. 결국 알 카에다는 아버지가 말을 듣지 않자 마치 친소 주의자들의 소행인 것처럼 꾸며서 아버지를 제거한 겁니다."

 아바스가 죽자 미국에서의 이슬람 전사 모집은 완전히 알 카에다 손으로 넘어갔다. 파비트도 그것은 인정하고 있었다. 그러나 아바스와 알 카에다 사이에 갈등이 있었다는 사실에 대해서는 전혀 모르고 있었다.

 "알 카에다 소행이라는 것은 어떻게 알았지?"

 "알 카에다 조직원이 귀띔해 주어서 알게 됐습니다. 하지만 그도 정확한 것은 알고 있지 못했습니다. 자세히 알아보고 나서 저한테 알려주겠다고 했는데 갑자기 아프간으로 소집명령이 떨어져 떠나 버렸습니다. 그래서 그를 만나려고 아프간으로 갔는데, 제가 도착했을 때는 그는 이미 전사하고 없었습니다."

 잠시 침묵이 흘렀다. 파비트는 술을 아껴서 마셨다. 기분 내키는 대로 마시다가는 끝없이 술이 들어갈 것 같았다.

 "빈 라덴을 어떻게 생각하나?"

 "그자는 아프간을 망치고 있습니다."

 야잠은 기다렸다는 듯이 말했다. 파비트는 기대 이상으로 이야기가 잘 풀리고 있는데 만족했다.

 "그가 최고의 위험인물인 건 사실이야. CIA도 예의 주시하고 있어."

 "그를 노리고 있군요?"

 야잠의 물음에 파비트는 그를 뚫어지게 쳐다보다가 고개를 끄덕였다.

 "우리가 빈 라덴을 노리고 있는 건 공공연한 사실 아니야?"

 "저도 그건 압니다. 저는 그런 걸 물은 게 아닙니다. 좀 더 구체적인 걸 물었습니다. 위험한 작전이라는 말에 걸맞는 것 말입니다."

파비트는 야잠에게서 시선을 돌릴 수가 없었다. 그의 내면에 숨어 있는 진실을 읽고 싶었던 것이다. 과거 야잠과 한동안 일해 본 적이 있는 그로서는 야잠이라는 인물만큼 신뢰감이 가는 사람이 별로 없었다. 그러나 그 동안 세월이 흘렀고, 그 사이에 야잠은 그가 모르는 비밀을 간직한 전혀 다른 인물로 변해 있을 수도 있었다. 그러나 이야기하면서 찬찬히 관찰해 보니 그런 것 같지는 않았다.

"빈 라덴을 제거하려고 해."

순간 야잠은 흠칫 놀라는 것 같았다. 표정이 굳어진 그는 한참 동안 그를 노려보다가 조심스럽게 물었다.

"언제 말입니까?"

"조만간에……."

야잠은 주위를 날카롭게 둘러보았다.

"그가 있는 곳을 알고 있습니까?"

파비트는 대답 대신 고개를 끄덕였다.

"왜 그런 극비 정보를 저한테 말씀하시는 겁니까?"

"첫째는 자네가 비밀을 지켜 줄 거라는 걸 알기 때문이고, 둘째는 자네의 도움이 필요해서야."

야잠은 묘하게 웃으면서 고개를 흔들었다.

"두 가지 다 잘못 생각하신 것 같습니다. 첫째 저는 신뢰할 만한 놈도 못되고, 둘째 빈 라덴을 제거하는 일에 저의 도움을 구하는 것도 잘못됐습니다."

"그렇지 않아. 자네에 대한 신뢰성에 나는 조금치도 의심이 없어."

"아닙니다. 저는 그 정보를 돈을 많이 받고 팔아넘길 수도 있습니다. 그 정보는 엄청난 경제적 가치가 있습니다."

"야잠, 농담할 시간이 없어. 이건 아주 절박한 문제야."

야잠의 얼굴에서 빈정거리는 듯 한 미소가 사라졌다.

"왜 저를 그런 일에 끌어들이려고 하는 겁니까? 저는 결혼한 지 2년밖에 안 됐고, 아직 돌도 안 된 딸도 있습니다. 저는 지금의 직업에 만족하고 있고, 아내와 딸을 사랑하고 있습니다. 저는 지금 매우 행복한 생활을 하고 있습니다. 이 행복을 깨고 싶지 않습니다. 제가 만일 집을 떠나면 아내와 딸은 불행해질 겁니다. 제발 저를 끌어들이려고 하지 마십시오."

파비트는 한숨을 내쉬고 나서 술을 쭉 들이켰다.

"내가 나쁜 놈이지. 행복한 자네 가정을 깨려고 하다니……. 미안해."

그는 술잔을 탁 내려놓고 손등으로 입술을 문질렀다.

"미안합니다. 도와드리지 못해서. 사실 저는 별로 도움도 안 될 겁니다."

"그렇지 않아. 빈 라덴은 현재 타르나크 팜즈에 숨어 있어."

야잠의 눈이 커졌다.

"그게 사실입니까?"

"사실이야. 그의 가족들도 함께 있어. 언제 떠날지 모르니까 거기 있는 동안 그를 제거해야 해. 그 곳은 자네 고향 아닌가?"

"그렇습니다."

타르나크 팜즈라면 그는 눈을 감고도 걸어 다닐 수 있을 정도로 그곳 지리와 구조에 훤했다. 뿐만 아니라 내부 사정에도 밝았다. 그의 도움을 바란다면 파비트는 가장 적절한 인물을 선택한 셈이었다.

타르나크 팜즈에서 태어난 야잠은 어린 시절을 그 곳에서 보내다가 가족과 함께 카불로 이사했다. 카불에서 세 번째 부인과 함께 살고 있던 부친이 그 부인이 죽자 야잠의 생모와 그의 형제들을 불러들였던 것이다. 야잠은 그 때부터 정상적인 교육을 받으면서 미국으로 건너갈 때까지 카불에서 살았지만 방학 때는 언제나 할아버지 댁이 있는 타르나크 팜즈에 가곤 했었다. 지금은 할아버지도 세상을 떠났기 때문에 직계가족은 살고 있지 않지만, 아프가니스탄에 갈 때마다 그는 시간을 내어 고향 마을을 찾곤 했었다.

"왜 하필 그곳입니까? 그곳에는 저의 친척들과 친구들이 살고 있습니다. 그곳 주민들은 한없이 착한 사람들이고, 저를 누구보다도 잘 알고 있습니다. 그들은 저를 자랑스럽게 생각하고 있습니다. 미국에서 대학을 다니고, 이렇게 자리 잡고 생활하고 있으니까 그들이 보기에는 굉장히 성공한 것처럼 보이는 거죠. 빈 라덴을 제거하려면 그곳을 공격해야 하는데, 그렇게 되면 그곳 주민들의 희생이 커질 수밖에 없습니다. 전 그런 작전은 도와줄 수 없습니다."

"주민들 희생은 거의 없을 거야. 있더라도 극소수에 지나지 않을 거야."

야잠은 의혹에 찬 눈으로 그를 쏘아보았다.

"타르나크 팜즈는 현재 철통같은 경계 속에 있을 겁니다. 그곳은 요새나 같습니다. 그런 곳에 숨어 있는 빈 라덴을 어떻게 제거한다는 겁니까? 미군 특공대가 들어가지 못하는 이상 결국 그곳을 공중 폭격할 수밖에 없는데, 하나에 백만 달러짜리 토마호크 미사일을 발사하겠지요. 그게 미군의 특기 아닙니까. 미사일 수십 기를 발사하면 빈 라덴을 포함해서 그 곳 주민들까지 죽겠지요. 만일 빈 라덴이 죽지 않으면 무고한 주민들만 죽게 되는 겁니다. 비록 빈 라덴이 죽더라도 양민들의 억울한 죽음은 어떻게 할 겁니까?"

파비트는 손을 내저었다.

"오해하지 마. 미사일 발사 같은 것은 없어. 직접 그 곳으로 잠입해 들어가서 그자를 제거할 거야."

"누가 말입니까? 미군 특공대가 들어갈 겁니까?"

"아니. 미군은 들어갈 수 없어. 미국과 아프간이 현재 전쟁 중이라면 특공대를 투입할 수 있지만, 그렇지 않기 때문에 미군은 들어갈 수가 없어. 그런 걸 무시하고 미군을 투입시키더라도 효율성이 적어. 성공할 확률이 적어."

"그렇다면 누구를 투입시킬 겁니까?"

"파슈툰족 전사들을 보낼 거야."

"뭐라고 하셨습니까?"

"파슈툰족 전사들 말이야."

야잠은 탁자 위에 올려놓고 있던 두 손을 내린 다음 상체를 뒤로 젖혔다. 그리고 한참 동안 허공을 응시하다가 다시 상체를 앞으로 굽혔다.

"제가 파슈툰족 출신이란 건 알고 계시죠?"

"물론 알고 있지."

"왜 하필이면 그들을 희생양으로 삼으려고 하는 겁니까?"

"희생양이 아니야. 그들은 적극적으로 나서고 있어. 그들도 빈 라덴의 목을 원하고 있어. 우리는 서로 필요에 의해서 손을 잡은 거야."

"파슈툰족이 그 사람의 목을 원한단 말입니까?"

"그렇지 않다면 이 작전에 참가할 리가 없지."

"그 대신 거액을 주기로 약속했겠죠. 돈이면 무슨 짓이라도 하는 자들이 있으니까요."

"이번 작전에 참가하는 파슈툰족 전사들은 그런 자들이 아니야. 물론 돈도 필요하겠지만 꼭 그것이 탐이 나서 작전에 참가하는 것은 아니야. 그들은 빈 라덴을 증오하고 있어."

"그건 일부에 지나지 않습니다. 대부분의 파슈툰족 사람들은 그를 구세주나 된 듯이 받들고 있습니다."

"알고 있어. 지금의 탈레반도 파슈툰족 출신들이 대부분이라는 거 알고 있어. 하지만 거기에 반발하는 세력이 점점 늘어나고 있다는 걸 간과해서는 안 돼. 자네도 그런 사람들 가운데 한 명 아닌가?"

"그렇긴 합니다만…… 믿어지지가 않습니다. 이렇게 구체적으로 행동으로 나설 정도로 그에 대한 저항이 조직적으로 일어날 줄은 몰랐습니다. 아프간을 떠난 지가 오래 돼서 그 동안 어떻게 상황이 변했는지 저는 잘 모르고 있었습니다. 뉴스나 인편으로 가끔씩 그곳 소식은 접하고 있었지만 자세한 것은 모르고 있었습니다."

"탈레반은 처음에는 아프간 국민들의 열렬한 지지를 받았지만 지금은 저주의 대상으로 변하고 있어. 국민들을 숨도 못 쉬게 탄압하고 있으니 당연한 일이지. 이슬람 원리주의에 조금이라도 어긋나는 짓을 하면 누구를 막론하고 가차 없이 처단하는 바람에 국민들은 모두 공포에 떨고 있어. 뿐만 아니라 모두가 굶주림에 지쳐 있어."

"아프간 국민들이 너무 불쌍합니다."

야잠은 목이 메는지 소다수로 목을 축였다.

"신의 저주가 내린 땅 같아."

"맞습니다. 신의 저주가 없으면 그렇게 아프간 국민들을 지옥 속으로 몰아넣을 수가 없죠. 10년간에 걸친 소련과의 전쟁, 그리고 또다시 군벌들에 의해 저질러진 10년간의 내전으로 아프간 전 국토는 초토화되고 말았습니다. 엎친 데 덮친 격으로 정권을 장악한 탈레반은 굶주린 백성들을 탄압하고 있습니다. 세상에 이렇게 비참한 국민이 이 지구상에 어디 있습니까?"

"그런데 공포정치를 자행하고 있는 탈레반을 지원하고 있는 사람이 바로 빈 라덴이야. 그 대가로 탈레반은 그를 숨겨 주고 있는 거야. 그래서 제대로 머리가 돌아가고 있는 아프간 사람이라면 탈레반을 저주하고 빈 라덴을 증오하고 있는 거야. 탈레반과 빈 라덴에게 아프간을 더 이상 맡길 수 없다는 인식이 아프간 지식인들 사이에 광범위하게 퍼지고 있어. 난 자네야말로 그와 같은 지식인 그룹의 리더감이라고 생각해. 난 자네 같은 인재가…… 자네 같은 애국자가 뉴욕에서 택시나 몰면서, 조국에서 일어나고 있는 비참한 현실에 대해 남의 일처럼 외면하고 있다는 사실에 대해 실망을 금할 수 없어. 내가 CIA요원이라서 이런 말을 하는 게 아니야."

"말씀 안 하셔도 잘 알고 있습니다. 그리고 대령님의 설득력이 대단하다는 것도 알고 있습니다. 이번 작전에 참가하는 파슈툰족 전사들도 대령님의 설득력에 모두 넘어갔겠죠."

"난 그들을 설득시키지 않았어. 다만 그들이 해야 할 일을 단순화시켜서 정리해 줬을 뿐이야. 그리고 그들은 거기에 대해 전적으로 동의했을 뿐이야."

야잠은 파비트를 가만히 응시했다. 그를 보고 있는 동안 여러 가지 생각들이 뒤엉켜 돌아갔다.

"빈 라덴을 체포하지 않고 사살할 겁니까?"

"여러 가지를 검토해 봤는데 체포하는 것보다는 제거하는 쪽으로 결정이 났어. 최고위층도 그것이 최선의 방법이라는데 동의했어. 이미 명령은 떨어졌고, 이제 실행만이 남았어."

"최고위층이라면 대통령을 말씀하시는 겁니까?"

"그 이상은 말할 수 없어. 현재 미국 내에서 이 작전을 중지시킬 수 있는 사람은 대통령 외에는 아무도 없다는 걸 자네가 알아 줬으면 좋겠어."

"알만합니다. 그들에게 얼마를 주기로 했습니까?"

파비트는 대답 대신 손가락 세 개를 펴 보였다.

"3십만?"

"3백……"

파비트는 숨김없이 약속한 금액을 말했다. 이렇게 말하는 것이 상대방에게 신뢰감을 주는 가장 좋은 방법이라는 것을 그는 경험을 통해 알고 있었다. 야잠은 고개를 끄덕였고, 파비트는 이어서 말했다.

"빈 라덴의 비중과 작전의 위험도를 생각하면 그렇게 비싼 게 아니지. 더 달라면 더 줬을 거야."

"그 돈은 누구 손에 들어갑니까?"

"파슈툰족 전사들 지휘관인 하카나가 그 돈을 맡아서 관리할 거야. 전사들에게 얼마씩 나눠주고 나머지는 그가 관리할 거야. 그 이상은 몰라."

"하카나가 작전을 지휘합니까?"

야잠이 놀란 표정으로 물었다.

"그 사람을 아나?"

"잘 알죠."

"그 사람에 대해서 이야기해 줄 수 있겠나?"

"탈레반 온건파로 분류되는 인물로 제 친구입니다. 친구이긴 하지만 그렇게 신뢰감이 가는 친구는 아닙니다."

파비트의 표정이 금방 굳어지고 있었다.

"그렇다면 문제가 복잡해지는데……. 내가 보기에는 믿을 만한 인물로 보였어."

야잠은 고개를 가로저었다.

"어떻게 해서 그 친구한테 그런 작전을 맡기게 됐나요?"

"파키스탄 정보부에서 추천한 인물이야."

"파키스탄 정보부를 믿을 수 있습니까?"

"그들을 백 퍼센트 믿는 건 아니야. 그들이 이중 플레이를 하고 있다는 것도 알고 있어. 하지만 그건 어느 나라 정보기관이나 공통적인 현상이야. 정보기관의 속성상 이중 플레이는 불가피한 거야."

"하지만 파키스탄이 어디까지나 이슬람 국가라는 사실을 절대로 잊어서는 안 됩니다. 파키스탄은 결코 기독교 국가가 될 수 없습니다."

"알고 있어."

"그 작전에 참가하는 병력은 몇 명이나 됩니까?"

"50명이야."

"그들은 모두 하카나 휘하에 있는 전사들이겠죠?"

"그렇지."

"그렇다면 바꾸기도 쉽지 않군요."

"지금 와서 전원 교체한다는 건 말도 안 돼. 그건 작전을 포기하는 거나 마찬가지야. 그럴 수는 없어. 그리고 하카나를 비롯해서 모두가 작전내용을 알고 있기 때문에 그들을 교체하면 정보가 샐 것은 당연해. 하카나가 정말 믿을 수 없는 인물이라면 결국 이번 작전을 취소하는 수밖에 없어. 그렇게 되면 빈 라덴은 영영 자취를 감춰 버리겠지. 그런데 하카나가 그렇게 믿을 수 없는 인물이야?"

"꼭 그렇다는 건 아니고…… 빈 라덴을 제거하기 위해 부하들을 이끌고 호랑이 굴 속에 뛰어들 만큼 그렇게 대담한 인물이 아니라는 겁니다. 또 애매하고 우유부단한데가 있어서 도중에 어떤 변덕을 부릴지 모릅니다."

"뚜렷하게 배신행위를 한 적이 있나?"

"그런 적은 없습니다. 하지만 언제라도 돌아설 수가 있는 인물입니다."

"자네가 필요한 이유가 또 하나 생겼군."

"무슨 말씀입니까?"

"내가 자네를 찾은 이유는…… 타르나크 팜즈에 대해 누구보다도 잘 알고 있기 때문에 작전계획을 보여주고 그것을 다시 한번 재 검토해 보기 위해서였어. 자네를 데리고 직접 현지로 가서 하카나를 만나 작전계획을 검토해 보고 싶었어. 그리고 보다 상세하게 계획을 짜고 싶었어. 그런데 자네 말을 듣고 나니까 생각이 바뀌고 말았어."

"어떻게 말입니까?"

"자네가 직접 초승달작전을 지휘해 주면 얼마나 좋을까 하고 생각했지."

"그러니까 제 손으로 그를 직접 제거해 달라는 겁니까?"

"음, 바로 그거야."

야잠의 얼굴이 붉어지더니 조금 후에는 창백하게 변했다.

"지금 기회를 놓치면 그를 다시는 보지 못하게 될 거야. 도망가게 내버려둬서는 안 돼."

"한때 그는 저의 우상이었습니다. 그를 가까이서 보좌하기도 했습니다. 그런 그를 제 손으로 어떻게 죽이라는 겁니까?"

"이 봐. 이 바닥에서는 과거의 동지가 적이 되어 서로 총을 겨누는 일은 다반사로 일어나고 있어. 과거 그는 미국과 손을 잡고 일한 우리의 동지였어. 그러나 지금은 닥치는 대로 미국인을 죽이려고 하고 있어."

"영원한 동지도 영원한 적도 없다는 말씀이군요."
"그는 자네 부친까지도 살해하지 않았나."
야잠은 무슨 말인가 하려다가 멈칫해서 입을 다물었다.
파비트는 스탠드 쪽을 바라보았다. 언제 들어왔는지 올가가 스탠드 앞에 앉아 있는 것이 보였다. 그녀는 이쪽으로 등을 보인 채 앉아 있었는데, 주정뱅이 하나가 그녀에게 달라붙어 수작을 걸고 있었다.
"잠깐 실례하겠네."
파비트는 자리에서 일어나 스탠드 쪽으로 걸어갔다.
주정뱅이의 말 소리가 들렸다.
"당신 같이 예쁜 여자는 이런 더러운 곳에 어울리지 않아요. 여긴 악마들이 들끓는 곳이야. 내가 데려다 줄 테니까 함께 나가요. 부르클린에 있는 내 아파트에 가면……."
파비트가 끼어들자 주정뱅이는 입을 다물었다. 올가는 그를 보자 살짝 미소를 지었다.
"왔군요. 난 포기하고 있었는데……."
"아르바이트를 하지 않으면 내일부터 당장 거지생활을 해야 하니까요."
그런 말을 하는 그녀의 얼굴에는 조금도 궁색한 기미가 보이지 않았다.
"잘 생각했어요."
"여보쇼, 난 아직 이 여자하고 이야기가 끝나지 않았어. 저리 가서 얌전히 차례를 기다리라고."
주정뱅이가 어깨로 그를 밀면서 말했다.

"이 사람 아는 사람입니까?"

파비트가 엄지손가락으로 사내를 가리키면서 묻자 올가는 고개를 가로저었다.

"심심한가 봐요."

파비트는 고개를 돌려 주정뱅이를 쏘아보았다.

"난 폭력전과가 열 개가 넘어. 다시 감옥에 가고 싶어 근질근질하니까 빨리 꺼지는 게 좋을 거야."

허우대가 큰 사내는 파비트의 험악한 인상을 보고 더 이상 아무 소리 못하고 비실비실 물러났다. 그것을 보고 올가는 손으로 입을 가리면서 웃었다.

"내 자리는 저쪽이오. 중요한 이야기가 있어서 합석하자고 권할 수는 없고…… 좀 더 기다려 줄 수 없겠소? 30분 이내에 돌아오겠소."

"30분이 지나면 다른 데 가서 다시 아르바이트를 구해야할지도 몰라요."

그녀가 웃으며 말했다.

그는 보드카 더블과 다이어트 소다가 담긴 두 개의 잔을 들고 사람들 사이를 요리저리 피해서 자리로 돌아왔다. 쇼걸은 자기보다 머리 하나가 더 큰 흑인 사내의 품에 안겨 온몸을 뒤틀면서 신음소리를 내고 있었다. 흑인은 그녀의 뒤에 서서 그녀의 어마어마하게 큰 젖가슴을 주물러 대고 있었다.

"제가 만일 지휘를 맡게 되면 하카나와 그 부하들이 제 지시에 따를까요?"

"처음에는 반발이 좀 있겠지. 하지만 CIA에서 그렇게 하라고 압력을 가하면 결국 승복하게 될 거야. 물론 자네의 능력도 필요하지만……. 문제는 하카나야. 그가 승복하면 부하들은 따라오게 돼 있어."

"하카나는 저한테 맡기십시오."

파비트는 상기된 얼굴로 그를 쳐다보았다.

"그렇다면 작전을 맡아 주겠다는 건가?"

"제 손으로 직접 빈 라덴을 제거하고 싶습니다. 그자의 피를 아버님 제단에 바치고 싶습니다. 이런 기회를 주셔서 정말 감사합니다. 가만히 생각해 보니까 알라신께서 저한테 계시를 내리신 것 같습니다. 그렇지 않고서야 이런 기회가 저한테 올 리가 없습니다."

파비트는 가만히 상대방을 응시했다. 이번 작전에서 목숨을 건질 확률은 지극히 낮다. 만일 야잠이 집으로 돌아오지 못한다면 그의 프랑스인 아내와 딸은 어떻게 될까. 파비트는 마치 자신이 남에게 불행을 안겨 주는 저승사자인 것만 같아 죄스러운 생각이 들기도 했다.

"지금 당장 결정하지 않아도 돼. 아직 하루 이틀 정도는 여유가 있으니까. 자네 부인한테 먼저 이야기해야 하지 않을까? 갑자기 떠난다고 하면 충격을 받을 텐데……?"

"아내하고 상의할 일이 아닙니다. 아내와 딸을 생각하면 아픈 간에 갈 수가 없습니다. 거짓말을 하고 가야죠."

"매우 위험한 작전이라 영영 돌아오지 못할 수도 있어."

파비트는 문득 야잠이 완강하게 거절해 주었으면 하는 생각이 들었다. 작전계획을 함께 검토해 보는 선에서 그의 도움을 끝내고 싶었다. 그러나 야잠은 그럴 생각이 전혀 없는 것 같았다. 그의 마음은 이미 타르나크 팜즈에 가 있는 듯 했다.

"왜 그런 말씀을 하시는 겁니까? 더 이상 제 마음을 떠볼 생각은 하지 마십시오. 전 이미 결심했습니다."

그는 죽음 따위는 조금도 생각하고 있지 않는 듯했다. 파비트는 탁자 밑으로 손을 뻗어 그의 손을 움켜잡았다.

"고마워. 작전은 틀림없이 성공할 거야."

"성공해야죠. 만일 저한테 무슨 일이 생기면 제 아내와 딸을 부탁해도 되겠습니까?"

"내가 책임지고 돌보지. 난 아무 것도 가진 게 없지만 힘닿는 데까지 돌봐 줄 테니까 걱정하지 마."

"감사합니다. 아내한테는 경제적인 도움보다는 따뜻한 위로의 말 한마디가 더 필요할 겁니다. 그건 그렇고…… 알 카에다는 지금 핵을 손에 넣으려고 혈안이 되어 있습니다. 수단방법을 가리지 않고 핵을 입수하려고 하는 만큼 언젠가는 틀림없이 그것을 손에 넣을 겁니다."

"우리도 알고 있어. 그 생각을 하면 온몸에 소름이 끼쳐."

"그들은 앞으로 자질구레한 테러보다는 단 한 번에 전 세계를 뒤흔드는 대형 테러를 노리고 있습니다. 핵이야말로 그런 테러에 가장 적합한 무기죠."

"핵 외에도 대량 살상무기는 얼마든지 널려 있어. 생화학무기 같은 것은 이미 확보하고 있을지도 몰라. 공격용 무기는 돈만 주면 얼마든지 구할 수가 있어. 그것을 저지할 수 있는 방법은 그것을 사용하려는 조직의 우두머리를 먼저 제거하는 거야. 그렇다고 대형 테러가 근절되는 것은 아니지만, 그것을 근절하는데 어느 정도 극적인 효과를 거둘 수는 있을 거야."

"만일 빈 라덴을 제거하면 테러공격이 잠시 주춤하겠지요. 하지만 아무리 잘라도 다시 살아나는 것이 그 조직입니다. 특히 알카에다는 암세포처럼 전 세계에 걸쳐 조직이 퍼져 있기 때문에 그것을 근절한다는 것은 거의 불가능합니다. 빈 라덴 목숨 하나에 너무 큰 기대를 걸지는 마십시오."

"하지만 그의 영향력을 차단하는 효과는 있을 거야. 그는 이슬람 극단주의자들 사이에서 이미 상징적인 인물로 자리 잡고 있어. 그의 말 한마디 한마디가 거스를 수 없는 권위를 지니고 있고, 마치 절대 권력자의 말처럼 인식되고 있어. 그런 상태가 좀 더 오래 지속되면 이슬람 광신자들은 그를 중심으로 더 큰 힘을 갖게 될 것이고, 빈 라덴은 그것을 이용해서 더 공격적으로 나오게 될 거야. 수백만 수천만 명의 생명을 한 손에 움켜쥐고 세계의 운명을 바꿀 수도 있는 도박판을 벌일 수도 있을 거야. 그의 위험성은 여느 테러리스트들보다 스케일이 크다는데 있어. 그가 생각하는 것은 전 지구적이야. 그래서 그를 어떻게든 제거하려는 거야."

"D데이는 언제입니까?"

"아마 1주일쯤 지나야 될 거야. 길게 잡아 15일 이내에는 반드시 작전에 들어가야 해. 현지에 가서 작전을 다시 한 번 검토하고, 대원들을 자네 지시에 따르게 하려면 적어도 그 정도는 걸릴 거야."

"만일 그 사이에 그가 사라져 버리면 어떡합니까?"

"쉽게 떠날 것 같지는 않아. 정보에 의하면 그는 지금 심한 천식을 앓고 있어서 힘든 여행을 할 수 없다는 거야. 그래서 건강이 좋아질 때까지 당분간 그곳에 있을 거라는 거야. 이번 작전의 암호명은 초승달 작전이야."

 야잠은 침침한 불빛 저쪽에서 여러 개의 눈길이 이쪽을 쏘아보고 있는 것을 본능적으로 감지했다. 자신이 잘못 본 것인지도 모른다고 생각하면서 시선을 돌렸지만 조금 후에 다시 그쪽으로 시선이 향했다. 그러나 이쪽을 쳐다보고 있는 눈길은 보이지 않았다.

"대령님한테 전달되는 빈 라덴에 관한 정보는 믿을 만합니까?"

"믿어도 좋아. 타르나크 팜즈에는 우리 정보원들이 있어. 우리한테 고용된 현지 주민들이지만 매우 충실하고 믿을 수 있는 사람들이야. 그들은 스파이 훈련까지 받았기 때문에 아주 능숙하게 임무를 수행하고 있어. 그들은 24시간 빈 라덴을 밀착감시하고 있고, 8시간 단위로 그의 동태를 보고하고 있어. 그리고 그가 그곳을 떠나게 되면 즉시 연락해 주기로 돼 있어."

 파비트는 연거푸 담배를 피워대고 있었다. 독한 술을 계속 마셔 댔는데도 그는 조금도 취한 것 같지 않았다.

"언제 출발하실 겁니까?"

"내일쯤 출발할 거야. 지금부터 우린 함께 행동하면 안 돼. 따로 출발해서 카라치에서 만나는 게 좋아. 난 카라치에 있는 펄 컨티넨탈 호텔에 묵고 있을 테니까 도착하는 대로 연락해. 연락이 안 되면 유스자프라는 지배인을 찾아. 그 친구를 통하면 나하고 쉽게 연락이 될 거야."

"알겠습니다. 저는 3일 후쯤 떠나겠습니다."

파비트는 봉투를 하나 꺼냈다.

"여비야. 그리고 봉투 안쪽에 전화번호와 내 암호가 적혀 있어. 비상시 나하고 연락하려면 그 전화번호를 호출하면 돼. 그 번호는 세계 어디서든 호출이 가능한 CIA번호야. 그리고 내 암호를 말해 주면 나하고 연락이 닿을 거야. 즉시 연락이 안 되더라도 조금 지나면 연락이 될 거야. 번호를 외운 다음 봉투는 찢어 버리든지 태워 버리라고."

야잠은 스탠드 쪽을 힐끗 쳐다보았다.

"아까부터 미녀가 기다리고 있는 것 같은데, 어서 가 보시죠. 상당히 아름다운 여자인데요."

"아까 우연히 사귄 아가씨야. 프라하 출신 대학생인데, 날 만나러 온 걸 보니까 몹시 외로웠던 모양이야."

"좋은 밤 되십시오."

두 사람은 악수를 하고 나서 헤어졌다.

파비트는 스탠드로 다가가 올가 곁에 걸터앉았다.

"오래 기다리게 해서 미안해요. 멀리서 보니까 당신은 더 아름다워요."

"화를 내기 전에 미리 선수를 치는군요."

"아니오. 내 친구도 당신을 보고 아름답다고 말했어요."

"그 사람 뭐 하는 사람이에요?"

"내 사업 파트너에요. 피곤하지 않나요?"

"네, 좀 피곤해요."

"난 호텔에 묵고 있는데, 함께 거기 가서 샤워도 하고 좀 쉬지 않겠소?"

그녀는 파란 눈으로 그를 가만히 응시했다. 파비트는 그 눈 속으로 빨려 들어가는 것 같은 기분을 느끼면서

"함께 긴 밤을 보내고 싶은 여자는 흔치 않아요."
하고 말했다.

"좋아요. 하지만 전 어디까지나 아르바이트 하는 거예요. 다른 마음은 없어요."

그녀는 딱 잘라 말했다.

"어떻든 좋아요."

그는 고개를 끄덕였다.

"전 창녀가 아니에요."

"알고 있어요."

오늘 같은 밤, 창녀면 또 어떤가. 그는 그녀가 창녀라 해도 보내고 싶지 않았다.

밖으로 나온 그는 올가를 데리고 택시를 잡아탔다. 밤늦은 시간이라 거리는 한산해 보였다. 택시는 신호를 무시하면서 남쪽으로 곧장 달려갔다. 얼마 후 세계무역센터 빌딩이 시야에 들어왔다. 그 앞을 지나칠 때 올가의 손이 그의 손등 위에 가만히 포개지는 것이 느껴졌다. 그는 차창을 통해 무역센터 빌딩을 올려다보았다. 저 놈의 건물, 너무 위압적이란 말이야. 그는 무역센터 빌딩을 볼 때마다 위압감으로 가슴이 답답해져 오는 것을 느끼곤 했다. 지난 93년 무역센터 지하 주차장에서 폭탄테러가 발생했을 때 만일 저 건물이 무너졌다면 어떻게 됐을까? 그것은

생각만 해도 아찔한 일이었다. 또다시 그와 같은 테러가 일어날 수 있을까? 두 번 다시 결코 일어나지 않을 것이라고 장담할 수 있을까? 그는 머리를 흔들면서 그녀의 손을 꼭 잡았다. 길고 부드러운 손이 따뜻한 느낌으로 다가오고 있었다.

택시는 월스트리트를 지나 브루클린 다리가 내려다보이는 맨스필드 호텔 앞에서 멈춰 섰다. 올가와 함께 호텔 안으로 들어간 그는 프론트 데스크로 다가가 자기 앞으로 온 메시지가 없는지 물어보았다. 직원은 메모지를 꺼내 그에게 주었다. 그는 메모지에 적혀 있는 것을 힐끗 본 다음 그것을 접어서 주머니 속에 집어넣었다.

25층에 있는 호텔방으로 들어가자 올가는 이스트 리버 쪽으로 나 있는 창문을 활짝 열어젖히면서 탄성을 질렀다. 5월의 따뜻한 강바람이 얼굴을 간질이며 방 안으로 밀려들어왔다. 맨해튼과 브루클린을 잇는 브루클린 현수교는 검은 빛으로 가라앉아 있는 이스트 리버 위를 현란한 불빛으로 수놓으며 가로지르고 있었다. 아치기둥들에 매달려 있는 케이블 선은 한 세기가 넘는 세월의 무게를 견디기 힘들어하는 듯 무겁게 축 쳐져 있었다. 다리 위를 달리는 차들은 거의가 브루클린 쪽으로 향하고 있었다. 브루클린의 밤은 맨해튼과는 달리 어두워 보였다.

"멋있어요!"

올가는 파란 눈을 반짝이며 말했다. 경계심이라곤 조금도 없는 그녀를 보고 파비트는 굳어 있던 마음이 눈 녹듯이 녹아내리는 것을 느꼈다.

메모지에는 'TROIKA'라고 적혀 있었다. 그것은 그를 호출하는 암호였다.
"올가, 잠깐 나갔다 올 테니까 술이나 한 잔 하고 있어요. 아니면 샤워를 하든가."
"또 기다려야 하나요?"
그녀는 브루클린 쪽을 바라보면서 물었다.
"5분 안에 돌아올 거야."
1층 로비로 내려온 그는 공중전화 부스로 들어가 머릿속에 입력되어 있는 전화번호를 눌렀다.
"암호를 말씀해 주십시오."
여자 목소리가 들려왔다.
"셰익스피어……."
"잠깐 기다려 주십시오."
잠시 후 날카로운 사내 목소리가 들려왔다.
"말콤입니다. 왜 이렇게 연락이 늦습니까?"
"지금 막 호텔에 들어왔습니다."
"휴대폰은 왜 작동하지 않습니까?"
"잃어버렸습니다."
"그럼 빨리 하나 장만하십시오. 휴대폰이 없다는 것은 말이 안 됩니다."
"알고 있습니다. 곧 구입하겠습니다. 그런데 무슨 일입니까?"
"알 카에다 요원이 한 명 붙잡혔습니다. 만나 보는 게 좋을 것 같아서 연락했습니다."
"알겠습니다. 내일 가 보겠습니다."
그는 말콤을 만나본 적이 한 번도 없었다. 전화로만 이야기를

비밀 작전 · 171

나누기 때문에 그가 누구인지도 모르고 있었고, 알려고도 하지 않았다.

방으로 올라온 그는 문을 두드렸다. 잠시 후 문이 열린 사이로 올가의 벌거벗은 모습이 보였다. 풍만한 나신이 문 앞을 가로막고 있었다. 그는 안으로 얼른 들어가지 않고 문 앞에 서서 그녀의 육체를 감상했다.

"들어가도 되겠습니까?"

"옷을 벗고 들어오세요."

그녀는 거침없이 문을 닫았다.

"야, 이건 너무 심한데……."

그는 얼른 복도를 살폈다. 복도는 꺾어져 있었고, 그의 방은 맨 끝에 있었다. 그는 얼른 옷을 벗기 시작했다. 급하게 벗으려고 하자 거치적거리는 게 많았다. 마지막으로 팬티를 벗고 나자 복도가 꺾어지는 쪽에서 인기척이 났다. 얼른 고개를 돌리자 노부부로 보이는 두 사람이 걸어오다 말고 멈춰 서서 놀란 눈으로 그를 쳐다보고 있었다.

"오!"

노파가 비명을 지르고 어쩔 줄 몰라하다가 먼저 뒤돌아섰다. 그러나 노인은 그 자리에 서서 그를 노려보고 있었다. 파비트는 얼른 문을 두드렸다.

"다 벗었어요?"

문이 조금 열리면서 그녀가 밖을 내다보았다. 문에는 쇠줄이 걸려 있었다.

"빨리 열어요! 사람들이 보고 있어요!"

"양말도 벗으세요."

그녀는 조금도 서두르는 기색이 없이 느긋하기만 했다. 파비트는 얼른 양말을 벗었고, 그제야 그녀는 문을 열어 주었다. 그가 옷가지를 가슴에 안고 허둥지둥 안으로 들어서자 그녀는 손바닥을 치면서 깔깔거리고 웃었다. 그는 벌겋게 달아오른 얼굴로 그녀를 노려보다가 더 이상 참지 못하고 웃음을 터뜨렸다.

마치 먹이를 앞에 둔 사자가 그것을 얼른 먹어 치우지 않고 뜸을 들이듯 그는 그녀에게 얼른 달려들지 않고 조금 떨어져서 그녀의 몸매를 감상하는데 적지 않은 시간을 할애했다. 그녀의 몸은 섬세하고 갸름한 얼굴 모습과는 달리 자식을 몇 명 낳은 여자처럼 아주 풍만해 보였다. 큰 젖가슴은 무게를 이기지 못해 조금 밑으로 쳐져 있었고, 둥근 엉덩이는 암소처럼 엄청나게 커 보였다. 그 대신 허리는 잘록해서, 전체적으로 육감적인 매력을 발산하고 있었다. 얼굴과 어울리지 않는 그 불균형이 왠지 모르게 불안해 보이면서도 세상의 모든 남성들을 받아들이고도 남을 것 같은 야성과 풍요로움을 보여주고 있었다. 시커먼 털로 뒤덮여 있는 음부를 눈여겨보다가 그는 뒤로 돌아서 보라고 손짓을 했다.

"돌아서 봐."

그녀는 창가로 붙어서면서 몸을 돌렸다. 그는 소파에 앉아 담배를 피워 물었다.

"당신 모델이니까 마음대로 하세요. 그 대신 모델료는 많이 내셔야 해요."

돌아서서 어두운 강을 내려다보고 있는 그녀의 뒷모습이 왠지 쓸쓸해 보였다. 그는 갑자기 허전한 느낌이 들었다. 그녀가 갑자기 사이드 테이블 쪽으로 다가가더니 라디오를 틀었다. 이리저리 채널을 돌리다가 무슨 곡인지 알 수 없지만 감미로운 바이올린 선율이 흘러나오자 볼륨을 조금 올린 다음 방안의 불을 모두 껐다.

"춤춰요."

그녀가 어둠 속에 서서 말했다. 그는 피우던 담배를 끄고 일어서서 그녀 쪽으로 가만히 다가갔다. 그가 그녀를 안기 전에 그녀가 먼저 두 팔로 그의 목을 감으면서 온몸을 밀착해 왔다. 그녀의 가슴과 복부를 통해 꿈틀거리는 욕망의 뒤틀림이 고스란히 전해져 왔다. 그는 한 손으로 그녀의 허리를 받친 채 다른 한 손으로 살찐 엉덩이를 쓰다듬었다.

"멋있는 밤이에요. 저 달 좀 봐요."

"그렇군."

둥근 달이 그들을 내려다보고 있었다. 그의 가슴에 폭 안긴 채 천천히 움직이던 그녀는 얼굴을 뒤로 젖히고 그를 올려다보았다. 달빛에 비친 그녀의 얼굴은 아름다우면서도 슬퍼 보였다.

"처음이자 마지막 밤이네요."

"그럴지도 모르지."

그녀의 이마에 입술을 갖다 대면서 그는 나직이 말했다.

"하룻밤 사랑에 익숙한 편이죠?"

"난 출장을 많이 다니니까."

"전 익숙하지 않아요. 최선을 다하니까요. 내일 헤어지고나면 한동안 허전할 것 같아요."

가볍게 달아오른 그의 물건이 그녀의 복부를 찌르기 시작했다. 그는 그녀를 돌려세워 뒤에서 허리를 끌어안았다. 그러면서도 리듬에 맞춰 그녀와 함께 계속 춤을 추었다. 그녀의 둥근 엉덩이가 그의 물건을 뭉개대는 바람에 그는 참을 수 없다는 듯 뜨거운 입김을 그녀의 목에다 불어넣었다.

"하지만 전 한 남자에 집착하지 않아요. 기회만 있으면 새로운 남자들을 만나려고 해요. 남자들을 바꿀 때마다 새로운 맛이 있어요."

"나하고 똑 같군. 하지만 난 그렇게 수시로 바꾸지는 않아요. 그럴 시간도 없지만……."

그녀가 뭐라고 말하기 전에 그의 입이 그녀의 입을 막았다. 길고 뜨거운 입맞춤은 마치 농밀한 속삭임 같았다. 그들은 키스 상태에서 계속 스텝을 밟았다. 이런 유희는 참으로 오랜만인 것 같았다. 키스가 끝나자 그는 무릎을 꿇고 그녀의 풍만한 젖가슴에 얼굴을 묻었다.

타크피르

한 편 야잠은 파비트가 바에서 나간 후 혼자서 30분쯤 더 앉아 있다가 암스테르담을 나왔다. 그의 택시는 골목 안쪽에 세워져 있었다. 그가 막 택시 문을 여는 순간 뒤에서 인기척이 났다. 고개를 돌리자 시커먼 그림자들이 어느 새 그를 에워싸고 있었다. 모두 네 명이었다.

"시키는 대로 조용히 해."

옆구리에 총구가 와 박혔다.

"뭐야? 왜 이러는 거야?"

"조용히 하란 말이야!"

또 다른 총구가 그의 턱밑을 찔렀다. 문득 바에서 자신을 노려보던 그 애매한 시선들이 생각났다. 자신이 옳게 봤다는 것을 알자 그의 근육이 팽창했다. 납치될 위험에 처할 경우 처음에 승부를 걸어야 한다는 것을 그는 잘 알고 있었다. 왜냐하면 일단 납치당하면 빠져나오기가 거의 불가능하기 때문이었다. 그는 일찍이 아프간 전장에서 죽을 고비를 수없이 넘긴 전사였다. 그런 그에게 이와 같은 위험은 전혀 생소한 것이 아니었다. 놈들이 그를 죽이려 들었다면 이렇게 뜸을 들일 필요도 없을 것이다. 납치할 필요도 없이 총을 쏘거나 칼을 휘두르면 깨끗이 해결되는 것이다. 그런데 그들은 그렇게 하지 않고 그를 산 채로 어디론가 데리고 가려고 하는 것 같았다. 그렇다면 여유가 있다고 생각하는 순간 그는 재빨리 양 팔꿈치로 총을 겨누고 있는 두 놈을 가격했다. 두 놈이 비틀거리며 물러서자 나머지 두 놈이 한꺼번에 달려들었다. 물러섰던 두 놈도 함께 가세했다. 엎치락뒤치락하는 동안 그는 셀 수 없이 얻어맞았다. 그가 한 번 때리면 열 번쯤 주먹과 발길질이 날아왔다. 그는 맹수처럼 날뛰었지만 그들 역시 무서운 기세로 그를 공격했다. 그들 가운데 유도를 하는 자가 있는지 그는 세 번이나 바닥에 나가떨어졌다. 네 번째 나가떨어졌을 때에는 머리를 땅에 부딪쳐 거의 정신을 차릴 수가 없었다. 그들은 재빨리 그를 바닥에 엎어놓고 팔을 뒤로 꺾어 손목에다 수갑을 채웠다. 그제야 싸움은 끝난 것 같았다.

"지독한 놈이야."

누군가가 중얼거렸다. 그들은 그를 뒷자리에 처박았다. 그리고 양쪽에 한 명씩 올라타서 그가 빠져나갈 수 없게 만들었다. 나머지 두 명은 운전석과 조수석에 올라탔다.

"차를 바꿀까요?"

운전석에 앉은 자가 물었다.

"아니야. 저 놈을 끌어내렸다가 태우려면 한 바탕 또 소동이 벌어질지 몰라. 그대로 가."

조수석에 앉은 자가 말했다. 차 안은 거친 숨소리로 가득 차 있었다. 격렬한 격투 끝이었기 때문에 모두가 아직 숨을 미처 고르지 못하고 있었다. 차가 골목을 빠져나가기 전에 야잠의 머리에는 시커먼 자루가 씌워졌다. 그는 머리를 뒤로 젖힌 채 희미한 의식 속에서 방황하고 있었다.

차츰 정신이 들면서 그는 머리에 심한 통증을 느꼈다. 찝찔한 것이 입술을 지나 밑으로 흐르고 있었다. 이들은 누구일까? 단순히 돈을 노린 납치범들은 아닌 것 같았다. 분명히 어떤 목적을 가지고 그를 납치한 것 같았다. 불빛에 얼핏 드러났던 얼굴들 가운데 아랍계로 보이는 사내의 모습이 있었던 것 같았다. 그렇다면 그들이란 말인가. 그의 생각이 맞는다면 그들은 미국에서 암약하는 알 카에다 조직원들일 가능성이 많았다. 언젠가는 그들과 한번은 부딪칠 거라고 생각하고 있었는데, 그 같은 일이 뜻밖에도 갑자기 일어난 것 같았다. 그는 온몸이 오그라드는 것 같았다. 그들의 잔인성을 잘 알고 있기 때문에 반사적으로 일어난 반응이었다.

야잠이 어둠 속에 갇혀 있다가 갑자기 쏟아지는 빛 속에 내동이쳐진 것은 30분쯤 지나서였다. 그가 비틀거리며 일어서려고 하자 몽둥이가 허리 쪽으로 날아왔다.

"의자에 앉아 있어!"

그는 시키는 대로 나무 의자에 걸터앉으면서 주위를 둘러보았다. 둥근 탁자 앞에 한 사내가 앉아 있었는데, 두 눈과 코만 나오는 검정색 두건을 쓰고 있는 것이 얼굴을 드러내기가 싫은 모양이었다. 얼른 보기에도 그가 우두머리인 것 같았다. 나머지 사내들은 야잠의 주위에 적당한 간격을 유지한 채 서 있었는데 그들 역시 하나같이 검은 두건으로 얼굴을 가리고 있었다. 탁자 위에 놓여 있는 초승달처럼 휘어진 대검이 불빛을 받아 번쩍거리고 있었다. 그것은 눈에 익은 칼이었다. 초승달처럼 휘어진 그것은 아랍 테러리스트들이 즐겨 사용하는 칼이었다. 칼의 한쪽 면에는 금빛으로 아랍어가 각인되어 있었는데 너무 떨어져 있어 알아보기가 힘들었다.

"무슨 일로 CIA를 만난 거냐?"

탁자 앞의 사내가 차가운 목소리로 물었다.

"우연히 만난 거야. 5년 만에 우연히……."

"쓸데없이 시간 낭비하지 말고 묻는 대로 대답해. 만난 목적이 뭐야?"

"그냥 우연히 만난 거야."

"야잠, 배신자는 어떻게 되는지 알고 있지?"

"뭘 배신했다는 거야? 당신들은 도대체 뭐 하는 사람들이야? 정체가 뭐야?"

"우리는 성전을 수행중이야. 잘 알고 있을 텐데……."

"당신들, 알 카에다군. 그렇지?"

"맘대로 생각해. 대답할 때 존대어를 써."

그러나 야잠은 여전히 반말로 말했다.

"난 거기서 벌써 손뗐어. 난 그냥 평범하게 살고 싶어."

"미국의 썩어빠진 물맛에 취해서 정신을 못 차리고 있군. 다시 한 번 묻겠다. 스티브 대령은 왜 만난 거야? 그 놈하고 무슨 이야기를 했어?"

"그냥 지난 이야기를 했을 뿐이야. 자기를 도와 달라고 했지만 그럴 수 없다고 했어. 난 택시 운전사로 만족해."

"존대어를 써. 네 얼굴을 한 번 보면 생각이 달라질 거야. 거울을 보여줘."

한 명이 깨진 거울을 그의 얼굴 앞으로 가져왔다. 야잠은 자신의 으깨진 얼굴을 가만히 노려보았다. 두 눈은 찌그러져 있었고, 콧잔등은 주먹만 하게 부어올라 있었다. 한쪽 이마는 피에 젖어 있었고, 입 속도 찢기고 헐어 있었다. 그 상황에서도 이런 모습을 아내한테 보여서는 안 된다는 생각이 들었다. 여기다 더 얻어맞으면 얼굴이 완전히 짓이겨져서 성형수술을 받고 장기간 병원에 입원해 있지 않으면 안 될 것이다.

"우리의 이슬람 전사들은 지금도 미 제국주의를 타도하기 위해 성전을 수행하고 있는데 너는 적국에서 호의호식하면서 지내고 있어. 뿐만 아니라 CIA와 접촉하면서 그들을 도와주고 있어. 배신의 대가가 뭔지 알고 있겠지?"

탁자 앞에 앉아 있는 자가 가죽 장갑을 낀 오른손으로 칼을 집어 들더니 그것으로 탁자를 콱 찍었다. 탁자에 박힌 칼은 부르르 떨면서 빛을 뿌렸다. 순간 야잠은 칼에 인각되어 있는 금빛의 글자들을 읽을 수가 있었다. 그것은 아랍어로 타크피르라는 말이었다. 그것은 타크피르 왈 히즈라(Takfir wal Hijra)의 준 말로, 1960년대 이집트에서 싹튼 극단적인 이슬람 이념중의 하나였다. 타크피르 조직은 비이슬람 교도는 물론 교리가 다른 이슬람교도에 대한 살인마저 정당화할 정도로 배타적이고 공격적이었다. 그들은 한때 빈 라덴의 알 카에다 조직까지 공격한 적이 있었다. 그래서 극단적으로 비민주적인 이 사상에 대해 알 만한 사람들은 이슬람의 파시즘이라고 부르기도 했다. 이슬람을 연구하는 어떤 학자는 알 카에다가 타크피르로부터 폭력을 당하면서 그 폭력을 배웠을 것이라고 말하면서, 타크피르야말로 이슬람 원리주의의 극단 중의 극단, 핵심 중의 핵심이라고 정의하기도 했다. 이와 같은 타크피르 조직이 가지고 있는 그 특유의 전문적인 기술 가운데 대표적인 것이 바로 적의 목을 자르기였다. 그들은 적을 살해할 때 반드시 칼로 목을 자르는 것으로 악명을 떨치고 있었다. 야잠은 온몸에 소름이 돋는 것을 느꼈다. 그들에게 있어서 사람의 목을 따는 것은 식은 죽 먹기보다 쉬운 일이라는 것을 그는 누구보다도 잘 알고 있었다. 왜 하필이면 이 자들의 손에 걸려들었단 말인가. 그는 속으로 탄식하면서 상대방을 쏘아보았다. 이자가 죽이라고 한마디 하면 뒤에 서 있는 자들은 서슴없이 그에게 달려들어 목을 자를 것이다. 그는 그렇게 처참하게 죽고 싶지는 않았다.

"나는 이슬람을 배반하지 않았습니다. 그냥 평범하게 살고 싶었을 뿐입니다."

야잠은 자기도 모르게 존댓말이 나왔다. 상대방의 비위를 거스르지 않기 위해서는 할 수 없다고 생각했다.

"저는 보통 사람들처럼 살고 싶어서 결혼을 했고…… 아내와 어린 딸을 부양하면서 먹고 살기 위해 여기서 택시를 몰고 있을 뿐입니다."

"프랑스 계집하고 살고 있는 건 잘 알고 있어. 그 계집이 어느 유치원에 나가고 있는지도 알고 있어."

야잠은 소스라치게 놀랐다. 자신도 모르는 사이에 그들에게 자신과 가족들이 감시당하고 있었다는 것을 알게 되자 온몸에 소름이 끼쳤다. 그와 함께 자신보다도 가족에게 닥칠 위험을 생각하자 어쩔 줄을 몰랐다. 이들은 목적을 달성하기 위해서는 가족들마저 서슴없이 희생의 제물로 삼는다는 것을 그는 익히 알고 있었다.

"그 동안 나를 감시했군요? 정말 유감입니다. 나는 당신들한테 감시당할 짓을 한 적이 없습니다. 제발 평화로운 한 가정을 파괴하려고 하지 마십시오. 그런 짓은 피의 복수를 부를 뿐입니다. 언제 끝날지 모를 피의 복수 말입니다."

탁자 앞에 앉아 있는 자가 코웃음을 쳤다. 그 때까지 오른손만 탁자 위에 올려놓고 있었기 때문에 몰랐는데 그가 갑자기 왼손으로 탁자를 치는 바람에 야잠은 그쪽 손이 없다는 것을 알았다. 손대신 거기에는 쇠갈고리 같은 것이 달려 있었다.

"피의 복수라고? 네 가정을 파괴하면 우릴 복수하겠다는 거냐? 네놈의 복수가 무서워 너를 무사히 풀어 줄 것 같나? 잘 들어 둬. 우린 적한테 복수의 기회를 절대 주지 않아. 왜냐하면 적의 가족들까지 몰살하기 때문이야. 복수할 자식도 손자도 없는데 누가 복수하겠어? 이 팔을 보라고."

그는 왼쪽 의수로 능숙하게 담배 한 대를 집어 들더니 지포 라이터를 탁 켜서 거기에다 불을 붙였다. 그런 다음 입 앞에 뚫려 있는 조그만 두건 구멍에다 담배를 꽂았다. 그리고 기분 좋게 담배를 한 번 깊이 빨고 나서 연기를 후하고 내뿜었다.

"이 손은 네가 말한 피의 복수로 다져진 손이야. 소련군한테 붙잡혀 포로가 됐을 때 그들은 본부 위치를 말하라고 나를 고문했지. 내가 말을 듣지 않자 그들은 도끼로 내 손목을 내리쳤지. 그러면서 내일까지 불지 않으면 나머지 손목도 자르겠다고 위협했어. 나는 그 날 밤 용케 탈출했고, 그 때부터 소련군을 잡기만 하면 도끼로 손목을 잘랐어. 아마 수십 명은 잘랐을 거야. 내 앞에서 더 이상 복수 운운하지 마. 그 말만 들으면 난 신물이 나니까."

"알겠습니다."

그는 침을 삼키려 했지만 목 안이 말라붙어 아무 것도 넘길 수가 없었다.

"넌 스티브 대령과 만나 한 시간 이상, 아니 거의 두 시간 가까이 심각한 이야기를 주고받았어. 스티브 대령은 자기 여자 친구까지 기다리게 해 놓고 말이야. 그냥 우연히 만나서 그렇게 긴 시간을 단 둘이서 이야기할 수 있을까? 스티브 그자는 왜 자기 여자 친구를 합석시키지 않았지? 자, 더 이상 시간 끌지 말고 목이 잘리기 전에 사실대로 이야기해. 지금도 CIA를 돕고 있지? 그자한테 무슨 지시를 받았어?"

"아무 지시도 받지 않았습니다. CIA를 돕고 있다는 것은 오해입니다. 한때 소련과의 전쟁 당시 이슬람 전사들을 모집하는 과정에서 CIA와 손을 잡고 일한 적이 있습니다만, 그건 모두가 다 아는 사실이지 않습니까? 당시에는 이슬람 동지들이 미국의 지원을 받고 소련과 싸운 것은 공공연한 사실이었기 때문에 그것은 죄가 되지 않는다고 생각합니다."

"그걸 말하는 게 아니야. 지금 네가 CIA를 위해서 일하고 있는 것을 말하는 거야. 넌 지금도 CIA 앞잡이가 틀림없어!"

"그건 말도 안 됩니다."

"입씨름하기 싫으니까 바른대로 말해! 스티브 대령과 무슨 이야기를 했어?"

외팔이는 집요하게 추궁했고, 그 때마다 야잠은 같은 대답만 되풀이했다.

"좋다. 이놈 손목을 잘라!"

외팔이의 명령이 떨어지자 뒤에 버티고 있던 자들이 달려들어 야잠의 손목에서 수갑을 푼 다음 두 손을 억지로 탁자 위에 올려 놓았다. 야잠은 그들로부터 손을 빼려고 기를 썼지만 그들을 당할 수는 없었다.

"네가 선택해. 어느 쪽 손을 먼저 자를지 네가 결정해. 5분 안에 결정하지 않으면 내 부하들이 마음대로 자를 거야. 한쪽을 자른 뒤에도 불지 않으면 나머지 손목도 마저 자를 거다. 그 다음에는 모가지야."

야잠은 아무리 부인해도 더 이상 통하지 않는다는 것을 알았다. 5분이 지나면 이들은 틀림없이 한쪽 손목을 자를 것이다.

"두 손목이 잘린 뒤 목숨을 건진다 해도 무슨 소용이 있지? 두 손이 없는 너를 보면 아내가 뭐라고 할까? 그 프랑스 계집이 너를 받아 줄 것 같아?"

공포에 사로잡힌 야잠은 땀을 뻘뻘 흘리고 있었다. 그는 가쁜 숨을 몰아쉬면서 고개를 흔들었다.

"제발 이러지 마십시오! 아무 잘못도 없는 사람을 해치는 것은 알라의 뜻에 거역하는 것입니다."

"함부로 알라신을 들먹이지 마! 너같은 놈은 그럴 자격도 없는 놈이야!"

야잠은 너무 초조한 나머지 급격히 의지가 무너지는 것을 느꼈다. 판단력도 흐릿해지고 있었다. 만일 여기서 자백하게 되면 초승달 작전은 실패로 돌아가고 작전에 동원되었던 파슈툰족 전사들은 모두 몰살될 것이다. CIA는 그가 배신한 것을 알게 되면 그를 죽이려 들 것이다. 만일 자백하면 이들은 나를 살려 줄까? 자백해도 이들은 나를 죽일 것이다. 자백하지 않아도 나를 살해할 것이다. 타크피르는 그런 자들이다. 어떻든 나는 죽게 되어 있다. CIA 손에 죽든 타크피르의 손에 죽든 나는 죽을 수밖에 없다.

"왼손부터 잘라라!"

5분이 경과하자 마침내 외팔이의 명령이 떨어졌다.

부하 한 명이 야잠의 왼쪽 손목을 가는 밧줄로 단단히 묶더니 줄 끝을 탁자 건너편으로 가지고가 힘껏 잡아당겼다. 야잠이 탁자 위로 상체를 굽히려고 하자 근육질의 팔이 뒤에서 그의 목을 휘여 감았다. 팔이 떨어져 나갈 것처럼 곧게 펴지자 우람한 몸집을 가진 사내가 도끼를 높이 쳐들었다.

"10초 여유를 주겠다."

외팔이는 갈고리 손으로 새 담배를 집어 들었다. 그가 담배에 불을 붙이는 것을 보고 야잠은 두 눈을 질끈 감아 버렸다. 이를 악물고 숨을 멈추면서, 내 인생도 이렇게 끝나는 것인가 하고 개

탄했다. 이럴 수는 없다. 이렇게 끝날 수는 없다. 그는 수초 이내에 어떤 결정을 내려야 한다는 것을 알고 있었다. 그러나 그럴 수가 없었다. 그가 어쩔 줄 모르며 머뭇거리고 있을 때 쾅! 하고 도끼 찍는 소리가 드넓은 실내를 울렸다.

　무거운 침묵이 흐른 뒤 이윽고 목과 팔이 자유로워진 것을 느끼고 그는 무릎을 꺾었다. 왼손을 가만히 쥐어 보았다. 이상하게도 손가락들이 구부러지면서 주먹이 만들어지는 것이 느껴졌다. 주먹을 꽉 움켜쥐어 보았다. 돌처럼 단단한 느낌이 팔을 타고 전해지고 있었다. 그는 감고 있던 눈을 가만히 떠보았다. 도끼는 왼손을 살짝 비껴난 채 탁자 위에 깊이 박혀 있었다. 왼손은 아무런 상처도 입지 않은 채 마치 물건처럼 책상 위에 덩그라니 놓여 있었다. 자신의 손이 그렇게 물건처럼 보이기는 난생 처음이었다.

　"손목이 잘리지 않은 것을 다행으로 생각하나?"

　외팔이가 조롱하듯 물었다.

　"가, 감사합니다."

　야잠은 감격해서 말했다.

　"그렇다면 감사의 보답을 해야지."

　야잠은 어떻게 대답해야 할지를 몰라 머뭇거리고만 있었다.

　"CIA와 무슨 모의를 했는지 솔직히 이야기해. 협조하면 널 풀어 주겠다."

　"정말 제 말을 믿어 주십시오. 그들이 도와 달라고 했지만 전 한마디로 거절했습니다."

　"뭘 도와 달라고 했지?"

"그건 말하지 않았습니다. 제가 거절했기 때문에 말해 주지 않았습니다."

그 때 부하 한 명이 외팔이에게 다가가 귀속 말로 뭔가를 말했고, 외팔이는 고개를 끄덕였다.

"연결해."

지시를 받은 부하가 휴대폰으로 어디론가 전화를 걸더니 그것을 외팔이에게 건넸다.

"연결됐습니다."

외팔이는 전화기에다 대고 아랍말로 재빨리 몇 마디 지껄이고 나서 그것을 야잠에게 건네주었다.

"전화 바꿔 달라는 사람이 있으니까 받아 봐."

야잠은 얼결에 전화를 받아 귀에다 갖다 댔다. 귀에 대자마자 흐느끼는 여자 목소리가 들려왔다.

"여보세요!"

"야잠, 저에요!"

여자는 겁에 질려 울부짖고 있었다.

"소피, 어떻게 된 거야?!"

"살려 줘요! 저를 죽이려고 해요!"

뒤이어 비명소리가 들려왔다. 아기 울음소리도 들려오고 있었다.

"소피! 소피!"

그는 미친 듯 아내 이름을 불렀지만 겁에 질린 비명소리와 고통에 찬 신음소리만 들려올 뿐이었다. 그러다가 전화는 끊어졌다. 뒤에 서 있던 자가 재빨리 전화기를 낚아채 갔다.

"나쁜 놈들!"

야잠이 외팔이에게 달려들려고 하자 두 명이 달려들어 그의 어깨를 내리눌렀다.

"더러운 놈들! 연약한 여자에게 손을 대다니! 가만 두지 않을 거야!"

"네가 아내와 딸을 유난히 사랑하기 때문에 내 부하들이 손을 좀 썼을 뿐이야. 끝까지 입을 열지 않는 놈한테는 이런 방법이 효과적이거든. 고전적이고 좀 유치한 방법이긴 해도 할 수 없어. 넌 아무리 고문해도 입을 열지 않을 놈이야. 네가 끝까지 입을 열지 않으면 넌 두 번 다시 네 처자식을 볼 수 없게 될 거야. 그냥 단순한 협박이 아니란 걸 곧 알게 될 거야."

"내 가족한테 손을 대면 가만두지 않을 거야!"

"모든 건 너한테 달려 있어. 네가 우리한테 협조하면 네 가족은 무사할 거야. 하지만 끝까지 거부하면 소피는 내 부하들한테 윤간을 당한 후 목이 잘린 시체로 발견될 거야. 아기도 물론 죽을 거야. 사랑하는 아내와 아기의 주검을 보고나면 내 말이 결코 빈 말이 아니었다는 것을 알게 될 거야. 네 집에는 지금 내 부하들 다섯 명이 기다리고 있어. 여자에 굶주린 그들은 연락이 오기만을 기다리고 있어. 나는 그들에게 연락해 주어야 해. 더 이상 시간을 끌 수가 없어."

"어떻게 이럴 수가 있어?! 당신이 지금 하고 있는 짓은 악마나 할 수 있는 짓이야!"

"마지막으로 5분의 여유를 주겠다!"

"제발 이러지 마시오! 내 가족을 풀어 주면 무엇이든 시키는 대로 하겠소!"

"그럼 자백을 해! 스티브 대령하고 나눈 이야기가 대단한 비밀이기 때문에 이야기 못하는 거 아닌가? 그럴수록 난 그걸 듣고 싶어. 하지만 그게 아무리 중요한 거라 해도 사랑하는 아내와 딸하고는 비교할 수 없겠지. 이제 3분 남았어."

그러나 5분이 지날 때까지도 야잠은 자백을 하지 않고 가족들을 풀어 달라고 호소하기만 했다. 분노를 이기지 못해 부들부들 떨다가도 금방 저자세가 되어 가족들을 살려 달라고 애걸했다.

마침내 5분이 지나자 외팔이는 더 이상 기다리지 않고 부하에게 전화를 걸라고 지시했다. 부하가 전화를 건 다음 전화기를 건네주자 외팔이는 거침없이 명령을 내렸다.

"더 이상 기다릴 필요 없다. 그 계집은 마음대로 욕보여도 좋다. 그 대신 여자와 아이는 반드시 없애야 한다. 항상 하는 방법대로 처리해."

외팔이가 명령을 내리고 나서 전화를 끊자 야잠은 벌떡 일어섰다.

"안 됩니다! 당장 중지시키십시오! 당신이 알고 싶은 것을 모두 말하겠습니다!"

"약속하는 거냐?"

야잠은 급히 고개를 끄덕였다. 외팔이는 회심의 미소를 지으면서 부하에게 턱짓을 했다. 부하가 어디론가 전화를 건 다음 전화기를 건네주자 외팔이는 이렇게 말했다.

"여자를 건드리지 마라. 아이도 물론이다. 다시 연락이 갈 때까지 편안하게 모셔."

외팔이는 전화기를 내려놓고 야잠을 느긋하게 쳐다보았다.
"이러면 됐지? 다음은 네 차례야. 어디, 이제 네 이야기를 들어볼까?"

야잠은 턱 밑에 녹음기가 놓이는 것을 숨을 죽이고 노려보았다. 배신자가 되는 길은 여러 가지가 있다. 이렇게 해서 배신자가 되는 것도 그 중의 하나일 것이다. 나는 어차피 어느 한쪽에 대해 배신자가 될 수밖에 없는 운명이 아닌가. 스티브 대령은 나의 배신을 이해해 줄까. 아마 이해해 주겠지. 만일 자기가 나와 같은 입장이 되면 나처럼 똑 같은 선택을 할 것이다. 스티브 대령이라고 무슨 뾰쪽한 수가 있으려고.

"빈 라덴을 암살하는 작전이 곧 시작될 겁니다."

야잠은 가장 핵심에 해당되는 내용을 아주 간단히 한마디로 요약해서 말함으로써 그들을 놀라게 했다. 그들은 확실히 놀라는 표정으로 그의 말의 진위를 살피려는 듯 한동안 가만히 그를 바라보고만 있었다. 야잠은 가슴을 짓누르는 무거운 침묵을 의식하면서 외팔이 앞에 놓여 있는 담배를 내려다보았다. 그는 담배를 끊은 지 오래 됐지만 지금이야말로 담배 한 대를 꼭 피우고 싶었다. 눈치를 채고 외팔이가 갈고리로 담뱃갑을 그 앞으로 툭 밀었다. 야잠이 담배를 한 대 뽑아 들자 뒤에서 라이터 불이 불쑥 디밀어졌다.

"고맙소."

야잠은 담배를 깊이 빨아들인 다음 연기를 공중에다 후하고 내뿜었다.

"다시 한 번 말해 봐."

"빈 라덴은 조만간에 암살당할 겁니다. CIA가 암살 작전을 직접 세웠는데 그 작전이 그대로 진행된다면 빈 라덴은 틀림없이 죽을 겁니다."
"CIA가 빈 라덴의 은신처를 알고 있나?"
"물론 알고 있습니다. 알고 있으니까 그런 작전을 세운 거죠."
"그는 지금 어디 숨어 있지?"
야잠은 담배 연기를 외팔이의 얼굴을 향해 내뿜었다.
"당신들이 더 잘 알 텐데요?"
"우린 몰라. 그의 은신처는 아무도 몰라."
그 말에 야잠은 어이없다는 듯 웃었다.
"그는 지금 타르나크 팜즈에 숨어 있습니다. 가족들까지 데리고……."
"타르나크 팜즈가 어디야?"
외팔이가 부하들을 향해 물었다. 그들 가운데 한 명이 재빨리 다가오더니 때가 낀 흰 천을 탁자 위에다 펼쳤다. 그리고 거기에 그려진 지도의 한 곳을 손가락으로 짚어 보였다.
"바로 여깁니다. 타르나크 팜즈는 칸다하르 공항에서 얼마 떨어져 있지 않습니다."
외팔이는 고개를 크게 끄덕이면서 잠시 허공을 응시했다.
"거기에 숨어 있는 것이 틀림없나?"
"내가 직접 보지 않아서 잘 모르겠지만 스티브 대령 말로는 틀림없다고 했습니다."
"언제 빈 라덴을 제거할 거지?"
"아직 정확한 날짜는 정해지지 않았습니다. 15일 이내에 결행하는 걸로 되어 있습니다."

"빈 라덴은 절대 한 곳에 오래 묵지 않아. 수시로 은신처를 옮겨 다니고 있어. 그가 갑자기 사라지면 어떻게 되는 거지?"

"갑자기 사라지기라도 하면 어쩔 수 없지만…… 그럴 가능성은 거의 없는 것으로 보고 있습니다. 빈 라덴은 지금 심한 천식을 앓고 있기 때문에 당장 은신처를 옮기는 것 같은 심한 운동은 위험하다는 의사 진단이 나왔다고 합니다. 그래서 당분간 타르나크 팜즈를 떠나지 않을 것으로 판단되고 있습니다."

한 번 자백하기 시작하자 누에가 실을 뽑듯 술술 나오는 것을 보고 야잠 자신도 속으로 자못 놀라고 있었다.

"작전 암호명은 뭔가?"

"초승달 작전입니다."

"작전에 직접 투입되는 놈들은 누구야? CIA 요원들인가? 아니면 미군 특수부대원들인가?"

"파슈툰족 전사들입니다."

"파슈툰족이라구?! 그게 정말이야?!"

외팔이는 몹시 놀라는 것 같았다.

"네, 정말입니다. CIA가 거액을 주고 그들을 고용했다고 합니다."

"얼마에 고용했지?"

"3백만 달러입니다."

"넌 어떻게 해서 그렇게 자세한 것까지 알고 있지? 그 정도로 CIA의 신뢰를 받고 있나?"

"초승달 작전의 실질적인 책임자는 스티브 대령입니다. 그는 작전을 입안하고 세부사항까지 모두 짜 놓았습니다. 그런데 그는 저를 누구보다도 믿고 있습니다. 그와 신뢰를 쌓은 것은 아프간에서 소련군과 싸울 때였습니다. 저는 처음에는 미국에서 그를 도와 전선에 보낼 이슬람 전사들을 모집했습니다. 그 때 우리는 거의 함께 시간을 보냈습니다. 우리는 거의 형제처럼 지냈습니다. 나중에 제가 아프간 전선으로 떠나자 그도 뒤따라왔습니다. 그는 아프간 전쟁에 직접 뛰어들지는 않았지만 파키스탄 국경지대에서 전쟁을 지원했습니다. 캠프에서 전사들을 훈련시키기도 하고 미제 무기들을 전장으로 보내기도 했습니다. 저는 국경지대에서 한동안 그를 도와주었습니다. 노새에다 무기를 싣고 험한 산을 넘기를 수십 번 했습니다. 그것도 소련군의 공습을 피해 주로 밤에 운반했습니다. 제가 빈 라덴을 처음 만난 것은 그 시기였습니다. 그 역시 CIA와 협조해서 훈련캠프를 관리하고 무기들을 지원해 주는 일을 했습니다. 재정적으로 전사들을 도와주는 일도 했기 때문에 그는 이슬람 전사들에게 인기가 좋았습니다. 저는 나중에 소련군과 직접 싸우고 싶어서 전쟁터로 떠났습니다. 전쟁터에서 죽을 고비를 수없이 넘기면서도 죽지 않고 5년 정도 지냈을 때 마침내 소련군이 철수했고, 10년 전쟁도 막을 내렸습니다. 하지만 저는 전장을 떠날 수가 없었습니다. 새로운 전쟁, 군벌끼리 세력 다툼을 벌이는 내전에 휩쓸려 들었던 것입니다. 저는 탈레반을 위해서 싸웠습니다. CIA도 탈레반을 지원했습니다. 하지만 국민들의 참혹한 생활상을 보고 더 이상 내전에 참가할 마음이 나지 않았습니다. 권력에 눈먼 군벌들은 국민의 희생 같은 것은 안중에도 없었습니다. 탈레반의 과격한 극단주의도 싫었습니다. 그래서 아프간을 떠나 미국으로 왔습니다. 아프간을 떠날 때 스티브 대령을 만나 작별인사를 했는데, CIA는 그 때도 내전에 깊숙이 관계하고 있었습니다."

"스티브 대령을 다시 만난 것은 그 뒤 언제였지?"

"다시 만난 것은 오늘 처음입니다. 5년 만에 갑자기 연락이 와서 만난 겁니다."

"그자가 너한테 부탁한 것은 뭐야? CIA를 위해서 네가 맡은 역할은 뭐야?"

"초승달 작전을 직접 지휘해 달라고 했습니다. 현지에 가서 작전을 새로 점검하고 모든 지휘를 해 달라고 했습니다."

"파슈툰족 전사들을 네가 지휘하라고?"

"네, 그렇습니다."

"그래서? 승낙했나?"

"했습니다. 처음에는 거절했는데…… 그의 부탁에 공감하는 바가 있어서 결국 승낙하고 말았습니다."

"뭘 공감했다는 거야?"

"전 세계를 테러 위험으로부터 구하기 위해서는 빈 라덴을 제거하지 않으면 안 된다는데 의견을 같이 했습니다."

"그건 미제국주의자들이나 할 소리야. 미제국주의자들이 우리 이슬람 교도들을 쓸어버리고 아랍권을 자기들의 식민지로 만들기 위해 지껄이는 상투적인 말이야. 넌 아프간 출신 이슬람 교도야. 네 입에서 그런 말이 나오다니 믿을 수가 없다. 넌 미제 앞잡이가 다 됐구나. 너 같은 배신자는 미국 놈보다 더 나빠. 넌 기독교로 개종했겠지?"

증오에 찬 시선들이 자기를 노려보고 있는 것을 느끼자 야잠은 온몸이 오그라드는 것 같았다. 그러나 이왕 이렇게 된 바에는 할 말은 해야 한다는 오기가 발동했고, 그래서 그는 머뭇거리지 않고 말했다.

"개종하지 않았습니다. 개종할 마음은 추호도 없습니다. 저는 이슬람의 독실한 신자입니다."

"이슬람 교도라고 다 똑 같은 게 아니야! 교리가 다른 자들은 우리의 적이나 다름없어!"

"테러로 이 세계를 이슬람 국가로 만들 수는 없습니다. 그것은 절대 불가능합니다. 불가능한 것을 테러로 해결하려고 하다 보니 무고한 사람들의 희생이 너무 큽니다. 테러는 쓸데없이 희생자만 많이 만들 뿐입니다."

"닥쳐!"

그의 말에 외팔이는 분을 이기지 못해 쇠갈고리로 야잠의 이마를 내리쳤다. 찢긴 이마에서 피가 흘러내리다가 탁자 위로 뚝뚝 떨어졌다.

"잘 들어! 무고한 사람들을 죽이고 있는 것은 미국이야! 미국은 전쟁을 일으켜 세계 도처에서 대량 학살을 저지르고 있어! 그런 미국보다 우리가 더 나쁘다는 거냐?!"

"나쁘다고 하지는 않았습니다. 테러로는 문제를 해결할 수 없다고 말한 겁니다. 테러가 빈번하자 서방 선진국들은 어느 때보다도 단결해서 대책을 세우고 있고 또 공세적으로 나오고 있습니다. 그들에게는 막대한 자금과 뛰어난 기술, 그리고 우수한 무기가 있습니다. 힘으로는 그들에게 당할 수가 없습니다."

피를 흘리면서도 놈들에게 배짱 좋게 말하는 자신을 그는 믿을 수가 없었다. 그를 노려보고 있던 외팔이는 쇠갈고리를 쳐들고 흔들었다.

"그들에게 무기가 있다면 우리한테는 죽음이 있어! 무기보다 무서운 게 죽음이야!"

무서운 기세로 보아서는 당장이라도 칼을 휘두를 것만 같았다. 야잠은 더 이상 대꾸하는 것을 삼가고 입을 다물었다.

"네놈 목을 당장 자르고 싶지만 네가 할 일이 있기 때문에 그때까지 살려 두겠다."

외팔이는 부하에게 커피를 두 잔 가져오라고 말했다.

그는 잠시 자리를 떴고, 그 사이 야잠은 손수건을 꺼내 이마에서 흘러내리는 피를 닦으면서 주위를 둘러보았다.

운동장처럼 드넓은 실내는 가동이 중단된 공장 같았다. 한쪽에는 대형 기계들이 녹이 슨 채 버려져 있었고, 반대쪽에는 각종 차량들 10여 대가 세워져 있었다. 그들이 사용하고 있는 것으로 보이는 탁자와 의자들, 그리고 침대 몇 개가 여기저기 놓여 있었다. 구석 쪽에 놓여 있는 탁자 앞에서는 한 여자가 가스불로 커피를 끓이고 있었다. 검은 두건을 쓰고 있어서 처음에는 남자인 줄 알았는데, 작은 체구에 손이 곱고 가슴께가 볼록한 것이 여자가 틀림없어 보였다.

잠시 후 외팔이가 자리로 돌아오자 여자가 주석으로 만든 큼직한 잔 두 개를 들고 다가왔다. 작고 가냘퍼 보이는 흰 손이 두 개의 잔을 탁자 양편에 가만히 내려놓는 것을 야잠은 숨을 죽인 채 지켜보았다.

"커피 마시고 싶으면 마셔도 좋다."

외팔이는 성한 손으로 잔을 들어 입으로 가져갔다. 야잠은 커피 냄새를 음미하다가 잠자코 잔을 잡았다.

"지금부터 네가 해야 할 일을 말하겠다. 이건 반드시 이행해야 한다. 초승달 작전은 계획대로 집행해라. 스티브 대령한테 우리를 만났다는 이야기는 절대 해서는 안 된다. 그렇게 되면 초승달 작전이 취소될 테니까 아무 일 없었던 것처럼 계획한대로 행동해라. 알았나?"

"함정에 빠뜨려서 모두 죽일 생각이군요? 저와 파슈툰족 전사들을 모두……"

"함정 같은 건 없어. 빈 라덴은 아무 것도 모른 채 그대로 거기에 있을 거니까 너희들은 그대로 작전을 전개하면 돼."

"그건 무슨 의미입니까?"

외팔이는 번득이는 눈초리로 그를 쏘아보고 나서 커피를 한 모금 마셨다. 야잠도 커피 잔을 입으로 가져갔다. 그러나 외팔이한테서 시선은 떼지 않고 있었다.

"사실대로 말하겠다. 빈 라덴한테는 초승달 작전에 대해 알려주지 않을 거다. 그건 비밀이야."

"그렇다면 빈 라덴이 죽기를 바라는 겁니까?"

"바로 그거야. 우리는 빈 라덴의 목을 바란다."

야잠은 커피를 꿀꺽 삼키고 나서 잔을 천천히 내려놓았다. 그는 뭐가 뭔지 헷갈리는 것 같아 잠시 어리벙벙했다.

"무슨 말인지 이해하겠지?"

"잘 모르겠습니다. 진심으로 말씀하시는 건지, 아니면 다른 저의가 있는 건지 이해가 안 갑니다."

"복잡하게 생각할 필요 없어! 빈 라덴을 죽이란 말이야!"

"왜 그를 죽이라는 겁니까?"

"그는 우리의 적이야. 그래서 없애려는 거야. 미국의 적이기도 하지만 우리의 적이기도 해. 그렇다고 미국과 우리가 한 편이라는 말은 아니야. 미국은 여전히 우리의 적이야."

야잠은 의혹에 찬 시선으로 상대방을 쳐다보았다. 그러나 두건을 쓰고 있어서 표정을 알 수가 없었다. 그는 천천히 머리를 흔들었다.

"그가 당신들의 적이라니 이해할 수가 없습니다. 그렇다면 당신들의 정체는 도대체 뭡니까? 타크피르입니까?"

침묵이 흘렀다. 외팔이는 긍정도 부정도 하지 않은 채 한동안 그를 노려보기만 했다.

"어떻게 알았지?"

"칼을 보고 알았습니다."

외팔이는 탁자 위에 꽂혀 있는 칼을 힐끗 쳐다보고 나서 그것을 뽑아 들었다. 그것의 한쪽 면에 인각되어 있는 금빛의 글자들을 손가락으로 한 번 쓰다듬더니 그것을 다시 탁자 위에다 콱 꽂으면서 소리친다.

"빈 라덴은 허상이야!"

야잠은 움찔 놀라 숨을 죽였다.

"전 세계 이슬람 교도들은 모두가 지금 허상을 쫓고 있어! 빈 라덴이 구세주나 되는 양 존경어린 눈으로 그를 우러러보고 있어! 이런 한심한 작태를 더 이상 두고 볼 수 없어! 구역질이 난

단 말이야!"

그는 남아 있는 커피를 꿀꺽꿀꺽 마시고나서 잔을 거칠게 내려놓았다.

"빈 라덴이 노리는 건 전 아랍권을 지배하는 최고 통치자가 되는 거야. 그 다음에 세계를 지배하겠다는 거야. 아주 원대한 꿈이지. 그걸 위해 그는 알 카에다를 조직하고 무슬림들을 교묘하게 이용하고 있어. 하지만 그의 꿈은 헛된 망상에 지나지 않아. 그는 진정한 이슬람 원리주의자가 아니고 자신의 야욕을 채우기 위해 그것을 이용하고 있을 뿐이야. 그는 이슬람 원리주의의 탈을 쓰고 있을 뿐이야. 그런 자에게 우리 이슬람의 운명을 맡길 수는 없어. 이슬람의 진정한 통치자는 이집트 출신이어야 해. 이건 알라신의 뜻이야. 이집트를 제외한 다른 지역의 이슬람 국가들은 사악한 자본주의에 모두 오염되어 있기 때문에 그들에게 이슬람의 미래를 맡길 수는 없어. 빈 라덴은 미제의 앞잡이인 사우디 출신이야. 게다가 부잣집 아들로 소문난 플레이보이였고, 온갖 추잡한 짓은 다 하고 다닌 개망나니였어. 그런 건달이 어느 날 이슬람 혁명의 지도자로 둔갑해서 나타난 거야. 정말 어이없는 일이지. 놈이 그렇게 갑자기 부상하게 된 건 다 돈 때문이었어. 놈은 돈이 많으니까 그걸 지하드 전사들에게 마구 뿌려댔어. 사회사업가인척하면서 과부들과 고아들한테도 돈을 뿌렸어. 알 카에다도 실은 돈으로 만든 조직이야. 돈을 뿌려대니까 너도 나도 알 카에다에 들어가겠다고 몰려들었지. 그리고 제법 큰 테러를 몇 개 터뜨리고 나니까 그는 갑자기 영웅이 된 거야. 그가 이렇게 된 데에는 미국 CIA의 도움이 결정적이었어. CIA

는 빈 라덴을 이용했지만, 빈 라덴 역시 CIA를 철저히 이용했어. CIA가 오히려 그한테 역이용 당했다고 보는 게 옳을 거야. 그는 CIA의 자금과 무기, 조직을 이용하여 자신의 세력을 키워 나갔고, 소련군이 패퇴하자 영웅이 되어 사우디로 귀국했어. 사우디 국민들은 그가 귀국했을 때 소련군을 물리친 아프간 전쟁의 영웅으로 그를 맞아들였어. 이제 더 이상 적이 없어진 그는 자신의 위상을 계속 높여 나가기 위해서는 뭔가 투쟁할 거리를 찾아야 했어. 투쟁이란 상대가 막강한 존재일 때 사람들의 시선을 모을 수 있고 뉴스거리가 되는 거야. 만일 빈 라덴이 어느 약소국을 상대로 싸움을 벌였다면 결코 주목을 받지 못했을 거야. 영리한 그는 세계 최강의 미국을 향해 총부리를 겨눈 거야. 미국의 도움으로 영웅이 되자 이번에는 표변해서 미국을 적으로 삼은 거야. 얼마나 놀라운 변신이냐 말이야. 이유야 그럴듯하지. 미국 제국주의자들이 이슬람 교도들을 학살하고 있으니까 모두가 나서서 성전에 참가해야 한다고 말이야. 성전의 이름으로 자신의 기막힌 변신을 합리화시킨 거야."

　야잠은 뒤통수를 한 대 얻어맞은 기분이었다. 그는 멍한 기분으로 외팔이의 말을 듣고 있었다. 일찍이 이슬람 과격분자들로부터 이렇게 빈 라덴을 신랄히 비판하는 말을 들어본 적이 없었기 때문이었다.

　말하는 것으로 보아서 외팔이는 허튼소리를 하고 있는 것 같지는 않았다. 그는 그동안 속에 쌓여 있었던 것을 분노와 함께 표출하고 있는 것 같았다.

　"다시 말하지만 빈 라덴은 허상이야! 그는 이슬람을 모독하고 있고 우리 무슬림들을 오염시키고 있어! 수많은 전사들이 그에게 속아서 매일 죽어 가고 있어! 이제 더 이상 그를 방치할 수는 없어! 그를 그대로 놔두면 우리 아랍의 절대자로 군림하게 돼. 그 전에 놈의 싹을 잘라 버려야 해! 빈 라덴을 제거해야 하는 이유를 알겠냐?"

야잠은 당황해 하다가 고개를 끄덕였다.

"알겠습니다."

"스티브 대령한테 우리가 만난 사실을 절대 이야기해서는 안 된다. 모든 건 비밀이야. 넌 계획대로 빈 라덴을 죽이면 돼. 변한 건 하나도 없어."

"그 다음엔 어떻게 되는 겁니까? 제 신분을 보장한다는 약속을 해 주십시오."

"빈 라덴은 반드시 죽여야 해. 그 임무를 성공적으로 완수하면 네 신분은 보장해 주겠다. 그 대신 더 이상 CIA 앞잡이 노릇을 안 하겠다고 약속해야 한다."

"약속하겠습니다. 이번 일이 끝나면 CIA와 완전히 손을 끊고 택시 운전이나 하겠습니다. 약속하겠습니다."

"네가 가는 곳이면 어디든지 타크피르가 감시하고 있다는 걸 잊어서는 안 된다. 타크피르가 놓아주겠다고 약속하지 않는 한 넌 결코 자유의 몸이 아니라는 걸 명심해."

야잠이 그들의 손에서 풀려난 것은 두 시간쯤 더 지나서였다. 외팔이는 야잠이 스티브 대령과 나눈 이야기에 대해서 더 자세히 꼬치꼬치 캐물었고, 초승달 작전에 대해서도 더 많은 것을 알려고 했다.

　그들에게서 풀려났을 때 야잠은 검은 두건을 쓴 채 자기 택시 안에 앉아 있었다. 그는 두건을 벗고 주위를 둘러보았지만 그곳이 어디인지 얼른 알 수가 없었다. 택시를 몰고 천천히 주위를 돌아보자 그제야 그 곳이 케네디 공항 부근인 것을 알 수가 있었다. 손님이 택시를 타려고 손을 흔들었지만 그는 그대로 지나쳐 가다가 갑자기 차를 세우고 휴대폰으로 아내에게 전화를 걸었다. 아내와 딸이 무사히 있는지 걱정이 되어 아무 일도 할 수가 없었다. 한참 동안 신호가 갔지만 아내는 전화를 받지 않았다. 그는 전화를 끊었다가 다시 걸어 보았다. 여전히 신호만 갈 뿐 전화를 받지 않기는 마찬가지였다. 이번에는 그녀의 휴대폰에다 걸어 보았다. 그러나 휴대폰은 아예 신호조차 가지 않았다. 그는 심호흡을 한 다음 집을 향해 미친 듯이 차를 몰았다. 스티브 대령에게 빨리 연락해서 타크피르에게 납치당한 이야기를 해야 한다고 생각했지만 그것은 아내를 만나보고 난 다음의 일이었다.

　그의 집은 웨스트 66번가와 브로드웨이가 교차하는 부근에 있었다. 가까운 곳에 센트럴 파크와 링컨센터, 그리고 쥴리어드 음악학교가 있는 그곳은 비교적 조용한 주택가로 알려진 곳이었다. 주로 중산층 정도가 살고 있기 때문에 집세도 꽤 비싼 편이지만 그는 좀 무리를 해서 조그만 아파트 하나를 세 들어 신접살림을 차렸던 것이다.

　그의 아파트는 12층에 있었다. 아파트 베란다에 서면 허드슨 강이 훤히 내려다보이기 때문에 그의 아내는 베란다에 내놓은 의자에 앉아 강을 바라보면서 커피를 마시는 것을 유난히 좋아했다.

엘리베이터를 타고 12층으로 올라간 그는 자신의 아파트 쪽으로 뛰어갔다. 그리고 출입문이 잠겨 있는 것을 확인하자 초인종을 다급히 눌렀다. 서너 번 누른 다음 인기척이 없자 옆구리에 차고 있던 열쇠 꾸러미를 빼내 집 열쇠로 철문을 열었다.

"소피! 소피!"

그는 아내를 부르면서 집 안으로 뛰어들었다. 집 안은 난장판이 되어 있었다. 아내와 딸은 보이지 않았다. 그들에게 납치된 것이 분명했다. 어쩔 줄 모르며 서성이고 있을 때 집 전화벨이 울렸다. 그는 얼른 수화기를 집어 들었다.

"야잠!"

낯선 사내 목소리가 들려왔다.

"누구요?"

"잘 들어. 빈 라덴을 제거할 때까지 당신 아내와 아이는 우리가 데리고 있을 거다."

"안 돼! 당장 돌려보내! 보내지 않으면 가만두지 않겠다! 타크피르가 납치해 갔다고 신문에 공개할 거야!"

"어리석은 짓 하지 마. 그런 짓을 하면 아내와 딸은 그 즉시 죽는다. CIA는 물론 경찰한테도 알려서는 안 된다. 알리면 너는 두 번 다시 아내와 딸의 얼굴을 볼 수 없을 거다. 누구한테도 말해서는 안 돼."

"이 나쁜 놈들! 너희들은 악마야!"

"빈 라덴을 꼭 죽여라. 죽이지 못하면 네 아내와 딸을 대신 제물로 삼을 거다."

"안 돼! 그건 안 돼! 시키는 대로 할 테니까 돌려보내! 돌려보내지 않으면 난 아무 것도 할 수 없어!"

전화는 이미 끊어져 있었다. 야잠은 수화기를 내려놓고 나서 한동안 부들부들 떨고 있다가 베란다로 나갔다. 아내가 즐겨 앉는 목제 탁자 위에는 커피 잔이 그대로 놓여 있었다. 그는 떨리는 손으로 잔을 집어 들었다. 잔속에는 커피가 조금 남아 있었다. 소피는 베란다에 나와 커피를 마시고 있다가 괴한들의 공격을 받은 것 같았다. 그는 식어 버린 커피를 마시다가 눈물을 흘렸다. 어느 새 창밖에는 소리 없이 비가 내리고 있었다. 그는 의자에 앉아 어깨를 떨며 흐느껴 울다가 탁자 밑에 떨어져 있는 인형을 발견하고는 그것을 주위들었다. 그것은 딸아이가 가지고 놀던 곰 인형이었다. 그는 그것을 껴안고 더욱 격렬하게 흐느끼기 시작했다.

"타크피르…… 타크피르…… 타크피르……."

흐느낌 사이사이로 그는 한 가지 단어만을 계속 중얼거리고 있었다.

보진카

시티 섬, 1997년 5월 11일 오후 1시 28분.

잔뜩 흐린 하늘에서는 계속 비가 내리고 있었다. 시티 섬이 자리 잡고 있는 뉴욕 시 북부 롱아일랜드 해협은 거친 비바람에 물결이 제법 높게 일렁이고 있었다. 브롱크스 지역을 벗어나 시티 섬으로 연결되어 있는 다리를 건너면서 파비트는 멀리 안개에 싸여 있는 우중충한 석조건물을 멍하니 바라보았다. 그것은 시티섬 맞은편에 마주보고 있는 하트 섬에 있는 것으로, 과거에 악명 높은 감옥이었는데 지금은 정부에서 특별 관리하고 있었다. 겉에서 볼 때는 비어 있는 건물 같지만 사실은 그렇지가 않았다. 안에서는 일반 사람들이 모르는, 외부에 결코 공개되어서는 안 되는 일들이 벌어지고 있었다.

차도는 시티 섬을 종단하고 있었다. 그 끝에서 그는 차를 세웠다. 차에서 내리지 않은 채 하트 섬을 바라보면서 그대로 차 안에 앉아 있었다. 하품을 하다가 그는 눈을 감았다. 거의 잠을 자지 못했기 때문에 졸음이 밀려왔다.

올가와 함께 보냈던 달콤하면서도 격렬했던 정사 장면들이 주마등처럼 스쳐 지나갔다. 그녀의 지칠 줄 모르는 몸부림과 숨넘어가는 듯한 신음소리에 그는 미소를 지었다. 그녀는 실로 오랜만에 그에게 환희와 쾌락을 듬뿍 안겨 주었던 것이다. 그녀는 온몸을 던져 그를 사랑했고, 거기에는 아르바이트 이상의 진심어린 애정이 있었기 때문에 그를 만족시켜 줄 수가 있었던 것이다. 그가 아침에 천 달러를 선뜻 주자 그녀는 놀라면서 5백 달러면 충분하다고 하면서 절반만 가져가려고 했다. 그래서 그는 다음 번 데이트를 위해 미리 선금을 주는 것이라고 하자 그제야 그녀는 그것을 받았다. 그는 지금까지 하룻밤 사랑에 그만큼 많은 액수를 지불한 적이 없었지만 올가에게 준 천 달러는 조금도 아깝지 않다는 생각이 들었다.

부두 쪽으로 경비정이 거친 물결을 헤치며 다가오고 있는 것을 보고 그는 차에서 내려 그쪽으로 걸어갔다. 부두 대기실에는 몇 사람이 있었지만 그들은 하트 섬이 아닌 다른 곳으로 가는 것 같았다. 경비정이 부두에 멈춰 서자 그는 신분증을 보인 다음 배에 올라탔다.

"어서 오십시오. 스티브 대령입니까?"

배 안으로 통하는 문을 열어 주면서 경비대원이 물었다. 그는 NPP라고 쓰인 검은 운동모를 쓰고 있었고, 허리에는 권총을 차고 있었다. 파비트는 고개를 끄덕인 다음 비를 피해 선실로 들어갔다.

　10분도 안 돼 경비정은 하트섬 입구에 닿았다. 배에서 내리기 전에 그는 석조건물을 올려다보았다. 나지막한 언덕에 견고한 석축으로 쌓아올린 그것은 마치 봉건영주가 살았던 오래된 성채처럼 보였다. 경비정은 선착장 앞에서 잠시 멈춰 있다가 다시 엔진소리를 내면서 섬의 오른쪽으로 돌아갔다. 오른쪽에는 병풍처럼 생긴 거대한 바위 하나가 돌출되어 있었다. 그 뒤를 돌아가자 트럭 한 대가 들어갈 수 있는 넓이의 동굴이 나타났다. 밖에서는 병풍바위에 가려 그 동굴이 보이지 않았다. 경비정은 속도를 줄이면서 동굴 안으로 천천히 들어갔다. 동굴 천장에는 일정한 간격으로 전기불이 켜져 있었다. 동굴은 직선으로 뚫려 있지 않고 왼쪽으로 휘어져 있었다. 백여 미터쯤 들어가자 선착장이 나타났다. 배에서 내린 그는 스무 개쯤 되는 돌계단을 올라갔다. 계단을 모두 올라가자 육중한 철문이 앞을 가로막고 있었다. 철문 옆에 전자감응장치가 있었다. 거기에다 카드를 갖다 대자 철컥하고 잠금장치가 풀리는 소리가 들렸다. 그는 문을 열고 안으로 들어가 다시 계단을 몇 개 더 올라간 다음 엘리베이터 앞에 멈춰 섰다. 이윽고 엘리베이터 문이 열리자 그는 안으로 들어가 지하 5층 버튼을 눌렀다.

　엘리베이터 문이 다시 열렸을 때 그가 처음 들은 것은 고통에 못 이겨 토해 내는 비명소리였다. 엘리베이터 앞에는 경비실이 있었고, 경비대원 한 명이 입구를 지키고 있었다.

　"스티브 대령이오. 레노 대령을 만나러 왔는데……."

　"어서 오십시오. 109번 방에서 기다리고 계십니다."

파비트는 입구를 지나 복도를 걸어갔다. 걸어가는 동안 계속 피를 토하는 것 같은 비명소리가 들려왔다. 그는 얼굴을 찌푸렸다. 육체에 물리적인 고통을 가하는 고문은 그의 취미에 맞지 않았다. 몸에 손 하나 대지 않고도 상대방의 입을 열게 하는 기술이 있어야 진짜 베테랑 수사관이라고 할 수 있는데 그런 사람은 매우 드물었다.

파비트는 그런 드문 사람들 가운데 한 명이었다. 그는 육체적인 고문이 아닌 정신적인 고문으로, 이미 죽음을 각오한 채 입을 굳게 다물고 있는 상대방의 결심을 무너뜨리는데 특출한 재능을 가지고 있었다.

109번 방으로 들어가자 네 명의 남녀가 대형 유리창 앞에 붙어 있다가 일제히 돌아서서 그를 쳐다보았다. 그들 중 땅딸막한 몸집에 머리가 벗겨진 사내가 반색을 하면서 다가와 손을 내밀었다.

"야, 오랜만이야."

"얼굴 좋군."

"말도 마. 업무에 짓눌려서 운동할 시간도 없어. 밖으로 돌아다니는 자네가 부러워."

"오랜만에 돌아왔더니 집값이 너무 뛰었어. 난 중산층에서 가난뱅이로 전락했어."

파비트는 다른 세 사람과 인사했다. 여자 한 명은 30대 중반으로 비쩍 말라보였다. 대머리의 레노 대령이 파비트의 팔을 잡아끌었다.

"이리 와 보라고."

파비트는 대형 유리창 앞으로 다가서서 취조실 안을 바라보았다. 얼굴이 온통 시커먼 구레나룻으로 뒤덮인 사내 하나가 벌거벗은 채 방 가운데 서 있었고, 네 명의 취조관이 앉거나 서서 그를 향해 위협적이고 모욕적인 언어폭력을 휘두르고 있었다. 성기까지 드러낸 채 방 가운데 서 있는 사내는 모욕감으로 얼굴이 벌겋게 달아올라 있었다. 번득이는 눈빛 속에는 분노와 좌절감이 서로 뒤엉켜 있었다. 심한 모욕을 받을 경우 피의자는 자존심에 큰 상처를 입게 되고, 결국 인격 자체가 무너져 자포자기 상태에 빠지게 된다. 취조관들은 그것을 노리고 있었다.

"저 자가 요세프인가?"

"음, 여간 내기가 아니야. 아주 교활한 놈이야."

"사진만 보고는 못 알아보겠는데."

"우리가 확보하고 있는 사진은 10년 전 사진이야. 그 때는 살이 통통하게 쪘는데 지금은 얼굴이 마르고 분위기도 많이 달라진 것 같아."

"어떻게 저 자를 체포했지?"

"파키스탄 정보부에서 체포해서 넘겨준 거야. 두 달 전에 체포했는데 그 동안 숨기고 있다가 우리하고 거래한 거야. 망할 자식들……."

"무슨 거래를 했는데?"

"군부를 지지해 달라는 거야. 군부가 아니고는 지금의 혼란을 수습할 수가 없기 때문에 앞으로 군부 쿠데타가 일어나면 지원해 달라는 거야. 물론 친미 쿠데타를 전제로 한 거지."

"또 쿠데타가 일어나겠군?"

"한심한 나라야."

"파키스탄 정보부는 통제 밖에 있군. 지금 정부를 옹호하지 않고 군부 쿠데타를 노리고 있는 걸 보면?"

"제 멋대로야. 아무도 정보부를 통제하지 못하고 있어."

파키스탄은 1956년 공화국으로 출범한 이후 지금까지 40년 가까이 연이은 군사 쿠데타로 정정 불안이 계속되고 있었다. 불안과 혼란이 계속되다 보니 부패는 만연해지고 국가 경제는 도탄에 빠져 있었다. 지금의 혼란은 회교권 최초의 여자 총리인 부토를 대통령이 해임함으로써 빚어진 것이었다. 그녀는 총리였다가 군부 쿠데타로 실각, 처형당한 부토 전 총리의 딸이었다. 1990년 그녀는 선거를 통해 총리가 되었으나 대통령에 의해 해임 당한다. 그리고 3년 후인 93년 재집권에 성공하지만 또 다시 해임당하고, 지금은 할리드 총리가 과도내각을 이끌고 있었다.

갑자기 비명소리가 티져 나왔다. 흑인 취조관이 고무 몽둥이로 요세프를 무자비하게 후려갈기고 있었다. 고무로 단단하게 만든 몽둥이는 나무나 쇠몽둥이처럼 외부에 큰 상처를 내지 않으면서 더 격심한 고통을 안겨 주는 고문 기구였다. 소나기처럼 쏟아지는 매질에 요세프는 비틀거리다가 더 버티지 못하고 바닥에 나뒹굴었다. 그러나 매질은 멈추지 않았다. 몽둥이 찜질과 함께 여기저기서 발길질이 날아왔다. 고통에 못 이겨 몸부림치면서 비명을 지르는 사내의 모습을 지켜보고 있다가 파비트는 미간을 찌푸리면서 고개를 저었다.

"보진카가 뭐야?! 빨리 말해! 우린 참을성이 없어! 보진카가 뭐야?!"

"모, 모릅니다…… 아악!…… 으악!…… 으아악!……."

"전기로 지져야 정신이 들겠어, 이 새끼야?!"

취조실에서 나는 소리는 아주 작은 것도 마이크를 통해 고스란히 들려오고 있었다.

"전기 사용은 그만두는 게 좋겠는데. 몸이 너무 쇠약해져 있어. 저러다가 죽을지도 모르겠는데……."

파비트의 말에 레노 대령은 고개를 끄덕였다.

"파키스탄 정보부에서 두 달 동안 심하게 당한 모양이야. 완전히 만신창이가 돼서 왔어. 여기 와서 치료를 받고 좀 회복된 거야."

"저런 거물은 잘 다뤄야 해."

"그래서 자넬 부른 거 아냐."

파비트는 어깨를 으쓱하면서 곤혹스러워 했다.

"파키스탄 쪽에서 넘겨준 자료 좀 볼까? 두 달간 고문했으면 얻은 게 있을 텐데?"

"별로 없어. 파키스탄 정보부의 고문은 지독하기로 악명이 높은데, 얻은 게 별로 없는 걸 보면 저 놈을 당해내지 못한 모양이야. 지독한 놈이 분명해."

"파키스탄 쪽에서 뭔가 숨기고 있는 게 아닐까? 그리고 찌꺼기만 우리한테 넘긴 게 아닐까?"

"그렇지는 않아."

레노 대령은 자신 있게 부인했다.

"파키스탄에서 불었다면 우리한테도 불었어야 해. 자기 운명이 이제 파키스탄이 아닌 우리 손에 달려 있다는 걸 알고 있을 텐데 숨길 리가 없지."

람지 아메드 요세프는 누구인가?

그는 1993년 2월에 발생한 제1차 뉴욕 세계무역센터 폭탄테러사건의 주범으로 오랫동안 인터폴의 추적을 받아온 인물이었다. 그는 폭탄제조 전문기술자로 무역센터를 폭파할 때 사용한 폭탄을 직접 제조한 인물이었다.

1993년 2월 26일 오전 11시 조금 지나 포드 F350밴 한 대가 맨해튼 남쪽 쉘 주유소로 천천히 들어왔다. 차 안에는 다섯 명의 아랍계 청년들이 타고 있었다. 그들은 탱크에 가솔린을 가득 채웠다. 뒷좌석에 앉아 있던 요세프는 검정 가방 속에 들어 있는 폭탄에 이상이 없는지 마지막으로 그것을 점검했다. 주유소를 빠져나온 밴은 세계무역센터 쪽으로 방향을 잡았다.

이윽고 지민치 무역센터 건물이 보이자 밴은 사도 옆에 잠시 멈춰섰고, 세 사람이 차에서 내렸다. 그 가운데에는 요세프도 있었다. 마지막으로 차에서 내린 그는 문을 닫으려다 말고 살라메와 이스마엘을 쳐다보았다. 그리고 재빨리 말했다.

"퓨즈에 불을 붙이고 나서 빨리 빠져나와! 우물쭈물하면 안 돼! 너무 깊이 들어가면 안 되니까 지하 2층에다 차를 대! 5분밖에 시간이 없어! 5분이야!"

차에서 내린 세 사람은 만일의 경우에 대비해 뿔뿔이 흩어졌다. 하지만 멀리 간 것은 아니었다. 폭발 장면을 눈으로 확인하기 위해서는 무역센터 부근에서 기다리고 있어야 했다. 요세프는 재빨리 무역센터 맞은편에 있는 스타벅스 커피숍으로 가서 가게 앞에 놓여 있는 의자에 앉아 우선 커피를 한 잔 주문했다.
 2월이라 날씨가 쌀쌀했지만 그는 상관하지 않고 대담하게도 거기에 버티고 앉아 커피를 마시면서 무역센터 쪽으로 접근하고 있는 베이지색 밴을 노려보고 있었다.
 밴은 정지신호에 걸려 건널목 앞에 서 있었다. 많은 사람들이 건널목을 건너고 있었다. 신호가 바뀌자 밴은 다시 움직이기 시작했다. 그것은 눈에 띄게 느리게 움직이고 있었다. 다른 차들이 그것을 추월하는 것이 보였다. 이윽고 밴은 무역센터 빌딩 앞에 이르자 왼쪽으로 돌아 모습을 감추었다. 베이지색 밴이 빌딩 안으로 들어간 것이 분명했다. 요세프는 숨이 멎는 것 같았다. 그는 들고 있던 커피 잔을 천천히 내려놓고 뚫어지게 무역센터 빌딩을 노려보았다.
 밴은 무역센터 북쪽 타워 주차장 입구에서 잠시 멈춰섰다. 두 사람은 약속이나 한 듯 선글라스를 꺼내 끼었다. 이스마엘은 여러 번 예행연습을 했던 터라 익숙하게 버튼을 눌러 주차티켓을 뽑아냈다. 그런 다음 지하 2층으로 차를 몰고 내려갔다. 주차장에는 벌써 많은 차들이 세워져 있었다. 그들이 노리고 있는 자리는 건물로 통하는 비상구 쪽이었다. 그 앞에는 주차가 금지되어 있었지만 그들은 그 앞에다 바싹 차를 세웠다. 거기다 차를 세운 것은 도망가는 시간을 최대한 줄이고 되도록 남들의 눈에 띄지 않기 위해서였다.
 "먼저 나가!"
 살라메가 잔뜩 긴장해서 이스마엘에게 말했다. 이스마엘은 고개를 끄덕이고 나서 그에게 열쇠를 준 다음 차에서 내렸다. 그는 비상구로 빠져나가기 전에 살라메를 한 번 돌아본 다음 재빨리 사라졌다. 살라메는 긴장된 시간을 즐기려는 듯 담배를 피워 물었다. 담배 한 대를 모두 피우기 전에 이스마엘은 건물을 빠져 나갈 수 있을 것이라고 그는 생각했다. 손가락이 뜨거워질 때까지 담배를 피우고난 그는 마침내 라이터 불을 켜서 폭탄에 연결되어 있는 퓨즈에 불을 붙였다. 치지직! 불이 붙자 불꽃이 일면서 퓨즈가 타들어 가기 시작했다. 재빨리 밖으로 나온 그는 문을 잠그고 나서 비상구로 돌진했다. 그 때 큰 소리가 들려왔다.

"이 봐요! 거긴 주차금지야!"

흑인 주차 관리인이 소리쳤지만 살라메는 이미 계단을 두 개씩 뛰어오르고 있었다.

스타벅스 커피숍 앞에 앉아 있는 요세프는 연방 손목시계를 들여다보며 안절부절 못하고 있었다. 그는 벌써 네 대째 담배를 피우고 있었다. 12시 18분, 그가 다섯 대째 담배에 불을 붙이려는 순간 지축을 흔드는 굉음이 들려왔다. 그는 얼결에 담배를 떨어뜨리면서 벌떡 몸을 일으켰다. 폭음은 무역센터를 뒤흔들었고, 주변의 다른 건물들까지 흔들리는 것 같았다. 그는 이제나 저제나 하고 건물이 무너지기를 기다렸다. 폭음과 동시에 모든 움직임들이 일시에 정지하고 있었다. 무서운 정적이 거리를 휩싸고 있었다. 그러나 그뿐 북쪽 타워 건물은 여전히 위용을 자랑하면서 그 자리에 우뚝 서 있었다. 주차장 쪽에서 뿌연 연기가 몰려나오고 있는 것이 보였다. 그제야 사람들이 웅성거리면서 움직이기 시작했다.

요세프는 원망에 찬 눈으로 무역센터를 노려보다가 재빨리 그

곳을 떠났다.

그가 처음 기도했던 것은 북쪽 타워를 폭파시켜 남쪽 타워 쪽으로 쓰러뜨림으로써 남쪽 타워까지 한꺼번에 붕괴시키는 엄청난 계획이었다. 만일 그 계획이 성공했다면 아마 수천 명이 목숨을 잃었을 것이다. 하지만 북쪽 타워가 끄덕도 하지 않는 것을 보고 그는 크게 실망해서 재빨리 자리를 떴던 것이다. 이제 그가 할 일은 곧 수사가 시작될 것이기 때문에 어서 빨리 먼 곳으로 도망치는 일밖에 없었다.

비록 요세프가 실패한 것에 낙담해서 도망쳤지만 폭탄테러의 피해가 그렇게 적었던 것은 아니었다. 폭발의 위력은 대단해서 폭발로 생긴 분화구의 지름은 45.7미터, 깊이는 1.5미터나 되었다. 그와 함께 무고한 시민 6명이 목숨을 잃었는데 그 가운데에는 흑인 주차 관리인도 포함되어 있었다.

요세프는 미리 마련해 놓은 도주 계획에 따라 그 길로 미국을 떠나 파키스탄으로 숨어들었다. 이스마엘도 고향인 요르단으로 무사히 빠져나갔다. 그러나 살라메는 미국을 빠져나갈 수가 없었다. 요세프와 만나기로 한 장소에 갔지만 그는 끝내 나타나지 않았던 것이다. 돈을 관리하고 있는 요세프는 살라메에게 비행기 표를 구입할 돈을 주기로 되어 있었는데 결국 그 책임을 유기했던 것이다.

FBI와 검찰 수사팀은 폭발 현장에 흩어져 있는 철제 파편들을 수거해서 성분을 분석한 결과 범행에 사용된 차량이 포드 F350밴임을 밝혀냈다. 그리고 그것이 저지시티에 있는 라이더 렌터카 회사 소유라는 것도 알아냈다.

살라메는 돈을 구할 길이 막막했다. 어떻게든 빨리 돈을 마련해서 비행기 표를 구해야만 했다. 생각 끝에 그는 라이더 렌터카 회사로 전화를 걸었다.

"라이더 렌터카입니다."

상냥한 여자 목소리가 들려왔다.

"저, 저기……."

무역센터 폭파를 노렸던 대담한 테러리스트답지 않게 그는 더듬거렸다.

"말씀하십시오. 무슨 일을 도와드릴까요?"

"저기, 다름이 아니고…… 거기서 밴을 빌린 사람인데…… 차를 잃어버렸어요."

"어머나, 저런! 난처하게 됐군요. 하지만 걱정하지 마십시오. 조처해 드리겠습니다."

여직원은 아주 희망적으로 말했다.

"제, 제가 알고 싶은 건…… 차를 도난당했을 경우 렌터비로 맡긴 보증금을 돌려받을 수 있는가 하는 겁니다. 4백 달러인데…… 저는 지금 그 돈이 당장 필요합니다. 어떻게 좀 편리를 봐줄 수 없을까요? 부탁합니다."

"아, 그러세요. 도난당한 것이 확실하면 물론 보증금은 전액 돌려 드립니다. 그 전에 손님께서 직접 오셔서 서류를 작성하시고 도난 확인 절차를 밟으셔야 합니다. 확인이 끝나면 바로 보증금을 돌려 드리겠습니다. 도난사건은 항상 있는 일이거든요."

"지, 지금 가도 되겠습니까?"

"지금은 업무가 끝날 시간이라 곤란합니다. 내일 오시면 처리해 드리겠습니다. 내일 오전 11시에 오실 수 있겠습니까?"
"네, 내일 가겠습니다. 실례지만 성함을 좀 알 수 없을까요?"
"전 낸시라고 합니다. 손님 성함은 어떻게 되죠?"
"전, 저는 살라메라고 합니다. 감사합니다."

다음 날 오전 11시 5분전 살라메는 초조한 표정으로 렌터카 사무실을 찾아갔다. 안으로 들어가자 안경을 낀 여직원이 웃으며 그를 맞았다.

"어서 오십시오. 무얼 도와드릴까요?"
"낸시 양을 만나러 왔는데요."
"누구시라고 말씀드릴까요?"
"살라메라고 합니다."

그의 말이 끝나기 무섭게 갑자기 뒤에서 우악스런 손길이 그의 양쪽 팔을 움켜잡았다.

"꼼짝 마!"

살라메가 미처 정신을 차릴 새도 없이 그의 손목은 뒤로 꺾였고, 손목에는 즉시 수갑이 채워졌다. 건장한 사내들이 그를 에워싸고 있었다. 선글라스를 낀 사내가 무언가를 그의 눈앞에다 갖다 댔다.

"FBI다! 폭탄 테러혐의로 체포한다!"

한 편 요르단으로 도망친 이스마일도 결국은 체포되어 미국으로 압송되었다. 그는 맨해튼 법정에서 가석방 없는 2백40년 형을 선고받고 이렇게 말했다.

"유죄 평결을 받았다고 모두 죄인은 아니다. 역사가 그것을 증명하고 있다."

제1차 세계무역센터 폭파 테러범들은 요세프를 제외하고는 대부분 체포되었다. FBI는 요세프가 국외로 빠져나갔을 것으로 보고 그의 도주경로를 추적했다. 그 결과 그가 절묘한 수법으로 미국을 빠져나간 사실을 밝혀냈다.

요세프가 미국에 입국한 것은 92년 11월 초였다. 비자도 없이 불법으로 입국했던 것이다. 같은 달 11월 9일 그는 저지 시 경찰에 여권 분실 신고를 냈다. 그리고 자신은 파키스탄에서 태어나 쿠웨이트에서 자란 압둘 바시트 마무드 압둘카리라고 주장했다. 두 달쯤 뒤인 12월 31일 연말의 혼잡을 틈타 그는 뉴욕에 있는 파키스탄 영사관을 찾아갔다. 그리고 여권을 분실했다고 하면서 분실여권의 복사본을 제시했다. 그 복사본에는 압둘 바시트의 인적사항과 함께 요세프의 얼굴 사진이 복사되어 있었다. 그는 새 여권을 만들어 달라고 요구했다. 영사관 직원은 압둘 바시트의 신원기록을 찾아보았지만 그런 것이 그곳에 있을 리 없었다. 그러나 영사는 귀찮다는 표정으로 그에게 6개월짜리 임시여권을 내주었다. 그렇게 해서 요세프는 임시여권을 이용해서 J. F. 케네디 공항을 유유히 빠져나갔던 것이다.

"저놈 이름이 요세프인지, 아니면 바시트인지 그것도 확실하지가 않아. 파키스탄에서 체포되었을 때 여권을 세 개나 가지고 있었어. 진짜 이름은 따로 있을 거야."
하고 레노 대령이 말했다.
"바시트는 실존 인물인가?"
"실존 인물이야. 파키스탄에서 태어난 뒤 쿠웨이트로 이주해서 살았는데 이라크가 쿠웨이트를 침공했던 당시 폭격으로 사망한 것으로 추정되고 있어."

"추정된다는 건 확실하지 않다는 거군?"

파비트가 말꼬리를 붙잡고 불평을 하자 레노는 눈을 치뜨고 그를 쳐다보았다.

"이 봐. 지금 어느 것 하나 확실한 건 없어. 자신 있게 말할 수 있는 건 지금 우리가 저놈을 붙잡고 있다는 사실뿐이야."

"그건 아무 의미가 없어."

"그렇다면 지금부터 의미를 만들어 봐."

"하던 이야기를 계속해 봐."

"쿠웨이트를 점령한 이라크 정보원은 요세프의 신분을 위장하기 위해 쿠웨이트 내무성에 보관되어 있던 바시트의 신원기록을 변조했어."

"이라크 정보원이 그렇게 해 준 이유가 뭐야?"

"저놈을 포섭한 거라고 봐야지. 결국 저 놈은 이라크를 위해 일한 스파이일 가능성이 커."

충분히 수긍이 가는 이야기였기 때문에 파비트는 고개를 끄덕였다.

"파키스탄 쪽에서 보내온 파일을 좀 보고 싶은데……."

"별로 도움이 될 만한 게 없어. 보고 싶으면 보라고."

레노 대령은 그를 데리고 옆방으로 들어갔다. 학교 교실만한 그 방에는 열서너 명쯤 되는 남녀 직원들이 각종 전자기기들 앞에 붙어 앉아 있었다. 모두가 일에 열중하고 있었기 때문에 아무도 파비트를 거들떠보지 않았다. 레노는 그 방을 가로질러 조금 작은 방으로 그를 안내했다. 그 방에는 아무도 없었다. 레노가 개인적으로 사용하고 있는 방인 듯 사무용 비품들이 여기저기 놓여 있었다.

레노가 큼직한 책상 위에 놓여 있는 컴퓨터 앞에 앉아 자판을 두드리고 있는 동안 파비트는 한쪽 벽 위에 어지럽게 붙어 있는 얼굴 사진들을 가만히 쳐다보고 있었다. 그것은 국제테러리스트들의 사진이었다. 그 가운데에는 눈에 익은 얼굴들도 있었다. 체포된 테러리스트들의 사진 위에는 붉은 색으로 X표시가 되어 있었다.

파비트가 처음부터 레노 곁으로 다가가지 않고 일부러 딴 청을 부린 것은 레노가 파일을 불러 오기 위해 호출 암호를 입력하는 것을 보지 않기 위해서였다. 자기만이 관리하는 호출암호를 다른 사람에게 보여주기 싫어하는 것은 파비트도 마찬가지였다. 잠시 후 레노가 그를 불렀다. 파비트는 그의 곁으로 다가가 화면을 들여다보았다. 파일 내용은 영어로 되어 있었다.

"다 보려면 한 시간쯤 걸릴 거야. 환기가 잘 되니까 담배 피워도 좋아. 담뱃재는 여기다 털어."

레노는 종이컵을 책상 위에다 올려놓고 나서 그의 어깨를 한번 툭 친 다음 밖으로 나갔다. 혼자 남은 파비트는 컴퓨터 앞으로 바싹 다가앉았다.

레노의 말대로 파키스탄 정보부가 보내온 요세프에 관한 자료는 별로 새로운 것이 없었다. 제1차 세계무역센터 폭발테러 후의 요세프의 도주경로, 마닐라에서의 행적, 그리고 파키스탄에서의 체포 경위 등이 기록되어 있었는데 그것들은 이미 CIA도 어느 정도 알고 있는 내용들이었다.
 파일을 재빨리 훑어보고 있던 파비트의 눈이 한 곳에 멈췄다. 그는 화면을 고정시킨 채 거기에 나타나 있는 내용을 뚫어지게 쏘아보고 있었다. 거기에는 이런 내용이 있었다.

 —요세프의 주머니에 들어 있던 소지품 가운데에는 찢어진 메모지가 있었는데 거기에는 다음과 같은 메모가 적혀 있었다.
 'Bojinka가 끝나면 봄은 오지 않을 것이다'
 특히 '봄은 오지 않을 것이다' 밑에는 밑줄이 그어져 있었다. 그것은 그 부분을 강조하기 위한 것으로 보인다. Bojinka는 필리핀어로 강타(loud bang)를 뜻한다. 이 메모의 의미에 대해서 추궁한 결과 요세프는 성전이 완수되면 미국을 비롯한 이교도의 국가에는 두 번 다시 봄이 오지 않을 것이고 결국 멸망하게 될 것이라는 뜻이라고 대답했다. 그는 그것을 커피숍에 앉아 그냥 끼적거려 본 낙서일 뿐이라고 했다. 거기에 대해 더 추궁해 보았지만 그 이상 다른 대답은 나오지 않았다.—

 파비트는 메모지에다 그 내용을 급히 적었다. '보진카가 끝나면 봄은 오지 않을 것이다.' 그는 본능적으로 거기에 무언가가 있다고 생각했다. 그냥 지나치고 싶지가 않은 내용이었다.
 한 시간쯤 지나 레노가 돌아왔을 때 파비트는 책상 위에 걸터앉아 심각한 표정으로 담배를 피우고 있었다.

"뭐 발견한 거 있어?"

그의 눈치를 살피면서 레노가 물었다. 파비트는 담배를 끄고 일어섰다.

"보진카가 끝나면 봄은 오지 않을 것이다 라고 했는데…… 도대체 무슨 뜻이야?"

"그게 걸리나? 그렇지 않아도 추궁해 봤는데, 파키스탄에서 보내온 내용 외에 다른 의미는 없는 것 같아."

"아니, 그렇게 간단한 내용이 아닌 것 같아. 요세프의 진술을 그대로 믿으면 안 돼."

"나도 그대로 믿고 싶은 마음은 없어. 하지만 아무리 족쳐도 더 이상은 안 나와."

"요세프는 고문에 이골이 난 놈이야. 웬만한 고문에는 끄덕도 하지 않을 거야. 자기네 비밀을 지키기 위해서는 죽음도 불사할 놈이야."

"여기서 놈이 죽어 나가는 걸 난 원치 않아."

"하지만 내가 보기에는 얼마 못가겠던 걸. 그렇게 두드려 패면 건강한 사람도 급사할 수가 있어. 더구나 저 놈은 극도로 쇠약한 상태야."

"자네가 한 번 맡아 봐. 난 두 손 들었어."

"왜 보진카라고 했을까? 다른 표현도 많은데 왜 보진카지?"

"그렇게 단어 하나에 매달리면 아무 것도 못하고 머리가 돌아버릴 걸."

레노가 앞장서 나가며 말했다. 파비트는 그 뒤를 따라가면서 단어 하나를 붙잡고 늘어진다고 해서 나쁠 것은 없다고 생각했다. 핵심을 파악하려면 더 세밀하게 파고들어 가야 한다는 것이 그의 생각이었다.

"모두 내보면 좋겠어. 요세프와 단둘이서 이야기해 보겠어."

"좋아."

"그리고 다른 방으로 옮기고 싶어. 아무도 들을 수도 들여다볼 수도 없는 방 말이야. 지하가 아닌 지상의 바다가 훤히 보이는 쾌적한 방을 주면 좋겠어."

"까다롭군. 둘이서만 은밀히 밀담을 나누겠다는 거야?"

그렇게 말했지만 레노 대령은 즉시 다른 방을 마련하라고 부하에게 지시했다.

파비트는 20분쯤 기다렸다가 여직원의 안내로 엘리베이터를 타고 위로 올라갔다. 그가 안내된 방 앞에는 경비대원 두 명이 지키고 있었다.

"무슨 일이 있으면 탁자 위에 있는 버튼을 눌러 주십시오. 문을 두드려도 됩니다."

그들이 문을 열어 주자 파비트는 안으로 들어갔다.

제3의 여인

요세프는 앞으로 수갑이 채워진 채 창가에 서서 바다를 바라보고 있다가 인기척에 고개를 돌렸다. 대형 창을 통해 롱아일랜드 해협의 일렁이는 바다가 한 눈에 들어오고 있었다. 좀 아쉬운 것은 창 밖에 쇠창살이 박혀 있는 점이었다. 굵은 쇠창살은 탈출이 불가능하다는 것을 말해 주고 있었다.

요세프는 푸른 죄수복을 입고 있었다. 이마 밑에 깊이 박혀 있는 두 눈은 냉담할 정도로 무표정해 보였다.

"앉아요."

파비트는 장방형의 탁자를 가리키고 나서 먼저 자리에 앉았다. 요세프가 맞은 편 자리에 조심스럽게 앉자 그는 상대방이 알아듣기 어려운 이상한 말로 말했다.

"날씨가 안 좋아요. 밖에 나가서 시원한 바닷바람을 쐬고 싶을 거야."
 순간 요세프는 긴장한 표정으로 그를 주시했다.
 "그게 무슨 말이죠? 혹시 유대 말 아닙니까?"
 그가 영어로 물었다.
 "그래. 맞아. 유대 말을 아나?"
 파비트도 영어로 말했다.
 "모릅니다. 들어본 적은 있지만……."
 그는 더욱 긴장하는 것 같았다.
 "얼굴이 많이 상했군. 더 험한 꼴을 당하면 목숨을 잃을지도 몰라. 담배 피우겠나?"
 "한 대 주십시오."
 담배를 한 대 내밀자 그는 수갑 찬 손으로 그것을 받아 손가락 사이에 끼웠다. 파비트는 라이터 불을 내밀었다. 담뱃불을 붙이는 요세프의 두 손이 심하게 떨리고 있었다. 그는 얼른 한 모금 빨고 나서
 "혹시…… 이스라엘 사람 아닙니까?"
하고 물었다. 파비트는 한쪽 눈을 찡그린 채 담배에 불을 붙이면서 고개를 끄덕였다.
 "자네가 지금까지 상대한 미국인들하고는 확실히 다른 인종이지."
 "그럼 유대계 미국인입니까?"
 "아니, 난 이스라엘인이야. 자넬 데려가려고 텔아비브에서 일부러 날아온 거야."
 순간 요세프의 표정이 하얗게 굳어지는 것을 보고 파비트는

모른 체했다.

"그, 그럼 모사드에서……?"

파비트는 고개를 끄덕이면서 상대방의 얼굴을 향해 담배 연기를 내뿜었다.

아랍 테러리스트들에게 이스라엘 정보기관인 모사드는 확실히 공포의 대상인 것 같았다. 파비트는 자신이 모사드 요원으로 행세하는 것이 먹혀들고 있는 것을 보고 속으로 쾌재를 불렀다.

요세프는 담뱃재가 떨어지는 것도 모른 채 얼빠진 표정으로 앉아 있다가 다시 담배를 피우기 시작했다.

"저, 저를 이스라엘로 데려갈 겁니까?"

"그래. 이스라엘로 정중히 모시고 갈 거야. 이스라엘로 가면 국빈 대접을 받을 거야. 어때? 괜찮지?"

놀리듯이 말하자 그는 갑자기 벌떡 일어서더니 고개를 완강히 흔들었다.

"안 됩니다! 이스라엘은 싫습니다! 거긴 가기 싫습니다!"

"왜 그러지? 여기보다 나을 텐데?"

"싫습니다!"

파비트는 그에게 앉으라고 손짓을 했다.

"CIA에서 자네를 우리한테 넘겨주기로 한 거야. 그 이유는 자기들보다 모사드 기술이 더 낫기 때문이지. 우린 CIA하고 전혀 다르거든. 자네가 입을 열지 않자 결국 우리한테 협조를 구한 거야. 우리도 자네를 꼭 만나고 싶었어. 모사드의 베테랑 요원들이 자네가 도착하기만을 기다리고 있어."

머리를 흔들면서 부들부들 떠는 요셉을 애써 외면하면서 그는 방 안을 둘러보았다.

　방 안은 상당히 고급스럽게 꾸며져 있었다. 벽과 바닥은 원목으로 치장되어 있었고 한쪽에는 술을 마실 수 있는 바까지 있었다. 스탠드바 안쪽의 선반에는 각종 양주들이 가득 들어차 있었다. 홀에는 가죽 소파도 몇 개 있었고 여러 명이 둘러앉을 수 있는 큰 탁자도 서너 개 있었다. 한쪽 벽에는 좀 특이한 사진들이 걸려 있었는데 그것은 이미 역사의 뒤안길로 사라져 간 세기의 스파이들 사진이었다. 그 가운데에는 그가 좋아하는 여간첩 마타 하리의 사진도 있었다. 다른 쪽에는 책들이 가득 꽂혀 있었는데 주로 정보와 스파이 관계, 그리고 스파이 세계를 다룬 소설들이었다.

"언제 이스라엘로 떠납니까?"

"오늘 중으로 떠날 거야."

"이스라엘로 송환될 바에는 차라리 죽어 버리겠습니다."

파비트는 상대방의 눈을 가만히 들여다보았다.

"이스라엘로 가는 게 죽기보다 싫은 모양이군?"

"네, 정말 싫습니다."

"정 그렇다면 안 갈 수도 있어. 그건 네가 하기에 달렸어. CIA가 너를 우리한테 넘기려고 한 것은 우리의 도움이 필요해서야. 우리의 도움이 필요할 만큼 너는 CIA한테 벅찬 상대인 거야. 네가 순순히 자백하면 너를 우리한테 넘기지 않을 거야. 모사드는 지금까지 실패한 적이 없어. 모사드가 맡게 되면 뼈 속까지 분해되고, 결국은 물기 하나 없이 말라 버리지."

"흥, 자신만만하군요. 모사드라고 해서 제 입을 열 수 있을 것 같습니까?"

 요세프는 코웃음 쳤다. 그러나 불안한 기색은 여전했다. 한 번 허세를 부려 본 것 같았다.

 "내가 굳이 말할 필요는 없겠지. 모사드 요원들과 상대해 보면 금방 알 수 있을 테니까."

 초조하게 파비트를 바라보고 있던 테러범은 갑자기 담배 한 대를 더 달라고 말했다. 파비트는 라이터와 함께 아예 담배 갑째 밀어주었다.

 "마음대로 피우라고."

 연달아 담배를 피우는 것이 속으로 몹시 혼란을 겪고 있는 것 같았다. 파비트는 굳이 재촉하지 않고 기다렸다. 요세프는 두 번째 담배를 열심히 빨아대면서 그의 눈치를 살피다가

 "알고 싶은 게 뭡니까?"
하고 물었다.

 "그 전에 묻고 싶은 게 있어. 나한테 알려줄 만한 게 있나? 이를테면 시시한 거 말고 아주 큰 정보 말이야?"

 요세프는 머리를 흔들었다.

 "그런 건 없습니다. 없는데 자꾸만 요구하니까 미쳐버릴 것 같습니다."

 "그럼 거래가 안 돼지. 거래를 하려면 서로 만족할 만한 걸 제시해야지 그렇지 않으면 거래가 깨질 수밖에 없어."

 "지금 자백하면 이스라엘로 데려가지 않는다고 약속할 수 있습니까?"

 "시시껄렁한 자백은 들어보나 마나야. CIA를 만족시킬 만한

큼직한 게 필요해."

파비트는 메모지를 꺼내 앞으로 던졌다.

"이게 뭐야?"

요세프는 메모지를 자기 앞으로 당겨서 거기에 적혀 있는 글을 읽어보았다.

"보진카가 끝나면 봄은 오지 않을 것이다— 이게 무슨 말이지? '봄은 오지 않을 것이다' 밑에는 왜 밑줄을 그어 놓았지? 그걸 설명하려면 네가 세계무역센터에 폭탄테러를 가한 뒤 파키스탄으로 도망갔다가 2년 후 필리핀 마닐라에 나타났을 때부터 이야기를 해야겠지. 필리핀에서는 아부 사이프의 비호 아래 새로운 테러계획을 세우고 있었지. 네가 폭탄제조 전문가라는 건 다 알고 있는 사실이야. 필리핀에서는 액체폭탄을 만들다가 실패한 것도 알고 있어. 액체 폭탄은 금속 탐지기를 무사히 통과할 수 있기 때문에 너희들한테는 그게 꼭 필요하겠지."

아부 사이프(Abu Sayyaf)는 검의 아버지라는 뜻으로 아프간에서 빈 라덴과 함께 싸웠던 이슬람 원리주의자 압두라자크 잔자라니가 필리핀으로 돌아와 1991년에 세운 테러조직이었다. 당연히 빈 라덴의 알 카에다와 동맹관계일 수밖에 없는 조직으로, 이집트의 타크피르와 함께 무자비하게 적의 목을 자르는 것으로 유명한, 가장 피에 굶주린 조직이었다.

"거기에 대해서는 CIA한테 이미 설명했습니다."

"알고 있어. 하지만 CIA한테는 통할 수 있을지 모르지만 나한테는 안 통해. 그 따위 설명으로 모사드를 농락할 생각은 하지 마. 계속 그런 식으로 대답하면 너를 이스라엘로 데려가는 수밖에 없어."

 필리핀에서의 요세프의 행적은 필리핀 정보당국이 그에 관한 자료를 CIA에 넘겨줌으로써 알게 된 것이었다.

 93년 2월 제1차 세계무역센터 폭탄테러 직후 요세프는 바시트라는 이름으로 뉴욕 케네디 공항을 통해 미꾸라지처럼 미국을 빠져나갔다. 그가 도망간 곳은 파키스탄이었다. 그로부터 2년 후인 95년 1월 그는 필리핀 마닐라에 나타난다.

 교황 요한 바오로2세의 필리핀 방문을 1주일 앞둔 1월 어느 날 밤 마닐라의 한 아파트에서 화재가 발생했다. 별로 크게 번지지 않고 금방 꺼진 불이었기 때문에 경찰은 대수롭지 않게 생각하고 9시가 넘어서야 화재 현장인 603호 앞에 도착했다. 그때 그 아파트에서 막 나오는 청년과 부딪쳤다. 경찰이 집 안을 좀 보여 달라고 하자 그는 음식을 조리하다가 발생한 화재라고 하면서 이미 다 끝났기 때문에 굳이 볼 필요가 없다고 말했다. 그래도 경찰이 안으로 들어가려고 하자 그는 갑자기 도망가기 시작했다. 그러나 아파트 건물 입구에도 경찰이 대기하고 있었기 때문에 청년은 금방 붙잡히고 말았다. 그는 거액의 달러 뭉치를 내보이면서 봐 달라고 했지만 필리핀 경찰은 그의 손목에 수갑을 채웠다. 그리고 그를 데리고 아파트 안으로 들어갔다.

 그런데 아파트 안에는 상상치도 못한 광경이 벌어져 있었다. 실내가 온통 폭탄 제조공장을 방불케 했던 것이다. 폭탄 제조에 필요한 실험용 비커, 황산, 아질산염, 글리세린, 쿠킹 냄비, 필터, 실험관, 퓨즈 등이 어지럽게 널려 있었던 것이다. 그와 함께 결정적인 증거물이 될 수 있는 카시오 시계도 발견되었는데, 거기에는 놀랍게도 시한폭탄장치가 부착되어 있었다. 그 외에도 노르웨이, 아프간, 사우디, 파키스탄 정부가 발급한 여권들도 발견되었다.

체포된 청년의 이름은 압둘 하킴 무라드였다. 네 개의 여권 가운데 파키스탄 정부가 발급한 여권에 그의 사진이 붙어 있었다. 두 번째 여권에는 요세프의 이름과 함께 그의 사진이 붙어 있었는데, 그것은 아프간 정부에서 발급한 것이었다. 세 번째 여권과 네 번째 여권은 앞에 것들과는 좀 달라 보였다. 두 여권에는 동일한 사람의 사진이 붙어 있었는데 그것은 젊은 여자 사진이었다. 사진의 주인공은 동양인의 얼굴에 상당한 미모를 갖추고 있었다. 그런데 여권에 적혀 있는 이름은 서로 달랐다. 사우디에서 발급한 여권에는 자밀리아 무스타파 알 아스카리라는 이름이 적혀 있었고 노르웨이에서 발급한 여권의 이름은 소피아 사벨이었다.

무라드는 경찰 조사를 비웃었다. 그가 입을 열지 않자 경찰은 할 수 없이 그를 정보기관으로 넘겼다. 필리핀 정보기관은 묵비권을 행사하는 무라드를 무자비하게 고문했다. 철제의자로 내려치고, 입 안으로 호스 물을 주입하고, 성기와 항문을 담뱃불로 지졌다. 견디다 못한 무라드는 마침내 입을 열었는데, 폭탄을 제조한 것은 교황을 암살하기 위해서였다고 했다. 폭탄제조는 요세프 몫이었고, 교황을 직접 암살할 임무를 맡은 사람은 여자 대원인 자밀리아 또는 소피아였다고 자백했다.

교황이 마닐라에 도착하면 자밀리아 또는 소피아는 수녀복 차림으로 교황에게 접근하여 소매 속에 감추어 둔 폭탄을 터뜨리기로 계획되어 있었다. 그것은 교황과 함께 자신도 자폭하는 자살테러였다.

　요세프는 이미 국제수사망에 이름이 올라 있었기 때문에 그에 관한 것은 더 이상 새로울 것이 없었다. 그러나 자밀리아 또는 소피아는 처음 등장하는 전혀 새로운 인물이었다. 더구나 그는 젊은 여자 테러리스트였다. 그리고 동양계의 얼굴을 하고 있었다. 무라드에게는 전기고문이 가해졌다. 그러나 그는 자밀리아 또는 소피아에 대해서는 자기도 잘 모른다고 계속 주장하다가 심장마비로 죽고 말았다.

　필리핀 정보기관으로부터 무라드에 관한 자료를 넘겨받은 CIA는 분통을 터뜨렸다. 무라드의 입을 더 열게 할 수 있는데 그만 그를 죽게 함으로써 결정적인 정보를 잃고 말았다고 몹시 애석해 했지만 이미 엎질러진 물을 도로 주워 담을 수는 없는 일이었다.

　"제3의 여인은 누구지?"

　파비트는 얼른 화제를 돌려보았다. 요세프는 무슨 질문인지 얼른 분간이 안 가는 것 같았다.

　"무슨 말씀인지……."

　"자밀리아 또는 소피아라고 불리는 여자 말이야? 모른다고 잡아떼지는 않겠지?"

　"그 여자에 대해서는 나는 정말 모릅니다. 나중에 위에서 지시가 내려와서 할 수 없이 합류했지만 여자가 낀 것은 실책이었습니다."

　"왜 실책이었지?"

"그 여자가 사사건건 간섭하면서 팀워크가 깨졌고, 그 바람에 돈과 시간 낭비가 많았습니다. 아파트를 옮기지 않았으면 발각되지도 않았을 텐데 그 여자가 들어오는 바람에 방이 하나 더 필요했고, 그래서 집세가 비싼 다른 아파트를 얻었습니다. 그 여자가 없었으면 폭탄제조도 훨씬 빨랐을 겁니다."

"그 여자의 진짜 이름은 뭐야? 어느 나라 여자야?"

"프랑스에서 왔다고 했습니다. 그 이상은 모릅니다. 서로에 대해서 묻지 않는 것이 규칙이기 때문에 잘 모릅니다."

"한 아파트에서 오랫동안 함께 살았으면서 잘 모른다는 게 말이 돼?"

"함께 그리 오래 살지는 않았습니다. 한 달 남짓 함께 지냈을 뿐입니다."

"무라드는 그 아파트에서 화재가 발생한 건 폭탄을 제조하다가 그렇게 된 거라고 했어. 네가 부엌 싱크대에서 물과 폭발성 화학물질을 배합하자 폭음이 나면서 폭발했다고 했어. 조사 결과 그건 액체 폭탄이었어. 그리고 그건 엄청난 양이었어. 교황 한 사람을 살해하기 위해 그렇게 많은 액체 폭탄을 만들려고 했다는 게 믿어지지가 않아. 그리고 액체 폭탄으로는 움직이고 있는 교황을 살해하기가 쉽지 않아. 무라드의 진술에 의하면 제3의 여인이 소매 속에 폭탄을 숨기고 있다가 교황이 접근하면 그것을 터뜨린다고 했어. 그렇다면 소매 속에 숨길 폭탄은 액체일 리가 없어. 그건 일반 폭탄이 분명해."

"예리하시군요. 정확하게 봤습니다."

"교황을 암살하려고 한 그 폭탄은 어디 있지?"

"그 날 아파트에서 도망나와 가다가 바다에다 버렸습니다."

"그렇다면 액체 폭탄은 뭘 노린 거였지? 액체 폭탄은 공항의 금속 탐지기를 무사히 통과할 수 있어. 그건 비행기를 노린 게 아닌가?"

"그렇다고 볼 수 있습니다."

요세프는 애매하게 대답했다.

"그렇다고 볼 수 있다니, 그게 무슨 말이야?"

"폭탄을 사용하려면 금속 탐지기를 무사히 통과해야 하는데 그게 쉽지가 않습니다. 공항뿐만 아니라 중요한 건물까지도 갈수록 경비가 심해져서 일반 폭탄을 가지고 들어가기가 거의 불가능해지고 있습니다. 그래서 생각해낸 것이 액체 폭탄입니다. 양주병 같은데 담아 가지고 들어가면 들킬 염려도 없고 해서 그걸 만들려고 한 겁니다."

"그렇다면 그걸로 언제 어디서 어떤 비행기를 폭파하려고 한 거야? 구체적으로 말해 봐."

"구체적으로 노린 것은 없었습니다. 일단 액체 폭탄을 만들어 놓으면 쓸 데가 많을 것으로 생각하고 만들고 있었던 겁니다."

파비트는 맹수 같은 눈초리로 상대방을 노려보았다.

"마닐라에서 너희들이 꾸민 음모가 뭔지 난 그걸 알고 싶어. 마닐라 음모의 암호명이 보진카 아닌가?"

"아닙니다. 구체적인 음모라면 교황 암살 음모가 전부입니다. 그 밖에는……."

"이스라엘로 가고 싶나?"

그 말에 요세프는 얼어붙은 표정으로 파비트를 쳐다보았다.

"아파트에서 화재가 났을 때 너와 자밀리아도 거기에 있었지?"

"네, 같이 있었습니다."

"어떻게 도망갔지?"

"화재가 나자 먼저 소방대원들이 찾아왔습니다. 음식을 만들다가 불이 났는데 금방 껐다고 하자 그들은 돌아갔습니다. 아무래도 경찰이 올 것 같아 짐을 싸 들고 아파트를 나왔습니다. 택시를 타고 가다가 제가 먼저 중간에서 내렸습니다. 자밀리아는 어디로 갔는지 알 수 없습니다. 저는 그 길로 공항으로 가서 한국행 비행기를 탔습니다. 무라드는 불이 났을 때 함께 있었는데 괜찮을 거라고 하면서 늑장을 부리다가 붙잡힌 모양입니다."

요세프가 화재 직후 마닐라 공항을 빠져나가 한국으로 도망쳤다는 것은 ISI(파키스탄 정보부)가 보내 준 파일에도 나와 있었다. 그는 서울에서 5일 동안 보내다가 일본을 거쳐 독일로 간 것으로 되어 있었다.

"상부의 지시로 나중에 자밀리아가 합류했다고 했는데, 상부라면 누구를 말하는 거야?"

"알 카에다 지도부를 말합니다."

"어떤 경로를 통해서 지시를 받고 있지?"

"인편으로 연락을 받기도 하고…… 인편이 끊기면 전화 또는 인터넷으로 연락을 받습니다. 라디오를 통해서 지시를 받기도 합니다. 하지만 바로 지시를 받는 게 아니고 서너 단계 거쳐야 받을 수가 있습니다. 매우 복잡하고 다양한 방법으로 연락을 취하고 있습니다."

"다시 묻겠다. 보진카가 무슨 뜻이야? 보진카가 끝나면 봄은 오지 않을 것이다. 이게 무슨 의미야?"

"별 뜻은 없고…… 말 그대로……."

요셉이 우물쭈물하는 것을 보고 파비트는 벌떡 일어났다. 그리고 손목시계를 들여다보고 나서 말했다.

"한 시간 후에 공항으로 가서 이스라엘 항공기에 탑승한다. 너를 데려가기 위해 특별기까지 준비했으니까 단단히 준비하고 있어."

파비트는 단호한 태도로 출입구 쪽으로 성큼성큼 걸어갔다. 그가 막 문을 열고 밖으로 나가려고 하자 요세프의 다급한 목소리가 들려왔다.

"보진카는 마닐라 음모의 암호명입니다! 당신의 말씀이 맞습니다!"

파비트는 문을 닫고 돌아섰다.

"사실내로 진술하면 이스라엘로 데려가지 않는다고 약속하십시오."

"약속할 수 있어. 그 대신 숨김없이 자백해야 해. 또 숨기거나 하면 안 돼."

파비트는 창가로 다가가 기대서서 팔짱을 끼고 요세프를 가만히 바라보았다. 이윽고 요세프가 말하기 시작하자 그는 주머니 속에 있는 소형 녹음기의 버튼을 눌렀다. 그것은 주머니 속에서도 수 미터 떨어져 있는 사람의 목소리를 깨끗이 담을 수 있는 성능이 뛰어난 녹음기였다.

"보진카 작전은 그 목표가 두 가지였습니다. 하나는 교황을 암살하는 것이고, 다른 하나는 CIA본부와 미 국방성을 공격하는 것이었습니다. 만일 그 아파트에서 화재만 나지 않았으면 보진카 작전은 성공했을 겁니다."

이미 실패한 작전이기 때문에 요세프는 더 이상 숨길게 없다는 식으로 그는 입을 열기 시작했다. CIA본부와 펜타곤이 공격목표였다는 것은 처음 듣는 진술이었다. 파비트는 바싹 귀를 기울였다.

"두 가지 목표는 동시에 수행하는 것이 아니었습니다. 먼저 교황 암살이 성공하면 CIA와 펜타곤 공격은 포기하기로 되어 있었습니다. 반대로 교황 암살이 실패하면 CIA와 펜타곤을 공격하기로 되어 있었습니다."

제3의 여인은 폭탄을 안고 교황과 함께 폭사하기로 되어 있었다. 만일 교황 암살이 실패하면 다음 단계로 그녀 자신이 여객기를 직접 조종해서 CIA본부를 폭파할 계획이었다. 펜타곤 공격은 무라드가 맡고 있었다. 그런데 교황 암살이 성공하면 제3의 여인도 자폭하기 때문에 CIA본부를 공격할 여객기를 조종할 사람이 없어진다. 그래서 제1목표가 성공하면 제2목표는 자동 취소하기로 되어 있었다. 교황 암살 하나만 성공해도 전 세계에 엄청난 충격을 줄 것이라는 것이 그들의 계산이었다.

CIA본부와 펜타곤 공격은 1월 한 달 동안에 동시에 수행하기로 되어 있었다. 두 곳의 건물을 공격하기 위해서는 여객기를 납치해야 했다. 납치할 여객기는 모두 두 대로 미국 국적의 비행기로 결정되었다. 그런데 그것으로 모두 끝나는 게 아니었다. 두 곳의 주요시설을 공격하는 것 외에도 다른 대원들이 여객기 10

대를 폭파해서 수천 명을 살상하는 계획도 세워져 있었다.
"비행기를 조종하려면 조종술을 익혀야 하는데 자밀리아와 무라드는 어떻게 비행기를 조종하려고 했지?"
"두 사람 다 여객기 조종사 자격증을 갖고 있었습니다."
"그럼 조종사 훈련을 받았다는 건가?"
"네, 그런 걸로 알고 있습니다."
"어디서 훈련을 받았다는 거야?"
"어디서 받았는지는 모릅니다. 미국에서 자격증을 받은 걸로 알고 있을 뿐 자세한 것은 모릅니다."

뒤에 CIA는 미국 내에 있는 모든 비행학교를 조사, 자밀리아와 무라드의 비행기록을 찾아냈는데, 자밀리아는 노르웨이 출신의 소피아 사벨이라는 이름으로 플로리다 주 베니스에 있는 호프만 비행학교에 등록, 자그마치 2만7천3백 달러를 내고 2백 60시간 동안 비행 이론과 조종법을 배운 것으로 되어 있었다. 그 외에 그녀는 데드 카운티에 있는 다른 비행학교인 심센터 (Sim Center)에도 등록, 대형 항공기인 보잉 727의 모의 조종 훈련까지 받았다.

그녀는 훈련에 적극적이었고, 조종기술을 익히기 위해 혼신의 힘을 기울이는 것 같았다. 교관의 지시에 공손히 따르면서도 무척 열심히 공부했기 때문에 수상한 점은 전혀 발견할 수 없었다고 당시의 훈련교관이 말했다.

한 편 무라드는 뉴욕 주 샌안토니오와 노스캐롤라이나 주 뉴베른에 있는 비행학교에서 조종훈련을 받고 자격증을 땄다.

그들이 노린 12대의 비행기는 모두 미국 국적으로, 태평양을 사이에 두고 아시아의 대도시와 미국 대도시 간을 운항하는 여객기들이었다. 테러계획에 들어 있었던 구간별 항공사 여객기는 다음과 같았다.

    1. 유나이티드: 서울─워싱턴 직항
    2. 노스웨스트: 도쿄─워싱턴 직항
    3. 노스웨스트: 마닐라─도쿄─샌프란시스코
    4. 노스웨스트: 상하이─시애틀─뉴욕
    5. 노스웨스트: 오사카─밴쿠버─시카고
    6. 노스웨스트: 방콕─서울─로스안젤리스
    7. 노스웨스트: 타이베이─로스안젤리스─뉴욕
    8. 델타: 홍콩─오사카─시애틀
    9. 델타: 베이징─후쿠오카─워싱턴
    10. 유나이티드: 홍콩─달라스─뉴욕
    11. 유나이티드: 봄베이─홍콩─로스안젤리스
    12. 유나이티드: 싱가포르─마닐라─샌프란시스코

  이들 중 1번 비행기는 자밀리아가 동료들과 함께 납치한 후 그녀가 직접 조종간을 잡고 워싱턴으로 날아가 CIA본부에 충돌하기로 되어 있었다. 그런데 비행기로 직접 CIA본부를 폭파시키는 계획은 자밀리아만 알고 있을 뿐 다른 납치범들은 감쪽같이 모르고 있었다.
  무라드의 경우도 마찬가지였다. 그는 동료들과 함께 2번 여객기를 납치, 워싱턴으로 날아가 펜타곤에 충돌할 계획이었는데, 그 혼자만 그 계획을 알고 있었고 함께 탑승한 다른 동료들은 단지 비행기를 납치하여 인질을 잡고 미국과 협상을 벌일 줄로만 알고 있었다.

나머지 10대의 여객기는 납치가 아닌 폭파가 목적이었다. 10명의 테러범이 액체로 된 시한폭탄을 가지고 각각 다른 여객기에 탑승하여 기내에 폭탄을 숨긴 후 중간 기착지에서 내리면 이륙 후 정해진 시간에 폭탄이 폭발하도록 계획되어 있었다.

"이 계획이 제대로 실행되었다면 수천 명이 태평양의 고기밥이 됐을 겁니다."

요세프는 이렇게 말하면서 입가에 잔인한 미소를 흘렸다.

파비트는 소름이 끼쳐 한동안 아무 말도 할 수가 없었다. 그는 바로 가서 스카치위스키를 병째로 입에다 대고 꿀컥꿀컥 마셨다. 가슴이 조금 진정되자 그는 자리로 돌아와 요세프를 쏘아보았다.

"방금 말한 것이 보진카 계획의 전모인가?"

"그렇습니다. 하나도 숨기시 않고 말씀드린 섭니다."

요세프는 자조적인 어조로 말했다.

"대단하군. 대단해. 머리가 어지러울 정도야. 넌 머리가 아주 비상한 놈이야."

그도 그럴 것이 요세프는 12대 비행기의 항공사 이름과 출발지, 그리고 중간 기착지와 도착지를 모두 외우고 있었던 것이다. 그 점을 이야기하자 그는 쓸쓸하게 웃었다.

"그거야 뭐 어려울 게 없죠. 보진카 계획이 수립된 이후 전 항상 비행기 테러만 생각하고 있었으니까요. 세계지도를 펴놓고 줄을 그어 가면서 작전을 세웠으니까요."

파비트는 문득 미국은 과연 이들을 막을 수 있을까 하는 생각이 들었다. 비록 보진카 계획은 실패했지만 앞으로 그와 같은 음모는 계속될 것이다. 끊임없이 계속될 그 가공할 음모들을 미국이 과연 하나도 놓치지 않고 완벽하게 막아낼 수 있을까? 그것은 도저히 불가능한 일이다. 그렇게 생각하자 파비트는 오싹 소름이 돋았다. 1백 개의 음모들 가운데 하나만 성공해도 세계에 엄청난 충격을 줄 것이다. 그들은 그것을 노리고 있었다.

"보진카는 그렇다치고…… '봄은 오지 않을 것이다' 는 무슨 뜻이야? 왜 거기다가 밑줄을 그어 놓았어?"

"특별한 의미는 없습니다. 그냥 강조하는 뜻으로 밑줄을 그어 본 것뿐입니다."

"그건 알아. 내 말은 '봄은 오지 않을 것이다' 는 말이 무슨 뜻이냐 말이야?"

"거기에 대해서는 여러 번 말했는데요."

"알고 있어. 다시 한 번 말해 봐."

"봄이 희망을 뜻한다는 건 누구나 알고 있습니다. 그러니까 봄이 오지 않는다는 것은 희망이 없는 암흑의 세계를 의미합니다. 보진카 계획이 성공적으로 끝나면 미 제국주의를 비롯한 서방 이교도 국가는 암흑을 맞을 것이다. 라는 그런 의미입니다."

"그래?"

파비트는 요세프를 빤히 쳐다보다가 고개를 갸우뚱했다.

"그건 너무 과장된 표현 같은데……."

"그렇지 않습니다."

요세프는 반발하듯 말했다.

"뭐가 그렇지 않다는 거야?"

"보진카 계획이 성공했을 경우를 한 번 생각해 보십시오. 교황은 암살당하고, 미 국방성과 CIA본부는 폭파됐을 겁니다. 그리고 열 대의 여객기가 태평양 상공에서 폭파되어 수천 명이 목숨을 잃었을 겁니다. 지금까지 이렇게 큰 규모의 테러는 없었습니다. 세계는 대재앙에 직면했을 거고 지구촌은 큰 혼란에 빠졌을 겁니다."

"그건 인정해. 분명히 세계는 큰 혼란에 빠졌을 거야. 하지만 그와 같은 혼란은 역으로 지구촌 사람들을 국경을 초월해서 단결시키는 계기가 될 수도 있어. 사람들은 단결해서 혼란을 재빨리 극복하고 테러에 대항하게 될 거야. 아마 테러범들은 얻는 것보다도 잃는 것이 더 많을 거야. 크게 잘못 생각한 거야."

"글쎄, 그럴까요."

요세프는 더 하고 싶은 말이 있지만 참는 것 같았다.

"봄은 어김없이 오게 돼 있어."

파비트의 말에 요세프는 더 이상 대꾸하고 싶지 않다는 듯 쓴웃음만 짓고 있다가 결국 참지 못하고 이렇게 말했다.

"두고 보면 알겠죠."

그것은 꽤 의미심장한 말 같았다. 그는 아직 중요한 것을 털어놓지 않고 있는 것 같은 생각이 들기도 했다. 파비트의 눈초리가 치켜 올라갔다.

"두고 보면 알 거란 말이지? 그렇게 여유 있게 기다릴 수는 없으니까 숨기지 말고 다 털어 놔. 아직 뭔가 다 이야기하지 않은 게 있어. 보진카는 이미 실패한 작전이기 때문에 털어놓아도 괜찮겠지만 앞으로 진행될 계획은 아직 하나도 이야기하지 않았어. 내가 진짜 듣고 싶은 건 앞으로 일어날 테러야. 그걸 이야기해 달라고."

"그런 건 극비 사항이기 때문에 모릅니다. 상부에서 지령이 내려오기 전에는 아무도 알 수 없습니다."

"네가 알고 있는 게 있을 거 아니야?"

"없습니다. 만일 제가 어떤 계획을 알고 있다해도 제가 일단 체포되면 그 계획은 즉시 취소됩니다. 제가 자백할 것에 대비해서 취소되는 겁니다."

"보진카가 끝나면 봄은 오지 않을 것이다…… 여기에는 단순히 보진카 계획만 있는 것 같지 않아. 뭔가 다른 의미가 있는 것 같아. 이건 단순한 암호가 아니야. 뭔가 깊은 의미가 있는 것 같아. 안 그래?"

"더 이상의 의미는 없습니다."

"아니야. 난 네 말을 인정할 수 없어."

파비트는 술 한 잔을 더 하기 위해 바 쪽으로 가다가 갑자기 돌아서서 물었다.

"보진카 작전을 수행하기 위해서는 사전 답사와 예행연습이 꼭 필요했겠지? 사전 답사도 해 보지 않고 납치 비행기에 탈 리가 없잖아."

"저는 납치조에 끼지 않고 싱가포르에서 샌프란시스코로 가는 유나이티드 비행기에 시한폭탄만 장치하고 중간 기착지인 마닐라에서 내릴 계획이었습니다. 그 코스는 전에 타본 적이 있기 때문에 굳이 답사 같은 것은 하지 않고 예약만 했습니다."

그것은 비행기 납치가 아니기 때문에 굳이 여러 명이 동원될 필요가 없었다고 그는 말했다. 그는 95년 1월 22일 오후 4시 35분에 싱가포르를 출발해서 마닐라를 경유, 샌프란시스코로 향하는 비행기에 혼자서 액체 폭탄을 들고 탑승할 계획으로 예약을 했었다. 비행기 폭파 팀은 모두가 혼자서 임무를 수행하기로 되어 있었는데, 그들이 모두 사전 답사와 예행연습을 했는지 안 했는지는 자기로서는 알 수가 없었다고 말했다.

"무라드는 죽었으니까 그렇다치고, 자밀리아는 비행기를 납치해야 하니까 당연히 사전 답사를 했겠지?"

"그건 저로서는 알 수가 없습니다. 그건 납치 팀만이 알고 있는 일입니다. 그런 것은 알려주지도 않고 우리가 알아서도 안 되는 일입니다."

"물론 그럴 테지."

충분히 이해가 간다는 듯 파비트는 고개를 끄덕였다. 그는 바로 가서 위스키를 잔에 가득 채웠다.

"한 잔 어때?"

"술 안 마십니다."

"네 행적을 살펴보면 여자와 술을 유난히 즐겼던데. 그걸 보면 넌 이슬람 원리주의에 많이 배타되는 행동을 했어. 그러고도 성전을 말할 수 있나?"

"그건 위장전술의 하나일 뿐입니다. 제 본질은 절대 그렇지 않습니다."

파비트는 잔을 들고 와서 자리에 앉았다.

"자밀리아는 서울에서 워싱턴으로 가는 유나이티드 직항 편을 노렸어. 그 비행기를 한 번 타보지도 않고 바로 납치할 수 있을까?"

"그거야 모르죠."

"아니야. 틀림없이 직접 비행기를 타고 예행연습을 했을 거야. 혼자 납치는 안 될 테니까 남자 여러 명하고 함께 탔을 거야. 아니, 혼자 탔을지도 모르지. 혼자 시험해 보고나서 팀원들에게 자세하게 상황을 설명했을 수도 있지. 아무튼 그녀 자신은 자기가 노리는 비행기를 직접 타 보았을 거야. 서울서 출발하는 비행기를 탔을까, 아니면 워싱턴 쪽에서 탔을까?"

그는 요세프를 지그시 노려보다가 위스키를 단숨에 입 속에 털어 넣었다.

요세프는 거기에 대해서는 아무 것도 모른다는 듯 입을 꾹 다물고 있었다.

"자말리아 팀은 비행기를 납치해야 하니까 무기를 가지고 탑승해야 하는데 어떤 식으로 무기를 기내로 반입하려고 했지?"

"모르겠습니다."

"공항 검색에 걸리지 않는 무기를 가지고 타야 하는데 그런 무기로 뭐가 있지?"

"그런 무기는 없는 걸로 알고 있습니다."

"그렇다면 검색이 허술한 공항을 골랐겠군?"

"잘 모르겠습니다."

"모두 한날한시에 테러를 하기로 했나?"

"비행기 12대를 같은 시간대에 맞춰서 폭파시키는 것은 거의 불가능합니다."

파비트는 요세프가 자포자기 상태에서 모든 것을 털어놓기를 바랐지만 그는 정확한 계산 하에서 말하고 있는 것 같았다. 그의 얼굴에는 자포자기 한 기색 같은 것은 조금도 보이지 않았다.

"중간 기착지도 있고, 펜타곤과 CIA본부를 맡은 두 비행기는 목적지에 도착해서야 공격할 수 있기 때문에 다른 비행기들과 폭파시간이 맞지가 않습니다. 하지만 하루 동안에 해치우는 건 가능합니다. 작전일자는 1월 22일로 잡혀 있었기 때문에 그 날짜를 벗어나지 않는 범위 내에서 시간은 각자가 또는 각 팀이 알아서 정한 겁니다."

언제라도 목숨을 버릴 각오가 되어 있는 국제테러리스트들이 각자 임무를 띠고 세계 각국으로 뿔뿔이 흩어진다. 같은 날 세계 도처에서 강력한 테러를 일으키기 위해서. 그들을 막을 수가 있을까? 정보가 없는 한 그들을 사전에 저지하는 것은 거의 불가능하다고 파비트는 생각했다. 보진카가 실패로 돌아간 것은 우연히 발생한 아파트 화재 때문이었다. 만일 화재가 일어나지 않았다면 보진카는 틀림없이 성공했을 것이다. 파비트는 술이 확 깨는 것 같았다.

레노 대령은 술 냄새를 풍기며 나타난 파비트를 조금 어리둥절한 표정으로 쳐다보았다.

"웬 술이야? 어떻게 됐어?"

"한 번 들어보라고."

파비트는 잠자코 녹음기를 틀었다.

두 사람의 대화가 흘러나오자 레노는 금방 얼굴이 굳어지면서 귀를 기울였다.
　한참 후 대화가 끝나자 그는 멍한 표정으로 파비트를 쳐다보다가 갑자기 그의 손을 덥석 잡고 흔들었다.
　"수고했어! 역시 전문가는 달라. 어떻게 그 놈 입을 열었지?"
　"신사적으로 대해 주니까 입을 열던데."
　파비트는 대수롭지 않다는 투로 말했다. 녹음된 내용 가운데 그가 이스라엘 정보기관인 모사드 요원으로 가장해서 요세프를 협박한 내용은 지워져 있었다. 그가 일부러 지웠던 것이다.
　"만일 보진카가 성공했다면 어떡할 뻔 했지?"
　레노는 두 팔을 크게 벌리면서 머리를 절레절레 흔들었다.
　"생각만 해도 아찔해. 현기증이 날 정도야."
　"마치 죽음의 전주곡 같아."
　레노 대령은 그렇지 않아도 짧은 목을 더욱 움츠리면서 표정이 굳어졌다. 파비트는 죽음의 전주곡 같다는 레노의 말이 꼭 자신이 하고 싶은 말 같다고 생각했다. 그래서 이렇게 말했다.
　"맞아. 이건 죽음의 전주곡이야. 앞으로 더 큰 제2, 제3의 보진카가 있을 거라는 뜻이야."
　"죽일 놈들!"
　"그들한테는 우리가 죽일 놈들이야."
　"자말리아, 그 여자를 빨리 찾아야겠는데."
　레노의 말에 파비트는 제3의 여인을 찾는 것이 결코 쉽지 않을 것이라고 생각했다.
　"무라드는 죽었고 요세프는 체포됐어. 보진카의 핵심 인물 세 명 가운데 그 여자만 잡히지 않고 있어. 모든 것이 베일에 싸여 있는 제3의 인물이야. 그리고 그 여자는 움직이는 폭탄이야. 폭탄을 운반해서 터뜨리는 것이 아니라 조종기술이 있기 때문에 비행기를 통째로 몰고 가서 중요기관이 들어 있는 대형 건물에 충돌해서 자폭하는 무시무시한 테러리스트야. 마치 2차 대전 때 일본의 가미가제 특공대 같아. 여자라고 깔봤다가는 큰 코 다칠 거야. 지금이라도 당장 비행기를 몰고 가서 엠파이어스테이트 빌딩에 처박힐지도 몰라."

파비트의 말에 레노 대령은 두 눈을 번득이다가 자료 철을 뒤져 자말리아의 사진을 찾아냈다.

"예쁘게 생긴 동양 계집인데 그렇게 무섭단 말이지? 한 손에 움켜쥐면 바스라질 것 같잖아."

파비트는 레노가 건네주는 사진을 가만히 응시했다.

"이렇게 연약해 보여도 세계를 공포에 몰아넣을 수 있는 무서운 여자야."

그녀는 가냘프고 섬세한 얼굴을 가지고 있었다. 눈은 크면서도 공허한 빛을 띠고 있었다. 모든 것을 알고 있는 듯한 표정에는 비웃는 듯한 미소가 가늘게 피어오르고 있었다. 어깨까지 내려온 흑발은 자연스럽게 물결치고 있었다. 입고 있는 옷은 검정색 블라우스였고, 귀걸이와 목걸이 같은 것은 착용하지 않고 있었다. 그 사진은 여권에 있는 것을 크게 확대한 것이었다.

"이런 계집애는 데리고 놀기에는 그만이겠는데. 동양 애들은 몸집이 작아서 품에 안으면 쏙 들어온다고. 백인 여자들은 몸집이 너무 커서 품에 안아도 안는 것 같지가 않아. 거기도 헐렁하고 말이야. 이 계집애는 입술이 매력적이야. 오럴 섹스를 하면 아주 잘 해 줄 것 같아."

파비트는 레노의 저질스러운 음담을 못들은 척했다. 그는 사진을 만지작거리다가 생각난 듯 물었다.

"이 여자 신원은 알아보았나?"

"벌써 알아봤지. 필리핀에서 자료가 넘어온 즉시 알아봤는데 모두가 가짜야. 사우디 여권도 노르웨이 여권도 모두 가짜야."

"나이는?"

"사우디 여권에는 스물한 살, 노르웨이 여권에는 스물여덟 살로 되어 있어. 동양계 여자들은 겉모습만 봐 가지고는 나이를 알 수 없어."

"인터폴에 사진을 돌렸나?"

"물론이지. 벌써 돌렸어. 하지만 지금까지 그쪽에선 아무 소식이 없어."

"인터폴이 물어다 주기를 바라다가는 아무 것도 할 수 없어. 그런 식으로는 제3의 여인을 잡을 수 없어."

"그럼 어떻게 해야지?"

"한국에는 알아봤나?"

"뭘 말이야?"

이런 한심한 작자 봤나. 파비트는 그렇게 말하고 싶은 것을 꾹 참았다.

"이 여자는 서울과 워싱턴 사이를 다니는 유나이티드 여객기를 노렸어. 내 생각에는 서울발 워싱턴행을 노렸을 것 같아. 반대편 노선인 워싱턴발 서울행은 출발하자마자 납치해서 기수를 돌려야 하기 때문에 시간적으로 너무 촉박해. 거기에 비해 서울발 여객기는 워싱턴에 도착할 때까지 열 시간 이상의 시간 여유가 있어. 차분하게 준비하고 있다가 모두가 지쳐서 늘어져 있을 때, 그러니까 워싱턴에 가까워졌을 때 기습적으로 비행기를 납치하는 거야. 함께 탑승한 남자 테러범들이 승객들을 위협하고 있는 동안 그녀는 조종실로 뛰어드는 거야."

"음, 그럴듯한 시나리오야."

레노는 심각한 표정으로 고개를 끄덕거렸다.

"제3의 여인이 서울발 여객기를 노린 또 다른 이유가 있어. 이건 아주 중요하다면 중요하다고 볼 수 있는데, 그 여자는 동양인이기 때문에 한국에 잠입하기가 쉬웠을 거야. 한국인들 속에 자연스럽게 섞여 버리면 그 여자를 의심하는 사람은 거의 없을 거야. 난 한국에 두 번인가 가 봤는데, 특히 서울은 아주 활기차고 자유분방한 도시야. 인구가 천만이 넘기 때문에 같은 동양인이 숨기에는 안성맞춤인 곳이야. 그리고 동양인이기 때문에 별로 의심을 안 받고 비행기에 탑승할 수가 있어. 그 여자는 그 점을 노렸을 거라고 생각해."

"그 여자 혹시 한국인 아니야?"

레노가 눈을 번득이며 물었다.

"아니라고 단정할 수는 없지. 여러 가지 가능성을 생각해 볼 수 있어. 지금 당장 필요한 것은 서울에서의 그녀의 행적을 조사해 보는 거야. 사전답사 차, 그리고 공항 검색을 점검해 보기 위해서도 한번쯤 그 노선을 시험 탑승했을 것 같은 생각이 들어. 한국측에 얼마나 중요한 일인지 설명하고 조사를 의뢰하면 협조해 줄 거야. 보진카 계획을 이야기해 주면 한국측도 바짝 긴장할 거야."

"알았어. 당장 한국 쪽에 연락하지."

레노는 수화기를 집어 들었다가 문득 생각난 듯 물었다.

"그런데 말이야. 동양 여자가 왜 이슬람 과격분자가 되어 테러에 가담하고 있는 거지?"

"그거야 얼마든지 있을 수 있는 일이지. 아프간에서 싸우고 있는 이슬람 전사들, 그리고 알 카에다 조직원들 가운데에는 미국 출신 백인도 있어. 동양계라고 없으라는 법이 없지. 이념, 사랑, 출신 배경, 주위 환경에 따라 사람들의 생각과 행동은 얼마든지 달라질 수 있어."

"그렇긴 해. 하지만 남자도 아닌 여자가, 더구나 이렇게 연약하게 생긴 동양계 여자가 그런 무시무시한 테러를 노리다니 도무지 믿을 수가 없어. 알다가도 모를 게 사람 속이라니까."

"알고 보면 여자가 더 무서워."

"하지만 난 여자가 안 무섭거든."

"여자를 섹스 상대로만 생각하니까 그러겠지."

"그런가."

레노 대령은 발작적으로 너털웃음을 터뜨렸다. 그러나 금방 얼굴 표정이 진지해지면서 파비트를 쳐다보고 말했다.

"제3의 여인을 붙잡고 말겠어."

"제발 그러기를……."

"한 가지 풀리지 않는 게 있어. 그 여자와 일당이 납치 비행기를 탈 때에는 무기를 가지고 타야 하는데 그럴 경우 검색에 걸릴 거란 말이야."

"권총이나 수류탄, 폭탄, 칼 같은 건 검색에 걸리기 때문에 통과할 수 없어."

"그럼 뭘 가지고 비행기를 납치하지? 검색에 걸리지 않고 무기를 반입할 수 있는 방법으로는 뭐가 있지?"

"전혀 없는 건 아니야. 첫째 문제되는 건 각국 공항마다 검색 시스템이 다르다는 점이야. 후진국일수록 검색기구가 낡아서 제 구실을 못하는데다 눈으로 확인하는 검색도 허술하기 짝이 없어. 제3의 여인이 그런 허술한 공항을 이용한다면 속수무책이지. 서울 공항의 검색 수준은 어느 정도야?"

"내가 2년 전에 갔을 때에는 형편없었어. 여자애들이 검색을 맡고 있었는데 하나 같이 지겹다는 표정들이었고 기계는 60년대 것을 쓰고 있었어."

"바로 그거야! 제3의 여인이 노린 게 바로 그거야! 서울 공항이 허술한 것을 알고 거기서 무기를 숨겨 가지고 탑승하려고 했을 거야."

레노는 흥분해서 큰 소리로 말했다. 파비트는 깊은 눈길로 허공을 잠시 바라보다가 물었다.

"서울 공항이 아무리 허술해도 권총이나 수류탄 같은 것은 체크가 될 거야. 그런 것 말고 검색에 걸리지 않고 통과될 수 있는 무기로 뭐가 있을까?"

"아래쪽은 검색이 안 되니까 구두 밑창이나 구두 속에 숨겨 가지고 가면 되겠지만, 그런 곳에 숨길 수 있는 무기라고는 작은 칼이나 면도날, 쇠꼬챙이 같은 것 외에는 없어. 그런 것 가지고 비행기를 납치할 수 있겠어?"

파비트는 조립식 무기를 생각해 보았다. 20센티쯤 되는 칼날은 구두 밑창이나 구두 속에 숨길 수가 있을 것이다. 그러기 위해서 일부러 넉넉한 신발을 고른다. 손잡이는 주머니나 가방 속에 넣어 가지고 들어가도 의심을 사지 않을 것이다. 비행기에 탑승한 후에는 화장실로 들어가 여유 있게 칼과 손잡이를 조립한다. 날 길이만 20센티가 되는 칼이라면 강력한 무기가 될 수 있다. 그걸 휘두르면 승객들은 공포감에 사로잡힐 것이다. 하지만 권총이나 수류탄, 또는 폭탄에 비하면 그 위력은 비교가 안 된다. 그걸 알면 승객들은 반격을 시도할 것이다. 가방으로 칼을 막으면서 사방에서 한꺼번에 달려들면 납치범은 금방 제지당하고 말 것이다.

"칼은 아니야."

파비트는 고개를 흔들었다.

파 비트는 지하로 내려가 대기하고 있는 경비정에 올라탔다. 어느 새 날은 저물어 있었고 비바람은 더욱 세차게 몰아치고 있었다. 그는 자신이 공포에 사로잡혀 있는 것을 알고는 깜짝 놀라 주위를 둘러보았다. 배 안에는 그와 보트를 운전하는 경비대원 한 명만이 있었다.

요셉의 자백을 받아 내긴 했지만, 그래서 가공할 테러음모를 알아내긴 했지만 속이 후련하기는커녕 마치 바위덩이에 가슴이 짓눌리는 기분이었다. 그리고 거기에 공포감이 도사리고 있었다. 언제 폭발할지 모르는 대형 테러들이 마치 허리케인처럼 몰려오고 있는 것을 뻔히 알고 있으면서도 속수무책으로 지켜보고만 있어야 하는 이 참담한 기분을 함께 공유할 수 있는 사람은 이 지구상에 아무도 없을 것 같았고, 공포감은 바로 거기서 비롯되고 있는 것 같았다.

배에서 내린 그는 차를 세워 둔 곳까지 비를 맞으며 천천히 걸어갔다. 차 안으로 들어간 그는 손수건을 꺼내 머리와 얼굴을 닦고 나서 의자를 뒤로 젖히고 눈을 감았다. '보진카가 끝나면 봄은 오지 않을 것이다.' 눈앞에 펼쳐진 스크린 위로 자막이 지나가고 있었다. 그것은 왼쪽으로 점점 빠르게 지나가다가 나중에는 중간 중간이 잘려서 보이더니 나중에는 서로 뒤엉키기 시작했다.

'보진카가 끝나면…… 봄은 오지 않을 것이다…… 보진카가…… 끝나면…… 봄은 오지…… 않을 것이다…… 보진카…… 봄은 오지…… 않을 것이다…… 봄은…… 오지 않을 것이다…… 보진카…… 봄…… 봄봄봄봄은 오지 않을 것이다…… 봄은 오지 않을 것이다…….'

자막의 앞부분은 사라지고 뒷부분만 커졌다가 작아졌다가 하고 있었다. 그는 눈을 번쩍 떴다. 감았다가 다시 떴다. 분명히 잘못 판단한 것이 보이는 것 같았다. '보진카가 끝나면 봄은 오지 않을 것이다.' 이 문장에서 암호는 '보진카' 하나뿐이다.

'보진카가 끝나면 봄은 오지 않을 것이다.' 이 문장 가운데서 요세프는 '봄은 오지 않을 것이다' 밑에다 밑줄을 그어 놓았다. 이것은 그의 말대로 암흑을 의미하는 것이 아니라 혹시 다른 암호를 의미하는 것이 아닐까? '봄은 오지 않을 것이다' 바로 이 자체가 하나의 암호가 아닐까? 만일 이것이 암호라면 보진카 다음으로 계획된 테러일 가능성이 크다. 보진카 다음의 테러라면 틀림없이 보진카 보다 더 치명적인 대규모 테러일 것이다. 그러나 의구심만 커질 뿐 선뜻 단정을 내릴 수가 없었다.

공격 목표

서울 1997년 5월 13일 오전 10시 15분.

Y대 국제한국어학당 강당 안은 박수소리가 요란했다. 불과 백여 명 정도의 사람들이 치는 박수였지만 열기가 뜨거웠기 때문에 박수소리는 꽤나 크게 실내를 울리고 있었다. 그것은 지난 1년 동안의 한국어 교습에서 가장 뛰어난 성적을 낸 외국인 학생에게 보내는 축하 박수였다. 최우수 성적으로 졸업생을 대표해서 상을 받은 사람은 프랑스 국적의 마띨드 다르쟈크라는 여학생이었다. 그러나 그녀는 동양인의 얼굴을 가지고 있었다. 상장과 함께 상품으로 시계를 받은 그녀는 조금 상기된 표정으로 졸업생을 대표해서 간단히 인사말을 했다.

"우선 그 동안 저희들에게 한국어를 가르쳐주시느라고 애쓰신 선생님들께 깊은 감사를 드립니다. 그리고 깊은 관심과 사랑으로 이 자리를 빛내 주신 손님 여러분께도 감사를 드립니다. 저와 함께 어려운 한국어를 공부하느라고 고생한 학우들에게 축하를 드립니다. 제가 한국어 성적이 남들보다 조금 나은 것은 제 뿌리가 한국이기 때문인지도 모릅니다. 저의 어머니는 한국인 유학생으로 파리에서 저를 낳으셨습니다. 하지만 제가 한 살도 되기 전에 돌아가셨기 때문에 저는 그 분의 얼굴도 모릅니다. 아버지는 파리쟝이었습니다. 그러나 그 분마저 일찍 세상을 떠났기 때문에 저는 고아로 자랐습니다. 다행히 여러분들이 저를 도와 주셨기 때문에 저는 여느 아이들처럼 정상적인 교육을 받으면서 성장할 수가 있었습니다. 성장하면서 저는 어머니에 대해서 많은 이야기를 들었고, 그래서 한국에 꼭 오고 싶었습니다. 한국에 오자 제일 먼저 부딪친 것이 언어장벽이었습니다. 그 벽을 넘지 않고 그냥 편하게 지내다가 돌아갈 수도 있었습니다. 하지만 저는 어머니를 이해하고 한국에 대해 좀 더 많은 것을 알고 싶었습니다. 그러기 위해서는 한국어를 익히지 않으면 안 된다고 생각했습니다. 한국어를 공부하기 시작하자 그것은 마치 솜사탕처럼 제 입 속에서 녹아들기 시작했습니다. 어머니의 속삭임이 들리는 듯했습니다."

갑자기 박수가 터지는 바람에 그녀는 잠시 하던 말을 중단해야 했다. 그녀는 잠시 민망해 하다가 박수소리가 끝나자 다시 말을 이었다.

"저는 어머니와 대화하는 심정으로 한국어 공부를 했습니다. 그러자 이미 전생에 알고 있었던 것처럼 이해가 되었고, 새로운 언어가 주는 충만감에 깊이 빠져들게 되었습니다. 어느 나라 언어 보다도 한국어는 제 취향에 맞았습니다. 그래서 남들보다 더 열심히 그리고 즐겁게 공부할 수가 있었습니다. 마지막으로 오늘의 이 기쁨과 영광을 어머니와 함께 나누고 싶습니다. 감사합니다."

다시 뜨거운 박수소리가 터져 나왔다. 그녀의 한국어 연설은 아주 능숙하면서도 내용면에서 감동적이었다. 사람들은 하나같이 감동어린 표정으로 박수를 쳤고, 그녀는 수줍어하면서 자리로 돌아갔다.

"아주 멋 있었어."

그녀 옆에 앉아 있는 외국인 청년이 그녀의 귀에다 대고 재빨리 속삭였다.

"그렇게 연설을 잘 하는 줄 몰랐어."

마띨드는 얼굴을 살짝 붉히면서 그를 힐끗 쳐다보았다. 그는 얼굴이 온통 시커먼 구레나룻으로 뒤덮이고 사나운 눈매에 큰 코를 가지고 있었다.

"너무 그렇게 친근하게 굴지 마. 남의 눈에 띄니까. 이런데서는 점잖게 행동하라고."

허우대가 큰 사내는 멈칫해서 자세를 바로 했다.

식이 끝나고 졸업생들이 밖으로 나와 햇빛 아래서 한데 모여 단체 사진을 찍을 때 마띨드는 짙은 선글라스를 꺼내 끼었다. 졸업생들끼리 두서너 명씩 어울려 기념사진을 찍을 때에도 그녀는 결코 선글라스를 벗지 않았다. 그녀가 마지막으로 몇몇 졸업생들과 포옹을 나누고 나서 어수선한 자리를 떠나려고 하자 금발 청년이 다가와 장미 꽃다발을 내밀었다.

"졸업 축하해요."

같은 졸업생으로 학기 내내 그녀에게 치근대던 미국인 학생이었다. 에드워드 헤일은 그녀 곁에 붙어서 있는 털보를 의식해서인지 조심스럽게 흰 편지 봉투 하나를 그녀에게 건넸다.

"미국에 오면 꼭 연락해 줘요. 나 16일에 미국으로 돌아갈 거예요. 그 전에 한 번 만날 수 있을까요?"

애타게 뭔가를 갈구하는 눈빛으로 그는 마떨드를 바라보았다. 그녀는 미소를 지으면서 고개를 끄덕였다.

"시간이 나면 연락할게요."

"전화번호 알고 있죠?"

"알고 있어요."

헤일이 두 팔을 벌리자 그녀는 그의 품에 살짝 안겼다가 빠져나왔다.

헤일이 멀어지자 털보는 못 말리겠다는 듯 머리를 흔들었다. 그러자 이번에는 렌즈가 두꺼운 안경을 낀 자그마한 동양계 청년이 쭈뼛거리며 다가와 고개를 숙였다.

"마떨드, 축하합니다."

그는 불쑥 뭔가를 내밀었다. 예쁘게 포장이 되어 있는 것이 선물 같았다.

"어머, 이게 뭐죠?"

"헤헤, 졸업 축하선물입니다. 나중에 풀어 보십시오."

그는 다시 고개를 숙이고 나서 이쪽에서 뭐라고 말 할 사이도 없이 재빨리 멀어져 갔다.

"고마워요, 겐조 씨!"

그녀는 일본인 졸업생 겐죠의 뒤에다 대고 조금 큰 소리로 말했다.
"보통 인기가 아니군. 도대체 애인이 몇 명이나 되는 거야?"
털보가 질투어린 목소리로 묻자 그녀는 걸음을 빨리 해서 걷기 시작했다.
"애인 같은 건 없어."
"모두가 몸이 달아 안달이던데 그래."
"그건 그쪽 사정이야."
그녀는 손목시계를 들여다 보고나서 걸음을 더욱 빨리 했다.
"서둘러야겠어. 곧 공항에 도착할 시간이야."
그들은 마침 캠퍼스 안에서 나오고 있는 빈 택시를 잡아탔다.
"직접 오는 것을 보면 아주 중요한 메시지를 가지고 오는 모양이야."
털보의 말에 그녀는 불만스러운 표정으로 대꾸했다.
"기다리는데 지쳤어. 뭘 기다리고 있는지 모르겠어."
그녀는 겐죠가 준 선물 포장을 풀었다. 그 안에는 예쁜 목걸이와 함께 손바닥만한 사진 액자가 들어 있었다. 종이상자 밑바닥에는 조그만 엽서도 한 장 놓여 있었다. 그리고 액자에는 자신도 모르게 찍힌 마떨드의 스냅 사진이 한 장 들어 있었다. 그녀가 잘 가는 학교 앞 커피숍 창가에 앉아 커피를 마시며 책을 읽고 있는 모습을 몰래 찍은 사진이었다. 눈 덮인 후지산을 배경으로 신간센 열차가 달리는 컬러사진이 실린 엽서에는 다음과 같은 글이 실려 있었다.

—옆모습이 너무 예뻐서 몰래 한 컷 찰칵 했습니다. 실례

가 안 됐는지 모르겠습니다. 저도 한 장 가지고 있습니다. 일본에 오시면 꼭 연락 주십시오. 언제까지고 기다리고 있겠습니다. 사랑합니다. 겐죠 올림.—

끝에는 일본 도쿄의 주소와 함께 전호번호가 적혀 있었다.

"사진까지 찍혔군. 그게 언젠가 인터폴의 수중에 들어갈지도 모르잖아. 그자를 만나 사진을 받아 내라고."

굳은 표정으로 말하는 털보를 보고 마띨드의 얼굴이 금새 하얘졌다.

운전사는 알아들을 수 없는 말로 속삭이고 있는 두 남녀를 백밀러로 힐끗힐끗 쳐다보다가 궁금증을 참지 못해 카츄사 때 익힌 서툰 영어로 물었다.

"손님, 어느 나라에서 왔습니까?"

"스페인……."

털보가 무뚝뚝하게 대답했다.

"아, 스페인! 그게 스페인 말이군요?"

두 남녀는 더 이상 대꾸하기 싫다는 듯 입을 다물고 창밖으로 시선을 돌렸다.

김포 공항 국제선 터미널은 많은 사람들로 북적이고 있었다. 조금 전 뉴욕으로부터 날아온 KAL기의 승객들로 보이는 사람들이 하나둘 씩 짐이 실린 카트를 밀고 출국장을 빠져나오고 있는 것이 보였다. 마띨드와 털보는 서로 멀찍이 떨어져서 출국장을 나오고 있는 사람들을 하나하나 눈여겨보고 있었다. 이윽고 그들이 기다리고 있던 인물이 모습을 드러내자 그들도 움직이기 시작했다.

뉴욕에서 온 그 손님은 비쩍 마른 중년의 여인이었다. 조금 큰 키에 약간 잿빛이 섞인 검은 머리칼은 뒤로 묶여 있었고 푸른빛이 도는 커다란 뿔테 안경을 끼고 있었다. 흰 블라우스 위에 베이지색의 재킷을 걸치고 있었고, 아랫도리는 진한 커피색 바지 차림이었다. 짐은 간단해서 중간 크기의 트렁크 하나와 숄더백이 전부였다. 겉으로 보기에 국적을 알기 어려운 얼굴로, 동양계는 아니고 이탈리아나 스페인 또는 아랍계, 혹은 여러 나라의 피가 섞인 인물 같기도 했다. 그러나 그녀가 한국에 입국하면서 제시한 여권은 독일 여권이었다. 이름은 한스 아이힝거. 긴 여행에 지친 듯했지만 쏘는 듯한 두 눈은 부지런히 누군가를 찾고 있었다. 이윽고 마띨드와 시선이 마주치자 그녀는 얼른 시선을 돌렸다.

마띨드는 사람들이 많이 붐비는 터미널 가운데를 벗어나 한쪽 끝에, 눈에 잘 띄지 않는 곳에 있는 화장실로 걸어갔다. 그 뒤를 조금 멀리 떨어져서 아이힝거가 따라갔다. 조금 더 떨어진 곳에서는 털보가 미행자를 감시하면서 조심스럽게 걸어갔다.

화장실로 들어간 마띨드는 얼른 안쪽을 살펴보았다. 화장실 안에서는 두 한국인 젊은 여자가 거울 앞에서 큰 소리로 떠들어대고 있다가 그녀를 힐끗 쳐다보고 나서는 조금 목소리를 낮춰 하던 이야기를 계속했다.

마띨드가 거울 앞으로 다가서자 잠시 후 아이힝거가 화장실 안으로 들어섰다. 그녀가 거울 앞에서 서성거리자 젊은 여자들은 자리를 비켜 주기 위해 서둘러 밖으로 사라졌다. 마띨드는 안

쪽으로 들어갔다. 용변기가 놓여 있는 칸막이 부스가 다섯 개 나란히 서 있었는데 맨 오른쪽 칸만 문이 닫혀 있었고 나머지 네 군데 문은 조금씩 열려 있었다. 맨 오른쪽 칸에서는 물 흐르는 소리가 나고 있었다. 마띨드가 아이힝거에게 눈짓을 보낸 다음 오른쪽에서 네 번째 칸으로 먼저 들어갔다. 아이힝거는 뒤따라 다섯 번째 칸으로 들어갔다. 마띨드는 물을 먼저 내린 다음 소변을 보았다. 옆 칸에서도 잠시 후 물 흐르는 소리가 들려왔다. 부스와 부스 사이를 가려주고 있는 벽은 밑바닥으로부터 10센티 정도 떠 있었다. 그것은 이미 확인한 바였다. 그녀는 숄더백에서 편지봉투를 하나 꺼냈다. 그것은 두툼해 보였다. 그녀는 수첩에다가 무엇인가를 재빨리 적은 다음 그 페이지를 찢어서 봉투 속에다 밀어 넣었다.

바지를 내리고 용변기 위에 앉아 있던 아이힝거는 왼발을 건드리는 감촉에 시선을 밑으로 내렸다. 흰 봉투 하나가 단화 끝을 건드리고 있었다. 그녀는 손을 뻗어 얼른 그것을 집어 들었다. 봉투 안에는 한국 지폐가 가득 들어 있었다. 그녀는 메모지에 적혀 있는 글을 읽어보았다.

　　　　—W호텔 1218호실로 가십시오. 택시를 이용하십시오. 택시를 세 번 정도 갈아타십시오. 미행이 없는지 반드시 확인하십시오. 이 메모지는 파기하십시오. 봉투 안에 호텔 열쇠가 들어 있습니다.—

그녀는 봉투 안에 들어 있는 지폐를 모두 꺼내 보았다. 지폐 안에서 카드 키가 하나 나왔다. 옆 칸에서 다시 물 내리는 소리가 들리더니 잠시 후 밖으로 나가는 기척이 났다. 아이힝거는 손바닥에다 호텔 이름과 방 번호를 적은 다음 메모지를 잘게 찢어 변기 속에다 버리고 물을 틀었다.

아이힝거가 호텔방에 들어선 것은 거의 두 시간 남짓 지나서였다. 차가 많이 밀리는데다가 미행을 확인하기 위해 세 번이나 택시를 갈아타다 보니 시간이 그렇게 많이 걸린 것이다. 그녀는 기진맥진해 있었다. 옷을 입은 채로 침대 위에 벌렁 드러누워 기분이 조금 안정될 때까지 미동도 하지 않고 있다가 천천히 일어나 창가에 있는 의자에 가서 앉았다. 거대한 강이 굽이쳐 흐르고 있는 것이 보였다. 처음 와 본 서울은 생각했던 것보다는 크고 복잡하고 현대화되어 있었다. 갑자기 전화벨이 울렸다. 그녀는 깜짝 놀라 전화기를 바라보다가 조심스럽게 다가가 수화기를 집어 들었다.
"마담, 잘 도착하셨나요?"
마띨드의 목소리가 들려왔다.
"네, 조금 전에……"
그녀는 아랍어로 대답했다.
"늦었군요."
"차가 많이 밀리는데다 도중에 여러 번 갈아타는 바람에 애를 먹었어요."
"지금 내려오시겠어요? 호텔 앞으로 나오세요."
"한 시간쯤 후에 만나면 어때요. 난 지금 샤워를 하지 않으면 몸살이 날 것 같은데……"
"좋아요. 그럼 5시 30분 정각에 호텔 앞에서 만나요. 택시를 대절해 놓고 기다리고 있겠어요."
 아이힝거는 옷을 모두 벗어 구겨지지 않게 침대 위에 걸쳐놓은 다음 욕실로 들어가 요조 속에다 따뜻한 물을 틀었다. 마른 몸매였지만 그녀의 몸은 근육질로 단단히 뭉쳐져 있었다.

 그 아파트는 도심에 자리 잡고 있었다. 그리고 방이 세 개나 되는 꽤 큰 아파트였다. 아이힝거는 아파트 안으로 들어와 주위를 둘러보면서 그 여유 있는 생활 모습에 적잖게 놀라는 표정이었다.
 "이건 모두 누가 무슨 돈으로 마련한 거죠?"
 "제가 마련한 거예요."
 마띨드, 아니 자밀리아가 말했다.
 "그렇게 자금을 많이 지원받나요?"
 "아뇨. 이건 순전히 제 개인 돈으로 얻은 거예요."
 아이힝거는 더욱 의아한 표정을 지었다.
 "웬 돈이 그렇게 많죠? 직업도 없으면서……."
 "돈 대주는 데가 있어요. 우리 사업하고는 전혀 관계가 없는 데서 오는 돈이니까 걱정하지 않으셔도 됩니다."
 "물주가 생긴 모양이군요?"
 "그렇다고 볼 수도 있죠."
 "거기에 대해 나한테 설명 좀 해 줄 수 있어요?"
 잠시 침묵이 흐른 뒤 자밀리아가 말했다.
 "말씀드리고 싶지 않지만 꼭 알고 싶으시다면…… 제 생모의 친정이 여기 서울에 있다는 거, 그리고 엄청난 부자라라는 것 정도만 말씀드리겠습니다."

"그래요? 난 전혀 몰랐는데……."

"한국에 이렇게 장기간 잠복해 있을 수 있는 것도 그 때문이랍니다."

털보가 옆에서 거들고 나왔다. 아이힝거는 고개를 끄덕이고 나서 화제를 돌렸다.

"그럼 지금부터 사업 이야기를 하겠어요."

거실에 앉아 있는 사람은 모두 여섯 명이었다. 두 여자를 제외하고 남자는 모두 네 명으로, 털보를 비롯한 남자 네 명은 모두가 아랍계 사람들이었다.

"지금까지 자질구레한 작전은 성공했지만 그 정도 가지고는 별로 효과가 없었어요. 우리들의 존재만 부각시켰고, 덕분에 놈들의 보안이 강화되고 수사력만 키우는 꼴이 되고 말았어요. 미국을 비롯한 서구 제국의 수사망이 보다 긴밀해지고 강화되면서 애써 키운 우리 선사들만 희생되는 결과를 가셔오고 말았어요. 나는 보다 큰 작전에 우리 전사들을 투입해야 한다고 생각하고 있어요. 자질구레한 작전에 투입해서 전사를 잃는다면 너무 아깝지 않아요?"

본격적으로 사업 이야기에 들어가자 그녀의 눈은 날카롭게 빛나기 시작했다. 그녀는 둘러앉아 있는 사람들을 한 사람 한 사람 눈여겨보았다. 그들은 의자에 앉아 있기도 하고 바닥에 앉아 다리를 길게 뻗은 채 벽에 비스듬히 기대 있기도 했다. 그녀의 본명은 아무도 몰랐다. 대신 그녀는 두더지라는 별명으로 통하고 있었다.

"우리는 지금까지 외각에서만 떠돌았어요. 중심부를 치지 않고 밖에서만 겉돌았어요. 거기다가 작전 규모가 너무 작았어요. 그래서 효과가 적었던 거예요."

"우리도 같은 생각입니다. 이왕 할 바에는 아주 큰 작전에 투입되기를 바라고 있습니다."

털보가 불만스러운 어조로 말했다. 두더지가 뼈마디가 불거진 큰 손을 흔들었다.

"지도부는 앞으로 두 가지 방향으로 사업을 진행하기로 했어요. 첫째는 외곽이 아닌 중심부, 그러니까 미국 본토를 치기로 했어요. 우리의 주적은 미국이니까 당연한 이야기죠. 두 번째는 사업을 벌이되 아주 크게 벌리기로 했어요. 전 세계를 공포에 몰아넣을 수 있는 사업 말이에요. 자질구레한 사업 따위는 앞으로 없을 거예요."

"그것은 이미 실행단계에 있는 걸로 알고 있는데요."
하고 자밀리아가 말했다.

그녀는 아이힝거의 말이 전혀 새로울 것이 없다는 표정이었다. 두더지는 그녀를 쏘아보고 나서 거기에 대해 말했다.

"실행단계에 돌입했지만 첫 단추부터가 잘못 끼워졌기 때문에 다시 시작하는 거나 마찬가지에요. 시작단계에서 당신들이 큰 실수를 하는 바람에 작전을 재검토하고 재정비할 수밖에 없게 됐어요. 그런 어처구니없는 실수는 정신적인 해이와 책임감 결여, 불완전한 준비 때문에 일어난 거예요. 본부에서는 거기에 대한 책임을 철저하게 따지고 당신들을 처벌을 해야 한다는 의견이 지배적이었지만 결국 한 번 더 기회를 주는 쪽으로 결론이 났어요."

그녀는 말을 중단하고 자밀리아의 표정을 살폈다. 자밀리아는 아무 반응도 보이지 않은 채 무표정하게 앉아 있었다. 사실 그녀의 입장에서는 입이 열 개라도 할 말이 없었다.

"세계무역센터 폭파 계획은 주차장만 파괴하고 불과 수 명 정도의 인명 피해로 끝난 어처구니없는 실패작이었어요. 그 정도의 폭탄으로 그런 초대형 건물을 붕괴시킬 수 있다고 믿은 것은 바보들이 아니면 할 수 없는 생각이에요. 그 바보들 가운데 대표적인 바보가 바로 요세프라는 걸 우리는 알고 있어요. 그런 바보에게 2년이 지나서 또 막중한 임무를 맡긴 것을 보면 지휘부가 지나치게 그를 신뢰했던 것 같아요. 그러나 그는 이번에는 시작도 하기 전에 일을 망치고 말았어요. 아파트에서 불을 내는 바람에 아무 일도 못하고 도망치기에 바빴어요. 그런 실수를 하다니 정말 어이없는 일이었어요. 교황 제거가 실패하는 바람에 보진카 계획은 아예 시도조차 해 보지 못했어요. 그 바보는 2년 동안 도망 다니다가 결국 붙잡혀 지금은 CIA 손에 넘어가 있어요. 너무 신원이 드러났기 때문에 언젠가는 체포될 줄 알았지만······ 그 전에 우리가 먼저 손을 써서 그를 제거하지 못한 게 후회가 돼요. 그는 너무 많은 것을 알고 있어요. 그는 보진카 계획도 털어놓았을 거예요. 미국으로 가는 여객기의 보안 검색이 강화된 것만 봐도 알 수 있어요."

"한국 국적기는 의외로 허술하던데요."

하고 자밀리아가 말했다.

"허술한 데도 있겠지. 하지만 전 세계적으로 미국행 비행기에 대한 보안 검색이 강화된 것은 사실이야."

얼굴이 둥글게 생긴 아랍계의 젊은 사내가 말했다. 그는 알제리아 출신의 프랑스인으로 아메드 레삼이라는 이름을 가지고 있었다.

"그렇다면 보진카는 취소된 건가요?"

하고 자밀리아가 볼멘 목소리로 물었다.

"취소됐어요."

아이힝거가 자르듯이 말했다. 그러자 모두가 맥 풀린다는 듯 일시에 허물어지는 듯한 모습들을 보여주었다.

"요세프가 모든 것을 자백했을 가능성이 커요. 그 바보는 자신이 감옥에서 평생 늙어 죽을 거라는 걸 알고 자포자기상태에서 모든 것을 털어놓았을 거예요. CIA는 보진카 계획이 취소되지 않고 재개될지도 모른다는 가정 하에 만반의 준비를 하고 있을 거라고 봐요. 그걸 알고 있으면서 또다시 어리석은 짓을 할 수는 없어요."

"우리는 2년을 기다려왔어요."

자밀리아가 다시 볼멘 목소리로 말했다.

"중요한 것은 어떻게 기다렸느냐 하는 거예요."

"그 동안 모든 것이 녹슬어 버리고 의욕도 많이 꺾였어요. 모두가 회의에 빠져 있어요."

"기다리는 것도 작전의 일부예요. 장기간 잠복해 있으면서 준비를 철저히 하고 있다가 적이 방심하고 있을 때 기습하면 큰 성과를 거둘 수가 있어요. 기다리라고 한 건 놀고 있으라는 말이 아니에요. 앞에도 말했지만 어떻게 기다렸느냐 하는 게 중요한 거예요. 모든 것이 녹슬고 의욕이 꺾였다는 말은 알라신의 전사가 할 수 있는 말이 아니에요. 성전을 수행하는 전사라면 모름지기 기다리고 있을 때 쉬지 않고 칼을 갈고 있어야 해요. 그렇게 하면 칼은 그 어느 때보다도 시퍼렇게 빛날 거예요. 그리고 그 칼로 적의 목을 베면 단번에 잘릴 거예요."

"너무 오래 기다리다 보면 불안감이 커지고 수사망에 노출될 가능성도 커지기 때문에 정신적으로 불안정해지기 마련입니다. 그 점을 유의해 주셨으면 합니다."

"당신들이 기다리는 것도 훈련의 연속이에요. 불안감을 극복하고 수사망에 노출되지 않도록 은폐술을 익히는 것 등 모두가 훈련의 하나예요. 사실 테러리즘은 용기만이 전부가 아니에요. 인내와 기다림이 더 중요할 때가 있어요. 인내와 기다림, 그리고 용기가 잘 조화를 이룰 때 비로소 테러리즘은 빛을 발할 수가 있는 거예요."

"우리는 앞으로 어떻게 해야 합니까?"

털보 세이드 바하지가 물었다. 그는 독일 국적을 가지고 있었다. 하지만 그의 핏속에는 모로코인의 피가 흐르고 있었다. 일찍이 그의 부친은 독일로 이주하여 자식들을 모두 독일에서 교육시켰다. 아이힝거의 입가로 차가운 미소가 흘렀다.

"보진카는 취소됐지만 그 이상의 계획이 마무리 단계에 있어요. 이번 계획 역시 미국 본토를 공격하는 것으로, 만일 이 계획이 성공하면 전 세계에 큰 충격을 안겨 줄 거예요. 바로 미국의 심장부를 공격하는 거예요. 성공할 경우 약 1만 명 이상의 사망자가 발생할 거로 보고 있어요."

"어디를 공격하는 거죠? 독가스라도 사용하는 겁니까?"

그 때까지 아무 말하지 않고 앉아있던 파에즈 바니하마드가 물었다. 이마 밑으로 두 눈이 움푹 들어간 그는 아랍에미리트 출신이었다.

"어디를 공격할 지는 말할 수 없어요. 목표는 마지막 순간에 가서 알게 될 거예요. 그 때까지 여러분들은 지시에 따라 움직이기만 하면 됩니다. 그 작전의 암호명은 좀 길어요. '봄은 오지 않을 것이다' …… 이게 그 암호명이에요. 모두들 외워 두도록 하세요."

자밀리아의 얼굴 위로 곤혹스러운 표정이 스쳐 갔다.

"'보진카가 끝나면 봄은 오지 않을 것이다' …… 순서대로 하면 이렇게 말해야 하지 않는가요?"

"알고 있군요?"

"네, 요세프한테 이야기 들었어요. 요세프는 이미 '봄은 오지 않을 것이다' 에 대해 다 털어놓지 않았을까요?"

아이힝거는 고개를 가로저었다.

"그건 걱정하지 않아도 돼요. 요세프 자신도 암호명만 알고 있지 그 내용에 대해서는 아무 것도 모르고 있어요. 알고 있는 사람은 세 명밖에 없어요."

"그럼 안심해도 되겠군요. 공격날짜는 언제입니까?"

바니하마드가 깊숙한 눈으로 쏘아보면서 물었다. 그는 명령만 떨어지면 지금이라도 몸을 던질 각오가 되어 있는 듯 했다.

"날짜는 아직 잡혀 있지 않아요. 준비기간이 필요하기 때문에 준비가 되어 가는 걸 보고나서 날짜를 잡을 거예요."

무거운 침묵이 흘렀다. 모두가 아이힝거의 다음 말을 기다리고 있었다.

"자밀리아를 중심으로 팀을 하나 만들어야 해요. 우선 5, 6명 정도면 좋은 팀워크를 이룰 수 있을 거예요. 자밀리아가 팀장으로 팀을 이끌어 주되 빈틈없이 견고한 팀을 만들어 주어야 해요. 자밀리아 팀의 암호명은 카멜이에요. 카멜은 명령이 떨어지면 혼연일체가 되어 작전에 돌입해야 해요. 모두가 성전을 위해 목숨을 버릴 수 있는 각오가 돼 있어야 해요. 그러려면 팀장은 팀원 개개인의 신상정보와 성향을 철저히 파악해야 되고, 목숨을 버릴 각오가 되어 있다는 서약을 받아두어야 해요."

"알겠습니다."

자밀리아는 작은 목소리로 대답했다.

"카멜은 대형 여객기를 납치해야 해요. 납치해서 어떻게 할 것인가는 마지막 순간에 알게 될 거예요. 납치할 비행기의 출발지와 도착지, 출발시간과 도착시간도 나중에 알게 될 거예요. 일단 납치 대상이 선정되면 여러분들은 사전에 철저한 예행연습을 해야 될 거예요. 적어도 두 번 이상의 연습 비행이 필요할 거예요."

두더지는 자밀리아를 쳐다보았다.

"이제부터 우리 둘이서 할 이야기가 있는데 자리를 옮겼으면 해요."

"제 방으로 가시죠."

자밀리아는 그녀를 데리고 안방으로 들어갔다. 아이힝거는 숄더백을 들고 뒤따라 들어와서는 문을 닫았다.

방 안에는 간이 침대가 하나 초라하게 놓여 있었다. 구석 쪽에는 작은 트렁크가 하나 있었는데 언제라도 출발할 수 있게 준비가 되어 있는 듯 했다. 침대 머리 맡 창틀 위에 세워져 있는 조그만 사진 액자가 아이힝거의 시선을 끌었다. 그녀는 그쪽으로 다가가 허리를 굽히고 사진을 들여다보았다. 자밀리아를 닮은, 그러나 자밀리아는 결코 아닌 동양계 얼굴을 한 젊은 여자의 얼굴이 거기에 있었다. 아름다운 얼굴이라고 그녀는 생각했다.
"너무 예뻐요. 누구죠?"
"어머니예요."
"많이 닮았어요. 어머니에 대해서는 이야기를 들었어요. 대단한 분이었다고 들었어요."
"하지만 전 얼굴도 몰라요."
자밀리아가 침대 위에 걸터앉자 두더지도 그 곁에 다가와 앉았다.
"여객기 조종술이 어느 정도 돼나요?"
"별로 능숙하지 못해요."
"능숙해질 때까지 조종술을 익히도록 해요. 비행기를 몰고 어디든 갈 수 있을 때까지 연습을 하세요. 경비행기가 아닌 대형 여객기를 말하는 거예요. 그것이 이번 작전에서 가장 중요한 일이에요."
"명령인가요?"
"긴급명령이에요."
"잘 알겠습니다. 비행 교육을 다시 받으려면 미국으로 가야만 합니다."

"그래요. 미국으로 가세요."

"알겠습니다. 곧 가겠습니다."

"이번 계획은 보진카를 획기적으로 수정한 거예요. 폭탄 같은 것은 사용하지 않을 거예요. 네 대 또는 다섯 대의 여객기를 납치해서 그 자체를 미사일로 사용하는 거예요."

"건물에 직접 부딪치는 건가요?"

"그래요. 기름을 잔뜩 실은 여러 대의 여객기가 동시에 미국 본토의 중심부에 있는 건물들을 공격하는 거예요. 생각만 해도 황홀하지 않아요?"

자밀리아는 가만히 끄덕였다.

"성공하면 전 지구가 뒤흔들릴 거예요."

"뉴욕의 세계무역센터도 공격 대상인가요?"

잠시 침묵이 흐른 뒤 아이힝거가 말했다.

"공격대상 제1호예요."

"세계무역센터는 제가 맡고 싶어요."

아이힝거는 가만히 그녀의 눈을 들여다보았다. 투명한 두 눈빛이 깜박이지도 않고 이쪽을 응시하고 있었다.

"다른 것은 몰라도 세계무역센터만은 제가 맡고 싶어요."

아이힝거는 고개를 끄덕였다.

"그렇지 않아도 자밀리아한테 맡기려고 해요. 4년 전에는 실패했지만 이번에는 반드시 세계무역센터를 폭파해야 해요. 기름을 잔뜩 실은 여객기로 충돌하면 제아무리 견고한 빌딩이라 해도 붕괴하고 말 거예요. 그런데 우리 목표는 세계무역센터 건물 한 개만이 아니고 두 개를 동시에 공격하는 거예요. 무역센터에는 가 봤나요?"

"네, 여러 번 가 봤어요."

"그럼 잘 알겠군요. 세계무역센터는 광장을 중심으로 7개의 건물들로 이루어져 있어요."

그녀는 숄더백 안에서 수첩과 연필을 꺼내더니 수첩에다 세계무역센터 약도를 재빨리 그렸다. 눈에 익은 듯 매우 익숙하게 스케치를 하고나서 두 곳에다가 동그라미를 그렸다.

"7개의 건물들 가운데 여기 북쪽에 있는 제1관과 남쪽에 있는 제2관은 쌍둥이 빌딩으로 높이가 443미터에 110층으로 세계무역센터의 중심이고 미국 자본주의의 상징이자 심장이라고 할 수 있어요. 우리가 노리는 건 바로 이 두 건물이에요. 이 두 건물을 동시에 폭파하는 거예요. 그러려면 두 대의 비행기가 필요해요. 자밀리아가 조종하는 비행기는 이 두 개 가운데 하나밖에 공격할 수가 없어요. 다른 한 대의 비행기가 또 필요해요. 그 비행기는 다른 사람이 조종할 거예요."

"그 사람은 결정됐나요?"

"아직 결정되지 않았어요. 후보자가 여러 명 있는데 신중하게 검토해서 결정할 거예요. 지원한다고 해서 되는 게 아닌데 자밀리아는 명예로운 임무를 맡았어요. 축하해요."

"감사합니다."

그녀는 다소곳한 어조로 대답했다.

"여객기조종 연습을 익숙해질 때까지 해야 되는 이유를 이제 알 거예요. 비용이 얼마가 들든 그런 건 상관하지 말고 열심히 연습하세요."

"알겠습니다."

"또 하나 중요한 게 있어요. 세계무역센터를 공격한다는 사실은 끝까지 비밀이에요. 마지막 순간에도 절대 이야기해서는 안 돼요."

"동지들한테도 비밀을 지켜야 하나요?"

"물론이에요. 카멜 대원들은 다만 비행기를 장악하는데 필요할 뿐이에요. 그들에게 세계무역센터에 충돌할 거라는 말을 해서는 절대 안 돼요. 그들한테는 납치한 비행기를 다른 곳으로 몰고 가는 것으로 알게 해야 해요. 대원들 가운데에는 죽을 준비가 되어 있지 않은 사람도 있을 것이기 때문에 사실을 알게 되면 큰 동요가 일어날지도 몰라요. 절대 입 밖에 내서는 안 돼요."

"알겠습니다. 동지들을 희생시킬 수밖에 없겠군요."

"할 수 없어요. 테러리즘의 세계에서는 그 정도는 각오하고 있어야 해요. 언제라도 죽을 각오가 되어 있지 않고는 진정한 전사라고 할 수 없어요. 그들도 자밀리아를 원망하지 않고 다 이해할 거예요. 자, 이제 구체적인 이야기를 하도록 해요."

구체적인 이야기란 여객기를 어떻게 납치해서 완전히 장악할 것인가 하는 문제였다. 그 시나리오는 대충 이런 것이었다.

첫째, 권총이나 수류탄, 또는 폭탄 같은 것은 검색에 걸리기 때문에 아예 가지고 갈 생각을 하지 말아야 한다. 그 대신 소형 칼 같은 무기를 구두 속에 숨겨 가지고 탑승할 경우 검색 통과가 가능할 것이다.

둘째, 자밀리아는 1등석, 조종석 출입구가 마주보이는 앞쪽 좌석을 예약한다. 다른 두 대원도 자밀리아와 가까운 좌석을 예약한다.

셋째, 자밀리아와 두 대원은 조종석 문이 열리기를 기다린다. 조종사가 화장실에 가기 위해, 또는 다른 볼 일이 있어 잠시 밖으로 나온 사이 자밀리아와 두 대원은 조종실 안으로 뛰어들어 안으로 문을 잠근다. 그리고 부조종사를 제압하고 조종석을 차지한다. 부조종사는 살해하는 것이 안전할 것이다.

넷째, 자밀리아와 두 대원이 행동에 돌입한 것과 거의 동시에 다른 대원들은 일제히 무기를 꺼내 들고 승객들을 제압한다. 권총도 아닌 조그만 칼을 보고 승객들은 쉽게 겁을 집어먹지 않을 것이다. 그럴 경우에는 저항하는 승객이나 승무원 한두 명을 본보기로 죽여라. 목을 자르든가 하면 승객들은 놀라서 금방 겁을 먹고 굴복할 것이다.

다섯째, 조종실이 완전히 장악되었다고 판단되면 두 대원을 밖으로 내보내고 자밀리아는 혼자서 조종실을 차지하고 항로를 바꾸어 목적지로 비행한다. 밖에서 일어나고 있는 일에 대해서는 신경을 쓸 필요가 없다. 밖으로 나간 두 대원은 승객들을 제압하는데 동참한다.

"일단 조종실 안으로 들어가 문을 잠그면 그 비행기는 자밀리아의 손에 들어간 거예요. 밖에서 아무리 발광을 해도 조종실 문은 열리지가 않아요."

"알고 있습니다."

"지금까지의 이야기는 대강의 시나리오를 말한 거예요. 작전 개시일 까지 보다 세부적인 사항을 점검해야 하고, 그러다 보면 수정이 불가피할 거예요. 자밀리아에게 거는 기대가 커요."

두더지는 자밀리아의 손을 꼭 쥐었다. 손을 타고 뜨거운 감정이 머뭇거리고 있는 것이 느껴졌다. 다른 한 손이 살그머니 올라오더니 그녀의 얼굴을 어루만졌다. 그녀를 바라보는 자밀리아의 두 눈에는 표정이 없었다. 그러나 아이힝거의 두 눈에는 무엇인가를 갈구하는 듯한 표정이 있었다. 갑자기 그녀가 손을 내리고 자세를 바로 했다.

"참, 이야기하지 않은 게 있어요."

자밀리아는 조용히 기다렸다.

"자밀리아의 단점을 지적하지 않았어요. CIA와 모사드를 비롯한 전 세계 수사기관이 자말리아를 찾고 있어요. 그들의 공동 업무는 '제3의 여인'을 찾는 거예요. 그들이 말하는 제3의 여인이란 바로 자밀리아를 가리키는 거예요. 전 세계 수사망에 노출되어 있다는 것이 자밀리아의 가장 큰 단점이에요."

"알고 있습니다. 하지만 저는 얼마든지 피해 다닐 수 있어요. 제 얼굴은 간단한 화장만으로도 몰라보게 바꿀 수가 있어요. 동양인 얼굴을 하고 있기 때문에 변장을 하기가 쉽습니다. 그리고 서양인들은 동양인들을 쉽게 구분하지 못합니다."

"아무튼 동양계 여인이 주목받고 있다는 것은 간단히 넘길 문제가 아니에요. 조심하지 않으면 체포될 수도 있어요."

"조심하겠습니다."

아이힝거는 몸을 일으키더니 갑자기 두 팔을 크게 벌렸다. 그리고 속삭이는 목소리로 말했다.

"세계무역센터가 화염에 휩싸여 무너져 내리는 장면을 한 번 생각해 봐요! 생각만 해도 황홀하지 않아요? 일어서 봐요!"

그녀는 자밀리아의 손을 잡아끌었다. 그리고 자말리아가 일어서자 느닷없이 그녀를 끌어안으면서 말했다.
"이건 성공을 비는 키스에요!"
두더지는 자말리아의 양쪽 볼에다 입을 맞추더니 마지막으로 입에다 진한 키스를 했다.

초승달 작전

파키스탄 카라치, 1997년 5월 15일 밤 8시 45분.

턱 주변이 시커먼 구레나룻으로 뒤덮이고 두 눈이 충혈된 건장한 사내가 후줄그레한 모습으로 펄 컨티넨탈 호텔 로비로 들어섰다. 호텔 안은 사람들로 북적이고 있었다. 전쟁은 비극이지만 그 때문에 생긴 전쟁 특수로 재미를 보는 곳이 바로 이와 같은 이웃 나라의 호텔들이었다. 아프가니스탄과 국경을 맞대고 있는 파키스탄은 지난 20년 가까이 아프간에서 벌어진 소련군과 회교 반군간의 10년에 걸친 기나긴 전쟁과 뒤이어 일어난 군벌들간의 내전으로 오랫동안 특수를 누리고 있었다. 아프간과 관계가 있거나 관계를 맺으려는 사람들은 먼저 파키스탄에 들러 동정을 살폈고, 미국을 비롯한 서방 세계는 파키스탄을 통해 아프간에 접근하고 영향력을 발휘하려고 애를 썼다. 특히 미국

CIA는 파키스탄에 작전본부를 차리고 막대한 자금을 뿌려 댔고, 첨단 무기들과 훈련된 용병들을 아프간으로 보냈다. 서방기자들은 파키스탄으로 몰려들었고, 도처에 각국의 스파이들이 들끓었다. 그 틈에 한몫 챙기기 위해 찾아오는 사업가들도 적지 않았고, 극성스러운 목사들까지 날아와 전도한답시고 이곳저곳을 기웃거리고 있었다.

사내는 이제 막 도착했는지 트렁크와 함께 큼직한 배낭을 지고 있었다. 프론트 데스크로 다가선 그는 유스자프 지배인을 찾았다. 프론트맨이 어디론가 연락하자 단정한 차림에 코밑수염을 기른 깡마른 사내가 나타나 유난히 큰 두 눈을 굴리며 자기가 유스자프 지배인이라고 말했다.

"스티브 씨를 만나려고 왔는데요."

키 큰 사내는 영어로 속삭이듯 말했다. 유스자프는 그를 아래위로 살폈다.

"혹시 야잠 씨 아닌가요?"

야잠이 고개를 끄덕이자 지배인은 금방 안도하는 표정이 되면서 이렇게 말했다.

"지금 며칠째 당신을 기다리고 계십니다. 따라오십시오. 짐은 프론트에 맡겨도 됩니다."

스티브 대령은 술에 취한 모습으로 바에 앉아 있었다. 몇 사람과 어울려 앉아 있었는데 그의 곁에는 매력적으로 생긴 동양계 여인이 찰거머리처럼 붙어 앉아 있었다.

"야, 이게 누구야?"

스티브 대령은 앉은 채로 손을 내밀어 야잠과 악수했다. 우연히 좀 아는 사람과 마주친 것 같은 그런 태도였다. 야잠은 안쪽 구석진 곳으로 들어가 창가에 놓여 있는 테이블 앞에 앉았다.

활짝 열려 있는 창을 통해 아라비아 해의 소금기 머금은 미풍이 불어오고 있었다. 바람은 후덥지근했고, 바다는 잔잔했다. 바다에 반사된 카라치 해안의 불빛들은 휘황찬란했다. 실내는 다양한 국적의 사람들로 붐비고 있었고, 무대 위에서는 몸집이 좋은 여자가 노래를 부르고 있었다. 외국인들이 출입하는 특급 호텔인 만큼 그곳에서는 음주가 허용되고 있었고, 콜걸로 보이는 여자들이 여기저기서 요염한 모습으로 남자들의 시선을 끌려고 애쓰고 있는 것으로 보아 매음도 손쉽게 이루어지고 있는 것 같았다.

"난 안 오는 줄 알았지."

야잠이 커피를 한 잔 마시고났을 때 파비트가 다가와 말했다. 야잠은 가만히 그를 응시하기만 했다.

"무슨 일이 있었나?"

"아내와 딸이 납치당했습니다."

"그게 무슨 말이야?"

파비트는 야잠의 얼굴을 가까이서 들여다보았다. 야잠은 금방이라도 울 것 같은 표정을 짓고 있었다.

"도대체 그게 무슨 말이야?! 도대체 누가 아내와 딸을 납치했다는 거야?!"

파비트가 흥분해서 묻자 야잠은 급기야 눈물을 보였다. 그는 잠시 고개를 숙인 채 가만히 있다가 손수건으로 눈물을 훔친 다음 입을 열었다.

"우리가 암스테르담 바에서 만나던 그 날 밤 저는 바에서 나오자마자 괴한들에게 폭행을 당하고 어디론가 끌려갔습니다. 그들은 대령님에 대해서도 잘 알고 있었고, 둘이서 만나 무슨 이야기를 했느냐고 꼬치꼬치 캐물었습니다."

야잠은 그 날 밤 일어났던 일을 자세히 이야기했다.

이야기를 다 듣고 난 파비트는 얼굴이 돌처럼 굳어진 채 한동안 미동도 하지 않고 앉아 있었다.

"죄송합니다. 비밀을 누설해서 정말 면목이 없습니다."

"아니야. 그 따위 작전보다도 가족들의 생명이 더 중요해. 내가 자네였더라도 그런 상황에서는 자백을 했을 거야."

파비트는 야잠의 어깨를 움켜잡았다가 놓았다. 야잠의 두 눈에는 두려움이 나타나 있었다.

"그렇게 말씀하시니 감사합니다."

"걱정하지 마. 가족들은 안전할 거야."

"작전은 취소되는 겁니까?"

그 물음에 파비트는 얼른 대답하지 않았다. 비록 상대가 알 카에다가 아닌 타크피르 조직이라 해도 그들에게 초승달 작전이 누설된 이상 작전을 예정대로 시행한다는 것은 매우 위험한 일이었다.

"만일 초승달 작전이 취소되면 저 혼자서라도 빈 라덴을 찾아가서 처리하겠습니다. 그의 목을 잘라오지 않으면 가족들을 구할 수가 없습니다."

"그러겠지. 자네가 가만 있을 리가 없지. 작전은 예정대로 시행할 거야. 자네 가족을 구하기 위해서라도 우리는 그자의 목을 잘라 와야 해."

 야잠은 바닥에 엎드려 파비트의 발등에 입이라도 맞추고 싶은 심정이었다.

 "문제는 타크피르가 정말로 빈 라덴의 목을 원하고 있는가 하는 거야. 타크피르가 이슬람 원리주의의 핵심 중의 핵심인 것만은 분명해. 일체의 타협을 거부하고 원칙만을 고집하고 있고, 가장 극단적으로 치닫고 있어."

 "제가 보기에는 정말로 빈 라덴의 목을 원하고 있는 것 같았습니다. 빈 라덴을 제거해야 하는 이유도 그 나름대로 설득력이 있었습니다. 그들은 그를 혐오하고 있었습니다."

 "어떻든 좋아. 작전은 작전이고 자네 부인과 딸은 내가 다른 루트를 통해서 구조 노력을 해 보겠어. 자신할 수는 없지만 아마 가능하리라고 봐. 하카나를 만나러 가자고."

 "하카나가 여기 와 있습니까?"

 "내가 오라고 했어."

 하카나는 애초에 초승달 작전에 동원되는 파슈툰족 전사들을 지휘하기로 되어 있었던 인물이었다. 그런데 파비트가 그 지휘를 야잠에게 맡긴 것이다.

 하카나는 펄 컨티넨탈 호텔에 묵고 있었다. CIA 덕분에 아프간의 가난한 전사가 호화 호텔에서 꿈같은 시간을 보내고 있었던 것이다. 파비트와 야잠이 갑자기 나타나자 그는 팬티 바람으로 문을 열었다가 당황해서 그들을 맞았다. 침대 위에 벌거벗은 채 누워 있던 여자가 별로 놀라는 기색도 없이 시트로 몸을 가렸다. 엄청나게 큰 젖가슴을 가진 여자였다.
"아직도 여기 있는 거야?"
파비트가 영어로 놀리듯 묻자 여자는 크고 검은 두 눈을 굴리며 헝클어진 머리를 손으로 쓰다듬었다.
"재미 좋았어?"
"말도 말아요. 저 사람은 해도 해도 끝이 없어요. 저런 사람은 처음 봤어요."
그녀는 영어로 능숙하게 대꾸하고 나서 진저리가 난다는 듯 고개를 절레절레 흔들었다.
"돈 더 받아야겠어요. 당신이 대신 내주실 거죠?"
그녀는 파비트에게 손을 내밀었다. 파비트는 망설이지 않고 50달러 지폐를 한 장 꺼내 그녀의 손에 쥐어 주었다.
"빨리 가 봐."
"고마워요."
그녀는 만족한 표정으로 옷을 챙겨 들고 화장실로 들어가더니 소변을 갈기고 나서 서둘러 옷을 입고 나왔다. 그 동안 하카나도 옷을 입고 멋쩍은 표정으로 한쪽에 서 있었다. 그는 건장한 몸집에 뺨에 칼자국까지 있는 인상이 험상궂은 사내였다. 창녀가 밖으로 사라지자 그제야 야잠과 하카나는 서로 아는 체를 했다.
"잘 있었어?"
야잠이 인사를 건네자 하카나는 무뚝뚝하게 고개만 끄덕였다. 그들은 잘 아는 사이였지만 별다른 대화도 없이 처음부터 서로에게 적대감을 보이고 있었다.
"무자헤딘에게 창녀를 안겨 주면 고기 맛을 알아 크게 혼란을 느낄 겁니다. 여자에게 용맹을 쏟아 부었기 때문에 더 이상 싸우고 싶지 않을 겁니다."

야잠이 파비트에게 영어로 말하자 파비트도 웃으며 영어로 응대했다.

"그에게 친절을 베푼 것뿐이야."

영어를 한마디도 할 줄 모르는 하카나는 두 눈만 굴리고 있었다. 야잠은 그에게 아프간어로 말을 걸었다.

"여자 생각 때문에 싸울 수 있겠어?"

"문제없어요."

"내가 작전을 지휘해도 괜찮겠어?"

"모두 기다리고 있어요."

"내가 이미 손을 써 놨기 때문에 별문제 없을 거야."

하고 파비트가 영어로 말했다.

"파슈튠족 전사들에게는 설득이니 설명 같은 것은 먹혀들지 않아. 딜러만 쥐어 주면 만사 오케이야. 특히 이 친구는 달러와 여자라면 사족을 못 쓰는 것 같아."

그 말에 야잠은 몹시 실망스러웠지만 내색은 하지 않았다.

파비트는 탁자 위에다 지도를 폈다. 그것은 타르나크 팜즈를 조망할 수 있는 지도로 손으로 서툴게 그린 것이지만 비교적 상세하게 그려져 있었다.

"빈 라덴이 있는 곳은 어디지?"

야잠의 물음에 하카나는 별표가 그려진 건물을 가리켰다.

"바로 여기에 숨어 있습니다."

"그가 여기에 있는 게 확실하나?"

"확실합니다. 그는 지금 아파서 누워 있습니다. 의사들이 계속 들락거리고 있다고 합니다."

"그와 같은 정보는 어떤 경로로 들어오고 있는 거지?"

"그 마을에 우리 정보원이 두 명 있습니다. 그들은 마을 출입이 자유롭기 때문에 수시로 밖으로 나와 우리에게 소식을 전해주고 있습니다."

"내가 알고 싶은 건 그들이 믿을 만한가 하는 점이야."

"절대 믿어도 좋습니다. 제가 보장합니다."

지금까지 소극적이던 하카나가 갑자기 적극적으로 나오고 있었다.

야잠은 모든 상황을 점검하고 나서 자기 생각을 이야기했다.

"빈 라덴을 생포하는 것이 아니고 그 자리에서 처리하는 것이기 때문에 작전은 의외로 간단히 끝날 수가 있어."

"하지만 경비가 엄중하기 때문에 아주 조심하지 않으면 안 됩니다."

"경비가 삼엄하다면 몰래 잠입해 들어가서 해치울 수밖에 없어. 경비원들과 맞서 싸우다가는 마을 사람들을 모두 깨우게 되고, 그렇게 되면 우린 모두 몰살당할 거야."

"시간을 끌지 말고 번개처럼 재빨리 작전을 끝내야 하는데 끝까지 발각되지 않고 그게 과연 가능할까?"

파비트가 조금 걱정스러운 듯이 말했다.

"경비원들을 먼저 해치워야 합니다. 그들 눈을 피해서 빈 라덴에게 접근하는 것은 불가능합니다. 귀신이라면 몰라도……."

하카나는 말할 때마다 얼굴 위의 상처가 씰룩거리곤 했다.

타르니크 팜즈에는 경비본부가 있었다. 암살부대는 먼저 본부를 장악하고 나서 그룹별로 나뉘어 요소요소를 지키고 있는 경비원들을 제거하기로 했다. 총소리를 내지 않기 위해 필요한 것이 소음총이었다. 소음 권총은 충분히 확보되어 있었다.

"소음 권총도 좋지만 파슈툰족 전사들은 칼솜씨가 뛰어납니다. 그걸 잘 활용하면 경비원들을 제거하는데 큰 도움이 될 겁니다. 자네 생각은 어때?"

야잠이 하카나의 의견을 묻자 그는 고개를 끄덕였다.

"칼솜씨 하나는 세계 최고일 겁니다."

"타르나크 팜즈를 당분간 외부와 고립시켜야 하니까 모든 통신시설과 차량들을 남김없이 파괴해야 해."

요소요소를 지키고 있는 경비원들의 숫자와 무장상태에 대해서 야잠은 꼼꼼히 점검했다. 준비된 비디오테이프를 통해 빈 라덴의 숙소 건물과 경비원들의 모습, 그리고 타르나크 팜즈의 거리 모습 등도 살펴보았다. 빈 라덴이 2층 창가에 앉아서 독서에 열중하고 있는 모습도 보였는데 그것이 뚜렷하지가 않고 조금 흐린 것이 좀 아쉬웠다.

"빈 라덴의 목을 잘라 올까요?"

야잠이 물었다. 파비트는 머뭇거리다가 고개를 저었다.

"그런 잔인한 짓을 할 수는 없어. 죽은 모습을 사진 찍어 오고, 지문을 확인하기 위해 손가락 정도만 잘라 오면 돼. 그 사람 지문은 확보해 놓은 게 있으니까 말이야."

"알겠습니다."

야잠은 하카나에게 시선을 돌렸다. 그리고 굳은 표정으로 지시를 내렸다.

"빈 라덴의 가족들과 저항하지 않는 주민들에 대해서는 일절 해를 끼쳐서는 안 돼. 내가 나중에 주의를 주겠지만 이 점 특별히 조심하라고 대원들에게 말해 둬."

타르나크 팜즈, 1997년 5월 19일 밤 11시 27분.

어둠 속에서 불빛이 세 번 번쩍였다. 어둠과 함께 거친 모래바람이 불어 닥치는 바람에 불과 1미터 앞도 잘 보이지가 않을 정도였다. 불빛은 맨 눈으로는 보이지 않는, 야간 투시경을 끼어야만 볼 수 있는 특수 광선이었다. 바닥에 엎드려 있던 야잠은 불빛이 다시 세 번 반짝이고 나자 몸을 일으켜 정문 쪽으로 달려갔다. 그 뒤를 검은 그림자들이 잽싸게 따라붙었다.

타르나크 팜즈는 높이가 3미터가 넘는 견고한 벽으로 둘러싸여 있기 때문에 정문만 봉쇄하면 침입하기가 거의 불가능하다. 거기다 곳곳에 경비병들이 지키고 있기 때문에 접근하기조차 어렵다. 그러나 어둠과 함께 몰려온 심한 모래바람이 침입자들에게 큰 도움이 되고 있었다. 야잠은 속으로 알라신이 도우는 것이라고 생각할 정도였다.

정문 공격은 하카나가 맡고 있었다. 모래바람 때문에 경비병들은 아예 초소에 들어가 경비를 포기한 채 웅크리고 있을 것이 뻔했다. 그 틈을 이용해 하카나는 대원들을 데리고 높은 담 위에 쇠갈고리를 걸어 담을 타고 올라갔다.

신호를 기다리고 있는 동안 야잠은 왠지 불안하기만 했다. 생사의 고비를 넘나드는 위험한 작전에 여러 번 참가한 적이 있는 그는 일찍이 작전에 임해 이렇게 불안을 느낀 적이 한 번도 없었다. 항상 팽팽한 긴장감과 야수 같은 공격성으로 온몸의 근육이 터져 버릴 것 같은 기분에 휩싸이곤 했는데 이번만은 그렇지가 않았다.

작전을 개시한 지 30분 정도 지나 정문이 활짝 열렸고, 대원들은 타르나크 팜즈 안으로 쏟아져 들어갔다. 정문을 지키던 경비병들은 이미 죽어 나자빠져 있는 것 같았다. 50여 명의 대원들 중 일부는 경비본부로 달려가고 또 다른 일부는 빈 라덴의 집을 포위했다.

경비본부로 들이닥친 파슈툰족 전사들은 1층에 아무도 없자 2층으로 올라가 보았다. 그런데 2층도 모두 비어 있었다. 밖으로 나온 그들은 가까운 곳에 있는 높은 초소로 접근했다. 초소까지 조심스럽게 올라가 보았지만 거기도 텅 비어 있었다. 모래바람 때문에 모두가 집 안으로 피신한 것 같았다. 하지만 뭔가 잘못된 것 같다는 생각도 들었기 때문에 머뭇거리고 있는데 무전기에 호출신호가 들어왔다.

"함정이다! 모두 피하라!"

그것은 야잠의 목소리였다.

그 때 야잠은 빈 라덴의 집 2층에 있었다. 그는 빈 라덴이 앉아서 책을 읽고 있었다는 자리에 멍하니 앉아 있었다. 빈 라덴의 집에는 개미새끼 한 마리 보이지 않았다. 이미 암살부대가 올 줄 알고 모두가 피신한 것 같았다. 정보가 새 나간 것이 분명했다. 그는 하카나를 무전기로 불렀다.

"아무도 없어! 어떻게 된 거야?!"

"멍청한 놈! 자수하든가 죽든가 둘 중 하나를 선택해!"

"뭐라고?! 설마 했더니……."

"빈 라덴은 불사신이야! 우리의 영웅이자 구세주야! 미제의 앞잡이놈아, 정신 똑바로 차려!"

웃음소리와 함께 무전기가 꺼졌다. 거의 동시에 여기저기에 불이 들어왔다. 높은 초소와 가로등에도 불이 들어오자 거리는 갑자기 대낮 같이 밝아졌다. 정문 쪽에서 총소리가 들려오기 시작했다. 모래먼지 사이로 사람들이 이리 뛰고 저리 뛰고 있는 것이 보였다.

"너희들은 포위됐다! 총을 버리고 항복하라! 항복하지 않는 자는 사살될 것이다!"

성능이 좋은 마이크 소리가 바람을 타고 날아오고 있었다.

"나는 하카나다! 너희들은 지금부터 야잠의 명령을 들을 필요가 없다! 너희들은 내 지시를 따라야 한다! 모두 항복해라!"

전사들은 아무 대꾸도 하지 않은 채 가만히 귀를 기울이고 있었다.

"너희들 중 야잠을 생포해 오는 자는 석방과 동시에 포상이 있을 것이다! 이 기회를 놓치지 마라! 야잠을 생포하거나 사살하는 자는 처벌하지 않고 무조건 석방할 것이다! 그리고 충분한 포상이 있을 것이다! 야잠! 넌 갈 곳이 없다! 항복해라!"

야잠이 몸을 일으켰을 때 파슈튠족 전사 두 명이 출입구에 나타났다.

"움직이지 마!"

그들 중 한 명이 날카롭게 말했다. 야잠은 자신을 똑바로 겨누고 있는 총구를 보자 허탈감이 들었다. 그들을 비난하고 싶은 마음도 들지 않았다. 이렇게 어이없이 당한다는 것이 너무 억울하기만 했다.

"총을 버리고 엎드려!"

금방이라도 총알이 날아올 것 같았다. 야잠은 들고 있던 기관단총을 던지고 천천히 바닥에 엎드렸다. 그 때 총소리가 났고, 그를 생포하려던 전사 두 명이 힘없이 나둥그러지는 것이 보였다. 야잠은 얼른 일어나 그를 구해 준 사람을 쳐다보았다. 파슈툰족 전사들 가운데 가장 나이가 어려 보이던 자가 흰 이를 드러내면서 그를 보고 웃었다.

"고마워."

야잠도 마주보면서 웃었다. 어린 전사의 얼굴에는 공포감 같은 것은 조금도 나타나 있지 않았다. 그는 금방 어디론가 사라져 버렸다.

거센 모래바람 때문인지 총소리가 마치 장난감 총에서 나는 소리처럼 들려오고 있었다. 경비병들이 건물 위에서 일제히 쏘아대고 있었기 때문에 파슈툰족 전사들은 고스란히 노출된 상태에서 싸울 수밖에 없었다. 야잠은 무전기를 꺼내 들고 스티브 대령을 불렀다.

"함정에 빠졌어요! 하카나가 배신했어요!"

"빌어먹을! 헬리콥터를 보낼 테니까 알아서 해!"

스티브 대령, CIA의 파비트는 화가 나서 소리쳤다. 야잠은 벽에 기대앉아 총소리에 귀를 기울였다. 쉬지 않고 총소리가 나고 있는 것으로 보아 파슈툰족 전사들도 쉽게 포기하지 않고 맞서 싸우고 있는 것 같았다.

"하카나가 배신했다! 보는 즉시 놈을 사살해도 좋다!"

야잠은 자신의 명령이 과연 어느 정도 먹혀들지 자신이 없었지만 무전기를 가지고 있는 분대장들에게 무전을 보냈다. 그러자 여기저기서 절박한 목소리가 들려왔다.

"이러다가는 모두 몰살당할 겁니다! 아무데도 빠져나갈 구멍이 없습니다!"

"조금 기다리면 헬기가 올 거다! 그 때까지만 버텨!"

그러나 잠시 후 걸려 온 스티브 대령의 무전연락은 그와 같은 기대를 산산이 깨 버리고 말았다. 모래바람 때문에 헬기가 뜰 수 없다는 거였다.

"더 이상 버틸 수가 없습니다! 지금 보내 주지 않으면 모두 몰살당할 겁니다!"

야잠은 악쓰듯이 말했다.

"헬기 조종사들이 꿈쩍도 안 해! 좀 기다려 봐!"

언제 올지 모르는 헬기를 기다리든가, 맞서 싸우다가 총에 맞아 죽든가, 아니면 손을 들고 항복하든가, 이 셋 중에 하나를 선택해야 한다.

거리에는 이제 파슈툰족 전사들 대신 빈 라덴의 부대원들이 뛰어다니고 있었다. 건물 안에 숨어서 총만 쏘아대고 있다가 상황이 좋아지자 침입자들을 사냥하기 위해 모두 밖으로 몰려나온 것이다.

파슈툰족 전사들은 독 안에 든 쥐나 다름없었다. 미로 같은 마을길을 미친 듯이 헤집고 다녔지만 밖으로 빠져나갈 수 없는 한

마을 안을 맴돌고 있는데 지나지 않았다. 변변히 싸움도 못해 보고 그들은 죽어 갔다. 무기를 버리고 항복하는 자도 있었지만 대부분은 끝까지 저항하는 쪽을 택했다.

야잠은 이리저리 쫓기다가 결국 막다른 곳까지 도망쳤는데 그곳에는 불과 서너 명의 대원들만 남아 있었다. 그 가운데에는 그를 구해 줬던 나이 어린 전사도 있었다. 그러나 그는 복부에 총을 맞고 죽어 가고 있었다. 야잠이 안아주자 그는 눈을 뜨고 희미하게 웃었다.

"몇 살이지?"

야잠은 그의 뺨을 어루만지며 물었다.

"열다섯……."

소년 전사는 가쁜 숨을 몰아쉬고 있었다.

"조금만 참아. 넌 살 수 있어. 내가 살려 줄게."

검게 칠해진 소년의 얼굴 위로 눈물이 흘러내리고 있었다. 소년의 눈이 커지면서 잠시 반짝거리더니 긴 호흡과 함께 동공이 어두워졌다.

"이름이 뭐지?"

야잠이 물었지만 소년은 아무 대답이 없었다. 가쁜 숨도 멎어 있었다.

"살라메…… 무하마드 살라메…… 죽었어요."

옆에 있던 전사가 우울한 목소리로 말했다. 갑자기 무력감에 사로잡힌 야잠은 그 자리에 앉은 채로 죽음을 맞을 준비를 했다. 결국 이렇게 죽는구나. 사랑하는 아내와 딸은 누가 구해 주지? 살아남은 전사들은 필사적으로 적을 막아내고 있었다. 그러나 그들이 죽는 것은 시간문제일 뿐이었다. 그 때 누군가가 그의 어깨를 흔들었다.
"헬기 소리예요!"
어느 새 모래바람이 잦아져 있었다. 곧이어 기관포 소리가 요란스럽게 밤하늘을 뒤흔들기 시작했고, 그와 함께 타르나크 팜즈를 둘러싸고 있는 높은 담장과 건물들이 무너져 내리는 것이 보였다. 여러 대의 헬기가 마을 위를 맴돌면서 집중적으로 공격을 가하자 마을은 금방 불길에 휩싸였고, 그 사이로 빈 라덴의 병사들이 혼비백산해서 도망치는 모습이 보였다. 거리는 나뒹굴어 있는 시신들로 뒤덮여 있었고, 그 위로 병사들은 온몸에 불이 붙은 채 몸부림치면서 계속 죽어 가고 있었다.
"야광탄을 발사하겠다! 그쪽으로 헬기를 착륙시켜라!"
야잠이 무전기에다 대고 큰 소리로 서너 번 말하자 헬기 조종사 한 명이 응답을 보내왔다.
"오케이!"
"우리는 야광모를 쓰고 있으니까 사격하면 안 된다!"
"알고 있다!"
사람들의 보통 눈으로는 야광모에서 발하는 빛이 보이지 않는다. 그러나 특수 안경을 끼고 있는 헬기 조종사의 눈에는 그것이 보인다.
야잠은 동쪽을 향해 야광탄을 발사했다. 화려한 불꽃이 밤하늘을 환하게 밝히며 날아가자 야잠은 전사들에게 불빛을 따라가라고 명령했다. 여기저기 숨어 있던 전사들이 어둠 속에서 뛰어나와 달려가는 동안 헬기들이 공중에서 엄호사격을 했고, 그 사이 한 대는 착륙준비를 하고 있었다. 살아남은 전사들은 열 명도 채 안 되는 것 같았다. 야잠은 맨 마지막에 야광탄이 떨어진 곳을 향해 달려가면서 부상 하나 입지 않은 자신이 부끄럽게 여겨졌다.

도쿄 살인

도쿄 나리타 공항 1997년 5월 24일 오후 4시 46분.

입국장의 자동문이 열리면서 창이 큰 흰 모자에 선글라스를 낀 미녀가 나타나자 겐죠는 그녀를 금방 알아보고 손을 번쩍 쳐들었다. 좋아서 어쩔 줄 모르는 그를 보고 옆에 서 있던 미야꼬가 입술을 삐쭉 내밀었다.

겐죠의 여동생인 그녀는 오빠가 하도 침을 튀기면서 한국에서 오는 여자 친구 이야기를 하는 바람에 직접 두 눈으로 그녀를 한 번 보기 위해 공항까지 따라왔던 것이다.

겐죠는 수줍은 청년이라 적극적인 표현 대신 기껏 악수나 하려고 손을 내밀었는데 오히려 여자 쪽에서 두 팔을 벌려 그를 껴안는 바람에 그는 완전히 당황하고 말았다. 마띨드는 그의 양쪽 뺨에 입을 맞추고 나서 겐죠의 소개를 받고 미야꼬와 악수를 나누었다. 겐죠 오누이는 모두 몸집이 작았는데, 미야꼬의 경우 웃을 때 볼우물이 생기는 것이 귀여운 데가 있었다. 겐죠는 한국과 일본의 과거사 관계에 관심이 많은 대학원생으로, 특히 임진왜란에 관해 학위논문을 쓸 생각을 가지고 있었다. 그는 한국에 대해 좀 더 많은 것을 알기 위해 Y대 부설 국제한국어학당에 입학하여 1년 가까이 한국어를 배우기까지 했었는데, 바로 그곳에서 같은 학생인 마띨드를 알게 되었던 것이다. 미야꼬는 대학 2학년 학생으로 생물학을 전공하고 있었다.

    그들은 지하철을 타고 도쿄 시내로 들어갔다. 미야꼬는 오빠의 여자 친구가 프랑스인이라고 해서 금발에 푸른 눈의 아가씨를 기대했었다. 그 때까지 겐죠는 누이에게 마띨드의 사진을 보여주지도 않았고, 무턱대고 기막힌 미인이라고만 말했던 것이다. 지하철을 타고 가는 동안 겐죠와 마띨드는 나란히 앉았고, 미야꼬는 그녀를 좀 더 자세히 보기 위해 일부러 그 맞은편에 앉았다. 프랑스 출신의 금발이 아닌, 같은 동양계 아가씨라는 사실이 조금은 실망스러웠지만 가만 보니 미인인 것만은 틀림없는 것 같았다. 선글라스와 모자를 벗으면 좀 더 자세히 볼 수가 있을 텐데 그녀는 좀처럼 그것들을 벗으려고 하지 않았다. 그러면 그렇지. 오빠 주제에 무슨 파리지엔느야. 미야꼬는 쓴 웃음을 지으면서 오빠를 지그시 바라보았다. 겐죠는 마띨드가 도쿄까지 자기를 찾아왔다는 사실에 감격해 하고 있는 것 같았다. 그가 너무 좋아서 어쩔 줄을 모르고 있는데 반해 여자 쪽은 의외로 냉담한 표정을 짓고 있었다. 오빠 혼자서 짝사랑하고 있는 거 아니야. 그녀는 조금 안타까운 생각이 들었다.

"지난 번 졸업식 때 저한테 준 스냅 사진 말이에요."
"아, 그거, 네네······. 사진 잘 나왔죠?"
마띨드의 느닷없는 사진 이야기에 겐죠는 당황해서 말했다.
"그래서 말인데 그 사진 뽑아 놓은 거 또 있나요?"
"네, 제가 한 장 가지고 있어요. 필요하면 얼마든지 뽑아 드릴 수 있습니다."
"뭐로 찍은 거죠?"
"자동카메라로 찍은 겁니다. 더 뽑아 드릴까요?"
"그게 아니고······ 그 필름 저한테 주시면 안 되나요? 사진이 너무 마음에 들어서 필름을 제가 보관하고 싶어서 그래요."
"아, 그거야 뭐······. 필요하시면 가져가십시오. 제 아파트에 가서 드리겠습니다."

미야꼬는 그들이 하는 말을 알아들을 수가 없었다. 그들은 한국말로 대화하고 있었다.

나리타 공항에서 도쿄 도심으로 들어가는 특급열차 나리타 익스프레스는 약 한 시간 만에 겐죠 일행을 시부야역에 내려놓았다. 미야꼬는 도중에 내릴까 하다가 약속 시간까지 아직 시간이 많이 남아 있었기 때문에 오빠가 살고 있는 아파트까지 따라가 보기로 했다. 마띨드와 아직 한마디도 주고받지 않았기 때문에 일부러라도 그녀에게 말을 걸어 그녀를 좀 더 자세히 관찰해 볼 생각이었다.

겐죠 남매는 오사카 출신으로, 부친은 번화가에서 초밥집을 운영하고 있었다. 두 남매는 모두 도쿄에서 학교를 다니고 있었기 때문에 겐죠는 부친이 부쳐 주는 돈으로 시부야에 있는 조그만 원룸 아파트에서 살고 있었고 미야꼬는 학교 기숙사에서 숙식을 해결하고 있었다. 오누이는 비교적 사이가 좋은 편으로 일1주일에 한 번 정도는 만나서 함께 식사를 하기도 하고 커피를 마시면서 잡담을 나누기도 했다.

시부야 거리에 넘쳐 나는 젊은이들의 모습을 보고 마띨드는 눈이 휘둥그레지는 것 같았다. 겐죠가 세 들어 있는 아파트는 번화가에서 조금 들어간 뒷골목에 있었다. 지은 지 얼마 안 돼 보이는 깨끗한 9층짜리 건물은 1층을 제외하고는 모두 원룸으로 꾸며져 있었다. 겐죠의 아파트는 9층에 있었다. 그는 좀 쑥스러워 하면서 마띨드를 집 안으로 안내했다. 조그만 아파트는 침대와 책상 하나로 거의 꽉 차 있는 것 같았다.

"보시다시피 작고 누추해서 미안합니다. 호텔로 모셔야 하는데······."

"아니에요. 아주 좋아요."

마띨드가 그렇게 말하는 바람에 겐죠는 마음이 다소 좀 놓였다. 그녀가 화장실 좀 사용하겠다고 하면서 그 안으로 들어가자 미야꼬는 재빨리 오빠에게 물었다.

"저 여자, 일본 말 알아들어요?"

"전혀······."

"그럼 안심하고 말해도 되겠네. 이 작은 침대에서 함께 잘 거예요?"

겐죠는 멀거니 누이를 쳐다보다가 멋쩍게 웃었다.

"할 수 없잖아. 비싼 호텔을 잡아 줄 수는 없고 말이야. 난 바닥에서 자도 돼."

"맙소사. 어떻게 그럴 수가……. 차라리 꽉 껴안고 잘 거라고 솔직히 말할 것이지. 꿍꿍이속이 있어서 그런 건데 뻔히 알면서 물어본 내가 바보라니까."

그녀가 눈을 흘기자 겐죠는 얼른 손가락을 세워 입으로 가져갔다.

"말조심 해."

그 때 화장실 문이 열리고 마띨드가 나왔다. 그녀는 모자는 벗었지만 선글라스는 그대로 쓰고 있었다.

마띨드의 짐은 아파트에 둔 채 그들은 밖으로 나왔다. 어느 새 거리는 불빛들로 환락의 본색을 드러내기 시작하고 있었다. 세 사람이 건널목에 잠시 서 있을 때 겐죠가 누이에게 슬쩍 말을 던졌다.

"어때?"

"좋아서 어쩔 줄 모르는데 내가 무슨 말을 한들 귀에나 들어가겠어요."

"그러지 말고 말해 봐."

"예쁘긴 한데 오빠하고는 안 어울려요. 오빠한테는 별로 관심이 없는 것 같아. 내가 잘못 본 건지 모르지만……."

"관심이 없으면 나한테 왔겠냐."

"글쎄, 두고 보면 알겠죠. 유럽적인 세련된 분위기는 있는데…… 도대체 어느 나라 출신이에요?"

그들은 길을 건너갔다.

"파리에서 태어났는데 아버지는 프랑스인, 어머니는 한국인이래. 어릴 때 모두 돌아가셨기 때문에 얼굴은 기억에 없나 봐."

"고아 출신이네."

"어떻게 보면 아주 불쌍한 여자야. 하지만 현명하고 강한 데가 있어."

"밤에도 선글라스를 끼고 다니나? 눈에 뭐가 난 거 아니야?"

"상관하지 마."

겐죠가 눈을 흘기자 미야꼬는 입을 삐쭉 내밀었다가 갑자기 저녁 식사를 자기가 사겠다고 말했다.

"그거 듣던 중 반가운 말이구나."

그들은 잠시 서서 식당을 물색하다가 마띨드가 초밥을 먹고 싶다고 하는 바람에 초밥집으로 몰려갔다. 겐죠가 잘 알고 있는 그 초밥집은 1인당 1,300엔만 내면 제한 없이 마음대로 먹을 수 있는 집이었다.

그들은 바처럼 생긴 스탠드 앞에 걸터앉아 둥근 회전대 위에서 돌아가고 있는 각종 초밥들을 보고 있다가 먹고 싶은 것이 있으면 접시 째 얼른 들어내서 먹고는 했다. 마띨드가 가운데 앉고 그 왼쪽에 겐죠가, 오른쪽에는 미야꼬가 자리 잡았는데 그녀는 회전대가 돌아가는 곳에 모로 앉았기 때문에 마띨드의 옆모습을 잘 관찰할 수가 있었다. 겐죠는 마띨드를 위해 맛있는 것을 골라 주곤 했는데, 그것을 보고 미야꼬는 은근히 질투를 느꼈다. 그녀는 지금까지 오빠한테서 그와 같이 자상한 대접을 받아 본 적이 없었다. 초밥에 곁들여 맥주까지 한 잔 마시고나자 미야꼬가 더 참지 못하고 물었다.

"밤에도 그렇게…… 항상 선글라스를 끼나요?"

그녀의 영어실력은 형편없었다. 하지만 마띨드는 알아들은 것 같았다. 그녀의 표정이 굳어지는 것을 보고 미야꼬는 한마디 더 보탰다.

"예쁜 얼굴을 왜 숨기는 거죠?"

"미야꼬, 무슨 짓이야?"

겐죠가 정색을 하고 나무라는 표정을 짓자 마띨드가 활짝 웃으며 선글라스를 벗었다.

"깜박 잊었어요. 선글라스를 끼고 있는 줄 몰랐어요."

마띨드는 미야꼬에게 유창한 영어로 말했다. 미야꼬는 그녀의 눈을 가만히 들여다보았다. 상대방을 빨아들일 것 같은 매혹적인 눈이었다.

"눈이 참 예뻐요. 왜 예쁜 눈을 가리세요? 햇빛이 강한 한낮에만 선글라스를 끼고 다른 때에는 끼지 마세요."

미야꼬는 아예 일본말로 말한 다음 오빠에게 통역을 좀 해 달라고 부탁했다. 겐죠는 누이의 말을 한국말로 통역해 주었다. 그 말을 듣고 마띨드는 미소를 지었다.

"제 눈은 빛에 아주 민감해요. 그대로 빛에 노출되면 실명할 수도 있으니까 가능한 한 선글라스를 오래 쓰고 다니라고 의사가 말했어요. 그래서 선글라스를 쓰고 다니다 보니까 아주 익숙해져서 밤에도 아무렇지도 않게 쓰고 다녀요."

마띨드의 말을 겐죠가 통역해 주자 미야꼬는 미안해했다.

"미안해요. 전 그런 줄도 모르고……. 선글라스 도로 끼세요.

"아니에요. 밤에는 괜찮아요. 햇빛이 안 좋지 전기불은 상관없어요."

미야꼬가 그들과 헤어진 것은 초밥집을 나온 후였다.

그녀는 탐조회 모임에 조금 늦게 참석해서 내일 삿뽀로행 탐조여행에 대해 이야기를 나누었다. 와인 한 잔으로 시간을 때운 후 그녀가 회원들과 헤어져 지하철역으로 향한 것은 밤 10시가 지나서였다. 20분쯤 지나 지하철역을 빠져나온 그녀는 파출소 앞을 지나치다가 무심코 게시판에 시선을 던졌다. 거기에는 수배중인 중범죄 용의자들의 사진과 함께 인적사항과 범죄내용 등이 실린 전단이 붙어 있었다. 그런 것은 1년 내내 보는 것이라 그냥 무관심하게 지나치기 일쑤였다.

그녀는 별 관심 없이 그 앞을 서너 걸음 지나쳤다. 그러다가 걸음을 멈추었다. 무엇인가 그녀를 잡아끄는 것이 있었다. 그것을 확인하려는 듯 그녀는 돌아서서 게시판 앞으로 다가갔다. 게시판 위에 붙어 있는 수배전단지 오른쪽 옆에 또 다른 전단지가 붙어 있었는데 그것은 크기는 작지만 거기에 실린 사진은 손바닥만 하게 커 보였다. 왼쪽 전단지에는 세 줄로 24명의 사진이 실려 있었지만 오른쪽 전단지에는 4명의 사진만 크게 게재되어 있는 것이 좀 특별해 보였다. 수배 내용을 읽어보고서야 그녀는 비로소 납득이 갔다. 왼쪽에 있는 24명은 일반 형사사건 피의자들로 모두 일본인들이었지만 오른쪽 4명은 외국 국적의 테러범들이었다. 수배전단의 맨 위쪽에는 '국제테러범 수배'라는 제목이 실려 있었다.

4명 중 세 명은 남자였고, 나머지 한 명은 여자였다. 국적별로 보면 사우디아라비아 두 명, 독일 한 명, 그리고 파키스탄 국적이 한 명이었다. 여자는 사우디 국적을 가지고 있었다. 미야꼬의 시선을 끈 것은 바로 그 여자였다. 눈에 띄게 아름답다는 것과 어디서 본 듯한 얼굴 같다는 점이 그녀의 발길을 멈추게 했던 것이다. 그녀의 이름은 무스타파 알 아스카리 자밀리아, 나이는 21세였다. 그리고 이름 옆에는 괄호 안에 '가명'이라고 적혀 있었다. 미야꼬를 놀라게 한 것은 그녀가 서너 시간 전에 헤어진 마떨드와 아주 비슷하다는 사실이었다.

"세상에! 이렇게 닮을 수가 있을까?!"

그녀는 머리가 멍해지면서 시야가 흐릿해져 왔다.

"아니야. 그럴 리가 없어. 내가 잘못본 거야."

그녀는 눈을 깜박거리다가 다시 뚫어지게 여자 테러리스트를 노려보았다. 닮았다고 보면 아주 흡사하게 닮은 것 같았고 달리 보면 좀 다른 것 같기도 했다. 그녀는 얼떨떨한 기분이 들었고, 자기 눈에 확신이 서지 않았다. 그녀는 피의사실을 읽어보았다. 다른 테러범들은 살인, 비행기 납치, 건물 폭파 등 무시무시한 피의사실들이 적시되어 있었지만 그녀의 경우에는 그런 사실들이 명기되어 있지 않았다. 그 대신 '대형 테러음모 용의자'라고만 되어 있었다.

"뭘 그렇게 쳐다보십니까?"

곁에서 들려온 굵은 바리톤 목소리에 그녀는 깜짝 놀라 한 걸음 옆으로 비켜섰다. 키가 크고 잘 생긴 경찰관이 싱글거리며 그녀를 쳐다보고 있었다.

"아, 그냥…… 지나가다가 보고 있었습니다."

"이 가운데 아는 얼굴이 있습니까?"

경찰관은 웃고 있었지만 모자 밑에서 반짝이는 두 눈은 차갑게 그녀를 응시하고 있었다.

"아, 아니에요. 이 여자가 너무 예뻐서 쳐다봤습니다."
"아, 그렇습니까. 같은 여자가 보기에도 미인인가 보죠?"
"네, 정말 예뻐요. 이렇게 예쁜 여자가 테러범이라는 게 믿기지가 않아요."
"얼굴은 예쁘지만 인터폴에서 수배한 1급 테러용의자입니다. 아주 무서운 여자죠."
"어머, 그렇군요. 그런데 인터폴이 무슨 뜻입니까?"
"인터폴은 국제형사기구를 말하는 겁니다. 국제적인 수사를 맡고 있는 기구입니다."
"아, 그렇군요. 잘 알겠습니다. 그런데 이 여자, 동양인 같은데 사우디아라비아 국적을 가졌군요?"
"그거야 알 수 없죠. 국제테러범들은 위장의 명수니까 모두 가짜일지도 모릅니다."

테러범들의 목에는 2백만 엔의 현상금이 걸려 있었다.

미야꼬는 혼란스러웠다. 시간이 흐르면서 자신이 본 것에 대해 점점 확신이 서지 않는 것을 느꼈다. 잘못 본 것인지도 모른다는 생각에 기숙사에 도착해서도 안절부절 못하고 있다가 마침내 겐죠에게 전화를 걸었다. 겐죠는 전화를 받지 않았다. 아직 집에 돌아오지 않은 것 같았다. 그녀가 겐죠와 통화한 것은 자정이 지나서였다.

"어, 밤늦게 웬 일이니?"

겐죠는 술에 취한 목소리였다.

"오빠, 내 말 잘 들어요. 이건 아주 심각한 이야기라고요."

"갑자기 왜 그래?"

"그 여자 함께 있어요?"

"응, 그래. 무슨 일인데 그래?"

"저기, 파출소 앞을 지나는데 게시판에 국제테러범들 사진이 붙어 있었어요. 모두 네 명이었는데 세 명은 남자들이었고 나머지 한 명이 여자였어요. 그런데 그 여자 테러범 얼굴이 마띨드하고 너무 비슷해요. 조금 마른 모습이긴 해도 아주 닮은 얼굴이었어요."

"무슨 말을 하는 거야? 그만 웃기고 가서 잠이나 자라고."

"오빠, 이건 그냥 넘길 일이 아니라고요. 경찰이 그러는데 그 여자는 인터폴이 수배하고 있는 1급 테러범이래요. 앞으로 대형 테러를 일으킬 가능성이 있는 테러범으로……."

"경찰에 신고했어?"

"아뇨. 아직 신고는 하지 않았어요. 오빠하고 먼저 상의하고 나서 하려고요. 아직 확신이 서지 않아요."

"이름이 뭐라고 돼 있어?"

갑자기 이름이 생각 안 난 그녀는 주머니 속에서 종잇조각을 꺼내 거기에 적어 놓은 이름을 읽었다.

"무스타파 알 아스카리 자밀리아…… 국적은 사우디아라비아로 돼 있어요."

"이름 하나 되게 길군. 이름부터 틀리잖아. 국적도 다르고. 쓸데없이 걱정하지 말고 얌전히 잠이나 자라고."

"경찰관 말이 국제테러범들은 본명을 쓰지 않고 모두 여러 개의 가명을 쓴대요. 그 사람들은 위장의 명수래요. 현상금까지 걸려 있어요."

"현상금 타고 싶어서 그러는 거냐?"

"아, 아니에요. 그런 건 아니고 나는 오빠가 걱정이 돼서 그런 거예요."

"현상금이 얼마야?"

"2백만 엔이오."

"알았어. 알았으니까 전화 끊어."

"오빠, 조심하세요. 진짜 테러범이면 오빠가 위험해요."

"이 봐. 이 세상에는 비슷하게 생긴 사람들이 많다고. 내가 확인해 볼 테니까 걱정하지 마."

"그 여자 처음부터 좀 이상했어요. 선글라스를 내내 끼고 있었고……."

겐죠 오누이가 전화통화를 하고 있을 때 마띨드는 겐죠가 찍은 스냅 사진을 만지작거리고 있었다. 커피숍에 앉아 커피를 마시고 있는 자신을 몰래 찍은 그 사진은 겐죠가 졸업식 때 그녀에게 주었던 사진하고 같은 것이있다. 책상 위에는 그 사진의 필름도 있었다. 그녀가 필름을 가지고 싶다고 하자 겐죠가 긴 필름에서 그 부분만 잘라서 주었던 것이다.

"이 사진도 저 주세요."

겐죠가 통화를 끝내자 마띨드는 사진을 집어 들었다.

"네?!"

겐죠는 몹시 당황해 하면서 그녀를 쳐다보았다. 안색이 갑자기 창백해져 있었다.

"이 사진, 저 달라고요."

"한 장 드리지 않았습니까?"

"잃어버렸어요. 제가 가져도 되죠?"

"그, 그렇게 하십시오. 저도 한 장 갖고 싶은데 필름까지 없으면 도리가 없겠는데요."

"제가 뽑아서 보내드릴 게요."

"굳이 그렇게 하시지 않아도 될 텐데요. 사진은 그냥 절주시고 필름을 가져가서 뽑으시면 되지 않을까요?"

그녀는 거기에 대해서는 아무 대꾸도 하지 않은 채 사진과 필름을 백 속에 챙겨 넣은 다음 갑자기 땀을 흘리고 있는 겐죠를 유심히 쳐다보았다.

"안 좋은 전화였나요? 안색이 안 좋아 보이는데……?"

"아, 아닙니다."

당황해 하는 겐죠를 쳐다보는 그녀의 두 눈에는 아무런 표정이 없었다.

그녀는 일본어를 모르기 때문에 겐죠가 누군가와 통화할 때 그의 말을 알아들을 수가 없었다. 하지만 수화기를 통해 얼핏얼핏 들려왔던 몇 마디는 귀에 익숙한 것들이었다. 목소리로 보아 겐죠에게 전화를 건 사람은 여자인 것 같았고, 그것도 여동생일 거라는 생각이 들었다. 얼핏 들렸던 여자의 말들 가운데 테러라는 말이 빈번하게 들렸고, 선글라스라는 말도 알아들을 수가 있었다. 그러나 그녀의 귀를 자극한 것은 무스타파…… 자밀리아라는 말이었다. 그 말은 분명히 알아들을 수가 있었다. 수화기를 통해 전화를 건 여자의 목소리를 곁에서 엿들을 수 있었다는 것이 다행이라면 다행이었다. 수화음이 너무 크게 들리도록 조절되어 있었던 것 같았다. 그리고 방 안은 아주 조용했고, 그래

도쿄 살인 · 309

서 상대방의 목소리가 그렇게 잘 들렸던 것 같았다.

"샤워 좀 하고 자야겠어요."

마띨드는 욕실로 들어갔다. 겐죠는 욕실 쪽에 귀를 기울이고 있다가 이윽고 물 흐르는 소리가 들리자 재빨리 일어나 책상 옆에 놓여 있는 마띨드의 숄더백을 집어 들었다. 그녀의 짐은 트렁크 하나와 숄더백이 전부였다. 그는 떨리는 손으로 재빨리 백 안을 뒤졌다. 테러범이라면 뭔가 이상한 것을 가지고 다닐 것이라고 생각하면서.

백 안의 큰 공간에는 일반 여자들에게서 볼 수 있는 화장품류와 지갑, 수첩, 그리고 영어로 된 소형 도쿄 안내책자 등이 들어 있었다. 백 안에는 또 다른 주머니가 두 개 붙어 있었다. 하나는 옆에 있었기 때문에 금방 알아볼 수 있었지만 나머지 하나는 바닥에 교묘하게 은폐되어 있었기 때문에 바닥을 만져 보기 전에는 그냥 지나치기 쉬울 것 같았다. 옆 주머니 안에는 여권과 지갑, 비행기표 등 비교적 중요한 것들이 들어 있었다. 그는 여권을 집어 들고 펴 보았다. 그것은 프랑스 여권으로 그녀의 얼굴 사진이 붙어 있었다. 이름은 마띨드 다르쟈크. 25세. 바닥을 만져 보자 무엇인가 만져지는 것이 있었다. 틀림없이 주머니 같은데 그것을 열 수 있는 장치가 보이지 않았다. 그것은 밀폐되어 있었다. 그는 백을 들고 바깥쪽 밑바닥을 살펴보았다. 바닥 모서리의 가죽으로 살짝 덮여 있는 부분을 젖히자 길게 지퍼가 보였다. 바깥쪽에서 안쪽의 바닥 주머니 속으로 물건을 넣을 수 있게 만들어진 장치였다. 그는 손을 집어넣고 안에 들어 있는 것들을 꺼내 보았다. 안에서 나온 것은 두 개의 여권이었다. 하나는 프랑스 여권이었고 다른 하나는 미국 여권이었다. 두 여권에는 그녀의 사진이 붙어 있었지만 양쪽에 적혀 있는 이름은 서로 달랐다. 프랑스 여권의 이름은 실비 카송, 미국 여권의 이름은 린다 웨이드였다. 덜덜 떨리는 손으로 그것들을 제 자리에 집어넣고 나서 백을 처음 있던 대로 책상 옆에 내려놓고 난 그는 뒤돌아서다가 소스라치게 놀랐다.

어느 새 나왔는지 그의 뒤에는 마띨드가 서 있었다. 그녀는 큰 타월로 벌거벗은 몸을 두른 채 무표정하게 그를 바라보고 있었다. 젖은 머리칼에서는 물이 흘러내리고 있었다. 샤워를 하다 말고 갑자기 나온 것 같았다. 그녀는 오른손에 머리빗을 들고 있었다. 겐죠는 너무 당황한 나머지 되는대로 변명을 늘어놓았다.

"미, 미안합니다. 그냥 호기심에…… 헤헤…… 여자들 백 속에 도대체 뭐가 있는지 궁금해서…… 허락 없이 만져서 미, 미안합니다."

"쓸데없는 짓을 했군요."

슬픈 어조로 그녀가 말했다. 그녀는 한 걸음 가까이 다가섰다.

"정말 미, 미안합니다."

겐죠는 뒤로 물러섰다.

"여권까지 봤으니까 이제 경찰에 신고할 차례군요."

얼음처럼 차가운 두 눈이 그를 응시하고 있었다.

"뭘 시, 신고한단 말입니까?"

"위조여권을 두 개나 봤잖아요. 내가 누구란 건 이제 대강 짐작이 갔을 거고."

겐죠는 머리를 흔들면서 다시 한 걸음 물러섰다. 그러나 그것이 마지막 선이었다. 그의 뒤에는 창문이 버티고 있었다.
"마띨드, 난 믿고 싶지 않아요. 당신의 정체가 뭔지 알고 싶지도 않아요. 그냥 친구로 알고 지내고 싶어요."
"내 정체를 알고 싶어서 백을 뒤진 게 아닌가요?"
"그, 그게 아니에요! 마띨드, 왜 갑자기 우리 사이가 이렇게 됐죠? 우리 앉아서 이야기해요. 이야기하면 우린 금방 서로를 이해할 수 있을 겁니다. 난 누가 뭐라고 해도 당신을 이해할 수 있어요."
겐죠는 그녀의 손을 잡고 침대 쪽으로 가서 앉았다. 마띨드도 순순히 그의 곁으로 다가앉았다.
"아까 전화한 사람이 나에 대해서 이야기했나요?"
겐죠는 고개를 끄덕였다.
"여동생 전화였죠?"
"네, 미야꼬 전화였습니다."
"나에 대해서 뭐라고 하던가요? 미야꼬 목소리가 대강 들리긴 했지만 난 좀 더 자세한 것을 알고 싶어요."
겐죠는 망설였다. 미야꼬의 전화 목소리를 들었다면 부인한들 믿지 않을 것이 뻔했다.
"파출소 앞에 있는 게시판에…… 당신 사진이 붙어 있는 걸 보고 전화한 겁니다. 여자 국제테러범 수배 사진인데 당신 얼굴하고 아주 비슷하다고 하면서 걱정을 많이 했습니다. 전 그럴 리가 없다고 했습니다. 세상에는 비슷한 사람들이 많지 않습니까?"
"하지만 위조여권까지 발견했는데 미야꼬의 말을 안 믿을 수 있나요?"

"그건 저기……."

여기서 겐죠의 말은 막히고 말았다. 그는 우물쭈물하다가 갑자기 그녀의 손을 잡고 사랑을 고백했다.

"마띨드, 내가 얼마나 당신을 사랑하는지 모를 겁니다. 마띨드, 사랑해요! 당신이 비록 테러범이라 해도 나는 당신을 사랑할 겁니다!"

상대는 가냘픈 여자였다. 이런 여자쯤이야 힘으로 누를 수 있을 거라고 생각한 그는 갑자기 그녀의 입을 자신의 입으로 덮치면서 그녀를 침대 위로 쓰러뜨렸다. 기회를 보아 밖으로 도망칠 궁리를 하면서 그녀의 몸에 두르고 있는 타월을 젖히고 젖가슴을 주무르기 시작했다. 그녀의 젖가슴은 풍만하지 않고 약간 부풀다가만, 나이 어린 10대 소녀의 그것 같았다. 젖꼭지도 작고 발그레했다.

그는 여자를 완전히 흥분시켜 놓은 다음 그녀가 방심한 틈을 타서 도망가야겠다고 생각했다. 키스하던 입을 아래로 가져가 이번에는 그녀의 젖꼭지를 빨았다. 그런데 이상하게도 그녀는 미동도 하지 않은 채 가만히 누워 있었다. 몸을 뒤틀거나 적어도 가는 신음소리 정도는 나올 법도 한데 그대로 죽은 듯이 가만 있었다. 그는 입으로 젖꼭지를 빨아대면서 마지막 지점을 공략하기 위해 사타구니 사이로 오른 손을 뻗었다. 당연히 거기에는 무성한 숲과 습기 머금은 깊은 계곡이 그를 기다리고 있을 거라고 생각하면서. 그러나 그의 기대는 완전히 빗나가고 말았다. 그의 손에 만져진 것은 물 흐르는 계곡이 아니라 물컹한 그 무엇이었다. 그는 멈칫했다가 얼른 상체를 일으켰다. 그리고 그녀의 사타구니를 내려다보았다. 그의 눈에 들어온 것은 여자의 음부가 아닌 남성의 발기한 성기였다.

"억!"

겐죠는 괴성을 지르면서 침대에서 뛰어 일어났다. 그러나 그보다 먼저 마띨드의 팔이 뒤에서 그의 목을 휘여 감았다. 그와 함께 송곳 같이 날카로운 것이 옆구리를 파고드는 것이 느껴졌다. 겐죠는 그녀에게서 벗어나려고 했지만 그럴수록 팔은 무쇠처럼 단단히 그의 목을 조여들고 있었다.

"도대체 넌 여자냐 남자냐?"

겐죠는 다른 그 무엇보다도 그것을 물어보고 싶었다. 그러나 목이 막혀 아무 소리도 낼 수가 없었다.

제3의 여인은 겐죠의 옆구리에 박힌 빗을 빼냈다. 머리빗의 손잡이 끝은 송곳처럼 뾰쪽했다. 옆구리에서 피가 흘러나오고 있었다. 그 정도로는 얼른 죽지 않는다는 것을 그녀는 알고 있었다. 그래서 이번에는 심장을 겨누고 머리빗의 손잡이 끝을 찔러 넣었다. 될수록 충격을 많이 주기 위해 깊이 찔렀다. 부르르 경련을 일으키던 겐죠의 몸에서 서서히 힘이 빠지는 것이 느껴졌다. 그녀는 목을 감았던 팔을 풀면서 얼른 뒤로 물러났다. 겐죠는 손으로 상처를 누르면서 비틀비틀 몸을 일으켰다. 마띨드를 바라보는 그의 두 눈은 놀라움과 공포로 가득 차 있었다. 그러나 그것은 이내 애끓는 호소의 빛으로 변하고 있었다.

"안 돼…… 네가 나한테 이럴 수가…… 난 할 일이 많아…… 너무 많아…… 난 세상을 사랑해…… 아, 어머니…… 용서해 주세요……."

그는 피에 젖은 손을 들어 가만히 들여다보다가 바닥으로 힘없이 나둥그러졌다. 마띨드는 차가운 눈으로, 괴로운 신음소리를 내고 있는 겐죠를 내려다보다가 트렁크 속에서 칼을 꺼냈다.

겐죠는 흐릿해지는 시야 속을 가리고 있는 남성의 성기를 멀거니 올려다보았다. 그것은 단단히 발기한 채 그의 눈 위에서 끄덕거리고 있었다.

"이제 네 목을 제단에 바쳐야 할 차례야."

마띨드는 왼손으로 겐죠의 머리칼을 움켜잡고 위로 잡아당겼다. 머리가 어느 정도 쳐들려지자 칼로 서슴없이 목을 자르기 시작했다. 검붉은 피가 분수처럼 쏟아져 나오면서 목에서 그르렁거리는 소리가 났다. 그와 함께 마띨드의 성기에서 허연 정액이 분출했다. 그녀는 오르가즘에 몸을 떨면서 마지막 한 방울까지 쥐어짰다.

목을 반쯤 잘랐을 때 갑자기 전화벨 소리가 울렸다. 그녀는 움켜잡고 있던 머리칼을 놓고 몸을 바로 했다. 그의 목에서는 더 이상 그르렁거리는 소리가 나지 않았다. 그녀는 두 팔을 벌리고 자신의 몸을 내려다보았다. 온몸이 피투성이였다. 그녀는 욕실로 들어가 샤워를 틀고 머리부터 씻기 시작했다.

전화벨은 한참 동안 울려 대다가 멈추더니 다시 울리기 시작했다.

피를 모두 씻어 낸 그녀는 거울 앞에 서서 몸을 닦았다. 그녀의 몸은 여자처럼 부드러워 보였다. 호르몬 주사 때문에 그렇게 변한 것이었다. 젖가슴도 크지는 않지만 소녀의 그것처럼 봉긋 솟아 있었다. 얼굴 생김새나 몸뚱이는 영락없는 여자였다. 그러나 사타구니에서 덜렁거리고 있는 물건은 그녀가 사내임을 말해 주고 있었다. 그녀는 자기 자신을 중성으로 생각하고 있었다. 그렇게 생각하는 것이 속이 편했다. 그녀는 드라이어로 머리를 손질한 다음 마지막으로 칼을 집어 들었다. 휴지로 물기를 닦아낸 다음 손가락 끝으로 칼날의 한 면을 쓰다듬었다. 그것은 반으로 접을 수 있는 잭나이프였다. 날 길이만 13센티이고 손잡이는 15센티였다. 폈을 때의 길이가 28센티나 되기 때문에 살상용 무기로는 나무랄 데가 없었다. 손잡이는 은으로 덮여 있었고, 그 위에는 아랍어로 타크피르라는 글자가 금빛으로 인각되어 있었다.

전화벨은 더 이상 울리지 않았다. 그녀가 짐을 챙겨 들고 겐죠의 아파트를 나온 것은 20분쯤 지나서였다. 그녀는 택시를 타고 긴자까지 갔다가 다른 택시를 이용해서 도쿄 역으로 향했다. 플랫폼에는 먼 남쪽으로 떠나는 열차가 출발시간을 수분 남겨 놓고 숨을 고르고 있었다. 그녀는 후쿠오카행 침대열차에 급히 올라 짐을 부린 다음 재킷을 벗고 자리에 털썩 주저앉았다. 잠시 후 열차가 소리 없이 출발하고 있었다. 특실 침대칸에는 침대 하나와 소파, 그리고 작은 탁자가 놓여 있었다. 그녀는 스쳐 가는 불빛들과 어둠을 바라보면서 한참 동안 미동도 하지 않고 앉아 있었다.

미야꼬는 너무 걱정이 되고 불안해서 잠을 이룰 수가 없었다. 어둠 속에서 몸을 뒤척이고 있던 그녀는 더 이상 참지 못하고 발딱 일어나 앉았다. 불을 켜고 시계를 보니 3시가 가까워 오고 있었다. 오빠 때문에 너무 불안해서 그 때까지 잠을 못 이루고 있었던 그녀는 자신이 판단을 잘못했음을 뒤늦게야 깨달았던 것이다. 몇 번이나 전화를 걸었지만 오빠는 전화를 받지 않았다. 자정이 조금 지나 마띨드가 국제테러범일지도 모르니 조심하라는 전화를 하고난 뒤 아무래도 마음이 놓이지 않아 다시 전화를 걸었었는데 그 때부터 오빠하고는 통화를 할 수가 없었다. 그럴 경우 즉시 경찰에 연락했어야 했다. 그런데 지금까지 걱정만 하면서 불안해 하다가 아까운 시간만 허비하고 말았던 것이다.

기숙사를 빠져나온 그녀는 가까운 파출소로 달려갔다. 지난 밤 파출소 앞에서 자기에게 말을 걸었던 그 잘 생긴 경찰관한테 도움을 청하고 싶었던 것이다. 이윽고 파출소 앞에 도착한 그녀는 가쁜 숨을 고르면서 창문을 통해 안을 들여다보았다. 그녀가 찾는 그 미남 경찰관은 마침 자리에 있었다. 그는 책상 앞에 단정히 앉아 책을 읽고 있었다. 미야꼬는 망설이다가 조심스럽게 문을 열고 안으로 들어갔다.

"어서 오십시오. 어? 아까 게시판 앞에서 봤던……?"

미남 경찰관은 그녀를 알아보고 반갑게 맞았다.

"그런데 이 밤중에 웬 일이십니까?"

"저기 드릴 말씀이 있어서 왔습니다."

"아, 그래요? 우선 앉으십시오."

의자에 앉은 미야꼬는 가슴이 콩콩 뛰고 입 속이 말라붙어 안절부절못했다. 그녀의 표정을 살피던 경찰관은 따뜻한 오차를 한 잔 따라 주었다.

아침 출근시간대의 도쿄 거리는 샐러리맨들의 물결로 넘쳐 난다. 특히 지하철에서 쏟아져 나오는 샐러리맨들의 모습은 거대한 개미군단을 연상케 할 정도로 대단해서, 일본에 처음 와 본 외국인들은 일본 사회의 거대한 메커니즘에 일종의 공포감까지 느끼게 된다.

지하철 안에 발 디딜 틈 없이 빽빽이 들어찬 샐러리맨들은 하나같이 검정색 계통의 양복에 넥타이 차림이다. 거기에다 약속이나 한 듯 모두가 서류 가방을 하나씩 들고 있다. 그리고 또 하나 공통점이 있다. 모두가 조용히, 다른 사람들에게 실례가 될까 봐 극도로 조심하면서 무엇인가를 읽고 있다. 신문, 잡지, 만화, 단행본 등 그들이 보고 있는 것은 각양각색이지만 아침 출근시간인 만큼 신문을 들여다보고 있는 사람들이 단연 많아 보인다. 모두가 옆 사람의 신경을 거스르게 하지 않으려고 신문을 활짝 펴지 않고 작게 접어서 보고 있다. 그 날 아침 신문의 톱기사는 상당히 충격적인 내용이었기 때문에 모두가 거기에 정신이 팔려 있었다. 톱기사의 제목부터가 사람들의 관심을 끌기에 충분할 정도로 아주 자극적이었다.

　　　—국제여자테러리스트 국내 잠입, 남자 대학원생을 살해하고 도주
　　　—범인은 프랑스 국적의 동양계 여인, 흉기로 피해자 목 잘라
　　　—잔인한 범행수법에 수사진도 경악

테러범의 사진은 대문짝만하게 실려 있었다. 일본 경찰은 범인의 도주로를 차단하고 검문검색을 강화하고 있다고 했다.

수사진이 미야꼬의 진술을 통해서 얻은 정보는 테러범의 이름이 마띨드라는 것, 그리고 국적이 프랑스라는 것과 전날 서울발 JAL기를 타고 오후 3시 40분에 나리타 공항에 도착했다는 것 정도였다.

비행기가 도착해서 입국 수속을 밟고 짐을 찾은 다음 입국장을 빠져나오기까지는 약 30분에서 한 시간쯤 걸린다. 대기하는 사람들이 많거나 입국 심사가 까다로우면 시간이 더 오래 걸릴 수도 있다. 겐죠 오누이가 공항 터미널에서 마띨드를 만난 것이 오후 4시 45분이었으니까 그녀는 정상적으로 입국했다고 볼 수 있었다. 그런데 입국자 명단에 그녀의 이름이 없었다.

5월 24일 오후 3시 40분에 나리타에 도착한 JAL기가 서울을 출발한 것은 두 시간 20분전인 오후 1시 20분이었다. 그런데 승객명단에 마띨드라는 이름을 가진 프랑스 국적의 여인은 존재하지 않았다. 입국자 명단에도 그와 같은 이름은 없었다. 그렇다면 그녀는 다른 이름으로 입국한 것이다. 겐죠 오누이는 그녀를 프랑스 국적의 마띨드로만 알고 있었으니 수사에 혼선이 일어난 것은 당연한 일이었다.

후쿠오카 공항 1997년 5월 25일 아침.

그녀는 프랑스 국적의 마띨드 다르쟈크라는 이름을 버리기로 했다. 마띨드라는 이름은 더 이상 존재해서는 안 된다고 그녀는 생각했다.

밤새 야간열차를 타고 내려온 그녀는 몹시 피곤했다. 침대 위에 누워서 왔지만 잠을 자지 못하고 거의 뜬 눈으로 밤을 새웠기 때문에 그럴 수밖에 없었다. 그녀는 화장실 변기 위에 앉아 손거울을 들여다보았다. 희고 맑던 얼굴은 햇볕에 오래 그을린 듯 검게 변해 있었다. 그 위에 물결치는 머리가 얹혀져 있었고, 두 눈에는 뿔테 안경이 얹혀져 있었다. 그녀는 안경을 벗은 다음 눈 부위의 화장을 좀 더 진하게 했다. 눈초리를 좀 더 길게 만든 다음 다시 안경을 썼다.

이윽고 화장실을 나온 그녀는 노스웨스트 항공사 카운터를 찾아가 비행기 표를 내밀었다.

"워싱턴을 가려고 하는데 빈자리가 있을까요?"

그녀가 영어로 능숙하게 말하자 여직원은 미소를 지으면서 고개를 끄덕였다.

"네, 있습니다."

여직원은 비행기 표를 펼쳐 본 다음 조금 의아한 표정으로 말했다.

"이건 나리타 공항에서 출발하는 표인데요? 그리고 출발일자도 오늘이 아니라 28일입니다."

"알고 있습니다. 그렇지만 급한 일이 생겨서 지금 출발하지 않으면 안 됩니다. 어머니가 위독하시기 때문에 그렇습니다. 부탁합니다."

여직원은 컴퓨터를 두드려 보더니 밝은 표정으로 그녀를 쳐다보았다.

"이 표는 비즈니스석이군요. 이 표를 취소하고 다시 표를 구입하셔야 하는데 같은 비즈니스 석으로 하시겠습니까?"

"네, 그렇게 해 주십시오."

"표 값은 안 내셔도 됩니다. 하지만 발권 수수료는 내셔야 합니다. 11시 35분에 출발하는 워싱턴행이 있는데 그걸로 하시겠습니까?"

"네, 그걸로 해 주세요."

제3의 여인은 수수료를 지불하고 나서 여권을 꺼내 놓았다. 그것은 미국 여권으로, 거기에는 린다 웨이라는 이름이 인쇄되어 있었다.

여직원은 한참 동안 컴퓨터를 두드린 다음 비행기 탑승권을 발행했다. 마지막으로 짐을 부치고 나서 제3의 여인이 고맙다고 인사하자 여직원은

"좋은 여행 되십시오."

하고 말했다.

그녀가 몇 걸음 떼어놓았을 때 뒤에서 그녀를 부르는 소리가 들려왔다.

"린다 씨!"

린다 웨이는 돌아서서 카운터로 되돌아갔다.

"죄송합니다. 거스름돈을 안 드렸습니다."

여직원은 수수료를 내고 남은 거스름돈을 돌려주었다.

이제 마지막 관문이 남아 있었다. 린다는 아직 시간이 좀 남아 있었기 때문에 커피숍에 앉아 크루아상을 뜯어먹으면서 커피를 천천히 마셨다. 이쪽으로 등을 보이고 앉아 있는 남자의 어깨 너머로 신문이 보였는데 거기에는 그녀의 사진이 크게 실려 있었다. 커피숍을 나온 그녀는 신문 파는 곳을 찾아 돌아다니다가 잡화점 앞에서 걸음을 멈췄다. 가게 앞 판매대에는 주간지와 신문

들이 꽂혀 있었는데 모두가 일본어로 된 것들 뿐이었다. 그녀는 요미우리신문을 한 부 사 들고 출국장으로 들어갔다. 검색대를 통과한 다음 출국 심사대쪽을 바라보았다. 심사대 네 군데에서 심사를 진행하고 있었다. 맨 왼쪽에는 여자 심사관이 앉아 있었고 가운데 두 곳은 젊은 남자들이 맡고 있었다. 맨 오른쪽 자리에 앉아 있는 심사관은 가장 나이 들어 보이는 초로의 남자였다. 그는 도수 높은 안경 너머로 출국자를 힐끗 쳐다본 다음 기계적으로 스탬프를 찍어 대고 있었다. 그 바람에 그쪽에 서 있는 줄이 가장 빨리 줄어들고 있었다. 린다는 그쪽 줄로 가서 섰다.

마침내 그녀 차례가 되었다. 그녀는 심사대 앞으로 다가서서 여권과 비행기 탑승권을 내밀었다. 그리고 무표정하게 심사관을 쳐다보았다.

심사관은 눈을 깜박거리면서 여권과 탑승권을 훑어보았다. 여권에 붙어 있는 사진을 보고나서 앞에 서 있는 여자를 힐끗 쳐다본 다음 여권 뒤표지 안쪽에 부착되어 있는 출국카드를 떼어 냈다.

출국카드에는 일본 체류기간이 5일로 되어 있었다. 그런데 그보다 출국이 4일이나 앞당겨져 하루 만에 그녀는 떠나고 있었다. 그런 경우는 흔하기 때문에 아무 문제될 것이 없었다. 마지막으로 심사관은 린다 웨이라는 영문 이름을 컴퓨터 키로 두드렸다. 그러자 린다의 입국 기록이 화면에 나타났다. 그녀는 5월 24일 서울발 12시 15분 노스웨스트 항공편으로 입국했고, 도착지는 나리타 공항이었다. 심사관은 그런 것은 거들떠보지도 않은 채 출국 란에다 날짜와 편명, 출발시간과 행선지를 입력한 후 린다의 여권에다 스탬프를 찍었다.

린다는 가만히 한숨을 내쉬면서 여권과 탑승권을 받아들고 보세구역으로 들어섰다. 여행자들의 주머니를 노리는 매점들이 근사하게 포장된 상품들을 진열하고 사람들의 눈길을 끌고 있었지만 그녀는 그런 것은 거들떠보지도 않은 채 사람들이 별로 없는 공간을 찾아갔다.

활주로가 훤히 내려다보이는 창가에 자리 잡은 그녀는 한동안 멍한 표정으로 창밖을 바라보았다. 밖에는 비가 내리고 있었다. 구름은 낮게 깔려 있었고 바람까지 세차게 불고 있었다. 캐세이 패시픽 소속 비행기 한 대가 막 활주로를 박차고 날아오르고 있었다. 그녀는 신문을 펴 들었다. 그녀의 사진은 1면에 큼직하게 실려 있었다. 톱기사로 다룬 것으로 보아 매우 충격적인 기사가 실려 있는 것이 분명해 보였다. 그녀의 사진보다 아래쪽에는 겐죠의 사진이 작게 실려 있었다. 다음 페이지에는 피에 젖어 있는 겐죠의 방 내부를 찍은 사진도 게재되어 있었다. 시신은 치웠는지 보이지 않았다. 그녀는 신문을 접은 다음 두 눈을 감았다. 금방 잠 속으로 빠져들 것처럼 피로감과 함께 졸음이 밀려왔다.

그녀는 겐죠한테 5월 24일 서울서 JAL기 편으로 도쿄에 가는데 도착시간이 오후 3시 40분이라고 말했었다. 연락을 받은 겐죠는 잔뜩 흥분한 목소리로 공항에 마중 나가겠다고 했다. 그러나 그녀가 탄 비행기는 한 시간 앞서 출발한 노스웨스트 기였다. 오후 2시 35분경에 나리타 공항에 도착한 그녀는 짐을 찾은 다음 곧바로 입국장을 빠져나가지 않고 화장실로 들어가 한 시간 가까이 시간을 보냈다. 화장실 안에서 그녀는 검게 그을린 얼굴에 물결치는 머리를 한 린다 웨이 모습을 마띨드의 모습으로 고쳤다. 그런 다음 막 도착한 JAL기 승객들 속에 섞여 입국장을 빠져나갔던 것이다.

국제 수사회의

서울 주한 미국대사관, 1997년 5월 27일 오후 2시 39분.
문이 열리면서 조금 큰 키에 검게 얼굴이 그을린 마흔 안팎의 사내가 방 안으로 불쑥 들어왔다. 대기하고 있던 사람들은 동양인 얼굴을 하고 있는데다 운동선수처럼 스포츠형 머리에 단단한 근육질로 뭉쳐 있는 듯한 그의 외모를 보고 조금 의외라는 듯한 표정들을 지었다. 그는 그들과 일일이 악수를 나누면서 명함을 주고받았다. 그의 명함 앞뒷면에는 한글과 영문으로 주한 미국대사관 공보담당영사 피터 킴이라고 인쇄되어 있었다.
피터를 만나러 온 사람들은 모두 여섯 명이었는데 국적별로 보면 한국인 두 명과 일본인 두 명, 그리고 미국인이 두 명이었다. 피터는 그들과 이야기할 때 한국어와 영어는 물론 일본어까지 능숙하게 구사했기 때문에 사람들은 그의 외국어 실력에 적이 놀라는 눈치였다. 참석자 여섯 명 가운데 유일하게 여자가 한 명 끼어 있었는데 그녀는 한국측 형사였다. 그녀는 펑퍼짐한 얼굴에 양처럼 순한 눈매를 가진 전형적인 한국 여인의 모습을 하고 있었다.

서주희가 일본측 수사 관계자로부터 연락을 받은 것은 5월 25일 정오 무렵이었다. 처음 전화를 받은 사람은 형사 과장이었는데 일본어에 서툰 그가 몇 마디 하다 말고 당황해서 그녀를 다급하게 불렀던 것이다. 그녀는 형사들 가운데서 일어 실력이 단연 뛰어났고 영어도 어느 정도 할 줄 알기 때문에 외국인을 상대해야 할 경우가 생기면 모두가 그녀를 불러대곤 했다.

도쿄 경시청의 하루다 형사로부터 사건의 전말을 대충 전해들은 서 형사는 사건의 심각성을 깨닫고 상부에 즉시 보고했다. 상부에서는 국제적인 수사공조가 필요한 것을 알고 일본측에서 부탁한 내용을 아예 서 형사에게 일임했다. 그녀가 외국어에 능통하기 때문에 외국과의 공조수사에는 그녀가 적임자라고 판단했기 때문이었다.

사실 그녀는 국제테러사건이나 살인사건 같은 강력사건을 맡을 입장이 아니었다. 그녀는 형사과가 아닌 외사과 소속으로 외국인 상대의 사소한 사건이나 그들의 동향을 감시하는 일을 주로 맡고 있었다. 그렇다고 해서 그녀가 강력사건을 기피한 것은 아니었다. 호기심이 많고 남자 못지 않게 모험심이 강한 그녀는 살인사건 같은 것을 맡아서 수사해 보고 싶었다. 그러나 상부에서는 단지 그녀가 연약한 여자인데다 외국어를 구사할 줄 안다는 이유를 내세워 그녀를 외사계에 박아 놓았던 것이다. 하지만 그녀는 기회 있을 때마다 강력계 쪽을 넘봤고, 그럴수록 그쪽에서는 그녀에게 얼씬거리지도 못하게 했다. 그러던 차에 이번에 아주 자연스럽게 강력사건을 맡게 되었던 것이다. 단독 수사가 아닌, 일본과 공조수사를 벌여야 하는 것이긴 하지만 국제테러와 얽힌 살인사건이라는 점에서 그녀에게는 아주 큰 물고기가 걸려든 셈이었다. 일본 수사관들이 직접 날아오고 CIA까지 나선 것을 보면 보통 사건이 아닌 것만은 분명한 것 같았다.

"피살자인 겐죠 씨의 여동생 말에 의하면 겐죠 씨는 얼마 전까지 한국의 한 대학에서 한국어를 배웠다고 하는데 마띨드를 만난 것은 바로 거기서 이었다고 합니다. 그러니까 그 대학에서 범인과 함께 한국어를 배운 겁니다. 이건 겐죠 씨가 여동생한테 자랑삼아 한 이야기이기 때문에 사실인 것 같습니다. 그리고 겐죠 씨가 한국어를 배운 학교의 정식 이름은 Y대학교 부설 국제한국어학당입니다. 겐죠 씨가 받은 수료증에 그렇게 기재되어 있습니다."

이것은 하루다 형사계장이 그녀에게 이야기한 내용 가운데 가장 중요한 부분이었다. 서 형사는 하루다 형사의 이야기를 하나도 놓치지 않기 위해 통화내용을 모두 녹음해 두었다.

"수료증을 보면 겐죠 씨는 1년 과정으로 거기서 한국어를 배웠습니다. 그렇다면 범인 역시 1년 동안 거기에 다녔다는 말이 됩니다. 함께 공부한 동기생들도 있을 것이고, 학교측에서도 범인에 대해 많은 것을 알고 있을 것이라고 생각합니다. 그곳에 가보면 많은 정보를 얻을 수 있을 거라는 생각이 듭니다."

그렇게 말한 하루다 형사는 자못 흥분해 있는 것 같았다.

그 때부터 이틀하고 반나절 동안 그녀는 정신없이 뛰어다녔다. 그 결과 그녀는 뜻밖의 사실들을 알아낼 수가 있었고, 그 사실들에 대한 보강수사에 전력을 기울일 생각을 하고 있었다.

그녀의 파트너는 외사과에서 함께 일하고 있는 동갑내기 남자 형사였다. 친구처럼 서로 허물없이 지내는 사이이기 때문에 그녀가 이번 일에 일부러 그를 끌어들였던 것이다.

서 형사는 회의를 주재하고 있는 피터 킴을 호감어린 눈으로 바라보았다. 그의 이야기는 겉으로 흘려들으면서, 그런 것보다는 그의 매력적인 모습에 정신이 팔려 있었다.

피터는 한국계 미국인으로, 공식적으로는 주한 미국대사관 공보담당영사로 행세하고 있지만 사실은 한국 주재 CIA 부책임자였다. 그의 가족이 미국으로 이민을 간 것은 그가 중학교에 다니고 있을 때였다. 그 후 30년 가까이 미국에서 살아오는 동안 그는 완전한 미국인으로 동화되어 지금은 미국 시민권자로서 미국을 위해 봉사하고 있었다. 그는 철두철미 미국화 되어 있었다. 하지만 부모로부터 떨어져 나와 따로 독립하기 전까지는 엄격한 부친 밑에서 한국식 가정교육을 받으면서 집 안에서는 한국말만 쓰도록 강요받았기 때문에 결국 지금까지 한국어를 잊지 않고 능숙하게 구사할 수 있게 되었던 것이다.

이번 사건에 CIA가 나서게 된 것은 일본 쪽에서 일본 주재 CIA요원에게 정보를 주었기 때문이었다. CIA는 국제테러리스트를 쫓는데 혈안이 되어 있었다. CIA는 인터폴과 손을 잡고 테러범들을 색출하고 있었다. 이번에 일본 전역에 나붙은 국제테러범 수배전단도 CIA 요구로 제작 배포된 것이었고, 현상금도 CIA 돈으로 지불하기로 되어 있었다.

일본 주재 CIA 책임자는 자밀리아가 일본에 잠입했고, 잠입한 바로 다음 날 일본인 대학원생을 살해한 것을 알고는 소스라치게 놀랐다. 자밀리아는 보진카 계획의 주범이고, 비록 그 계획은 실패했지만 앞으로 그 이상의 대형 테러를 일으킬 가능성이 가장 높은 가장 위험한 테러범이었다. CIA가 수배하고 있는 국제 테러리스트들 가운데서 제3의 여인으로 불리고 있는 그녀는 제1호 수배 인물이자 가장 긴급히 체포해야 할 대상이었다. 그런 인물이 도쿄에 나타나 잔혹한 살인까지 저지르고 도주했으니 도쿄의 CIA 책임자가 놀라는 것도 무리는 아니었다. 그는 일본 경찰로부터 확보한 정보를 즉시 한국 주재 CIA 책임자에게 넘기면서 한국 쪽에서 동시에 수사에 착수해 줄 것을 요청했다. 그리고 일본 수사진이 한국 경찰에 수사를 의뢰하기 위해 서울에 가는 것을 알고는 CIA 요원 한 명을 동행시켰다. 그러다 보니 서울에서 자연스럽게 국제적인 합동수사회의가 열리게 되었던 것이다.

한국 쪽 CIA 책임자는 사실상 부책임자인 피터 킴이라고 할 수 있었다. 한 달 전 책임자가 다른 곳으로 전출된 후 아직 후임자가 부임하지 않은 상태이기 때문에 피터가 모든 일들을 책임지고 처리하고 있었다.

피터는 합동수사회의를 자신이 주재해야 할 필요성을 느꼈다. 아니, 자신이 주재하지 않으면 안 된다고 생각했다. 한국 경찰은 처음에는 주도권을 빼앗기지 않으려고 경찰청에서 회의를 가지려고 했지만 이번 사건이 단순 살인사건이 아닌 국제테러와 연관된 매우 심각한 사건이라는 피터의 설명을 듣고는 CIA

의 요청에 따르기로 했다. 거의 동시에 장관도 경찰 수뇌부에 CIA에 적극 협조하라는 지시를 내렸다.

사실 CIA는 자국도 아닌 한국에서 수사의 주체가 될 수 없기 때문에 한국 경찰이 협조하지 않으면 한 발짝도 움직일 수가 없었다. 그래서 피터는 한국 형사들을 잔뜩 기대에 찬 눈으로 바라보고 있었다. 일본에서 온 형사들도 한국 형사들에게 기대를 걸기는 마찬가지였다. 하지만 한국 형사들은 우선 외모부터가 신통치 않아 보였다.

여자는 펑퍼짐한 얼굴에 총기라고는 도무지 없어보이는 얼굴을 하고 있었고 몸집도 뚱뚱해서 움직임이 둔해 보였다. 남자 쪽은 어려 보였고 여자처럼 예쁘장한 모습을 하고 있었다.

하지만 모두가 잔뜩 기대를 걸고 서주희가 풀어놓을 보따리를 기다리고 있었다. 범인의 한국에서의 행적은 앞으로의 수사에 아주 중요한 단서가 될지도 모르기 때문이었고, 거기에 가장 가까이 접근한 사람이 바로 한국 수사진이기 때문이었다.

미국 CIA 요원들과 일본 형사들이 한 자리에 모였다면 국제 수사진이라고 할 수 있었다. 그 앞에서 입을 열자니 서 형사는 너무 긴장한 나머지 몸이 떨리고 목이 바짝 타들어 가는 것 같았다. 그녀는 앞에 놓인 커피로 목을 축이고 나서 수사기록에 시선을 고정시켰다. 그런 다음 어렵사리 입을 열었다.

"먼저 양해를 구하겠습니다. 일본 경찰로부터 연락을 받고 즉시 수사를 시작했지만 불과 이틀 남짓밖에 시간이 없었기 때문에 별로 많은 것을 알아내지는 못했습니다. 하지만 시간을 두고 더 수사하면 범인에 대해 좀 더 많은 것을 알아낼 수 있을 거라고 생각합니다."

그녀는 일본어로 유창하게 말하기 시작했다. 피터와 일본에서 온 CIA 요원은 일본어를 알아들었기 때문에 의사소통에 별 문제는 없었다.

"한국에서 범인은 프랑스 국적의 마띨드 다르쟈크란 이름으로 행세했습니다. 그런데 지난 5년 동안 그런 이름으로 한국에 입국한 외국인은 없었습니다. 프랑스 대사관에 알아본 결과 프랑스에는 그런 이름을 가진 여자가 아홉 명이 있었습니다. 아홉 명 가운데 세 명은 지난 5년 사이에 사망했고 네 명은 50세가 넘은 여자들이었습니다. 나머지 두 명 가운데 한 명은 12세이고 다른 한 명은 28세인데 현재 영국에 거주하고 있는 것으로 밝혀졌습니다. 사망자 세 명 가운데 한 명은 75세에 사망했고 또 한 명은 25세로 교통사고로 사망했습니다. 나머지 한 명 역시 교통사고로 사망했는데 나이는 15세였습니다. 범인은 영국에 거주하고 있는 여자일 수도 있고, 아니면 교통사고로 사망한 25세의 여자 신분을 도용했을 수도 있습니다. 아니면 전혀 다른 인물일 수도 있습니다. 프랑스 대사관은 본국 정부에 수사를 의뢰해 놓았다고 하니까 조만간 결과를 알 수 있을 거라고 봅니다."

CIA 요원들과 일본 수사관들은 미동도 하지 않은 채 서 형사의 말에 귀를 기울이고 있었다. 그들 앞에는 녹음기가 한 대씩 놓여 있었다.

"범인이 언제 어떤 이름으로 한국에 입국했는지, 그리고 언제 어떤 이름으로 출국했는지는 아직 밝혀내지 못했습니다. 그건 그렇고 그 여자가 Y대학교 국제한국어학당에 입학한 것은 약 1

년 전인 96년 5월 6일이었습니다. 프랑스 국적의 마띨드 다르쟈크란 이름으로 등록했습니다. 입학 서류에는 파리8대학에서 동양사를 전공한 것으로 기록되어 있고, 여권번호도 적혀 있었습니다. 하지만 주한 프랑스대사관에서 알아본 결과 모두 가짜였습니다. 마띨드는 지난 5월 13일 한국어 과정을 모두 수료하고 졸업했는데, 78명 가운데 성적이 가장 뛰어나 수석졸업을 했습니다. 교사들 말로는 아주 예의 바르고 총명한 학생이었다고 합니다. 그런데 졸업식 때 그 여자가 졸업생을 대표해서 한 인사말이 아주 인상적이었다고 합니다. 교사들은 그 내용을 뚜렷이 기억하고 있었습니다."

서 형사는 더 이상 주눅이 들어 있지 않았다. 안정감을 찾은 그녀는 차분한 목소리로 수사결과를 이야기했고, 외국인들은 호기심어린 눈으로 그녀를 바라보고 있었다.

그 때 문이 열리더니 키가 큰 외국인이 들어왔다. 피터가 일어나 먼저 그와 악수를 나눈 뒤 다른 사람들에게 그를 소개했다.

그는 FBI 요원이었다. 피터는 그에게 서 형사가 지금까지 한 이야기를 대충 들려주었다. FBI 요원은 사건 내용을 이미 파악하고 있는 듯 고개를 크게 끄덕이면서 서 형사 쪽으로 시선을 던지곤 했다. 잠시 후 서 형사가 다시 입을 열었다.

"영어로 설명할 수 없습니까? 난 일본어를 모릅니다."

FBI 요원이 말했다. 서 형사는 일본팀을 바라보았다.

"영어로 해도 되겠습니까?"

"괜찮습니다. 우리 둘 중에 한 사람은 알아들을 테니까요."

하루다 형사가 웃으면서 말했다. 그는 두 눈이 길게 찢어지고 입이 유난히 커 보였다. 웃을 때면 그 큰 입을 크게 벌리는 바람에 하얗고 건강해 보이는 치열이 고스란히 드러나곤 했다. 서 형사는 영어로 말하기 시작했다.

"범인이 왜 한국어를 배웠는지는 알 수가 없습니다. 한국을 베이스캠프로 삼아 테러를 계획하려고 그랬는지, 아니면 다른 어떤 이유가 있었는지 그건 알 수가 없습니다. 하지만 그 여자가 졸업식 때 했다는 인사말에서 뭔가를 유추해 볼 수는 있을 거라고 생각합니다. 마띨드는 졸업식장에서 졸업생을 대표해서 이런 말을 했다고 합니다. 자기 어머니는 프랑스에 유학한 한국인이었는데 자기가 한 살도 되기 전에 사망했기 때문에 얼굴도 모른다고 했습니다. 그리고 아버지는 파리 사람인데 그도 일찍 세상을 떠났다고 합니다. 그녀는 자기가 한국어를 잘하게 된 것은 뿌리가 한국이기 때문에 그런 것 같다고 했습니다. 그리고 한국어를 공부하게 된 것은 어머니를 좀더 이해하고 한국에 대해서 알고 싶어서 공부를 했다고 했습니다. 한국어를 공부하면 그것이 마치 솜사탕처럼 자연스럽게 입 안으로 녹아들었다는 말도 했습니다. 그녀는 영광을 어머니에게 돌리면서 눈시울을 붉히기까지 했습니다."

새로운 사실에 외국인 수사관들은 잔뜩 긴장하는 모습을 보였다. 한편으로는 그녀의 유창한 영어 실력에 적잖게 놀라는 것 같았다.

"졸업식 때 했다는 그 말이 사실일까요?"

하루다가 물었다.

"글쎄요. 아직 확인이 되지 않았기 때문에 뭐라고 단정 지을 수는 없습니다. 하지만 그 날 졸업식장에 있었던 사람들의 말을 종합해 보면 심금을 울릴 정도로 감동적이었고, 마띨드는 눈시울까지 붉혔다고 합니다. 사실이 아니라면 그럴 수 있었을까 하는 생각이 듭니다만……."

"1급 테러범이라면 변신에 뛰어납니다. 감쪽같이 사람들을 속일 수 있을 정도로 변신술에 능하기 때문에 신중하게 판단해야 합니다."

피터가 말했다. 서 형사는 서류철을 만지작거리다가 자기 생각을 이야기했다.

"어떻든 제 생각에는 일단 마띨드가 졸업식 때 한 말이 사실일지도 모른다고 보고 수사를 할 생각입니다. 그건 쉽지 않은 일이겠지만 할 수 있는 데까지 알아볼 생각입니다. 현재로서는 마띨드 어머니와 아버지의 이름도 모릅니다. 그들이 언제 사망했는지, 어디서 어떻게 사망했는지, 유학생이었다면 어느 학교를 다녔는지, 한국에는 마띨드의 외가가 있는지 등등…… 알아보고 싶은 것들이 너무 많습니다. 이걸 한 번 봐주시겠습니까?"

그녀는 여러 장의 사진을 꺼내 먼저 피터에게 건네주었다.

그것들은 모두 마띨드의 사진이었다. 그녀는 거의 선글라스를 낀 모습으로 사진이 찍혔는데 어떤 것은 그렇지 않은 것도 있었다.

"그 사진들은 마띨드와 함께 공부했던 학생들과 한국어 학당 교사들한테서 빌린 것들입니다. 놀러 가서 찍은 것도 있고 캠퍼스에서 찍은 것도 있습니다. 교실이나 카페에서 찍은 사진도 있고 졸업식 때 기념으로 찍은 것도 있습니다."

그들은 돌아가면서 차례대로 사진들을 돌려보았다. 사진을 모두 보고난 그들은 상당히 놀라는 표정들이었다.

"이틀 동안에 일을 많이 하셨군요."

하루다가 감탄한 듯 말하자 피터도 한마디 했다.

"이건 놀라운 성과입니다. 뛰어난 솜씨가 아니고는 범인에 대해 이렇게 많은 사진을 확보할 수가 없습니다. 수사에 큰 도움이 되리라 생각합니다."

과분한 칭찬에 그녀는 얼굴이 빨개졌다. 그녀가 사진을 모두 각자 주인에게 돌려주어야 하기 때문에 지금 복사해 두는 것이 어떻겠느냐고 하자 피터는 부하 직원을 불러 사진을 여유 있게 복사하라고 지시했다. 분위기가 가라앉자 서 형사가 다시 차분하게 입을 열었다.

"마띨드의 말이 사실이라면 한국에는 틀림없이 그녀의 외가가 있을 거라고 생각합니다. 하지만 그 외가에 대한 정보가 하나도 없기 때문에 찾는 것이 쉽지가 않습니다. 그 외가를 찾아내면 마띨드의 어머니에 대해서 알 수 있을 것이고, 결국은 마띨드에 대해서도 보다 정확한 것을 알아낼 수 있을 거라고 봅니다. 하지만 외가를 찾는 것이 가능할지는 지금 자신할 수가 없습니다. 정보가 없기 때문에 시간이 많이 걸릴 것은 당연합니다. 시간이 많이 걸려도 찾아낼 수만 있다면 다행입니다. 하지만 영영 못 찾아낼 수도 있습니다."

"어머니가 프랑스에 유학했다면 프랑스 쪽에도 알아보는 게 어떨까요? 그리고 그 시기에 프랑스에 유학했던 한국 학생들을 수소문해서 만나 보면 뭔가 정보를 얻을 수 있지 않을까요?"

이렇게 말한 사람은 하루다 형사였다. 서 형사는 거기에 동의한다는 듯 고개를 끄덕였다.

"그렇지 않아도 그 생각을 했습니다. 하지만 그 여자가 정확히 어느 시기에 프랑스에 유학했는지 그것을 알 수가 없습니다. 그걸 알아낼 수만 있다면 수사가 의외로 쉬워질 수도 있습니다. 그래서 생각해 본 것인데 마띨드의 나이를 넉넉잡고 20에서 30세 사이로 본다면 그녀의 어머니는 2, 30년 전에 프랑스에 유학하면서 마띨드를 낳았을 거라고 생각합니다. 그 시기에 아기를 낳고나서 1년도 못돼 죽은 한국 유학생을 찾으면 될 것 같은데 그게 가능할지는 프랑스 수사관들의 노력에 달려 있겠죠. 한국 쪽에서는 그 시기에 프랑스에 유학했다가 돌아온 사람들을 상대로 우리가 최대한 알아보겠습니다. 프랑스 쪽은 아무래도 CIA 쪽에서 손을 쓰는 게 낫지 않을까요?"

"그 쪽은 우리가 맡겠습니다."

하고 피터가 말했다. 시주희는 하던 말을 계속했다.

"그 밖에 한국에서의 마띨드의 행적에 대해서 조사해 보도록 하겠습니다. 그 여자가 한국어학당에서 1년 동안 한국어를 공부한 것이 확인된 이상 그 행적은 많이 남아 있을 거라고 봅니다. 그 여자는 적어도 1년 이상 한국에 머물었을 테니까요. 무엇보다 그 여자가 머물었던 숙소를 찾아내는 것이 급선무라고 생각합니다. 그 곳을 찾아내면 다른 정보도 알아낼 수 있을 거라고 봅니다."

"함께 한국어를 공부했던 사람들 가운데 그 여자의 집을 알고 있는 사람은 없었나요?"

FBI 요원 브루스가 물었다.

"제가 만나 본 사람들 가운데에는 아무도 없었습니다. 아시겠지만 함께 한국어를 공부한 사람들은 모두 외국인들입니다. 그들은 졸업하자마자 바로 자기 나라로 돌아간 사람도 있고 아직 한국에 남아 있는 사람도 있습니다. 한국에 아직 남아 있는 사람들도 거주지가 불안정하기 때문에 자주 이사를 하는 경향이 있습니다. 아무튼 수소문해서 더 많은 사람들을 만나 보도록 하겠습니다."

"마떨드의 사진을 신문에 게재하고…… 공개수사하면 어떨까요? 시, 신문에 나면 여기저기서…… 신고가 들어올지도 모, 모르지 않습니까? 외가 쪽에서도 연락이 올지 모르고……."

여자처럼 예쁘게 생긴 조문재 형사가 불쑥 끼어들었다. 외사과 소속이긴 하지만 그의 영어 실력은 서 형사에 비해 아주 서툴렀다. 그의 말을 서 형사가 다시 한 번 영어로 말해 주자 외국인들의 표정이 다양하게 엇갈렸다.

"어떻습니까? 난 반대할 이유가 없다고 보는데……?"

피터 킴이 주위를 둘러보면서 의견을 물었다. 그러자 하루다가 거기에 동조하고 나왔다.

"저도 공개하는 것이 낫다고 생각합니다. 일본에서는 이미 공개수사를 하고 있는데 한국에서 비공개수사를 해야 할 이유가 없다고 봅니다. 공개수사를 하면 수사가 훨씬 빨라지고 의외의 정보를 얻을 수 있을지도 모릅니다."

더 이상 그 의견에 반대하는 사람이 없었기 때문에 서 형사는 한국에서의 수사 방향을 공개수사 쪽으로 돌리기로 했다. 그런데 공개수사가 광범위하게 이루어지고 탄력을 받기 위해서는 주요 언론의 협조와 CIA 및 FBI, 그리고 일본 경찰의 측면지원이 필요했다.

"합동으로 기자회견을 하는 게 어떻겠습니까? 한국 경찰이 단독으로 하는 것보다는 여러분들과 함께 기자들을 만나면 그들도 사건의 중요성을 깨닫고 기사를 크게 다루어 주리라고 생각하는데……?"

서 형사의 의견에 일본에서 건너온 CIA 요원 마이어슨이 신중한 어조로 말했다.

"기자들을 만나게 되면 그 여자에 대해 속속들이 캐물을 텐데, 문제가 없겠습니까?"

"그 여자가 인터폴에서 수배한 1급 테러리스트로, 앞으로 대형테러를 일으킬 가능성이 있는 위험인물이라고 강조하는 선에서 끝내면 별문제는 없을 겁니다."

피터가 내수롭지 않게 받아넘기자 합동 기자회견은 자연스럽게 결정되었다. 그리고 기자회견은 다음 날 오전 11시에 하기로 의견이 모아졌다.

"그 여자가 한국에 1년 이상 거주했다면…… 혹시 공범은 없었을까요?"

지금까지 한마디도 하지 않았던 아오키 형사가 조심스럽게 일본어로 물었고, 그것을 하루다가 영어로 통역했다. 새로운 지적에 사람들은 긴장하는 표정을 지었다. 아오키 형사는 마침 복사하러 가지고 갔던 사진들이 돌아오자 그 가운데서 두 장을 추려냈다. 그리고 그것들을 여러 사람들이 볼 수 있게 쳐들어 보이면서 이렇게 말했다.

"털이 많이 난 이 남자는 이 두 장의 사진에서 모두 제3의 여인 곁에 다정하게 붙어서 있습니다."

두 장의 사진은 모두 졸업식 때 찍은 것인 듯 대여섯 명씩 나란히 서서 활짝 웃고 있었다.

마띨드 옆에 나란히 서서 웃고 있는 남자는 키가 크고 턱 주변이 온통 털로 덮여 있었다. 아오키가 다시 말을 이었다.

"제가 이 남자를 주목하는 것은 아랍계 남자인 것 같아서입니다. 사진을 모두 봤지만 아랍계로 보이는 사람은 이 남자밖에 없었습니다. 혹시 공범이 아닐까 생각합니다만……."

피터가 아오키로부터 사진을 건네받아 뚫어지게 들여다보더니 서 형사 쪽으로 시선을 돌렸다.

"이 털보에 대해 알아봤습니까?"

"사진에 나온 사람들에 대해서는 일일이 다 알아볼 수가 없었습니다. 다만 교사들에게 물어본 결과 졸업생과 졸업생이 아닌 사람들은 분류해 볼 수가 있었습니다. 교사들은 이 털보가 졸업생이 아니고 마띨드의 졸업을 축하하기 위해 왔었던 손님이었다고 합니다."

"아랍계가 분명한 것 같습니다. 만일 이 남자가 공범이라면 또 다른 공범이 두세 명 더 있을 가능성이 큽니다. 이 남자에 대해서는 제가 알아보겠습니다. 마띨드의 행적과 그 여자의 주변 인물들에 대해서 계속 수사해 주시기를 부탁합니다."

피터의 부탁에 서 형사는 고개를 끄덕였다.

"공개수사에 기대를 걸어 보겠습니다. 그리고 신고가 들어오는 대로 즉시 수사에 착수하겠습니다."

"이해가 안 되는 점이 있습니다."

그 말에 모두가 FBI 요원 쪽을 쳐다보았다. 그는 큰 손을 흔들면서 말했다.

"아무리 1급 테러범이라고 하지만 범인은 일개 가냘픈 여자에 지나지 않습니다. 그런 여자가 젊은 남자를 어떻게 그렇게 잔인한 방법으로 살해할 수가 있는지 도무지 이해가 안 됩니다. 남자는 별로 저항도 못해 보고 당한 것 같은데…… 아무튼 엄청난 힘을 가진 자가 아니고는 그와 같은 살인은 사실상 불가능하다고 생각합니다. 살인사건을 오랫동안 맡아 온 입장에서 경험상으로 말씀드리는 겁니다. 그래서 이런 생각을 해봤습니다. 첫 번째는 남자 공범이 있었지 않았나 하는 점입니다. 두 번째는 피해자가 많이 취해 있었던가 수면제 같은 약물 복용으로 의식이 없었을 가능성 등입니다. 이 점에 대해서 일본측의 설명을 듣고 싶습니다."

하루다가 차를 마시다 말고 얼른 답변할 자세를 취했다.

"좋은 지적을 해 주셨습니다. 저희도 여자 혼자서 젊은 남자를 그처럼 잔혹하게 살해했다는 것이 믿어지지가 않습니다. 지금도 그 점은 납득이 가지 않습니다. 하지만 여러 가지 점들을 살펴볼 때 범인이 혼자서 겐죠 씨를 살해했을 거라는 생각이 점점 더 굳어지고 있습니다. 그것도 정신이 멀쩡한 청년을 압도적인 힘으로 제압해서 살해했을 가능성이 크다고 보고 있습니다. 공범 관계를 말씀하셨는데, 조사 결과 공범이 있었던 흔적은 발견되지 않았습니다. 부검 결과 알코올 성분이 조금 나왔을 뿐 다른 약물도 전혀 검출되지 않았습니다. 피살자는 평소 술을 조금밖에 마시지 못한다고 했습니다. 옆구리에 난 상처 속에서는 머리를 빗는 빗 조각이 발견됐습니다. 그것은 이 빗의 손잡이 끝부분이었습니다."

그는 부러진 빗을 찍은 사진을 들어 보였다. 거기에는 상처에서 발견된 빗 조각도 함께 찍혀 있었다.

"범인은 먼저 빗으로 피해자의 옆구리를 찔렀습니다. 처음 찌른 위치는 별로 치명적이지 않았기 때문에 두 번째로 심장을 찔렀습니다. 심장을 찔린 피해자가 쓰러지자 그 다음에 칼로 목을 자른 것 같습니다."

"머리빗으로 사람을 죽이다니 보통 솜씨가 아니야. 저항은 없었나요?"

피터가 눈을 빛내면서 물었다. 하루다는 고개를 흔들었다.

"별로 저항한 흔적이 없었습니다. 겐죠 씨는 왜소한 체격을 가졌는데, 그렇다해도 여자한테 별로 저항도 못해 보고 무력하게 당한 것을 보면 이해가 안 갑니다. 결국 경찰은 다음과 같은 결론을 내릴 수밖에 없습니다. 범인은 여자이긴 하지만 고도의 살인훈련을 받았고 남자 이상의 괴력을 지니고 있을 거라는 결론입니다."

"제가 여러 사람들한테 들은 바에 의하면 범인 역시 가냘픈 몸매에 165센티 정도의 키를 가졌다고 하는데, 그런 몸에서 과연 남자 이상의 괴력이 나올 수 있을까요?"

서 형사가 의문을 제기하자 하루다는 동의한다는 듯 머리를 끄덕였다.

"겐죠 씨의 여동생한테서 범인의 모습에 대해 상세히 들었습니다. 말씀하신대로 범인은 그 정도의 키에 연약한 체격의 소유자입니다. 하지만 육체적 조건이야 어떻든 그 여자 혼자서 겐죠 씨를 살해한 것이 거의 확실합니다."

"겉모습만 보고는 판단할 수가 없습니다. 외모는 가냘프지만 벗겨 놓고 보면 근육질로 뒤덮인 사람들이 있습니다. 더욱이 살인연습으로 다져진 몸이라면 얼마든지 강력한 힘을 발휘할 수가 있습니다."

브루스가 하루다의 말을 거들었다.

"왜 범인은 위험을 무릅쓰고 겐죠 씨를 살해했을까요? 자기 신분이 노출될 텐데 왜 그런 바보 같은 짓을 했을까요?"

마이어슨이 물었다. 거기에 대해 하루다가 다시 대답했다.

"겐죠 씨의 여동생인 미야꼬 씨의 진술을 들어보면 범인은 신분이 노출되는 위험에 직면했던 것 같습니다. 그래서 급히 겐죠 씨를 살해한 것으로 보입니다. 처음부터 칼을 사용하지 않고 먼저 빗으로 겐죠 씨를 찌른 것을 보면 그것을 알 수가 있습니다. 그리고 범인의 신분이 노출된 것은 겐죠 씨가 미야꼬 씨의 전화를 받고나서였을 것으로 추정됩니다. 미야꼬 씨는 파출소 게시판에 붙어 있는 테러 용의자 수배사진에서 마띨드를 알아보았습니다. 그래서 생각 끝에 먼저 오빠한테 전화를 걸었습니다. 하지만 오빠는 집에 없었습니다. 외출에서 돌아온 오빠와 통화한 것은 자정이 지나서였습니다. 미야꼬 씨는 오빠한테 게시판에서 본 것을 이야기해 주었는데 오빠는 웃으면서 그럴 리가 없다는 반응을 보였답니다. 미야꼬 씨는 오빠한테 주의를 주고 나서 전화를 끊었지만 불안해서 잠을 잘 수가 없었답니다. 경찰에 신고할까 말까 망설이다가 한 시간쯤 뒤에 오빠한테 다시 전화를 걸었는데 전화를 받지 않았답니다. 이미 살해당했기 때문에 전화를 받을 수가 없었을 겁니다. 미야꼬 씨의 진술로 볼 때 겐죠 씨는 밤 12시에서 1시 사이에 살해당한 것으로 보입니다. 미야꼬 씨는 계속 오빠한테 전화를 걸어 대다가 더 이상 참지 못하고 기숙사를 나와 파출소로 달려갔습니다. 그 때는 이미 3시가 지난 시간이었습니다. 미야꼬 씨는 자기가 경찰에 늦게 신고한 것을 통탄하고 있지만 이미 소용없는 짓이 되고 말았죠."

누군가가 혀를 찼다.

"왜 그런데 목까지 잘랐을까요? 아무리 흉악한 테러범이라고 하지만 여자가 그렇게 잔인한 짓을 할 수 있을까요? 칼로 찌르는 건 이해가 가는데 목까지 자른다는 건…… 그것도 여자가 그런 짓을 했다는 게 아무래도 납득이 가지 않습니다. 어떻게 그렇게 잔인한 짓을……."

서 형사가 목을 움츠리면서 말했다.

그녀의 손에는 피해자의 죽은 모습을 찍은 사진이 들려 있었다. 비슷하면서도 다른 각도에서 찍은 사진들은 여러 장 있었는데 어떤 것은 목이 잘려 있는 부위만 크게 확대해서 찍은 것도 있었다. 그 사진들은 일본측 수사관들이 준비해 온 것들이었다.

"목을 자른 것은 확실히 죽이기 위해 그랬겠죠."

하루다 형사가 말했다.

"하지만 여자가 어떻게 그런 짓을 할 수가 있죠?"

"모르시는 말씀. 사실은 여자가 더 잔인합니다. 연약하고 아름다운 여자라고 해서 잔인한 짓을 못할 거라고 생각하면 큰 오산이에요. 막판에 몰리면 여자가 더 잔인해지는 법입니다. 어떤 대테러 전문가가 쓴 책 가운데 '여자를 먼저 쏴라' 라는 책이 있습니다. 저격수가 테러범들을 사살하기 위해 대기하고 있을 때 제일 먼저 쓰러뜨려야 할 타깃으로 여자 테러범을 지목한 거죠. 왜 여자를 먼저 사살하라는 명령을 내렸느냐 하면 여자 테러범이 가장 잔인하게 굴고 끝까지 항복하지 않고 저항하기 때문에 그런 겁니다."

브루스의 말이었다. 그의 말에 수긍이 간다는 듯 서 형사가 고개를 끄덕이는 것을 보고 피터가 끼어들었다.

"그렇게 볼 수도 있지만 나는 좀 다르게 해석하고 싶어요. 아직 확실하게 단언할 수는 없지만 범인은 타크피르 조직원이 아닌가 하는 생각이 듭니다."

"그건 무슨 조직입니까?"

FBI 요원 브루스의 질문에 모두가 궁금하다는 듯 피터 킴을 바라보았다.

"타크피르에 대해서는 별로 들어보신 적이 없을 겁니다. 정식 이름은 타크피르 왈 히즈라, 해석하면 '저주와 탈출' 이라는 의미입니다. 60년대 이집트에서 싹튼 극단적인 이슬람 사상의 한 분파인데 이슬람의 파시즘이라고 불릴 정도로 극단중의 극단입니다. 같은 이슬람이라 해도 자기들과 노선이 다르면 적으로 간주하고 살인을 서슴지 않는, 타협을 모르는 집단이죠. 그래서 폭력만이 유일한 수단이고, 그중에서도 목을 자르는 전문기술이 뛰어납니다. 일찍이 알 카에다도 공격을 당한 적이 있는데,

지금의 알 카에다가 이렇게 성장할 수 있었던 것도 타크피르한 테서 폭력을 배웠기 때문이라는 말도 있습니다. 범인이 그렇게 잔인하게 목을 자른 것을 보면 타크피르 조직원이 아닌가 하는 생각이 듭니다."

"여자가 칼로 사람을 죽일 경우 거의가 칼로 찌르는 것이 일반적인 경향입니다. 한두 번 찌르는 경우도 있고 미친 듯이 찔러대는 경우도 있습니다. 하지만 목을 자른 경우는 지금까지 보지 못했습니다. 목을 자르면 우선 피가 많이 쏟아지기 때문에 살인자는 그런 짓은 기피합니다."

살인사건을 많이 다루어온 하루다가 말했다.

"그건 남자의 경우도 마찬가지입니다."

하고 브루스가 말했고, 그 뒤를 피터가 다시 이었다.

"만일 범인이 타크피르가 맞는다면 앞으로 테러의 양상은 보다 과격해질 가능성이 크다고 봅니다. 과격한 테러는 많은 희생이 뒤따릅니다. 이번 사건을 보고 테러범들의 움직임이 본격화되었다는 생각이 듭니다. 수면 하에서 겨우 숨이나 쉬면서 죽은 듯이 잠복해 있는 것이 아니라 수면 위로 올라와 아주 건강하게 활동하고 있다는 것이 이번 사건을 계기로 드러났습니다. 우리 CIA 요원들 사이에서 이 여자는 제3의 여인으로 통하고 있습니다. 그리고 현재 총력을 기울여 뒤쫓고 있습니다."

피터는 제3의 여인을 찍은 사진들 가운데서 제일 선명하게 나온 사진을 집어 들고 흔들었다.

"다행히 사진을 많이 확보했기 때문에 앞으로의 수사에 큰 도움이 되리라고 봅니다. 이 사진들을 전 세계 수사진에 배포할 생각입니다. 지문도 확보해 놓았기 때문에 제3의 여인은 거의 노출되어 있는 것이나 다름없습니다. 아무튼 우리는 이 여자를 하루 빨리 체포하지 않으면 안 됩니다. 이 여자를 체포하는 것이 최우선 과제입니다. 각국이 긴밀히 협조해서 수사력을 최대한 동원하면 체포는 시간문제라고 봅니다. 이 여자는 언제 터질지 모르는 시한폭탄이기 때문에 터지기 전에 손을 쓰지 않으면 안 됩니다."

"그 여자가 그렇게 주목받는 이유가 뭡니까? 그 여자에 대해서 좀 자세한 것을 알 수 없겠습니까?"

눈이 유난히 작은 아오키 형사가 정중하게 물었다.

"그렇지 않아도 말씀드리려고 했습니다. 제3의 여인은 2년 전 필리핀의 마닐라를 방문한 교황을 암살하려고 했습니다. 그것은 암호명 '보진카' 계획으로, 거기에는 교황 암살 외에 또 하나 아주 큰 테러가 포함되어 있었습니다. 보진카 계획을 구체적으로 살펴보면……."

피터가 보진카 계획을 이야기하는 동안 그것을 처음 듣는 사람들은 하나같이 놀란 표정으로 귀를 기울이고 있었다. 서 형사는 입을 멍하니 벌리고 있었다. 피터는 자신의 이야기를 모두가 진지하게 듣고 있는 것을 보고 더욱 열정적으로 이야기했다.

"교황 암살 계획을 보면 이 여자가 단독으로 폭탄을 안고 교황에게 돌진할 계획이었습니다. 그러니까 교황과 함께 자폭할 계획이었습니다. 이처럼 이미 죽음을 각오하고 테러를 노리고 있는 만큼 언제 터질지 모르는 시한폭탄이나 다름없습니다. 그 계획이 실패하면 대형 여객기를 몰고 가서 비행기와 함께 CIA 본부에 돌진할 계획이었는데, 그것도 자폭하겠다는 거였습니다. 충동적으로 그렇게 하는 것이 아니고 그것을 위해 그 여자는 장기간 계획을 세우고 그 계획에 따라 비행 조종사 교육까지 받았습니다. 이것만 봐도 그 여자가 얼마나 무서운 여자인가를 알 수가 있을 것입니다. 만일 보진카 계획이 성공했을 경우, 그러니까 교황이 암살당했거나 아니면 12대의 비행기가 동시에 납치되어 그 중 두 대는 CIA본부와 펜타곤에 충돌하고 나머지 열 대는 공중에서 폭파됐을 경우 전 세계에 끼쳤을 충격은 상상할 수 없을 정도로 컸을 것입니다. 다행히 보진카 계획은 그들이 거주한 아파트에 불이 나는 바람에, 아주 단순한 실수 하나 때문에 실패로 돌아가고 말았지만 그들은 계속해서 테러를 준비하고 있기 때문에 언제라도 다시 실행될 수 있는 위험성을 가지고 있습니다. 우리는 거기에 대해 또 다른 정보를 가지고 있습니다. 하지만 여기서는 그것을 공개할 수가 없습니다."

모두가 얼어붙은 표정이 되어 있었다. 피터는 입 밖으로 나오려는 '봄은 오지 않을 것이다' 라는 암호명을 안으로 깊이 삼켜버렸다.

"보진카 계획을 주도했던 범인들은 모두 세 명이었습니다. 그 중 두 명은 체포되고 제3의 인물인 이 여자만 아직 체포되지 않았습니다. 그래서 우리는 이 여자를 제3의 여인으로 부르고 있는데, 마닐라에서의 이 여자의 이름은 무스타파 알 아스카리 자밀리아로 국적은 사우디아라비아였습니다. 하지만 우리가 확보한 또 다른 위조여권을 보면 노르웨이 국적으로 이름은 소피아 사벨이었습니다. 그리고 세 번째로, 이번에 드러난 프랑스 국적의 마띨드 다르쟈크가 있습니다."

피터는 한국측 수사관들과 일본에서 온 형사들을 번갈아 쳐다보았다.

"지금 가장 긴급한 것은 제3의 여인의 출입국 기록입니다. 한국과 일본에서의 출입국 기록이 모두 필요합니다. 그것이 있어야만 그 여자가 어디로 갔는지 알아낼 수가 있습니다. 제가 생각하기에는 제3의 여인은 이미 일본을 빠져나갔을 거로 봅니다. 하지만 어떤 이름으로 출국했는지 그것을 알아내지 못하면 추적이 불가능해집니다. 다시 말씀드리지만 그의 행적을 추적하기 위해서는 어떤 이름으로 입출국 했는지 그것을 반드시 알아내야 합니다. 한국 쪽에서도 동시에 그 점을 수사해야 합니다. 양국에서 공동수사를 하면 그 여자의 출입국 기록이 발견되리라고 봅니다."

한국과 일본 형사들은 약속이나 한 듯 일제히 고개를 끄덕였다. 하루다가 서 형사보다 먼저 입을 열었다.

"그 여자는 5월 24일 한국을 떠나 일본에 입국했습니다. 그 날을 기점으로 해서 한국과 일본에서 출입국자들을 조사해 보면 그 여자의 출입국 기록이 밝혀지리라고 봅니다."

"저희도 최대한 빨리 알아보도록 하겠습니다."

서 형사가 적극적으로 동조의사를 밝히자 피터는 한껏 고무된 표정으로 말했다.

"최근의 테러 경향을 보면 그 초점이 미국을 겨냥하고 있는 것이 뚜렷해집니다. 물론 미국을 포함한 서방 세계가 테러의 공격 목표이긴 하지만, 과거에 비해 전 세계에서 미국인들을 노리는 테러가 증가하고 있는 추세인 것만은 분명합니다. 그리고 더 중요한 것은 테러범들이 미국 본토를 노리고 있는 점입니다. 지금까지 미국 본토에서는 크고 작은 테러사건들이 있었지만 이슬람 과격분자들에 의한 테러는 아직까지 없었습니다. 하지만 앞으로는 미국 내에서 이슬람 과격 테러사건들이 발생할 조짐들이 뚜렷이 보이고 있습니다. 테러범들이 위조여권으로 미국으로 속속 입국하고 있는 것이 CIA 감지 망에 분명히 드러나고 있습니다. 우리는 발을 구르고 있지만 수사에 한계가 있어서 알면서도 못 잡고 있는 형편입니다. 미국은 더 이상 안전지대가 아닌데도 미국의 정치인들이나 일반 국민들은 아직 그 위험성을 인지하지 못하고 있습니다. 그래서 막대한 예산이 소요되는 대테러 계획에 차질을 빚고 있습니다. 관계기관의 협조도 미지근하고, 모두가 테러를 대수롭지 않게 보고 있는 실정입니다. 이와 같은 상황이 계속되면 언젠가는 미국과 그 국민들은 큰 상처를 입게 될 것입니다."

갑자기 찬 물을 끼얹은 듯 실내가 조용해졌다. 피터는 흥분을 삭이려는 듯 자리에서 일어나 팔짱을 끼고 창가에 기대섰다.

다음 날, 그러니까 5월 28일 오전 11시 서울 시내 중심가에서 멀리 떨어진 한적한 교외에 자리 잡고 있는 W호텔의 한 조그만 회의실에서는 외부인의 출입이 철저히 통제된 가운데 국제수사진의 은밀한 기자회견이 있었다.

초청된 사람들은 주요 신문사와 방송국 기자들뿐이었기 때문에 모두 해서 열 명도 채 안 되었다. 더구나 사진 촬영을 일절 금지하는 조건으로 초청되었기 때문에 참석한 기자들은 호기심과 함께 불만이 이만저만 아니었다.

그들에게는 먼저 한 여자의 것으로 보이는 각기 다른 세 장의 사진들과 프린트물이 배포되었다. 기자들이 프린트 물을 읽고 있는 동안 각국의 수사요원들이 안으로 들어와 자리를 잡았다. 그리고 서 형사가 잠시 후 각국의 수사요원들을 한 사람씩 소개하자 기자들은 술렁거리기 시작했다.

기자들 가운데 한 명이 왜 촬영을 못하게 하는지 그 이유를 물었다. 거기에 대해 피터는 우리는 신분이 노출되어서는 안 되기 때문에 기자회견 자체를 없었던 것으로 해 달라고 주문했다. 그와 함께 기자회견의 목적은 공개수사를 하는데 있으므로 되도록 범인에 대해 크게 취급해 달라고 말했다. 기자들의 반응은 처음에는 시큰둥했다. 그러나 피터가 사건내용을 이야기하고 제3의 여인이 얼마나 위험한 국제테러범인가를 설명하자 모두가 바짝 긴장해서 질문을 쏟아내기 시작했다.

기자회견이 끝나자 서 형사와 조 형사는 출입국관리본부를 찾아갔다. 그리고 5월 24일 일본으로 출국한 외국인들 명단을 모두 조사했다. 국제 공항은 김포와 김해, 그리고 제주 세 곳밖에 없기 때문에 비행기로 출국하는 외국인들은 그 세 곳 가운데 한 곳을 이용할 수밖에 없다. 그 밖에 배편이 있는데, 일본행 여객선은 부산에 있는 국제여객터미널에서만 출발하고 있다. 아무튼 그 네 곳을 통해 출국하는 내외국인들 명단은 그때그때 출입국관리본부 한 곳으로 보내져 필요에 따라 분류되고 있었다.

5월 24일 한국에서 일본으로 출국한 외국인들 가운데서 여자는 모두 398명이었다. 그 중 비행기 편으로 도쿄로 향한 사람은 135명이었다. 이들 가운데서 20세 이하와 40세 이상을 추려내자 남은 여자는 49명이었다. 미야꼬의 증언에 의하면 마띨드는 오후 1시 20분 서울발 JAL기를 타고 2시간 20분 뒤인 오후 3시 40분경에 나리타 공항에 도착, 수속을 마치고 한 시간쯤 지나서 입국 대합실에 모습을 드러냈다고 했다. 마띨드가 이용한 항공편은 물론 출발지 시간과 도착시간까지 그녀가 그렇게 정확히 알고 있는 것은 공항에서 마띨드의 도착을 기다리는 동안 오빠가 그것을 말해 주었기 때문이었다.

한국에서 도쿄행 비행기를 탑승한, 20세에서 40세 사이의 여자 49명 가운데서 서울발 오후 1시 20분 JAL기를 이용한 여자는 8명이었다. 그 8명이 1차 조사 대상이었다. 그 가운데 물론 마띨드라는 승객은 없었다. 나머지 41명의 명단 중에도 그 이름은 없었다. 틀림없이 범인은 다른 이름으로 출국했을 거라고 서 형사는 생각했다.

41명은 2차 조사 대상이었다. 그들은 다른 시간대에 여러 항공편을 이용해서 도쿄로 향한 승객들이었다. 하지만 마띨드가 나리타 공항에 모습을 드러낸 시간대인 오후 4시 40분을 기준으로 해서 본다면 오전에 도착한 승객들과 오후 4시 40분 이후에 도착한 승객들은 마띨드일 가능성이 없기 때문에 대상에서 제외시켜야 한다. 그렇게 해서 제외된 여자가 22명이었다. 나머지 19명은 마띨드가 나리타에 도착한 시간보다 한두 시간 먼저 도착한 사람들이었다. 먼저 도착했지만 꾸물대면서 늑장을 부리다가, 또는 세관에 붙들려 있다가 한두 시간 지나서 마띨드가 도착한 시간대에 맞춰 다른 승객들 틈에 끼여 입국할 수도 있기 때문에 포기해서는 안 될 사람들이었다. 이렇게 해서 1차 8명과 2차 19명을 합해 조사대상은 27명으로 압축되었다.

서 형사는 도쿄로 돌아간 하루다 형사에게 27명의 명단을 보냈다. 그와 함께 그 사유도 자세히 적어 보냈다. 이제 공은 일본 쪽으로 넘어간 셈이었다. 서 형사는 잔뜩 기대를 걸고 하루다의 연락을 기다렸다.

서 형사로부터 수사 자료를 넘겨받은 하루다는 매우 감사해하면서 즉시 수사에 착수하겠다고 말했다.

하루다는 겸손하고 예의바른 데가 있었다. 그는 이미 그쪽으로 수사를 진행하고 있었지만 서 형사에게 굳이 내색은 하지 않았던 것이다. 일본 쪽은 수사진이 잘 짜여져 있었기 때문에 한국보다는 밀도 있게, 그리고 조직적으로 일을 처리하고 있었다.

하루다 팀이 가려낸 조사 대상은 한국보다 훨씬 많은 286명이나 되었다. 그렇게 숫자가 불어난 것은 무엇보다도 범인이 한국에서 출발했다는 뚜렷한 증거가 없기 때문에 조사 범위가 확대되었던 것이다. 서 형사는 마띨드가 한국에서 출발했다고 보고 대상을 선정했지만 하루다는 세계 각국에서 나리타에 도착한 여자 승객들을 대상으로 했기 때문에 그렇게 숫자가 늘어날 수밖에 없었다.

하루다는 마띨드가 5월 24일에 일본에 입국한 것은 틀림없는 사실로 보고 그 다음 날짜에 일본에서 출국한 여자들을 주목했다. 마띨드는 입국한 바로 그 다음 날 새벽 겐죠를 살해한 다음 도주했다. 어디로 도주했을까? 즉시 외국으로 빠져나가지 않으면 일본 안에 갇히게 된다. 그것을 잘 알고 있는 마띨드는 수사망이 강화되기 전에 서둘러 일본을 떠났을 가능성이 크다. 겐죠가 살해된 시간은 5월 24일 자정에서 25일 오전 1시 사이로 밝혀졌다. 일본을 출발하는 국제선 첫 항공기는 이른 아침 6시 25분에 나리타에서 출발하는 말레이시아행 비행기이다. 그보다 5분 늦은 6시 30분에는 오사카 간사이 공항에서 타이페이행 비행기가 출발한다. 마띨드가 어느 공항을 이용했는지 알 수가 없다. 그것을 모르기 때문에 일본에 있는 모든 국제 공항을 통해 빠져나간 여자들 명단을 살펴볼 수밖에 없었다. 범인이 일본 출국을 위해 선택할 수 있는 가장 빠른 시간대는 아침 6시 25분부터라고 할 수 있다.

하루다 팀은 첫 비행기 승객명단부터 훑어 나갔다. 5월 24일에 입국한 286명 가운데서 바로 다음 날인 5월 25일 첫 비행기로 떠난 승객이 없는지 양쪽 명단을 대조하는 작업은 그렇게 어려운 일이 아니었다. 첫 비행기 승객들 가운데 일치하는 이름이 없으면 다음 비행기 승객 명단을 놓고 대조작업에 들어가는 식이었다. 보다 효과적으로 일을 진행하기 위해 수사진은 286명의 명단을 먼저 ABC순으로 정리했다. 그리고 각 공항을 통해 출국한 승객들 명단도 같은 순서로 나열했다. 그런 다음 양쪽 명단을 나란히 놓고 차례대로 대조해 나갔다. 그런 식으로 10여명의 수사관들이 한꺼번에 달려들어 각 공항별로 출국자 명단을 대조했기 때문에 수천 명이나 되는 승객들 명단을 조사하는데 별로 많은 시간이 걸리지는 않았다.

"찾았다!"

작업을 시작한지 두 시간이 채 지나지 않았을 때 한 여자 수사관이 흥분된 목소리로 소리를 질렀다. 그 때까지 아무 성과를 내지 못하고 있던 다른 수사관들은 우르르 일어나서 그쪽으로 몰려갔다.

"이름이 뭐야?!"

하루다가 여자 수사관 등 뒤로 바싹 다가서서 물었다.

"이름은 린다 웨이드, 미국인입니다! 25일 오전 11시 35분 노스웨스트 편으로 출국했어요!"

"어느 공항이야?"

"후쿠오카 공항입니다!"

"멀리도 갔군. 자자, 작업 계속해."

하루다는 들뜬 분위기를 정리한 다음 린다 웨이에 관한 조사에 들어갔다.

린다 웨이드는 한국에서 보내온 27명의 명단 가운데에도 들어 있었다.

대조작업이 모두 끝난 것은 3시간쯤 지나서였다. 한국에서 보내온 27명의 명단은 일본에서 분류한 286명의 명단 속에 거의 다 포함되어 있었다. 조사 결과 5월 24일에 일본에 도착해서 5월 25일에 서둘러 출국한 여자는 286명 가운데 린다 웨이드를 포함해서 모두 두 명이었다.

다른 한 명은 린 챠오라는 홍콩 여인으로, 그녀는 5월 24일 오후 2시 10분에 캐세이패시픽 항공편으로 나리타에 도착했는데 홍콩에서 오는 도중 비행기 안에서 발작을 일으켜 일본에 입국했을 때는 이미 혼수상태에 빠져 있었다. 그리고 두 시간쯤 후 병원에서 사망했다. 연락을 받고 그녀의 남편이 일본에 날아온 것은 그 다음 날이었다. 그리고 그 날 밤 9시 20분 비행기로 그녀의 시신은 남편과 함께 홍콩으로 돌아갔다. 하루다는 린 챠오를 수사대상에서 제외시켰다. 결국 남은 사람은 린다 웨이드 한 사람뿐이었다.

노스웨스트 항공사에도 전화를 걸어 린다 웨이드에 관해 자세한 것을 알아본 결과 다음과 같은 사실이 드러났다.

린다 웨이드가 서울을 떠나올 때 이용한 항공편은 노스웨스트로, 서울 출발 시간은 오후 12시 15분이었다. 그것은 미야꼬가 증언한, 마떨드의 탑승기인 JAL기의 출발 시간보다 한 시간 가량 앞당겨진 시간이었다. 그렇다면 린다는 겐죠에게 JAL기로 1시 20분에 서울을 출발한다고 거짓말을 한 셈이었다. 결국 그녀는 한 시간 앞당겨 나리타에 도착한 후 한 시간가량 시간을 보내다가 나중에 도착한 JAL기 승객들 틈에 섞여 밖으로 빠져나왔던 것이다. 자신의 신분과 행적을 속이는 데는 정말 비상한 재능을 가진 여자라고 생각하면서 하루다는 혀를 내둘렀다. 그 바람에 한동안 수사에 혼란이 일어난 것을 생각하면 분통이 터지기도 했다. 그와 함께 그녀를 체포하는 일이 결코 쉽지는 않겠다는 생각이 들기도 했다.

그녀가 일본에 도착한 후의 일정을 보면 4일 후인 5월 28일 오전 10시 15분 노스웨스트 항공편으로 도쿄를 출발하여 워싱턴으로 가는 것으로 예약이 되어 있었다. 좌석은 비즈니스 석이었고 동행은 없었다. 그런데 그 예약을 돌연 취소하고 엉뚱하게도 멀리 떨어져 있는 후쿠오카 공항까지 가서 5월 25일 오전 11시 35분에 출발하는 워싱턴행 노스웨스트기를 타고 일본을 빠져나간 것이다.

그녀가 나리타 공항을 마다하고 후쿠오카 공항을 택한 것은 아무래도 그쪽이 아직 수사망이 허술할 것이라고 판단했기 때문이 아니었을까.

'여우같은 년!'

하루다는 속으로 중얼거리고 겐죠를 살해한 후의 그녀의 행적을 추적해 보았다. 자정도 훨씬 지난 한밤중에 차를 몰고 멀고먼 후쿠오카까지 간다는 것은 어림없는 일이다. 그러려면 렌터카를 이용해야 하는데 그 시간에 렌터카 회사는 깊이 잠들어 있을 시간이다. 택시를 생각해 볼 수 있지만 그 시간에 아무리 돈을 많이 준다 해도 밤새 꼬박 달려 후쿠오카까지 갈 얼빠진 운전사는 있을 것 같지 않았다. 25일 아침 국내선 비행기 편으로 갈 수 있지만 승객명단에 린다 웨이드라는 이름은 보이지 않았다. 결국 열차편밖에 마땅한 교통편이 없을 것 같았다. 도쿄 역에서 후쿠오카로 가는 마지막 야간열차 시간은 새벽 1시 20분에 있었다. 겐죠를 살해한 다음 서둘러 달려갔다면 야간열차를 탈 수 있는 시간이었다.

하루다는 먼저 일본 CIA의 마이어슨에게 전화를 걸어 린다 웨이드에 관해 설명했다. 그런 다음 서울의 서 형사에게도 전화를 걸었다.

"마침내 찾았군요! 수고하셨습니다!"

하루다의 설명을 듣고 난 서 형사는 너무 기쁜 나머지 상대방의 귀가 멍멍하도록 큰 소리로 말했다.

"이제 그쪽에서 할 일이 많아진 것 같습니다."

"그렇지 않아도 기다리던 참이었어요. 수사가 중단되지 않고 계속할 수 있게 돼서 다행이에요."

"좋은 소식 기다리겠습니다."

하루다는 꽤나 점잖았다. 하지만 술이 취하자 매너가 흐트러지고 치근덕거리기까지 했었다.

주한 미대사관에서 합동수사회의가 있던 날 몇 사람은 저녁 식사 후 자리를 옮겨가며 늦게까지 헤어지지 않고 술을 마셨다. 그 자리에는 피터도 있었는데 그는 술을 조금밖에 마시지 않으면서도 분위기를 깨지 않고 사람들과 잘 어울리는 편이었다. 반면 하루다는 취기가 일자 능글능글 웃으면서 어깨를 기대기도 하고 머리카락을 만지작거리기도 하면서 자꾸만 그녀에게 술을 억지로 권하곤 했다. 하지만 그녀는 조금 징그럽기는 했지만 그런 그가 조금도 밉지가 않았다. 오히려 한편으로는 그가 좀 더 심하게 굴어 줬으면 하고 바라는 마음이 없지 않아 있었다. 하지만 동석한 사람들의 눈도 있었기 때문에 그것은 단지 쓸데없는 기대감이었을 뿐이었다.

하루다로부터 미국 국적의 린다 웨이드라는 이름을 통보받고 그녀는 처음에는 몹시 흥분했지만 조금 시간이 흐르자 너무 기가 딱 막혔다. 린다 웨이드인줄도 모르고 지금까지 마띨드 다르쟈크만 찾고 있었으니 수사에 혼선이 일 수밖에 없었다. 마띨드는 갑자기 증발해 버리고 그 자리에는 이제 린다 웨이드가 나타난 것이다.

다행히 린다 웨이드의 입출국 기록은 잘 보관되어 있었다. 그녀는 2년 하고도 4개월 전인 1995년 1월 28일에 한국에 입국한 것으로 되어 있었다. 그녀가 그렇게 오랫동안 한국에 잠복해 있었다는 사실에 서 형사는 적이 놀라지 않을 수 없었다.

그 날 저녁 그녀는 피터를 일부러 밖으로 불러 냈다. 전화로 알려줄 수도 있었지만 피터를 직접 만나 좀 더 깊이 있는 이야기를 나누고 싶었던 것이다. 미국 대사관 부근에서 그를 차에 태운 그녀는 시내를 빠져나가면서 아주 맛있는 저녁 식사를 대접하고 싶다고 했다. 그 말에 피터는 잔뜩 기대를 걸고 있었는데 막상 한 시간쯤 지나 도착한 곳은 우이동 골짜기에 있는 간판도 없는 어느 허름한 집이었다.

"불쌍한 할머니 혼자서 허가도 없이 하는 집이에요. 실망하셨죠? 비싼 식당에는 자주 가셨을 거고, 제 형편은 이 정도밖에 안 돼요."

"전 비싼 식당보다 이런데가 훨씬 좋습니다. 마치 고향에 온 것 같은데요."

피터는 스스럼없이 따라 들어와 집 안을 둘러보았다. 작은 방들이 세 개 있었는데 두 곳은 이미 손님들로 차 있었다. 머리가 하얗고 허리까지 꾸부정한 노파가 웃으며 그들을 맞았는데 서 형사가 그녀의 손을 잡고 흔들면서 멋진 남자 친구를 데리고 왔다고 하자 그녀는 유심히 피터를 쳐다보았다. 그들은 노파가 안방으로 사용하는 듯한 방 안으로 들어가 앉았다. 방 안의 가구라고는 낡은 장롱하나와 화장대가 전부였고, 울퉁불퉁 튀어나온 벽 위에는 누렇게 바랜 벽지가 붙어 있었다.
"아는 사람들한테만 식사를 파는데 점점 소문이 나서 손님이 제법 많아요. 메뉴는 백반 한 가지밖에 없어요. 하지만 할머니가 만든 반찬과 된장찌개는 예날 우리 고유의 맛이 고스란히 담겨 있어요."

중학생쯤으로 보이는 단발머리 어린 소녀가 안으로 들어와 밥상을 차리자 파리들이 날아들기 시작했다. 피터는 눈살 하나 찌푸리지 않고 손을 휘휘 저어 파리를 쫓으면서 식사를 했다. 맛있다는 말을 몇 번씩이나 하면서 식사를 하는 그를 보고 서 형사는 비로소 마음이 놓였다. 식사 도중에 소녀가 막걸리가 담긴 찌그러진 주전자를 들여놓았고, 그들은 대접에다 술을 따라서 건배를 했다. 창문으로는 계곡의 물소리와 함께 시원한 바람이 들어오고 있었다. 나뭇가지 사이로 별들이 보였다.

그들은 린다 웨이드에 관해 이야기를 나누었다. 서 형사가 린다의 입출국 기록을 복사한 것을 보여주자 피터는 두 눈을 크게 뜨고 그것을 뚫어지게 들여다보았다.

"기록이 있었군요."
기쁨을 누르면서 그가 말했다.
"그건 시작에 불과해요."
"신고 들어온 게 있나요?"
"아직은 없어요. 언론에 보도 된지 얼마 안 됐으니까 좀 지나야 신고가 들어올 거예요. 신고가 많이 들어올 것 같은 예감이 들어요."
"제발 그랬으면 좋겠군요. 그건 그렇고 린다가 한국에 입국한

95년 1월 28일이면 보진카 계획이 실패로 돌아가고 제3의 여인이 마닐라에서 사라진 시기와 거의 일치하는 시점입니다. 그러니까 그 여자는 그 때 마닐라에서 바로 한국으로 도망쳐 온 겁니다. 그리고 한국에 잠시 머문 것도 아니고 2년 넘게 한국에 잠복해 있었습니다. 이건 뭘 의미하느냐 하면 한국에 그녀를 지원하는 배후조직이 있었다는 것을 의미합니다. 그렇지 않고서야 그렇게 장기간 잠복해 있을 수가 없는 겁니다."

"배후조직을 밝혀내야겠군요."

"하긴 배후조직이 없더라도 그 여자한테는 한국처럼 숨어 있기 좋은 나라도 없었을 겁니다. 우선 생긴 것이 한국인처럼 생겼고, 거기다 만일 외가가 한국에 있는 것이 사실이라면 외가의 보호를 받으면서 더욱 안전하게 지낼 수가 있었을 겁니다. 그리고 한국어까지 배운 것을 보면 그 여자는 아예 한국에다 베이스캠프를 차려놓고 장기전에 대비한 것 같아요. 언제라도 한국에 돌아와서 숨을 수 있게 말이에요. 이 기록을 보면 린다는 한국에 있었던 2년 4개월 동안 한국에만 계속 있었던 게 아니고 여러 번 외국에 다녀왔군요. 일본에 두 번, 홍콩에 두 번, 그리고 태국에 한 번 다녀왔어요."

"그건 아마 비자 때문에 그랬을 거예요, 관광비자로 들어왔기 때문에 6개월마다 비자를 갱신하지 않으면 안 되었을 거예요. 한국어 학당에 다녔기 때문에 학생비자로 바꿀 수 있는 자격이 있었겠지만 마띨드라는 이름으로 등록했기 때문에 그렇게 할 수가 없었을 거예요."

"당신은 아주 우수한 수사관이에요."

느닷없는 칭찬에 서 형사는 얼굴이 화끈거렸다.
"전 사실은 살인이나 테러 같은 강력 사건 담당이 아니에요. 갑자기 지시를 받고 경험도 없으면서 덜렁 맡은 거예요."
"아닙니다. 처음에는 잘 몰랐는데 시간이 흐를수록 서 형사가 뛰어난 수사관이라는 생각이 들었어요. 앞으로는 강력사건을 맡도록 해 보십시오. 경찰청장하고도 잘 아니까, 이번 일이 끝나면 추천서를 써 드릴 수도 있습니다. 이번 사건을 계기로 한국에도 테러 전담반 같은 것을 하나 만들어 거기서 일하시면 저하고도 자주 만나서 상의할 일들이 많을 겁니다."
귀가 솔깃해지는 말이었지만 서 형사는 잘 부탁한다는 말로 적당히 얼버무리고 말았다.
토속적인 맛이 담긴 소박한 저녁식사에다 막걸리까지 곁들인 그들은 자리를 옮겨 부근에 있는 소주 집으로 들어갔다. 별로 술을 즐기는 것 같지 않던 피터도 그 날 저녁만은 많이 마시는 것 같았다. 서 형사도 오랜만에 느긋하고 즐거운 마음으로 사양하지 않고 권하는 대로 술을 받아 마셨다.
"제3의 여인을 직접 한 번 보고 싶어요."
취기가 오르자 서 형사가 얼굴에 욕심을 드러내면서 말했다. 그 말에 피터는 웃었다.
"아마 그 여자를 직접 만날 기회는 없을 걸요. 그 여자가 한국에 다시 돌아온다면 몰라도……."
서 형사는 잔에 남아 있는 술을 재빨리 들이켜고 나서 빈 잔을 피터에게 넘겼다.
"전 그 여자를 앉아서 기다리고 싶지 않아요."

그녀는 빈 잔에 술을 가득 따랐다.

"그럼 어떻게 찾겠다는 거죠? 그 여자를 만나려면 서 형사가 세계를 누비고 다녀야 할 텐데……? 한국 경찰이 그럴 수는 없잖아요?"

깔보는 듯한 말에 그녀는 은근히 부아가 치밀었다.

"동양 여자는 동양 여자가 가장 잘 찾을 수가 있어요. 마찬가지로 한국 여자는 한국 여자가 제일 잘 찾을 수가 있어요. 서양 사람은 동양 여자를 봐도 서로 비슷하게 생겨서 잘 알아볼 수가 없을 거예요. 그건 동양인이 서양 사람들을 보고 느끼는 것하고 비슷한 거예요. 동양인들은 서양 사람들을 구분하는데 애를 먹어요. 하지만 같은 동양인들끼리는 쉽게 구분할 수가 있어요. 그런 점에서 린다를 가장 잘 알아볼 수 있는 사람은 바로 저라고 생각해요."

"듣고 보니까 일리가 있는 말이군요. 아주 중요한 점을 이야기해 줬어요."

피터는 크게 끄덕이고 나서 미야꼬 이야기를 꺼냈다.

"제3의 여인을 직접 목격한 사람은 현재로서는 미야꼬밖에 없어요. 우리는 그 아가씨를 많이 활용하려고 하는데, 오빠의 복수를 위해서도 우리한테 적극 협조할 거라고 봅니다."

제3의 여인을 직접 목격한 사람은 미야꼬밖에 없으니 너보다는 미야꼬가 훨씬 활용가치가 높다는 의미처럼 들렸다. 서 형사는 즉시 반박하고 나왔다.

"하지만 미야꼬는 제3의 여인한테 얼굴이 알려져 있어서 마음대로 움직일 수가 없을 걸요. 오히려 제3의 여인을 쫓아 버릴

지도 모르잖아요. 하지만 저라면 얼굴도 알려져 있지 않고 또 현직 수사관이니까 미야꼬보다는 훨씬 유리하지 않을까요?"

"그렇다고 볼 수 있겠군요. 하지만 그건 제3의 여인이 한국에 있는 경우에 해당되는 말이 아닌가요?"

그녀는 상대방을 지그시 바라보다가 피식 웃었다. 그런 다음 정색을 하고 말했다.

"CIA에서 저를 고용하면 될 거 아니에요."

피터는 눈을 크게 뜨고 그녀를 쳐다보았다. 그녀는 내친김에 하고 싶은 말을 마저 했다.

"CIA는 필요하면 국적을 가리지 않고 사람을 고용하잖아요. 국적뿐만 아니라 킬러, 사기꾼, 도둑까지도 필요하면 데려다가 써먹지 않아요. 그런 자들한테 비하면 저는 오염되지 않고 깨끗하잖아요. 그리고 무엇보다도 믿을 만하잖아요."

피터는 놀란 눈으로 그녀를 응시하다가 어이없다는 듯 웃어 보였다.

"CIA가 그렇다는 건 어떻게 알았죠?"

"이미 온 세상이 다 알고 있는 사실 아닌가요? 굳이 근거를 대야 하나요?"

"그건 그냥 소문일 뿐이에요. 모든 소문이란 항상 부풀려서 떠돌아다니기 마련이죠. 그런 점에서 CIA는 억울한 점이 많아요. 그렇다고 일일이 해명할 수도 없고. 막상 밖에서 소문만 듣다가 CIA에 들어와서 일해 보니까 소문하고 다른 점들이 너무 많아요. 사실보다 잘못 알려진 부분들이 더 많은 것 같아요. CIA는 일반인들에게 많이 알려져 있는 것 같지만 사실은 너무 안 알려져 있어요. 비밀기관이기 때문에 특성상 할 수 없긴 하지만 아무튼 좋은 인상보다는 나쁜 짓만 하고 있다는 인상을 받고 있어요. CIA에서 일하고 있는 입장에서는 안타깝기 짝이 없는 일이죠."

"자신이 CIA 요원이라는 사실에 긍지를 느끼세요?"

그녀는 도발적으로 물었다.

"왜 그런 걸 묻죠?"

"얼굴에 그런 게 써 있으니까요."

피터는 소리 내어 웃었다.

"내 얼굴에 그런 게 써 있다면 빨리 지워야겠군요. 떳떳이 드러내 놓고 일할 수 있는 직업이 아니기 때문에 긍지고 뭐고 그런 걸 느낄 수 있는 처지는 아니죠. 하지만 전 세계를 커버하는 특수 직업이기 때문에 남들보다는 세계라는 무대에 대해서 잘 알고 있다고 생각해요. 그런 점에서 좋은 기회라고 생각하고 있어요. CIA에서 서 형사의 도움이 필요하면 연락을 드리죠. 그 때는 거절하시지 말고 도와주십시오."

"불러만 주시면 언제라도 도와드리죠. 세계 최강의 정보기관에서 나 같은 한국 형사 나부랭이를 불러 주는 것만도 큰 영광이죠. 그런데 피터, 당신의 몸속에는 한국인의 피가 흐르고 있다는 거 알고 계세요?"

"물론 알고 있죠."

"그렇다면 한국인이라고 생각하세요, 아니면 미국인이라고 생각하세요?"

"물론 저는 미국인이라고 생각하죠. 한국인의 피가 흐르고 있기는 하지만 제가 미국인이라는 사실을 의심해 본 적은 한 번도 없어요."
 "그렇다면 만일 한국과 미국이 국익문제로 충돌할 경우 미국 편을 드시겠네요?"
 "물론이죠. 난 미국인이니까요."
 거침없는 대답에 그녀는 상당히 놀라는 것 같았다.
 "CIA에서 일하시는 이유를 알만하군요."
 피터는 피식 웃었다.
 "이유야 여러 가지가 있지만 직접적인 동기는 호기심이 많고 모험을 좋아하기 때문에 들어간 거예요. 우리, 그런 따분한 이야기 그만하고 다른 이야기 합시다."
 "잠깐! 앞으로 수사진전에 따라서 피터 씨 활동에도 변화가 있나요?"
 "그게 무슨 말이죠?"
 "이를테면 지금처럼 한국에만 주재하지 않고 제3의 여인을 쫓아 외국으로도 나가실 건지 그걸 물었어요."
 "그럴 가능성이 큽니다. 한국 쪽은 다른 사람이 맡고 제가 직접 추적에 나설지도 모릅니다. 왜냐하면 제가 한국 출신이기 때문입니다. 제3의 여인이 한국인하고 아주 비슷하게 생긴데다 외가가 정말 한국에 있다는 것이 밝혀지면 제가 추적 팀에 합류하는 것은 시간문제입니다. 한국인을 쫓는 데는 한국인이 가장 적합하기 때문이죠."
 "그럼 앞으로 피터 씨 뵙기가 어렵겠네요."
 "왜, 섭섭한가요?"

피터가 미소를 지으며 묻자 서 형사는 살짝 얼굴을 붉힌다.
"함께 수사를 못하는 것이 섭섭해서 그래요. 저라면 그 여자한테 자연스럽게 접근할 수 있을 것 같은데……."
피터는 그녀를 지그시 바라보다가
"미국에는 가 보셨나요?"
하고 물었다.
"네, 몇 번 가 봤어요. 언니가 시카고에 살고 있어서 가끔씩 가는 편이에요. 미국에서 1년간 어학연수도 했어요."
"그렇다면 미국이 낯설지는 않겠군요. 유럽은 가 보셨나요?"
"두 번 가 봤어요. 왜 그런 걸 물으시죠?"
피터의 정력적으로 생긴 얼굴에서는 에너지가 느껴지고 있었지만 가끔씩 냉담하게 보일 때도 있었다. 피터는 소주를 입 속에 털어 넣은 다음 얼굴을 조금 찡그렸다가 폈다. 그리고 어묵 한 조각을 젓가락으로 집어 들었다.
"제3의 여인이 어느 나라에서 잠복하고 있을지는 아직 알 수 없어요. 또 어디로 튈지도 알 수가 없어요. 하지만 얼굴이 알려졌기 때문에 마음대로 돌아다닐 수는 없을 거고, 아마 한 곳에 죽치고 있지 않을까 생각해요. 그리고 유럽 아니면 미국에 숨어 있지 않을까 생각되는데 그 이유는 그 두 곳에 지원세력들이 주로 포진해 있어서 잠복해 있기가 쉽기 때문이에요."
그는 잔을 그녀에게 건넨 다음 술을 가득 따랐다. 그들이 앉아 있는 탁자 한쪽에는 빈 소주병이 두 개 놓여 있었고 세 번째 소주병에는 술이 반쯤 남아 있었다.
"유럽과 미국 중에서도 제가 보기에는 미국 내에 숨어 있을 가능성이 크다고 봐요. 왜냐하면 그 여자가 노리는 곳이 미국이기 때문이에요. 그 여자는 미국에서의 대형 테러를 벼르고 있어요. 그러려면 미국 내에 잠복해 있는 게 일하는데 좋을 거예요. 그리고 수사망이 압축되어 오는 것을 알면 테러를 서둘러 결행할 가능성이 커요. 체포되기 전에 해치우겠다는 거죠."

서 형사는 피터가 따라 준 술을 단숨에 들이켰다. 그것을 피터는 조금 놀란 듯이 쳐다보다가 다시 말을 이었다.

"그래서 앞으로 제3의 여인을 쫓는다면 미국에서 다시 시작해야 한다고 생각해요. 그리고 제가 추적 팀에 동참하게 되면 주로 미국을 무대로 뛸 것 같아요. 서 형사에게 미국에 가본 적이 있느냐고 물은 건 혹시 미국 현지에서 서 형사의 도움이 필요하게 될지도 모르기 때문이에요."

서 형사의 눈빛이 반짝거렸다. 그녀는 멸치를 집어서 거기에다 고추장을 조금 찍은 다음 입 속에다 집어넣었다.

"도움이 필요하면 언제라도 연락주세요."

"제 말은 미국 현지에서의 서 형사의 도움을 말하는 겁니다. 그러니까 파트너로 함께 일하면서 도움을 받는 걸 의미하는 겁니다."

서 형사의 펑퍼짐한 얼굴이 기대감으로 벌겋게 달아오르고 있었다. 그녀는 사양하지 않고 본심을 이야기했다.

"미국이든 어디든 전 그 여자를 추적하는데 동참할 수만 있다면 얼마든지 좋아요. 그건 제가 바라는 거예요. 피터 씨와 파트너로 뛸 수만 있다면 전 무슨 짓이든 다 할 수 있어요. 그렇게만 될 수 있다면 전 모든 걸 희생해서라도 수사에 협조하겠어요. 저

하나쯤 추적 팀에 집어넣는 건 아무 것도 아니잖아요."
 그녀는 혀 꼬부라진 소리로 말했다. 하지만 취해서 하는 말은 아니었다.
 "한국 경찰에서 서 형사를 보내 줄까요?"
 "제가 강력하게 요청하고, CIA에서도 공식적으로 요청하면 틀림없이 들어줄 거예요."
 "한 번 생각해 봅시다. 그런데 그 전에 중요한 게 있어요. 서 형사가 한국에서의 제3의 여인의 행적과 정체에 대해서 많은 것을 알아내야 합니다."
 "알겠습니다. 빠른 시간에 최대한 많은 것을 알아내도록 힘써 보겠습니다."
 "그 여자에 대한 자료가 많이 확보되면 그걸 근거로 상부에 서 형사의 지원이 꼭 필요하다는 건의서를 제출할 수가 있어요. 업적이 없으면 받아들여지지 않아요. CIA에서 일단 공식적으로 서 형사를 고용하기로 결정하게 되면 임시직이긴 하지만 서 형사한테는 고정 급료가 나가게 되고 그밖에 필요한 모든 비용들이 지불될 거예요. 돈 때문에 미국 생활에 불편을 겪거나 하는 일은 없을 거예요."
 서 형사는 두 손을 모아 쥐고 그것을 가슴에 갖다 댔다.
 "꿈같은 일이에요! 제발 제 소원이 이루어지기를 빌겠어요!"
 그녀의 소녀 같은 모습을 보고 피터는 미소를 지었다.
 "CIA에서는 필요할 때마다 전 세계에서 임시직을 많이 고용하고 있기 때문에 서 형사가 고용된다고 해서 특별한 케이스는 아니에요."

"하지만 미국에 가서 CIA 요원으로 뛴다고 생각하니까 가슴이 뛰어요."

"너무 기대는 걸지 마십시오."

피터는 기뻐서 어쩔 줄 모르는 그녀를 보고 조금 부담이 되는 것 같았다.

자정이 가까워서 술집을 나온 그들은 취기 때문에 운전을 포기하고 택시를 잡아탔다.

서 형사는 돈암동 부근에 있는 조그만 아파트에서 혼자 살고 있었다. 먼저 택시에서 내리려다 말고 그녀가 자기 집에 가서 커피 한 잔 하고 가지 않겠느냐고 하자 피터는 서슴없이 뒤따라 내렸다.

"안에 기다리는 사람 없습니까?"

엘리베이터 안에서 그가 물었다.

"혼자 살고 있어요."

"미혼인가요?"

그녀가 그렇다고 끄덕이자 피터는 그녀가 유부녀인줄 알았다고 말했다.

"당신은 결혼했나요?"

"별거중이에요. 딸이 하나 있는데 제 엄마가 돌보고 있죠."

피터는 숨기거나 하지 않고 스스럼없이 말했다.

20평짜리 아파트 안은 혼자 사는 여자 집답게 깨끗하고 예쁘게 단장되어 있었다. 피터는 그녀가 끓여 준 커피를 마시면서 집 안을 찬찬히 둘러보다가

"집 안이 참 아늑하네요. 마음이 편안해지는데요."

하고 말했다. 그리고 덧붙여 이런 말도 했다.

"며칠 전에 어떤 부잣집에 초대받아 갔는데, 집 안이 그야말로 으리으리하게 치장되어 있었어요. 그것이 부러워 보이기보다는 왠지 불편하고 위화감이 느껴지더라고요. 그래서 오래 있지 못하고 빠져나왔어요."

"우리 집에서는 오래 계실 수 있겠네요?"

그녀는 와인과 위스키 병을 꺼내 놓았다. 피터는 고개를 흔들다가 위스키 병을 손가락으로 가리켰다. 그런 다음 저고리를 벗었고, 서 형사가 그것을 옷걸이에다 걸었다.

그 날 밤 그들이 함께 잠자리에 든 것은 3시가 지나서였다. 피터가 먼저 샤워를 하고 침대 위에 눕자 잠시 후 서 형사도 가볍게 목욕을 하고 그의 곁에 다가와 누웠다. 그런데 그 때 피터는 이미 깊이 잠들어 있었다. 서 형사는 그의 잠든 모습을 가만히 쳐다보면서 남의 침대에서 어떻게 이렇게 편안한 모습으로 잠들 수 있을까 하고 생각했다.

그녀는 한숨도 잘 수가 없었다. 남자와 한 번도 몸을 섞어 본 적이 없는 그녀는 자신의 행동에 스스로 놀라고 있었다. 그리고 자신이 선택한 남자에 대해 조금도 거부감을 느끼고 있지 않는 데 대해서도 놀라고 있었다.

피터가 서 형사한테 손을 뻗어 온 것은 날이 훤히 밝았을 때였다. 서 형사는 그 때까지도 뜬 눈으로 누워 있었는데 먼저 침대에서 빠져나와도 되는데도 그렇게 하지 않은 것은 그대로 일어나기가 너무 아쉬웠기 때문이었다. 한 젊은 사내와 같은 침대에서 밤을 지냈으면서도 아무 일 없었다는 사실이 처음에는 이해할 수 없는 일로 생각되다가 나중에는 차츰 모욕적으로 느껴지기 시작했다. 그녀가 자신을 마네킹 같다고 생각하면서 입술을 깨물고 있을 때 커튼 사이로 햇빛이 비쳐 들었고 그것이 얼굴에 비치자 피터가 마침내 눈을 떴다. 그는 어리둥절한 눈으로 주위를 둘러보다가 서 형사와 시선이 마주치자 조금 당황해 하면서 얼른 일어나 화장실로 들어갔다. 서 형사는 일어나지 않고 모로 드러누워 눈을 감았다. 내가 이렇게 매력이 없는 여자란 말인가. 참담한 마음에 금방이라도 눈물이 나올 것만 같아 몸을 웅크리고 있는데 피터가 침대로 돌아왔다.

그는 머뭇거리지 않고 뒤에서 서 형사를 안았다. 그녀는 가만히 있다가 그의 손이 가슴을 파고들자 웅크리고 있던 몸을 펴면서 그의 품에 가서 안겼다. 그의 손이 그녀의 온몸을 쓰다듬고 지나가자 그녀는 전율을 느끼면서 좀 더 일찍 남자를 알지 못한 자신을 원망했다.

'아, 이렇게 좋을 수가.'

그래서 사람들은 사랑에 목숨을 거는가 보지. 마침내 길고 단단한 것이 몸속으로 비집고 들어왔을 때 그녀는 너무 아프고 황홀한 나머지 그의 목에 와락 매달리면서 고통인지 환희인지 모를 소리를 질렀다.

일단 불이 붙자 피터의 육체는 활화산 같이 타올랐고, 시간이 지나도 좀처럼 꺼질 줄을 몰랐다. 마치 이번 한 번만으로 끝내고 두 번 다시 안 하겠다는 듯이 그는 철저히 그녀를 유린했다.

이윽고 그가 그녀의 몸에서 떨어져 나갔을 때 그녀는 자신의 몸이 완전히 해체되어 버린 것 같은 기분을 느꼈다.

"아니, 내가 처음이었어요?"

피에 젖은 시트와 그녀의 눈물을 보고 그가 놀란 듯이 물었다.

"부담 갖지 마세요."

그녀가 아무 것도 아니라는 듯 가볍게 한마디 하고 그의 시선을 피해 얼굴을 돌리자 그는 와락 달려들어 그녀에게 진한 키스를 퍼부었다.

"내가 어디에 반한지 알아요?"

한참이 지나 입술을 떼면서 그가 물었다.

"어디에 반했어요?"

그녀는 애정 어린 눈으로 그를 바라보면서 물었다.

"거대한 엉덩이……."

그의 말이 떨어지기 무섭게 그녀는 소리를 지르면서 주먹으로 그의 가슴을 때리기 시작했다.

〈3권에 계속〉

● 김성종 추리소설

『**최후의 증인**』-**상·하** | 김성종 장편추리소설
한국일보 창간 20주년 기념 공모 당선작! 살인 혐의로 20년간 억울하게 옥살이를 한 황바우의 출옥과 동시에 일어나는 살인 사건! 사건을 뒤쫓는 오병호 형사의 집념으로 20년 동안 뒤엉킨 사건의 전모가 백일하에 드러난다.

『**제 5 열**』-**상·중·하** | 김성종 장편추리소설
일간스포츠에 연재한 최고의 인기소설! 대통령선거를 기화로 국제 킬러를 고용, 국가를 송두리째 삼키려는 범죄 집단의 음모를 적나라하게 파헤친 수사진! 종래의 추리물과는 그 궤를 달리한 한국 최초의 하드보일드 추리소설!

『**부랑의 강**』- | 김성종 추리소설
여대생과 외로운 중년신사가 벌인 불륜의 사랑이 몰고 온 엽기적인 살인 사건! 살인범으로 몰린 아버지의 무죄를 확신하고 이 사건에 뛰어든 딸이 집요한 추적을 벌이는 정통 추리극! 사건의 종점에서 부딪치게 되는 악마의 얼굴은 괴연?

『**일곱개의 장미송이**』- | 김성종 추리소설
임신 3개월 된 아내가 일곱 명의 악당에 의해 유린당하자 평범하고 왜소하고 얌전하던 남편이 복수의 집념을 불태운다. 아내의 유언에 따라 범인을 하나씩 찾아 내어 잔인하게 죽이고 영전에 장미꽃을 한 송이씩 바치는 처절한 복수극!

『**백색인간**』-**상·하** | 김성종 장편추리소설
허영의 노예가 되어 신데렐라의 꿈을 쫓는 미녀의 끈질긴 집념과 방탕! 그리고 그녀를 죽도록 사랑하는 나머지 그녀를 혼자 독차지하려는 이상 성격을 가진 청년의 단말마적인 광란! 그리고 명수사관이 벌이는 사각의 심리 추리극!

『제5의 사나이』-상·중·하 | 김성종 장편추리소설
국제 마약조직이 분실한 2천만 달러의 헤로인 6kg! 배신자들을 처치하고 헤로인을 찾기 위해 홍콩으로부터 날아온 국제킬러 '제5의 사나이'! 킬러가 자행하는 냉혹한 살인극과 경찰이 벌이는 숨가쁜 추적의 하드보일드 추리극!

『반역의 벽』-상·하 | 김성종 장편추리소설
한국이 개발한 신무기 '레이저-X', —핵무기를 순식간에 녹여버릴 수 있는 레이저-X의 가공할 위력! 이를 빼내려는 국제 스파이의 음모와 배신, 이들의 음모를 저지하는 수사관들의 눈부신 활약. 국내 최초의 산업스파이 소설!

『아름다운 밀회』-상·하 | 김성종 장편추리소설
신혼여행 도중 실종된 미모의 신부로 인해 갑자기 살인 용의자가 되어버린 신랑! 그가 벌이는 도피와 추적! 미녀의 뒤에 가려 있던 치정과 재산을 둘러싼 악마들의 모습을 밝혀낸 수사극의 결정판! 김성종 추리소설의 새로운 지평!

『라인-X』-상·중·하 | 김성종 장편추리소설
교황을 살해하려는 KGB의 지령에 따라 잠입한 스파이 '라인-X'! 킬러의 총부리가 교황을 위협하는 절대 절명의 순간, 신출귀몰하는 라인-X와 이를 제압하는 한국 경찰의 생사를 건 한판 승부를 치밀하게 묘사한 국제적 추리소설!

『어느 창녀의 죽음』- | 김성종 단편집
작가 김성종의 탄탄한 필력을 유감 없이 보여 주는 주옥같은 단편집! 신춘문예 당선작 「경찰관」및 「김교수 님의 죽음」, 「소년의 꿈」, 「사형집행」 등을 수록. 순수 문학과 추리기법의 접목으로 독자를 매료하는 김성종 추리소설의 백미!

『죽음의 도시』- │ 김성종 SF단편집

김성종 SF단편소설집! 김성종이 예견한 기상천외한 미래사회의 청사진!「마지막 전화」,「회전목마」,「돌아온 사자」,「이상한 죽음」,「소년의 고향」등 SF 걸작들! 새로운 문학장르를 개척하려는 김성종의 끊임없는 실험정신!

『여자는 죽어야 한다』-상·하 │ 김성종 장편추리소설

김성종이 시도한 실험적 추리소설! 첫 장에서 독자는 예고살인 속으로 여행을 시작한다. "오늘 밤 여자 한 명을 죽이겠다. 여자는 한쪽 귀가 없을 것이다. 잘 해 봐!" 살인 예고장을 보는 순간 독자들은 숨가쁜 긴장 속으로 빠져든다.

『한국 국민에게 고함』-상·중·하 │ 김성종 장편추리소설

추악한 한국 국민들에게 보내는 對 국민 경고장! "한국 국민에게 고함! ─이 경고를 받아들이지 않으면 테러를 감행할 수밖에 없다"! 테러조직의 가공할 폭탄테러에 전율하는 시민들과 이를 추적하는 수사진의 필사적인 노력!

『국제열차 살인사건』-1·2·3 │ 김성종 장편추리소설

이탈리아 밀라노에서 눈 덮인 알프스산맥을 넘어 스위스 취리히에 이르는 낭만의 기나긴 여로─그 여로 위를 달리는 국제열차에서 벌어지는 살인 사건! 한 사나이의 父情과 분노가 국제열차 속에서 엮어내는 눈물겨운 복수의 드라마!

『슬픈 살인』-1·2·3·4 │ 김성종 장편추리소설

부산 해운대를 무대로 펼쳐지는 김성종의 새롭고 야심찬 대하 추리소설! 뜨거운 여름 바닷가를 중심으로 벌어지는 젊은이들의 애욕과 애증의 파노라마가 몰고 온 엽기적 연쇄 살인 사건! 범인을 찾아 수사진이 벌이는 추리극의 백미!

『불타는 여인』-상·하 | 김성종 장편추리소설
불처럼 화려한 여인의 육체에 감염된 공포의 AIDS! 무서운 AIDS를 접목시켜 공포의 연쇄 살인을 연출해낸 김성종 최신 장편 추리소설— 현대 여성의 비극적 자화상을 경탄할만한 솜씨로 묘파해낸 우리시대의 새로운 인간드라마!

『제3의 사나이』-상·하 | 김성종 장편추리소설
대통령 출마를 선언한 대재벌 회장! 일본에 의해 지배당할 운명에 처한 한국 경제를 구하기 위해 독재자에게 도전장을 낸 재벌 회장의 과거 약점을 쥐고 협박을 해 오는 검은 그림자! 그들을 무자비하게 칼로 살해하는 제3의 사나이는?

『죽음을 부르는 소녀』- | 김성종 추리소설
친구들과 지리산에 올랐다가 실종된 무당의 딸 현미, 민가를 침범하는 호랑이와 산 속에 사는 사냥꾼 부자의 숙명적인 대결! 수십 년간 벼랑의 굴 속에서 숨어 살아온 빨치산 출신의 야수! 그들이 숨바꼭질하듯 벌이는 죽음의 드라마!

『홍콩에서 온 여인』-상·하 | 김성종 장편추리소설
군부의 지원을 받아 쿠테타를 성공시킨 염광림의 개혁 조치에 불안을 느낀 극우 보수 세력이 끌어들인 홍콩의 범죄 조직! 염광림을 제거하려는 킬러의 뒤를 끈질기게 추적하여 마침내 그들의 계획을 저지하는 오병호 경감!

『버림받은 여자』-상·하 | 김성종 장편추리소설
밝은 보름달 아래 피냄새를 쫓아 여자 사냥에 나선 식인개! 전설로만 전해 오던 그 개는 실제로 존재하는가? 맹수에게 물어뜯겨 살해된 시체로 발견된 한 남자의 아내와 그의 애인! 그녀들은 왜 그렇게 잔인하게 살해되었을까?

『코리언 X-파일』-상·하 | 김성종 장편추리소설

21세기를 향해 첫발을 내딛는 김성종 추리문학의 진수! 한반도의 운명을 좌우할 X-파일을 찾아라! 한·중·일 3국의 비밀 기관원들이 X-파일을 둘러싸고 벌이는 상상을 초월하는 음모와 배신! 첫 장부터 연속되는 흥미와 감동!

『형사 오병호』- | 김성종 추리소설

고층 호텔에서 추락사한 외국인에 이어 연쇄적으로 발생하는 살인 사건! 사건의 배후에 도사린 일단의 국제 테러리스트! 그들의 음모를 분쇄하기 위해 목숨을 걸고 사지에 뛰어든 형사 오병오의 숨막히는 스릴과 불타는 투혼!

『서울의 황혼』- | 김성종 추리소설

도심의 20층 호텔에서 벌거숭이로 떨어져 죽은 여배우 오애라— 그 뒤에 도사리고 있는 비밀 요정의 정체는! 그곳에 도사린 마약·인신매매·밀항·국제 매음조직 등 깊고 우울한 함정을 날카로운 시각으로 파헤친 김성종 추리소설!

『세 얼굴을 가진 사나이』-상·하 | 김성종 장편추리소설

지리산에 올랐다가 실종된 무당의 딸 현미와 시체로 발견된 5명의 친구들! 대규모 수색작업이 수포로 돌아가자 혼자 현미를 찾아나선 조준기 형사는? 지리산의 험산 준령 속에 파묻혀 있던 몇십 년 묵은 비밀과 현미의 행방은?

『얼어붙은 시간』- | 김성종 추리소설

임신한 어린 소녀가 사창가로 흘러들어 갔다. 그녀의 어린 남동생은 골목에서 손님을 불러들인다. 그리고 어느 날 그 사창가 쓰레기 더미 속에서 발견된 중년 남자의 시체! 강한 휴머니즘을 바탕에 둔 추리소설, 비극미의 극치!

『나는 살고싶다』- | 김성종 추리소설

이혼을 요구하던 아내의 갑작스런 죽음 때문에 살인 누명을 쓴 성불능 남편 최태오, 이어진 그의 탈옥 / 죽음의 의식 속에서 더욱 강렬해지는 삶의 욕구 / 피와 살이 튀기는 성의 고통과 환희 속에서 그는 집요하게 범인을 추적한다.

『끝없는 복수』-상·(하권 집필중) | 김성종 장편추리소설

대학입시 준비에 여념이 없는 여학생을 감히 납치·폭행·살해한 악마들의 단말마적 폭력극 / 하나밖에 없는 어린 딸을 살해한 자들을 찾아 나선 눈물겨운 아버지의 피어린 복수극 / 전편을 끝없는 긴장 속으로 몰아넣는 추리소설 /

『미로의 저쪽』-상·하 | 김성종 장편추리소설

인생의 모든 것을 상실한 여인 吳月 / 자신을 짓밟은 네 명의 악한을 상대로 '복수'에 생의 최후를 건다 / 연약한 여인이 벌이는 처절하리만큼 비정하고 완벽한 복수극 / 독신 형사와 여대생이 등장하여 극적인 전환을 이루는 추리소설 /

『안개속에 지다』-상·하 | 김성종 장편추리소설

의문의 살해를 당한 세균학의 세계적 권위자인 유한백 박사 / 이 사건 뒤에 잇달아 두 처녀가 피살된다. 미술을 전공한 미모의 외동딸 보화는 아버지가 남긴 막대한 재산으로 남자들을 고용, 범인의 추적에 나서는데……

『Z의 비밀』- | 김성종 추리소설

일본의 '적군파', 서독의 '바더마인호프단', 이탈리아의 '붉은여단', 팔레스타인의 '검은 9월단' ……세계의 도시 게릴라들이 모두 한국에 잠입했다. 암호명 'Z'의 비밀을 밝혀라 / 그들과 한국 수사진이 숨가쁘게 펼치는 한판 승부 /

『최후의 밀서』-김성종 장편추리소설

다섯 살 된 아이의 유괴사건, 그 아이가 어느 재벌 2세의 사생아임이 밝혀지면서 시종 숨가쁜 호흡을 토해 내는 기업에 얽힌 악마 같은 드라마! 유괴범을 집요하게 추적하는 형사 앞에 마침내 얼굴을 드러낸 X! 그의 정체는 과연?

『비련의 화인(火印)』- | 김성종 추리소설

이루지 못한 사랑의 붉은 도장(火印)이 몸에 찍힌 채 탄생한 귀여운 외동딸 청미! 8년 후 귀여운 청미는 열차 속에서 시체로 발견되는데…… 청미의 유괴를 둘러싸고 벌어지는 갈등 속에서 범인으로 떠오른 전혀 뜻밖의 인물!

『피아노 살인』-김성종 추리소설

밤마다 들려오는 쇼팽의 야상곡과 아래층에 사는 모대학 교수! 6개월 시한부 인생의 피아니스트가 벌거벗은 몸으로 목졸린 채 피살되는 살인사건의 전모! 욕망이라는 정신분열적 성격을 다룬 김성종의 또 다른 실험적 포스트모더니즘!

『고독과 굴욕』- | 김성종 단편집

뛰어난 상상력, 치밀한 구성, 다양한 패턴으로 독서가를 휩쓸고 있는 김성종 소설집!「심온달궁」,「창」,「바다의 죽음」,「눈물」,「이슬」,「회색의 절벽」,「코스모스」,「바다」,「빛과 어둠」등 주옥 같은 김성종의 단편소설!

『제3의 정사(情死)』- | 김성종 추리소설

여대생과의 제3의 정사, 그 속에 감추어진 끈적끈적한 욕망. 그러나 그녀의 뒤에 무서운 음모가 도사리고 있을 줄이야 ……그를 괴롭히는 무서운 사팔뜨기의 정체는? 작가 김성종 특유의 하드보일드식 터치의 냉혹과 비정!

『서울의 만가(輓歌)』-상·하 | 김성종 장편추리소설
피의 오르가즘이 전율하는 김성종 추리소설의 백미! 사랑과 증오, 결박과 도피로서 새끼처럼 꼬여가는 삶의 의미를, 그리고 감추어진 진실을 밝혀내기 위해 사람을 죽여야 하는 도시의 밤을 사자의 비명에 의지하여 경험케 한다.

『비밀의 연인』-상·하 | 김성종 장편추리소설
애욕의 거리를 휩싸는 살인의 전주곡, 목격자 없는 사건의 용의자는? 여자인 자신조차도 모르던 야누스적 심리구조와 20대 여성들의 이중적 사랑방식을 적나라하게 파헤친 걸작! 절망의 벼랑에서 부르는 슬픈 사랑의 광시곡!

『붉은 대지』-1·2·3·4·5 | 김성종 장편추리소설
독재자를 죽이려다 사형대의 이슬로 사라진 대학생 유병수, 아들의 복수를 위해 포스트박 암살을 계획하는 유인하 교수, 그를 돕는 하미주와 국가비밀조직 '센터'의 책임자 '대물', 이들이 펼치는 사랑과 배신, 복수의 대로망!

『가을의 유서』-1·2·3·4 | 김성종 장편추리소설
우리 현대사에 대한 뼈아픈 후회와 반성으로부터 시작된 이 소설은 현대사의 한가운데를 불꽃 같은 생명력으로 헤쳐나왔던 어느 민초의 가족사를 그리고 있다. 온몸으로 부딪히며 갈구하는 그들의 자유를 향한 몸부림!

『돌아온 사자(死者)』- | 김성종 단편집
뛰어난 상상력, 치밀한 구성, 다양한 패턴으로 독서가를 휩쓸고 있는 김성종 소설집!「소년의 꿈」,「어느 창녀의 죽음」,「고독과 굴욕」,「회색의 벼랑」,「마지막 전화」,「이상한 죽음」,「김교수 님의 죽음」등 주옥 같은 단편소설!

김성종

중국 제남시에서 출생. 전남 구례에서 성장기를 보냈다.
연세대학교 정외과 졸업
1969년 조선일보 신춘문예 소설 당선
1971년 현대문학 소설추천 완료
1974년 한국일보에 「최후의 증인」으로 장편소설 당선
장편 대하소설 「여명의 눈동자」(전10권)는 TV드라마로 방영

봄은 오지 않을 것이다 제2권
김성종 장편추리소설

초판발행	2006년 11월 21일
초판 2쇄	2006년 11월 21일
저자	金聖鍾
발행인	金仁鍾
발행처	도서출판 남도
등록일자	서기 1978년 6월 26일(제1-73호)
주소	(134-023) 서울 강동구 천호동 451 산경빌딩 B동 5층 3-1호
전화	02-488-2923
팩스	02-473-0481
E.mail	namdoco@hanafos.com

ⓒ 2006 Kim Sung Jong. Printed in Korea
저자와의 합의로 인지를 붙이지 않습니다.

정가: 11,000원

ISBN 89-7265-547-3 03810
파본이나 잘못된 책은 교환하여 드립니다.